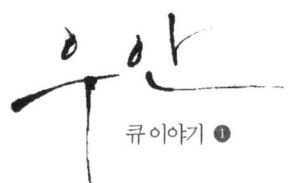

우안

큐이야기 ❶

 큐 이야기 ❶

펴낸날 | 2009년 5월 12일 초판 1쇄
　　　　2009년 6월 15일 초판 3쇄

지은이 | 츠지 히토나리
옮긴이 | 양억관
펴낸이 | 이태권
펴낸곳 | (주)태일소담
　　　　서울시 성북구 성북동 178-2 (우)136-020
　　　　전화 | 745-8566~7　팩스 | 747-3238
　　　　e-mail | sodam@dreamsodam.co.kr
　　　　등록번호 | 제2-42호(1979년 11월 14일)
　　　　홈페이지 | www.dreamsodam.co.kr

ISBN 978-89-7381-979-9　04830
　　　 978-89-7381-981-2 (세트)

● 책값은 뒤표지에 있습니다.
● 잘못된 책은 구입하신 곳에서 교환해드립니다.

우안 右岸

큐 이야기 ❶

츠지 히토나리 지음
양억관 옮김

소담출판사

차례

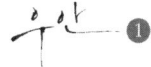

1장

숟가락 휘는 소년

1 급사(急死)의 풀 스키

1960년 10월 소후에 큐(祖父江九)가 태어났을 때 그가 처음 본 것은 어머니의 얼굴도 아니었고 늙은 산파의 주름진 얼굴도 아니었다. 머리가 빠진 아버지의 바위 같은 얼굴이었다.

억지로 웃느라 일그러진 엔도 다쿠미의 강인한 얼굴이 눈앞을 가로막고 있었다. 그 박력 넘치는 얼굴이 뇌리에 불에 덴 자국처럼 박혀버렸다. 그야말로 이 세상의 원풍경으로서.

어쩌면 그렇게도 깔끔하게 벗어졌을까 싶은 머리 탓에 애당초 강인해 보인 다쿠미의 얼굴은 한층 더 무서워졌다. 그리고 굵고 짙은 눈썹과 날카롭게 위로 치켜 올라간 두 눈은 보는 사람의 오금을 저리게 했다. 커다란 매부리코, 일자로 굳게 다문 성깔 있어 보이는 입술도 이 거구의 남자 특유의 인상을 만드는 데 큰 역할을 했다.

사실은 눈물 많고 정이 넘치는 남 못지않게 상냥한 남자였지만 세상 사람들은 그를 오로지 공포의 대상으로만 바라보았고, 그런 편견이 자연스럽게 그를 어둠의 세계로 밀쳐냈다.

그가 웃기라도 하면 사람들은 뭐라 말하기 힘든 위험을 느꼈고 그가 침묵을 지킬 때면 서늘한 살의를 느꼈다.

그 얼굴이 소후에 큐의 아버지 엔도 다쿠미의 일생을 결정해버렸다. 그런 얼굴만 아니었어도 그는 결코 야쿠자가 되지는 않았을 것이다. 동물과 식물을 사랑하는 그 성격으로 보건대 아마도 꽃집이나 페트 숍을 하지 않았을까.

큐의 어머니 소후에 나나(七)만이 그 남자의 가슴에 깃든 상냥함을 알아보았다.

그 결과 태어난 것이 바로 큐. 나나는 나이가 들어서도 아름다움을 잃지 않는 여성이었다. 큐는 보통의 동물이 그러하듯 부모의 유전자를 반반씩 이어받아 이 세상에 태어났다. 숱 많은 머리, 짙고 뻣뻣한 눈썹, 큰 눈, 특히 코가 컸다. 턱 끝이 멋들어지게 두 갈래로 나뉘어져 있고 규슈 사람 특유의 건강한 골격에 양쪽 하관이 빠졌다. 다만 딱 벌어진 몸매에 큰 키, 그리고 남성의 상징이 말의 그것만 하다는 두 가지 특징만큼은 완벽하게 아버지의 유전자를 이어받았다.

"각도에 따라서는 핸섬해 보이기도 하네."

어린 시절 데라우치 마리가 한 그 말을 큐는 평생 가슴에 간직하며 살아가게 된다.

소후에 나나가 엔도 다쿠미에게 처자식이 있다는 것을 알면서도 그의 애인이 된 것은 치쿠히 선의 건널목에서 개를 구하려다 자신의 한쪽 발을 잃어버린 엔도의 상냥한 인간미를 접한 것이 계기가 되었다. 어디서 왔는지 개 한 마리가 건널목 한복판에 퍼질러 앉아버렸다. 차단기는 벌써 내려오기 시작하고 전차도 다가오고 있었다.

"살려주세요!"

나나가 외치자 그 곁에 서 있던 거구의 사내가 차단기를 넘어서 건널목 안으로 뛰어들었다. 한순간에 벌어진 일이라 나나는 손가락 하나 꼼짝할 수 없었다. 개는 목숨을 구했지만 거구의 남자는 전차에 치였다. 그때 나나는 부모님이 학교 안의 기사 사택에 살며 일하는 초등학교를 찾아가는 중이었다.

나나는 친구도 애인도 아니면서 구급차를 타고 따라가서 그 남자의 수술이 끝날 때까지 기다렸다. 자신이 살려달라고 외친 것에 대한 책임감을 느끼기도 했고 개가 무사하다는 것을 그 남자에게 알려주고 싶어서였다.

남자는 한쪽 발을 잃었지만 두 사람은 그 사건을 계기로 사랑에 빠졌다. 나나는 상대가 야쿠자라는 사실을 알면서도 남자의 집요한 구애와 상냥한 마음에 감동하여 결단을 내렸다.

엔도 다쿠미는 큐가 태어난 지 몇 달 후에 일어난 나카스의 야쿠자 조직 간의 전쟁에 휘말려 경찰에 체포되었다.

나카스의 변두리에 조그만 조직을 거느리고 있던 신가와 에이기치를 돕기 위해 부하들을 거느리고 새벽에 다른 조직을 급습했다. 원래는 한 조직에서 갈려 나온 두 세력이지만 좁은 나카스의 이권을 두고 양립할 수 없는 관계였다.

엔도 다쿠미는 인간미 좋은 성격과 남다른 충성심 때문에 형님으로 모시는 신가와 에이기치에게 이용당하고 말았던 것이다. 그가 살인죄로 감옥에 들어가고 나서 얼마 후 엔도의 조직은 신가와의 설득으로 해산을 선언하게 된다. 빈틈없는 신가와가 그 기회를 이용하여 세력을 넓히려고 엔도가 출소하기까지 자신이 그 조직을 맡겠다고 나섰다.

그로부터 채 일 년도 되지 않아 감옥에 있는 엔도를 찾아간 신가와는 조직을 해산하는 편이 부하들을 위해 좋은 일이고 그들을 모두 자신이 맡을 테니 마음 놓으라고 말했다. 늘 부하들을 위하는 엔도는 그 제안을 형님의 깊은 배려라 생각하고 고마운 마음으로 받아들였다.

그러나 신가와는 하카타 전역으로 확산되던 조직 간 항쟁에서 엔도의 부하들을 총알받이로 써먹었고 그 결과 엔도의 부하들은 거의 목숨을 잃고 말았다. 엔도가 그런 사실을 안 것은 출소를 눈앞에 둔 그해 봄의 일이었다.

엔도 다쿠미가 소후에 나나를 위해 마련해준 집은 후쿠오카 시의 남쪽 다카미야 지구의 높은 지대에 위치한 주택가였다. 그것은 가능한 한 나나를 자신의 세계에서 멀리 떨어진 곳에 두려는 엔도의 배려였다. 헤이와(平和)초라는 동네 이름도 엔도의 마음에 들었다. 게다가 나나의 부모가 거주하며 일하는 초등학교가 바로 이웃 동네에 있었다.

나나는 오랫동안 부모에게 엔도를 소개하지 않았지만 큐를 가졌을 때 마침내 고백하기로 마음먹었다. 큐의 외할아버지이며 나나의 아버지인 간로쿠(勘六)는 화가 치밀어 시뻘겋게 달아오른 얼굴로 고함도 지르고 옥박지르기도 했지만 아이를 낳고야 말겠다는 나나의 고집을 꺾지는 못했다.

나나의 부모는 평생 엔도를 가족으로 인정하지 않았다.

헤이와초 1가는 언덕길이 많은 경사지에 조성된 주택가로 고지대의 맨 꼭대기에는 서일본방송의 텔레비전 송신탑이 우뚝 솟아 있었다. 그것은 당시 후쿠오카에서 가장 근대적인 건축물의 하나이며 도시의 상징물이기도 했다.

큐의 창문에서는 마치 로켓처럼 보였다. 텔레비전 송신탑인데도 도쿄타워의 스타일과 달리 당시의 뉴스에 자주 나오던 타이탄 로켓처럼 생겼고 주홍색과 하양의 줄무늬가 눈부시게 그려진 참신한 디자인이었다.

그 때문인지 큐가 유치원에 들어갈 즈음 그 주변의 아이들 사이에서는 그것이 텔레비전 송신탑이 아니라 핵탄두를 탑재한 미군의 대륙간 미사일이라는 소문이 떠돌았다. 소련이 공격해오면 모스크바를 향해 그것을 발사한다고 데라우치 마리의 오빠 소이치로가 뛰어난 상상력을 발휘하여 주장한 이후로 소문은 오랜 세월, 다시 말해 냉전이 끝날 때까지 그들 헤이와초 어린아이들 사이에서는 하나의 상식으로 통했다.

데라우치 마리와 큐의 집 사이에는 나무판자 울타리가 있었지만 어른이라면 다리만 높이 들어도 간단히 넘을 수 있을 정도의 높이에 지나지 않았다.

데라우치 마리의 가족이 큐의 옆집으로 이사 왔을 당시 큐의 아버지 엔도는 남의 눈을 피해 은밀히 출입하고 있었는데, 마리의 부모는 가끔씩 나타나는 검은색 고급 승용차에 대해 경계심을 품고 울타리를 높게 고쳐야 할지 말아야 할지를 고심했다. 그러나 결국 울타리를 높이지 않은 것은 소후에가의 정원에 피는 낯설고 아름다운 꽃들이 특히 가드닝에 관심이 많았던 마리의 어머니 기요의 마음을 끌었기 때문이다.

화초 손질은 나나의 일이지만 그 화초를 공급하는 사람은 엔도 다쿠미였다. 어디서 구해오는지 식물원에서도 찾아보기 힘든 특이한 식물이 가득했다. 남방의 것이 있는가 하면 대륙에서 넘어온 것도 있었다. 계절에 따라 다양한 꽃과 함께 향기를 풍기는 아름다운 식물을 다쿠미는 사랑하는 나나에게 열심히 바쳤다.

훗날, 큐가 빌딩 옥상에 숲을 만들고 작은 오두막을 지어 생활한 것도 가슴속에 이 시절의 희미한 기억과 함께 아버지가 이루지 못한 꿈인 식물과 함께 살리라는 상냥한 마음을 간직하고 있었기 때문이다.

큐는 기억한다. 데라우치가의 네 식구가 일요일 오후에 나무 울타리에 팔을 걸치고 거기에 볼을 댄 채 활짝 핀 정원의 꽃들을 바라보던 모습을. 어머니 나나가 활짝 핀 아름다운 화초 하나하나를 자랑스럽게 설명하던 모습을. 어머니의 설명이 끝날 때마다 데라우치 마리와 소이치로가 박수 치던 모습을.

"이 하얀 꽃은 임바첸스라고 하는데 남아프리카의 모잠비크가 원산지야. 가보지도 못한 나라의 꽃이 이렇게 우리 집에 피어나다니 얼마나 신기한 일이야. 그 옆에 작은 꽃이 수줍은 듯 피어 있잖니. 어쩌나 가늘고 연약하던지. 이렇게 잘 자란 게 꿈만 같아. 저게 살피글로시스. 안데스 산맥 남쪽이 원산지래. 안데스, 대체 어떤 곳일까? 이렇게 귀여운 꽃을 피우다니. 귀여운 게 마리짱이랑 쏙 빼닮았어. 아이, 귀여워. 정말 귀엽지? 거기, 벽 쪽에 아담하게 피어 있잖아? 스위트 아리삼이라고, 유럽 출신이래. 수학여행온 학생 같지 않니? 보기만 해도 즐거워져."

큐가 연심이란 것을 태어나서 처음으로 품었을 때, 마리는 정원 한구석에서 반라로 춤을 추고 있었다.

여름 밤, 불 밝힌 창 아래서 마리는 억누를 길 없는 어떤 충동에 휩싸여그 몸에 감정을 싣고 아름답게 춤을 추고 있었다. 큐가 별을 보러 정원에 나와 있다는 것을 그녀는 몰랐다.

춤은 그녀만의 기묘한 리듬을 탔다. 언뜻 보기에는 춤을 추는 것 같지 않는 스텝이었다. 훗날, 불효자 거리의 디스코에 드나들 무렵부터 그 스텝이세련미를 더하지만 어린 마리의 춤은 그야말로 원시적인 기도 행위 같았다.

손을 위로 들어 올리고 눈을 감은 채 무슨 멜로디 같은 것을 입으로 흥얼거리며 무당처럼 하늘을 향해 절을 올리듯이 허리를 흔들었다. 불빛이 은밀히 그 기묘한 춤을 비추고 있었다. 그녀는 맨발에다 아래에만 속옷을 걸친 모습이었다. 다섯 살밖에 안 되긴 했지만 어린 소녀의 반라 춤은 큐에게충격적이었다. 목욕을 하고 나오다 마리는 몸의 저 안쪽에서 솟구쳐 오르는 기분 좋은 리듬에 이끌려 정원으로 뛰어 들어가 마음이 움직이는 대로스텝을 밟은 것이었다.

마리의 어머니 데라우치 기요가 집 안에서 외치는 소리가 들렸다.

"마리, 마리! 목욕을 했으면 빨리 잠옷 입어야지!"

울타리에 기대 가만히 지켜보고 있는 큐를, 마리가 발견한 것도 바로 그 순간이었다.

"뭘 봐?"

마리는 눈을 부라리며 말했다.

큐는 눈을 어디다 두어야 할지 몰라 다섯 살 난 아이답게 웃으며 얼버무렸는데, 마리의 그 모습 또한 평생 그의 마음속에 깊이 새겨진다.

납작한 가슴과 물에 젖은 긴 머리칼. 그리고 헐렁한 속옷. 포동포동하고 둥그스름한 배의 곡선이나 커다란 눈에서 억누를 길 없는 생명의 약동이 넘쳐흘렀다.

"이상해, 정말 이상한 춤이야."

큐는 생각한 것과 정반대의 말을 해버리는 자신이 너무 이상했다. 그러고는 마리의 춤을 일부러 흉내 내며, 그것도 극단적으로 뒤틀어서 표현해 보았다. 마리는 모욕을 당했다고 생각했다. 그것이 애정 표현이라는 사실을 알아차릴 나이가 아니었다.

"뭐가 이상한 춤이란 거야?"

"이상해. 이상해. 정말 이상하다니까."

마리가 돌을 던졌다. 작은 돌이 큐의 눈에 정통으로 맞았다. 응급실로 실려 가면서 큐는 눈꺼풀 뒤에 '나'라는 것이 싹 트기 시작했다는 것을 느꼈다. 그 사건을 경계로 소후에 큐는 유아에서 소년으로 역사적인 첫걸음을 내디디게 된다.

"흰자위에 맞아서 다행이야. 만일 눈동자에 맞았더라면 시력을 잃었을지도 몰라." 의사가 말했다.

눈동자 아래쪽에 바늘 끝만 하게 남은 상처는 마리의 춤추는 모습과 함께 소년의 눈에 영원히 남게 된다.

큐가 헤이와초 1가의 생가에서 외조부모가 사는 니시다카미야 초등학교의 기사 사택으로 옮겨간 것은 여섯 살 나던 해 가을이었다.

어머니는 큐를 친정부모에게 맡기고 나카스에서 일을 시작했다. 큐는 평일에는 조부모와 셋이서 지내다가 일요일에만 헤이와초로 돌아가 어머니와 잤다.

초등학교에 입학하기 전부터 큐는 학교 부지 안에서 생활하고 있었기에 다른 아이들처럼 가슴 두근거리는 입학식은 경험하지 못했다. 아버지를 대신했던 할아버지 간로쿠는 엄격하고 고루한 가치관을 지닌 사람이지만 니시다카미야 초등학교 아이들에게는 절대적인 인기를 누렸다.

곤충에 관해서만은 과학 선생보다 더 많은 지식을 가지고 있었고 학자는 아니지만 평생에 걸쳐 채집한 방대한 곤충표본의 실적으로 후쿠오카 곤충학회의 부이사직을 맡고 있었다.

그즈음 니시다카미야 초등학교에서는 기사실에서 간로쿠의 이야기를 듣는 것도 교육의 일환이었다. 들어서면 스무 평 남짓한 공간이 나오는데 거기에는 빗자루, 먼지떨이, 화단 가꾸는 도구 따위가 잘 정돈되어 있었다. 그 한구석에 마련되어 있는 네 평과 세 평짜리 방이 바로 세 사람의 생활공간이었다.

그 공간의 벽에는 간로쿠가 수집한 표본들이 장식되어 있다. 간로쿠가 평생에 걸쳐 수집한 재산이라고도 할 수 있는 희귀한 곤충의 사체가 넘쳐났다.

처음 그것을 본 사람들은 하나같이 감탄하며 탄식하게 된다. 어른이건 아이건 모두 와! 감탄사를 내뱉는다. 사슴벌레, 투구풍뎅이를 비롯해서 사마귀, 풍뎅이, 메뚜기, 나비, 모기, 매미 등 몇 천 종류나 되는 곤충의 사체가 핀에 꽂힌 채 케이스 안에 진열되어 있었다.

찾아오는 아이들 앞에서 노래를 부르는 듯한 목소리로 설명하는 간로쿠의 모습은 그대로 정원의 식물에 대해 이웃 사람들에게 설명할 때의 나나가 보여주는 따스하고 해맑은 모습의 재현이었다.

잠시도 가만있지 못하고 재잘대며 뛰어다니는 니시다카미야 초등학교 아이들이 눈을 반짝이며 얌전하게 간로쿠의 설명에 귀를 기울이는 모습은 수업 중에는 결코 볼 수 없는 따스하고 평온한 풍경화였다.

이것이야말로 참교육이 아니겠느냐고, 교장은 젊은 선생들에게 힘주어 말했다.

간로쿠의 아내이며 나나의 어머니이고 큐의 외할머니인 소후에 미츠(三)는 남편을 잘 받드는 전통적 미덕을 고스란히 간직한 일본 여성이었다. 큐의 눈에는 말없이 일만 하는 할머니의 모습이 마치 개미처럼 보였다.

화려한 화술로 아이들의 마음을 사로잡는 간로쿠와는 달리 미츠는 거의 말이 없었다. 조용히 입을 다문 채 늘 간로쿠의 세 걸음 뒤에 서서 따스한 미소를 머금었다. 간로쿠는 사소한 일을 모두 미츠에게 맡겼다.

"미츠, 미츠! 미츠, 미츠!"

아침부터 밤까지 간로쿠는 미츠만 부른다. 별다른 볼일이 없을 때조차 미츠, 라는 목소리가 터져 나온다. 처음에는 사람을 너무 부려먹는 게 아니냐고 큐는 생각했지만 점차 그것이 오랜 세월을 같이해온 부부의 사랑이며 표현이라는 사실을 깨닫게 된다. 어느 날 갑자기 알게 되었다기보다는 물방울이 바위에 구멍을 뚫듯이 오랜 세월에 걸쳐 큐의 의식에 스며든 깨달음이었다.

"미츠 미츠! 미츠, 어이, 미츠! 어디 있어, 그거, 그거 말이야."

"그게, 뭔데? 할아버지."

"바보, 그게 그거지. 그거 말이야, 어이, 미츠!"

세계를 마주하는 노부부의 진술한 모습에서 큐는 많은 것을 배우게 된다.

큐가 기사실에서 지내기 시작했을 때, 마리의 오빠 소이치로는 벌써 니시다카미야 초등학교에 다니고 있었다.

큐에게 소이치로는 학교에서 아는 유일한 사람이면서 친구였는데 나중에 그는 마리와 함께 큐의 인생을 크게 움직이는 특별한 존재로 부각된다.

소이치로는 어린 철학자였다. 그 영특함에 덧붙여 눈이 부실 것 같은 존재감은 초등학교에서도 눈에 띌 정도였지만 선생들에게는 감당하기 힘든 뾰루지였다.

성인이 된 이후에도 큐는 자주 꿈속에서 그 시절의 소이치로를 본다. 사람에게 얼굴이란 입구이기도 하고 출구이기도 하다고 큐는 만년을 회상하며 말한다.

소이치로는 처음부터 완성된 얼굴을 가지고 있었다. 그의 눈은 초등학생 특유의 천진난만하지만 무지를 드러내는 그런 것이 아니라 뭔지 모를 깊은 사려가 넘쳐흐르는 멋들어진 어른의 눈이었으며, 몇 백 년을 산 뱀파이어의 노회한 눈이었고 먹이를 노리며 날카롭게 응결된 솔개의 눈이었다.

세계를 꿰뚫어보는 깨달음의 눈동자라고 해도 좋았다. 눈부신 빛이 가득한 그 시선의 안쪽에는 인생의 구도자가 될 자질이 담겨 있었다. 훗날 다카미야 지구의 사람들을 전율의 도가니로 몰아넣는 사건을 일으키게 될 소이치로의 조숙에 대해 큐는 그것을 '운명에 대한 반발'이라 지칭하고, 반발이 불러오는 반동이 운명의 가장 두려운 부분이라고 미완으로 끝난 사상서 '소후에 큐의 묵시록'에 적고 있다.

초등학교에 입학했을 때, 큐는 벌써 소이치로의 쫄따구 같은 존재가 되어 있었다.

같은 학년의 친구들과 노는 것보다 소이치로의 곁에 있는 것이 훨씬 자극적이고 즐거웠다. 소이치로는 늘 많은 아이에게 둘러싸여 있었는데 큐도 그중 하나였다.

학교가 끝나면 큐는 늘 소이치로의 뒤를 따라다녔다. 소이치로가 큐를 동생처럼 받아들이고 귀여워하자 마리는 늘 큐를 시기했다.

"너 참 뻔뻔스러워. 오빠는 왜 큐짱한테만 명령을 내려?"

"마리는 여자잖아. 어쩔 수 없어."

큐가 그렇게 말하면 마리는 입을 비죽 내밀었다. 마리에 대한 큐의 마음은 초등학교에 들어가면서 뚜렷한 모습을 띠고 어떤 변화를 겪게 되지만 당시의 큐는 그것이 연정이라는 사실을 알 리 없었다.

마리는 기분이 토라질 때마다 소이치로 패거리 앞에서 춤을 추었다. 다들 그 춤을 유쾌한 기분으로 바라보았지만 소이치로는 결코 웃지 않았다. 소이치로는 마리의 마음을 꿰뚫어보았다. 소이치로에게는 사람의 마음을 꿰뚫어보는 능력이 있었다. 그러기에 그의 말은 때로 흐리터분한 어른들의 언동에 일침을 가하는 것이기도 했다.

"선생님, 선생님은 왜 경험도 실적도 향학심도 없으면서 그렇게 모든 것을 단정적으로 말씀하십니까?"

"어이, 소이치로. 너 어디서 그런 건방진 말을 배웠어?"

"아이라고 어른에게 자기 의견을 말하면 안 되는 겁니까? 그럼 잘못된 행동을 하는 나이 든 사람은 누가 나무랍니까? 그런 걸 못하게 하니까 일본이 잘못된 전쟁을 일으킨 거 아닙니까?"

선생들에게 따지고 드는 소이치로의 모습은 어린아이들에게는 그 자체로 눈이 부셨다. 그는 아이들의 규범이며 사상이었다. 아이들은 소이치로를 어떤 어른보다도 신격화했다.

소이치로는 다양한 놀이를 제안하여 아이들에게 창조적인 즐거움을 선물해주기도 했다. 그가 초등학교 3학년 때 생각해낸 '급사의 풀 스키'가 그 대표적인 예이다.

텔레비전 송신탑 건너편에는 정수장이 있고, 그곳으로 이어지는 경사가 급한 제방에는 작은 길이 나 있었다. 제방의 높이는 10미터 정도, 잔디가 깔려 잘 손질이 되어 있었다. 경사가 너무 급해서 누구도 거기서 스키를 타려고 하지는 않았다.

소이치로는 어디서 종이 박스를 들고 와 그 안에 들어가더니 그냥 제방 아래로 미끄러졌다.

처음 그것을 본 아이들은 소이치로의 용맹에 큰 감명을 받았다. 모두가 영웅을 바라보는 눈길로 급사면을 미끄러지는 소이치로에게 박수를 쳤다.

남자아이들은 소이치로를 따라 종이 박스에 몸을 싣고 급사면을 미끄러져 내렸다. 두려움에 떨면서 미끄럼을 완성했을 때의 성취감이란 이루 말로 다할 수 없었다. 그 제방을 제패하는 것이 니시다카미야 초등학교 남자아이들에게는 사내다움의 증명이었다.

큐는 아직 어려서 소이치로 일당의 용맹을 지켜볼 수밖에 없었지만 언젠가는 자신도 이 제방을 미끄러져 내려가리라 가슴을 두근거리며 다짐하는 것이었다. '급사의 풀 스키'에서 처음으로 다치는 아이가 나왔을 때 소이치로는 그 책임을 지고 교무실에서 반나절이나 벌을 받았다. 소이치로의 동급생이 종이 박스에서 튀어나가 아래쪽 콘크리트 길바닥에 부딪치고 만 것이다. 다행히 생명에는 지장이 없었지만 아이는 어깨가 빠지고 얼굴 반쪽이 슬려버렸다.

붕대를 칭칭 감고 나타난 그 동급생에게 미라라는 별명을 지어준 소이치로는 새로운 놀이 아이디어를 냈다. 그는 아이들에게 집에 가서 붕대를 가져오라고 지시했다. 큐도 약상자에서 붕대를 훔쳐 가져갔다. 점심시간에 소이치로는 그 붕대를 모두 자신의 몸에 감게 했다.

점심시간, 미라로 변신한 소이치로가 교정을 누비며 다녔다. 결국 그는 다시 교무실에서 손을 들고 벌을 서야 했다. 이번에는 물이 든 양동이를 들고.

살짝 살펴보러 온 큐에게 소이치로는 진지한 표정으로 말했다.

"큐짱, 놀이는 목숨을 걸 때 재미있는 거야. 목숨을 걸지 않는 놀이만큼 재미없는 것도 없어. 사람의 일생이란 목숨을 걸 때 재미있는 거란 말이지. 무슨 일을 하더라도 진지하게 모든 힘을 쏟아붓지 않으면 아무런 의미가 없다는 거야. 잘 기억해둬. 왜 이 세상에 태어났는지, 그건 바로 모든 일에 목숨을 걸기 위해서야."

그것은 큐의 미래에 펼쳐질 삶을 가리키는 말이기도 했다.

2 하늘의 길

학교에서 지내는 소후에 큐의 하루는 학교 문을 여는 데서 시작된다.

아침 일곱 시에 할머니 미츠가 깨우면 일곱 시 반까지 할아버지 간로쿠와 함께 교문, 체육관, 교사의 문을 열기 위해 뛰어다닌다.

큐의 역할은 체육관 문과 그 옆에 있는 교사의 문, 그리고 가장 중요한 체육관 뒤편의 북문을 여는 일이었다. 일곱 시 반에서 일 분이라도 늦으면 가장 먼저 등교하는 다케이치에게 야단을 맞았다. 가장 먼저 오는 다케이치는 이키에서 전학 온 까무잡잡한 얼굴의 악동으로 성질이 급한 데다 싸움을 잘했다.

다케이치와 소이치로는 적대 관계였다. 힘으로 아이들을 지배하려는 다케이치와 자유를 신조로 삼는 소이치로는 틈만 나면 으르렁거리며 서로를 노려보았지만 치고 박는 싸움으로 발전하지는 않았다. 다케이치는 소이치로에게서 정체 모를 뭔가를, 자신에게는 없는 어떤 무서운 힘을 느꼈을 것이다.

뭐든 1등을 하지 않으면 성이 차지 않는 다케이치는 문이 열리는 일곱 시 반에 정확히 교문 앞에 나타났다. 어느 때, 큐는 다른 아이에게서 다케이치가 맨 먼저 학교에 나올 수밖에 없는 진짜 이유를 전해 들었다.

"다케이치의 부모는 이혼했대. 어머니가 새 아버지랑 결혼했는데 다케이치랑 같이 살아. 그런데 새 아버지에게 다른 자식들이 있대. 다케이치는 눈치가 보여 중학생 형이 나갈 때 같이 나와버린다는 거야."

큐는 태어나서 처음 들어보는 이혼이라는 말을, 사별했다고 알고 있는 아버지의 부재와 겹쳐 생각하며 다케이치와 자신이 같은 처지라고 믿었다.

"큐! 늦었잖아. 뭘 하고 있어. 빨리 열란 말이야."

큐는 그날 너무 무서운 꿈을 꾸는 바람에 늦잠을 잤다. 큐는 울면서 눈을 떴다. 그러나 아무리 기억하려 해도 꿈의 내용이 떠오르지 않았다. 그리고 그 꿈은 그로부터 3년간 어떤 사건이 일어나기 전까지 자주 큐의 밤을 공포로 몰아넣었다. 그것이 큐의 예언자적 자질을 말해주는 징후라는 것을 본인은 알 리 없었다.

"다케이치짱, 미안. 늦잠을 자고 말았어. 금방 열게, 잠깐만."

다케이치가 대답을 하지 않자 큐는 잔뜩 겁먹은 채 문을 열었다. 안으로 들어선 다케이치는 말없이 큐에게 코브라트위스트를 걸었다.

"아파. 아프다니까. 다케이치짱, 미안해."

큐의 몸이 뒤틀리고 등뼈와 목뼈가 부러질 것 같은데도 다케이치는 커다란 몸을 활짝 펼친 채 조금도 봐주지 않았다.

"큐, 오늘부터 내 쫄따구야, 알았지?"

예, 하고 대답하면 편해진다는 것을 알았지만 큐는 결코 예, 라고 대답하지 않았다. 큐는 언제까지고 소이치로의 정신적인 쫄따구이고 싶었다. 결국 끈기에서 지고 만 다케이치가 큐를 놓아주었다. 몸이 아파 꼼짝할 수 없어 큐는 드러눕고 말았다. 그러나 무서워서 할아버지나 선생에게 일러바치지 않았다.

데라우치 소이치로는 니시다카미야의 패권을 쥐려는 다케이치에게 눈엣가시 같은 존재였다. 초연하게 대처하는 소이치로의 빈틈을 파고들려고 늘 신경을 곤두세우던 다케이치는 일단 마리를 겨냥했다.

"후쿠오카에서 태어난 주제에. 뭐야, 그 도쿄 사투리는. 이거 완전히 이상한 물이 들어버렸잖아."

마리는 부모의 영향으로 하카타 사투리를 별로 쓰지 않았다. 대학교수인 아버지를 흉내 내 어투가 어딘지 모르게 어른스러웠다. 도쿄에서 태어난 소이치로가 자진해서 하카타 사람이 되어버린 데 반해 마리는 부모의 도시적인 대화를 들으며 도쿄를 동경했다.

"마리, 여긴 후쿠오카란 말이야. 후쿠오카에서 태어났으면 후쿠오카 사람이 되어야 할 거 아냐."

그렇게 말하며 다케이치는 마리의 머리에 콩, 알밤을 먹였다. 마리는 기가 센 아이였지만 덩치가 큰 다케이치에게는 대적할 수 없었다.

그러나 소이치로는 마리를 도와주려 하지 않았다. 큐는 마리가 다케이치와 그 쫄따구들에게 둘러싸여 봉변을 당하려 한다고 소이치로를 찾아서 하소연했지만,

"스스로 넘어설 수 있어야지."라며 냉정하게 대응할 따름이었다.

좀처럼 움직이지 않는 소이치로에게 화가 난 큐는 화단의 돌을 집어 다케이치에게 던졌다. 도저히 정면 승부로는 상대가 되지 않는다. 뒤에서 기습을 한 셈이었다. 돌은 정확히 다케이치의 머리에 맞았고 적은 쓰러졌다. 두려웠지만 마리를 생각하는 마음이 그보다 더 컸다. 선생이 달려왔을 때 다케이치는 어린아이답게 머리를 감싼 채 울고 있었다.

"왜 소짱은 도와주러 오지 않는 거야. 자기 여동생인데 왜 도와주지 않는지 모르겠어."

마리는 큐에게 고맙다는 말은 하지 않고 "오빠 욕하지 마." 하고 투덜거렸다.

다케이치의 보복을 각오하고 한 짓인데 왜 고맙다는 인사도 하지 않는 거야, 큐는 도저히 이해할 수 없었다.

다케이치는 아이들이 보는 앞에서 큐를 잡아서 새로운 프로레슬링 기술을 걸려고 했다. 아이들은 보고도 못 본 척했다. 그러나 큐는 결코 굴복하지 않았다. 아이들 앞에서 몸이 만자로 꺾여도 다리가 부러질 지경으로 휘어져도 울지 않았다. 마리가 다가왔다.

"그만두지 못해. 이 비겁한 놈아!"

그러나 소이치로의 모습은 보이지 않았다.

"큐짱, 괜찮아? 지금 오빠를 불러올 테니까 잠깐만 기다려."

마리가 달려갔다. 그러나 데리고 온 사람은 소이치로가 아니라 할아버지 간로쿠였다. 간로쿠의 모습을 본 다케이치는 냅다 뺑소니를 쳤다. 큐에게는 폭력을 당한 억울함보다도 소이치로가 와주지 않은 섭섭함이 더 컸다.

며칠 후 정수장 제방에서 풀 스키를 탈 때 그 일에 대해 소이치로에게 물어보았다. 왜 마리를 도와주러 오지 않았느냐고.

소이치로는 다른 사람에게 의지하는 건 바람직하지 않다고만 했다.

후쿠오카의 비행장은 도시 안에 있어서 비행기가 주택가 위를 선회한다. 정수장의 하늘이 활주로의 진입로이다. 풀 스키도 지겨워진 아이들은 드러누운 채 하늘을 스쳐가는 제트기의 거대한 복부를 보며 감탄했다.

"와, 크다."

다들 입을 모아 외쳤다. 대형 여객기가 지나간 다음 소이치로가 말했다.

"앞으로의 인생에 내가 늘 곁에 있으리란 법은 없으니까."

그때 큐는 귀울림을 느꼈다. 찌-잉, 머리의 중심이 욱신거리고 눈앞이 캄캄해졌다. 그 무서운 꿈의 단편이 떠올랐다. 짙은 안개가 낀 아침, 나무에 매달린 작은 그림자……

"큐짱, 저기 봐. 하늘에도 길이 있어."

큐는 눈에 힘을 주며 겨우 눈을 떴다. 푸른 하늘이 낮게 펼쳐져 있었다. 텔레비전 송신탑의 끝 바로 위를 대형 여객기가 굉음을 울리며 지나갔다.

"길은 어디든 있어. 내가 하고 싶은 말은 그것뿐이야."

큐의 불안을 아는지 모르는지 소이치로는 소리 높여 웃었다.

소이치로가 단 한 번 화를 낸 적이 있었다. 소후에 큐의 아버지가 야쿠자라는 소문이 퍼진 지 석 달 후의 일이었다. 소이치로는 다케이치를 때렸다.

큐는 자신의 아버지가 교도소에 있다는 것을 몰랐다. 어머니 나나에게 죽었다는 말을 들었을 뿐이다. 학교 선생들은 큐의 출생에 대해 알고 있었지만 그런 사실을 결코 입 밖에 내지 않았다. 마리의 부모 데라우치 아라타와 기요도 아이들에게 비밀로 했다.

큐의 아버지 엔도 다쿠미가 가석방된다는 소문이 나카스에 나돌았다. 다쿠미의 형님뻘인 신가와 에이기치는 벌써 엔도의 조직을 해산해버렸고 중심적인 조직원은 거의가 그에게 이용당해 비참한 최후를 맞이했다.

다쿠미도 감옥의 동료들을 통해 부하들이 개죽음당한 것이 누구 때문인지를 자세히 알고 있었다.

그리고 소후에 나나가 근무하는 술집은 신가와 에이기치가 경영하는 곳이었다. 아름다운 나나는 결코 남자의 유혹에 굴하지 않고 꿋꿋하게 일했지만, 신가와는 매일처럼 나나에게 빚 문제를 빌미로 삼아 자신의 여자가되라고 강요했다.

모범수 엔도 다쿠미에게 가석방 허락이 떨어지자마자 나카스에 다시 피의 복수극이 펼쳐지리라는 소문이 후쿠오카 시내를 준마처럼 내달렸다.

니시다카미야 초등학교 선생 하나가 나카스에서 이런 소문을 듣고 직원회의 자리에서 이야기했다. 소문은 퍼져 마침내 아이들까지 알게 되었다.

야쿠자가 떼를 지어 학교로 밀려올 것이라고 말하는 사람도 있었다. 한 때는 불안에 못 이겨 대책을 강구하라고 주장하는 학부모들의 성화에 할아버지 간로쿠의 퇴직 문제가 거론되기도 했지만 간로쿠가 오랜 세월 쌓아 올린 덕망에 힘입어, 또한 교장이 학부모회의에서 만약에 무슨 일이 있으면 모든 책임을 스스로 지겠다고 선언함으로써 간로쿠는 자리를 지킬 수 있었다.

방과 후의 일이었다. 큐가 없는 자리였다. 복도에 아이 몇을 모아두고 다케이치가 무슨 말을 하고 있었다. 누군가가 소이치로에게 일러바쳤다. 다케이치가 아이들을 모아놓고 큐를 욕한다고.

"아버지가 야쿠자니까 그 자식 성질도 더러운 거야."

다케이치는 작전을 바꾸었다. 표면적으로는 그 아버지가 무서워 큐 앞에서 꼼짝도 못하는 척하다가 뒤에서는 큐를 고립시키기 위해 나쁜 소문을 퍼뜨리기로 한 것이다.

"그때 얼마나 무서웠다고. 뒤에서 사람을 그렇게 습격하다니. 그것도 돌멩이로. 그런 수법도 지 아버지한테 배운 거지 뭐. 너희도 조심해. 전 하카타가 피투성이가 될 거라는 소문이 있다니까. 정말 무서워. 언제나 이 학교에도 평화가 찾아올까."

다케이치는 설교를 다 끝내지도 못하고 소이치로에게 두들겨 맞았다.

"너도 야쿠자가 되고 싶어?"

다케이치가 일어서려는 순간 소이치로는 다시 발길질을 날렸다. 키는 다케이치가 더 컸지만 소이치로의 기백은 압도적이었다.

"큐짱은 네 말처럼 그렇게 치사한 애가 아냐. 다시 한 번 더 그딴 말하면 내가 큐짱을 대신해서 혼낼 거야."

둘이서 엉겨 붙었지만 승부가 난 것이나 다름없었다. 소이치로의 박력에 다케이치는 기가 죽어버렸다. 선생이 달려와 말릴 때까지 소이치로의 분노는 가라앉지 않았다.

소이치로가 다케이치를 묵사발로 만들었다는 뉴스가 학교로 퍼져나가고 기사실에서 생활하는 큐의 귀에도 그 소식이 들렸다.

"뭐라고?"

"몰라. 어쨌든 소짱이 아이들 보는 앞에서 큐짱을 욕하는 다케이치를 발로 차고 때리고 넘어뜨리고 그랬어."

친구를 따라 교무실 앞에 가보니 두 사람은 물이 든 양동이를 두 손으로 받쳐 들고 복도에 서 있었고, 아이들은 큰 구경거리라도 난 양 복도에 몰려들었다.

"너희들 빨리 집에 가."

선생들이 아이들을 쫓아냈다. 큐의 눈에, 턱을 치켜들고 똑바로 앞을 바라보며 등을 쭉 펴고 입을 꼭 다문 채 초연히 서 있는 소이치로의 모습이 비쳤다.

다케이치는 어깨를 늘어뜨리고 소이치로에게 맞아 벌겋게 부은 얼굴에다 눈에는 눈물이 맺혀 있었다.

큐는 소이치로가 자신을 위해 싸워주었다는 것이 너무 자랑스러웠다. 마리가 달려와서 소이치로에게 매달렸을 때 그게 바로 자신인 것 같은 느낌에 사로잡혔다.

여름의 어느 날, 낯선 남자가 북문을 열고 있는 큐를 불렀다.

학교는 여름방학에 들어갔지만 문만은 정해진 시간에 열어두어야 한다.

남자는 처음엔 전봇대 그늘에 몸을 숨기고 있다가 큐가 문을 열기 시작하자 한 발을 끌면서 다가와, 어이, 하고 굵직한 목소리로 불렀다.

그 남자가 바로 아버지 엔도 다쿠미라는 사실을 큐는 상상도 하지 못했다. 벗어져 번들거리는 정수리. 아침 햇살을 받아 반짝이는 머리로만 자꾸 눈길이 가 미안한 생각이 들 정도였다. 남자는 거구였다. 아침인데도 선글라스를 끼고 있었다.

"큐……."

남자는 큐의 얼굴을 구멍이 뚫리지는 않나 싶을 정도로 바라보았다.

"그런데요?"

"그렇구나."

"아저씨는?"

"아저씨는 말이다……."

그러고는 입을 다물어버렸다. 선글라스 안에서 눈을 몇 번 깜빡거렸다. 남자는 말을 찾으려고 입을 오물오물하다가 결심이라도 한 듯 얼굴을 들어 올리고 마른침을 삼켰다. 선글라스를 벗자 날카롭게 치켜 올라간 눈이 나타났다. 그때 등 뒤에서 큐를 부르는 소리가 들렸다.

"무얼 해? 큐짱, 손님이라도 왔니?"

간로쿠의 목소리였다. 그러자 남자는 다시 선글라스를 끼고, 또 올게, 이걸로 사고 싶은 거라도 좀 사, 라며 호주머니에서 만 엔짜리 지폐를 꺼내 큐에게 쥐어주고는 빨간 신호도 무시하고 황급히 길을 건너 가버렸다.

간로쿠는 큐에게 다가서자마자 손자의 손에 들린 만 엔 지폐를 빼앗아 마치 더러운 물건이라도 되는 듯 쫙쫙 찢어버렸다.

만 엔이 얼마만 한 가치가 있는지를 벌써 알고 있는 큐였기에 큰 소리로 외쳤다. 할아버지가 아무런 설명도 하지 않았지만 큐는 갈가리 찢긴 지폐를 바라보며 그 거구의 남자가 자신의 아버지라는 사실을 깨달았다.

다음 날 아침부터 문을 열고 닫는 큐의 옆에는 늘 미츠가 붙어 있었다. 미츠는 큐가 문을 열 동안에도 주위를 조심스럽게 살폈다. 할머니가 시선을 던지는 전봇대나 집의 그늘 뒤편에 아버지가 숨어 있지는 않나 하고 큐도 곁눈질을 했다.

아버지의 오랜 부재는 큐의 인생에 큰 영향을 미쳤다. 마리의 가족을 울타리 너머로 바라보며 큐는 늘 마리의 아버지 데라우치 아라타를 통해 아버지의 모습을 떠올렸다.

학자인 아라타의 부드럽고 여유로운 분위기와 이지적인 눈매, 그리고 존경하는 소이치로의 아버지라는 사실과 옆집에 사는 상냥한 어른이라는 점이 큐의 마음속에서 이상적인 아버지상으로 맺혔다.

그런데 갑자기 나타난 엔도 다쿠미의 풍모는 오랫동안 마음속에 그려왔던 아버지상과는 너무 많이 달랐다. 큐는 그 틈을 메울 수 없어 멍해지고 말았다. 새카만 양복을 입고 거구에다 검은 선글라스로 얼굴을 감추어야 하는 존재……. 그것은 꿈 많은 어린 소년에게는 받아들이기 힘든 현실이었다.

그러나 어떤 의문이나 불만이나 망설임보다도 자신에게 아버지가 있다는 사실이 더 중요했다. 매일 밤 큐는 아버지는 무엇인가를 생각했다. 운동회 같은 학교행사에서는 늘 할아버지가 아버지를 대신했다. 동급생들의 아버지를 볼 때마다 왜 자신에게는 아버지가 없는지 이해할 수 없었다. 어느 날 다케이치가 불쑥 큐에게 이런 말을 했다.

"나도 아버지가 없어. 우리 아버지와 어머니는 이혼했거든."

다시 들어보는 이혼이라는 말에 큐는 몸을 움찔했다.

"뭔데, 이혼이라는 거?"

"사랑이 식어서 부부를 그만두어 관계가 원래대로 돌아가는 거. 그런데 말이야 부부는 남남이 될 수 있어도 자식은 그렇게 안 돼. 그래서 나처럼 새로운 가족과 살아야 하는 케이스도 나오는 거란 말이지."

"케이스?"

"그래, 케이스. 일본어로 뭐라고 하나. 어쨌든 케이스, 알겠어?"

다케이치는 '스'에서 입술을 오므리며 웃었다. 소이치로와 한바탕 드잡이를 한 이후로 다케이치와도 조금 친해졌다. 소년들의 웅어리는 어른처럼 길게 꼬리를 끌지 않는다.

나중에 큐는 제자 소노 분도에게, 지금 세상에서 필요한 것은 소년의 마음이야, 라는 말을 남겼다.

큐가 아버지와 정식으로 재회한 것은 소이치로가 일으킨 피도 얼어붙게 만든 그 사건이 있은 지도 훨씬 후의 일이었다.

엔도 다쿠미는 치쿠고 강의 하류 오가와 시에 있는 오랜 동료의 집에 숨어서 때를 기다리고 있었다. 그사이 나나와는 은밀히 연락을 주고받고 있었다. 나나는 당장이라도 남편을 만나고 싶었지만 엔도는 지금은 안 된다며 아내를 멀리했다.

엔도는 옥중에서 본처와 이혼했다. 부하들의 복수를 할까, 나나와 큐와 셋이서 행복하게 지낼까, 감옥에서 고뇌하던 끝에 하나의 결론을 내렸다.

엔도 다쿠미는 개죽음을 당한 부하들의 묘를 하나하나 찾아다니며 사죄했다.

"자네들이 억울하게 죽은 걸 알면서도 나는 나만의 행복을 찾을 결심을 했다네. 자네들 몫까지 행복하게 살아줄게. 저세상에서나마 지켜봐주게."

두 손을 모으고 엔도 다쿠미는 나나와 큐랑 함께 조용히 행복하게 살아갈 날을 꿈꾸었다.

3 휜 숟가락

평소의 소후에 나나는 식물과 아들을 사랑하는 얌전한 여자였지만 나카스에서는 가장 성깔 있는 호스티스로 유명했다.

손님들과도 자주 다투었다. 그녀가 손님에게 허락하는 것은 왼손과 무릎 위 5센티미터까지였다. 오른손은 큐의 머리를 쓰다듬어야 하기 때문에 절대로 손님에게는 만지지 못하게 했다. 그 반대로 왼손은 늘 손님의 손 안에 있었기에 '부정한 손'이라 하면서 결코 큐에게 만지지도 못하게 했다.

손님이 그것 아닌 다른 곳을 만지려 하면 그녀는 자리에서 일어섰다. 시건방진 호스티스라고 화를 내는 사람도 있었다. 그러면서도 그녀가 나카스에서 계속 일을 할 수 있던 것은 신가와 에이기치의 비호 덕분이었다.

한번은 아무것도 모르는 손님이 나나를 끌어안은 적이 있었다. 그러고는 나나의 옷을 벗기려 했다. 그 지역의 조폭인 데다 술에 취한 상태라 아무도 그를 말릴 수 없었다. 가게 종업원이 신가와의 사무실까지 달려가서 알릴 동안 나나는 가만있지 않았다. 테이블에 놓여 있던 아이스픽으로 나나는 남자의 오른쪽 다리 허벅지를 깊이 찔렀다. 물론 부정을 탄 왼손으로.

"다시 또 그러면 이번에는 좆을 찔러버릴 거야!"

급하게 달려온 신가와가 적당히 구슬려서 사태를 수습했다. 그 일 때문에 나나는 더더욱 신가와에게서 벗어나기가 힘들어졌다.

신가와 에이기치는 모든 것을 손에 넣은 사내였지만 오로지 하나 마음대로 하지 못하는 것이 있었는데, 그게 바로 소후에 나나였다. 나나가 엔도 다쿠미의 애인이 되었을 때부터 신가와는 나나를 노렸다. 신가와가 동생뻘인 엔도 다쿠미를 다른 조직과의 다툼에 얽히게 만든 것도 나나를 차지하기 위해서였다.

엔도 다쿠미가 감옥에 들어갔을 때, 신가와 에이기치는 나나에게 일자리를 소개하겠다며 접근했다. 엔도에게 자신이 모시는 형님이라고 소개를 받았기 때문에 금전적으로 어려웠던 나나는 아무런 의심 없이 신가와가 경영하는 술집에서 일을 시작했다.

신가와 에이기치는 무슨 수를 쓰든 나나를 자신의 여자로 만들려고 온갖 방법을 동원하여 꼬드겼지만 나나는 눈짓 한 번 주지 않았다. 이윽고 나나의 귀에 신가와 에이기치의 감추어진 얼굴을 밝혀주는 이야기가 흘러들었다. 엔도의 조직을 박살 내기 위해 엔도를 함정에 빠뜨렸다는 내용이었다. 하지만 그때는 벌써 많은 돈을 신가와에게 빌려 쓴 입장이었고 또한 신가와의 교묘한 수법에 말려 빚이 부풀어 올라 도저히 다른 집으로 옮길 수도 없는 형편이었다.

밤 여덟 시에서 새벽 세 시까지 나나는 일을 했다. 일요일만 쉬면서 큐와 둘이서 지냈다. 평일에는 만날 수 없는 어머니가 오는 날이기도 해서 큐는 일요일을 손꼽아 기다렸다. 그날만을 기다리며 하루하루를 보냈다.

큐가 아버지로 보이는 사람을 교문 앞에서 만났다는 말을 했지만 나나는 벌써 간로쿠에게 그 말을 들었기 때문에 딱히 놀라지 않았다.

"살아 있었어?"

큐는 어린아이의 지혜를 발휘하여 잠자리에 들기 전 슬쩍 평소의 궁금증에 대해 물어보았다. 나나는 상냥하게 큐를 끌어안고 글쎄, 하고 얼버무렸다. 큐는 반쯤 감기는 눈으로 그날 아침에 일어난 일을 어머니에게 전했다. 찢긴 만 엔짜리 지폐를 모두 주워 모아 호주머니에 숨겼다는 것도.

"다른 사람들이 모두 아버지는 야쿠자 두목이었다고 해. 감옥에 들어가 있다고. 죽은 건 아니지?"

"말도 안 되는 소리야. 어서 자."

나나의 거짓말이 너무 어색했다.

"야쿠자가 뭔데? 다들 나쁜 사람이라고 하던데. 아버지가 그 나쁜 사람들의 두목이야?"

"아버지는 나쁜 사람이 아냐. 좋은 사람이야. 옛날에 건널목에서 개가 전차에 치일 위기에 처했을 때 달려 들어가 구해준 사람이야. 개는 구했지만 아버지는 그만 한쪽 발을 치이고 말았어. 나쁜 사람이 어떻게 그런 행동을 할 수 있겠니."

큐의 눈이 조금 커졌다. 여기서 눈을 완전히 떠버리면 이야기가 길어질 것 같아 나나는 일부러 눈을 반쯤 감고 잠이 와 죽겠다는 표정을 지었다.

"그 아저씨 다리를 절었어. 그리고 나쁜 사람처럼 보이지 않았어. 만화에 나오는 그런 재미있는 얼굴이었다니까."

나나는 다시 한 번 큐를 끌어안고, 그럼, 그럼, 이제 자, 하고 등을 톡톡 두드렸다. 큐는 눈을 감은 채 꼼짝도 하지 않았다. 이제 잠이 들었다고 나나가 안도하는 순간 다시 눈을 번쩍 뜨며 물었다.

"그럼 왜 사람을 죽였어?"

남자끼리의 약속이 있었는데, 하고 말을 시작하다가 나나는 그만 입을 꾹 다물어버렸다. 야쿠자를 미화해서는 안 된다고, 나나는 마음을 단단히 다잡았다. 아버지를 동경하다가 큐가 혹시나 그 길로 들어서서는 안 된다고 생각했다. 나나는 잠이 오는 척하는 수밖에 없었다.

"졸려."

중얼거리면서 큐의 머리를 쓰다듬었다. 큐는 나나의 그 왼쪽 손목을 잡고 말했다.

"이쪽은 부정을 탔으니까 이러면 안 되잖아."

나나는 황망히 손을 바꾸어 오른손으로 큐의 머리를 쓰다듬었다. 모자는 잠시 침묵을 지키며 이불 속에서 가만히 서로의 동정을 살피다가 누가 먼저랄 것도 없이 깊은 잠 속으로 빠져들었다.

다음 날 아침, 현관에 데라우치 마리와 소이치로가 나타났을 때 큐는 아직도 자고 있었다. 꿈속에서 큐는 선글라스를 낀 대머리 남자와 가위바위보를 하고 있었다. 이상적인 아버지상과는 거리가 먼 얼굴이지만 언제부터인가 큐는 그 남자의 특이한 얼굴이 좋아졌다.

청소를 하는 어머니의 등을 향하여 큐는 어젯밤에 이은 질문을 할까 말까 망설였다. 그러나 아버지에 대한 이야기는 금기였다. 지각을 할 것 같아 큐는 그대로 집을 나섰다. 바쁜 아침 시간이 어머니와 자식에게는 구원이었던 셈이다.

월요일 아침만은 소후에 큐는 데라우치 마리와 소이치로 셋이서 같이 등교했다. 마리와 소이치로에게는 일과인 등하교도 큐에게는 일주일에 한 번

찾아오는 축제이며 모험이었다.

그것을 아는 소이치로의 제안으로 세 사람은 매번 다른 길로 학교에 갔다. 일부러 하얀 비닐이 덮인 공사 현장을 지나기도 하고 아파트 단지로 들어가 숨바꼭질을 하며 빙 돌아서 가기도 했다. 들판을 지날 때는 메뚜기를 뒤쫓거나 때로는 하수도로 내려가 가재를 잡기도 했다.

큐가 늦잠을 자는 바람에 출발이 평소보다 십 분이나 늦어서 그날은 평소의 통학로를 걸어가기로 했다. 아이들이 여기저기 골목에서 나오는 모습이 큐에게는 참 신선한 풍경으로 비쳤다.

"행진, 행진, 짠자라짠짠."

큐는 마구 재잘거리며 손을 흔들었다. 마리도 흉내를 내며 같이 손을 흔들었다. 소이치로는 조금 겸연쩍은 표정으로 흔들었다. 큐가 즐거워하는 모습을 오누이는 진심으로 기뻐해주는 것 같았다. 큐를 잘 보살펴달라는 나나의 부탁에, 정의감에 넘치는 소년 소이치로는 그러겠노라고 약속했다.

교문 앞에서 큐는 멈춰 섰다. 왜 그러냐고 소이치로가 물었다. 큐는 전봇대 뒤에 숨어 있는 남자를 떠올리며 말했다.

"아버지가 살아 있었어."

마리와 소이치로는 아슬아슬한 표정으로 큐를 바라보았다. 마리는 큐의 아버지에 대한 나쁜 소문이 학교에 퍼지기 시작할 무렵 한 번 부모에게 소후에가에 대해 물어본 적이 있었다. 왜 큐에게는 아버지가 없느냐고. 아버지 아라타는 어떤 집이든 나름의 사정이 있는 거라고 얼버무렸다. 마리와 소이치로는 더는 묻지 않기로 했다.

"지난번에 여기 서 있었거든."

큐는 전봇대를 가리켰다.

"그렇지만 아버지 같지가 않았어. 호빵맨 같아 보였어."

"호빵맨?"

마리가 물었다.

"소짱의 아빠처럼 멋져 보이지 않았어. 그래서 너무 실망했어."

그렇게 말하고 큐가 웃자 둘도 따라 웃었다. 호빵, 하고 마리는 소이치로의 얼굴을 보며 중얼거렸다.

"그렇지만 내게도 아빠가 있다는 걸 알고 얼마나 좋았는지 몰라. 호빵 같은 얼굴이라도 아빠는 아빠니까. 세상에 하나뿐인 아빠야."

오누이는 웃음을 거두었다. 벨 소리를 듣고 셋은 서둘러 교문 안으로 들어갔다. 큐는 한 번 뒤를 돌아보았다. 전봇대 뒤에 또 그 사람이 서 있지는 않을까, 그러길 바라면서…….

아이들 대부분 큐의 아버지가 야쿠자 두목이라는 사실을 알고 있었다. 집에서 부모들이 이야기하는 나카스 전쟁에 대해 듣기도 했고 또 소문이 돌기도 했기 때문이다.

큐는 그 전쟁에 대한 진상은 몰랐다. 몇 번인가 할아버지에게 물었지만 제대로 설명해주지 않았다. 왜 사람들이 야쿠자를 두려워하는지도 어린 큐에게는 수수께끼였다.

큐는 어느 날 소이치로에게 아버지란 무엇인가, 하고 물었다. '급사의 풀스키'를 하는 중이었다. 어렵네, 라며 소이치로는 고개를 갸웃했다.

"소짱, 아버지는 왜 내 곁에 없는 거야?"

소이치로는 벌렁 풀밭에 드러누웠다.

"큐짱도 누워."

큐가 옆에 드러눕자 풀 스키를 즐기던 아이들도 좋아 보인다며 우르르 달려와 드러누웠다. 다카미야 정수장의 급사면 잔디 위에 소년들은 큰 대자로 누워 있었다.

"봐, 저기 태양이 있지."

푸른 하늘의 중심에 찬란하게 빛나는 태양이 있었다.

"저게 큐짱의 아버지야."

큐는 소이치로가 무슨 말을 하는지 알 수 없었다.

"태양?"

"태양은 누구에게나 평등하게 비추잖아. 저렇게 멋진 아버지도 없을 거야."

"그렇지만 소짱, 태양은 사람이 아니잖아."

"큐짱, 외로울 때는 태양을 올려다봐. 어딘가에서 큐짱의 아버지도 큐짱을 생각하며 같은 태양을 보고 있을 거야. 자식을 그리워하지 않고 사랑하지 않는 아버지는 세상에 없는 거야."

소이치로가 하늘을 올려다보며 말했다. 큐는 태양을 바라보았다. 너무 눈이 부셔서 눈을 제대로 뜰 수 없었다. 큐는 어쩐지 알 것 같았다. 자식을 그리워하지 않고 사랑하지 않는 부모는 없다. 소이치로의 말이 큐의 마음속에서 태양처럼 빛나기 시작했다.

태양을 올려다보는 사이에 큐는 몽롱한 잠에 빠져들었다. 머리가 벗어진 남자가 나타났다. 검은 선글라스 안에서 눈동자가 부드럽게 곡선을 그리고 있었다. 아빠, 하고 큐가 불렀다. 남자는 호주머니에서 만 엔짜리 지폐를 꺼내 큐에게 쥐어주었다. 발을 질질 끌며 서둘러 길을 건너가는 모습이 좀 우스꽝스러웠다. 그 광경이 애절하고 슬픈 기억으로 가슴에 새겨졌다.

눈을 떠보니 곁에 소이치로가 있었다. 소이치로는 잠든 큐의 얼굴을 쓰다듬고 있었다. 소이치로의 볼에 눈물이 마른 흔적이 남아 있었다. 큐는 황망히 코를 훌쩍이며 겸연쩍게 웃었다.

만일 소이치로의 말처럼 태양이 사람들에게 아버지를 나타내는 어떤 형상이라고 한다면 큐에게는 소이치로가 바로 아버지의 형상이었다.

큐가 다른 아이들의 시선에서 보호받을 수 있던 것은 할아버지 간로쿠나 선생들의 배려보다도 소이치로의 관심 덕분이었다. 맨 먼저 등교하는 다케이치를 힘으로 누른 이후로 소이치로는 그 자신이 바랐건 바라지 않았건 자연스럽게 니시다카미야의 리더가 되었다. 소이치로는 사람의 위에 서기를 바라지 않았고 거드름도 피우지 않았지만 그가 있는 것만으로 니시다카미야 초등학교는 평화로웠다.

소이치로는 큐가 여덟 살이 되었을 때 이렇게 말했다.

"큐짱, 사람에게 가장 어리석은 짓이 뭔지 알아?"

큐는 얌전하게 고개를 저었다. 같이 있던 마리가, 똑같은 잘못을 반복하는 것이라고 말했다. 소이치로는 마리의 머리에 콩, 알밤을 먹였다. 웃으면서 그건 엄마가 늘 우리한테 하는 말이잖아, 하고 응수했다.

"아냐?"

마리가 입을 비죽 내밀었다. 소이치로는 태양을 올려다보고 이렇게 중얼거렸다.

"복수심이야."

복수심, 여덟 살밖에 안 된 큐와 마리가 이해하기에는 아직 어려운 말이었다.

"간단히 말하면, 당한 대로 되갚는 것이지."

"되갚는 것?"

마리가 앵무새처럼 반복했다.

"예를 들면 두들겨 맞은 애가 두들겨 팬 아이에게 원한을 품고 있다가 그걸 되갚는 것. 그리고 숨어 있다가 공격하는 것을 복수라고 하는 거야."

큐는 소이치로의 말을 이해할 수 없었다.

"그렇지만 소짱, 맞았는데 말이야, 맞고도 가만있으면 사나이가 아니잖아. 규슈 사나이답지가 않아."

소이치로가 웃었다. 잠시 웃더니 진지한 표정으로 말했다.

"그렇게 되갚았다고 하자. 그러면 언젠가 다시 복수를 당할 테지. 세상은 그런 악순환만 일어날 거야. 원한은 영원히 반복될 뿐이야."

마리와 큐는 신음했다. 잠시 후 이번에는 마리가 되물었다.

"그럼 두들겨 맞기만 해도 돼?"

큐는 얼마 전에 배운 '울분을 삭인다'라는 말을 떠올렸다. 그러나 소이치로는 의연한 태도로, 그래, 하고 대답했다. 그러자 마리가, 말도 안 돼! 라고 불만스럽게 외쳤다. 큐는 있는 힘을 다해 소이치로의 말을 이해하려 했다.

소이치로는 스스로의 말을 실천하려는 듯 다케이치와 화해했다. 처음에는 경계하던 다케이치도 소이치로의 스스럼없는 태도에 점점 마음을 열고 어린아이답게 우정을 키워갔다. 큐는 복수심을 버리려면 아픔을 이해하는 자세가 필요하다는 소이치로의 가르침을 언제까지나 가슴에 품고 살아가리라 마음먹었다.

소이치로의 주위에는 참으로 신비로운 바람이 불고 있었다. 거칠기로 유명한 다케이치도 소이치로의 영향을 받아 고학년이 되자 소이치로에 뒤지지 않을 만큼 정의감에 넘치는 남자가 되었다. 다케이치만이 아니라 니시

다카미야 초등학교의 아이들에게 소이치로는 아버지 같은 존재이며 도덕 군자이며 인간의 모범이었다.

오빠를 사모하는 마리만이 그런 주위의 분위기를 성에 차지 않아 했다. 소이치로에게 러브레터를 건네려는 여자아이들이 끊이지 않았다. 마리는 소이치로에게 다가서거나 길모퉁이에 숨어 편지를 건네려는 여자아이들을 물리치느라 바쁜 나날을 보냈다.

"꼴 보기 싫어, 정말. 너무너무 싫어! 왜 그런 눈길로 오빠를 바라보느냐 말이야."

마리는 짜증을 냈다. 남몰래 마리를 좋아하는 큐에게 마리의 오빠 콤플렉스는 무엇보다 복잡한 문제였다. 라이벌이 소이치로여서는 도저히 상대가 안 된다.

"마리짱한테는 내가 있잖아."

마리는 어이없다는 표정으로 큐를 돌아보았다.

"뭐?"

"마리짱한테는 내가 있잖아. 언젠가는 내가 마리짱을 행복하게 해줄게. 나랑 같이 다녀."

마리는 어이가 없는지 그냥 웃을 따름이었다. 왜 웃느냐고 큐는 얼굴을 찌푸렸다. 마리는 큐의 얼굴을 손가락으로 가리키며, 너 지금 무슨 말을 하는 건지 알기나 해, 너 괜찮아?라며 계속 웃었다. 큐가 마리에게 자신의 마음을 전한 것은 그때가 처음이었다.

큐가 태어나서 처음으로 자신의 능력을 자각한 것은 아홉 살을 눈앞에 둔 여름의 끝자락에서였다. 할아버지 할머니와 같이 텔레비전을 보면서 밥을 먹는 중이었다. 카레 위에 크로켓이 올라 있었다.

외국인 초능력자가 숟가락을 휘는 프로그램이었다. 평소라면 간로쿠가 식사 중에는 텔레비전을 보지 말라고 끄는 것이 보통인데 그날은 사정이 있었다. 나나가 은밀히 엔도 다쿠미를 만나러 가는 바람에 큐가 그렇게 기다리던 일요일을 어머니 없이 혼자 보내게 된 것이다. 풀이 죽은 큐를 달래주려고 텔레비전 시청을 허락한 것이다.

"저 사람 뭐 하는 거야?"

큐가 미츠에게 물었다.

"저 아저씨가 마법의 힘으로 숟가락을 휘게 한대."

"마법의 힘?"

"이 할머니도 잘 모르겠다. 초능력이라고 하더라. 휘어라 하고 생각하면 힘을 주지 않아도 저절로 숟가락이 휜다는 거야."

카메라는 수염을 기른 외국인의 동작을 하나하나 따라갔다. 백인 남자는 눈을 감고 미간에 힘을 주었다. 그 긴장감이 화면을 통해 큐에게 전달되었다. 사람들은 숨죽인 채 남자의 손을 바라보고 있었다. 남자가 잡은 숟가락이 화면에 크게 비쳤다. 간로쿠도 미츠도 마른침을 삼키며 바라보고 있었다. 그리고 큐도 뚫어져라 화면을 바라보았다.

"안 휘네요."

사회자가 작은 소리로 중얼거렸다.

"그렇지만 조금 휜 것처럼 보이긴 하는데요."

게스트로 나온 여자 탤런트가 말했다.

큐는 자신의 손이 이상하게 뜨거워진 것 같은 느낌이 들어 슬쩍 시선을 아래로 떨어뜨리고는 할 말을 잃어버렸다. 손에 든 숟가락이 움직이고 있었다. 생물처럼 숟가락이 휘어지고 있었던 것이다. 탕, 딱딱한 금속음이 화면에 집중하고 있던 할머니를 놀라게 했다.

"어, 큐, 뭐 하고 있는 거니?"

간로쿠가 휜 숟가락을 집어 들며 버럭 고함을 쳤다.

"아냐, 이게 멋대로 휘었어."

"거짓말. 너 몸을 실어서 눌렀지?"

"아냐. 텔레비전을 보고 있는데 손이 갑자기 뜨거워지면서……."

아무리 설명을 해도 할아버지 할머니는 믿어주지 않았다. 아이들은 금방 흉내를 낸다니까, 하면서 미츠는 굽은 숟가락을 펴려고 했다.

"오늘은 아무래도 휘지 않을 것 같습니다."

사회자가 화면 속에서 말했다. 외국인 남자는 약간 휜 듯이 보이는 숟가락을 카메라 앞으로 내밀며 오늘은 컨디션이 안 좋은 것 같다고 변명했다.

"할아버지, 이거 너무 딱딱해. 이거 똑바로 좀 펴줘."

간로쿠가 미츠의 손에서 숟가락을 받아 들고 힘을 넣었다. 그러나 휜 숟가락은 간로쿠의 힘으로도 원래대로 돌아오지 않았다.

큐가 급식 시간에 데라우치 마리의 눈앞에서 숟가락을 휘었을 때, 그 과정을 두 눈으로 지켜보던 마리는 너무 놀라 눈도 깜짝하지 못했다. 마리도 간로쿠와 미츠처럼 큐가 힘으로 휜 것이라고 주장했다. 그러나 숟가락은 어린아이의 힘으로는 원래대로 돌아가지 않았다. 숟가락은 엄청난 힘으로 틀어버린 듯 꽈배기처럼 꼬여 있었던 것이다.

눈 깜짝할 사이에 큐가 초능력자라는 소문이 전 학년으로 퍼져나가고 점심시간이면 아이들이 큐에게로 몰려들었다. 소이치로와 다케이치가 교통

정리를 하지 않으면 안 될 만큼 복도에는 아이들이 넘쳐났다. 큐는 텔레비전에서 초능력자가 보여주던 그런 심각한 표정을 흉내 내며 일부러 분위기를 연출했다. 숟가락이 휘어지자 박수와 탄성이 터져 나왔다.

"큐짱, 대단해!"

소이치로에게 칭찬을 듣고 큐는 정말 기뻤다. 존경하는 소이치로에게 그런 말을 들을 줄은 꿈에도 생각하지 못했다.

그러나 그 능력 때문에 자신의 인생이 슬프고 고통스러워지리란 것을 그때의 큐는 알 길이 없었다. 그 아이러니한 상황에 대해 소후에 큐는 죽기 직전까지 썼던 미완의 사상서 '소후에 큐의 묵시록'에서, 나는 자신의 미래에 대해서만은 알 수 없었다고 회상하고 있다.

4 천사의 손

'숟가락 휘는 큐', 소후에 큐에게 주어진 최초의 별명이었다. 큐는 그리 싫지 않았지만 소이치로는 들떠 있는 큐에게 이런 충고를 했다.

"큐짱, 다른 사람들이 갑자기 너에게 박수를 보낸다고 우쭐해서는 안 돼. 네가 숟가락을 휘게 했다고 해서 신은 아니야. 숟가락은 누구라도 그러고 싶으면 언제든 휠 수 있는 거니까."

큐는 소이치로의 충고가 너무 불쾌했다. 아무나 할 수 있다는 그 말에 화가 났다. 아무나 다 할 수 있다면 텔레비전에서 그렇게 떠들지는 않을 것이라고 큐는 반론했다.

"빨리 달리는 사람, 계산을 잘하는 사람, 몸이 부드러운 사람, 말을 잘하는 사람……. 사람에게는 나름의 능력이 있는 거야. 큐짱은 그냥 숟가락을 휘게 하는 재능이 있을 따름이야."

소이치로의 어투가 기분 나빴다. 대단하다고 칭찬해주던 소이치로는 어디로 가버린 것일까.

"난 우쭐해하지 않아. 그럼 보여달라고 찾아오는 사람을 어떻게 하면 돼? 텔레비전에서 촬영한다고 하는데 어떡해."

텔레비전 방송국에 근무하는 반 친구의 아버지가 그 소문을 듣고 취재 요청을 한 것이다. 소후에 간로쿠가 허락을 해서 큐는 텔레비전에 나가게 되어 들떠 있었다.

"드러내놓고 보여주지 않는 게 좋을 것 같아. 큐짱이 조용히 살고 싶으면 그런 건 절대로 사람 앞에서 보여주어선 안 돼."

"왜?"

"그 힘은 남에게 보여주기 위해서 신이 내려준 것이 아니기 때문이지. 어떤 깊은 뜻이 있어서 신은 큐짱에게 그런 능력을 준 것이 아닐까. 살아가면서 그 의미가 무엇인지를 찾는 것이 중요해."

큐는 소이치로의 얼굴을 똑바로 쳐다볼 수 없었다. 불현듯 자신의 주먹에 힘이 잔뜩 들어간 것을 알았다. 이런 불쾌한 기분을 어디다 풀어야 할지, 큐는 어쩔 줄 몰라 했다.

"그럼 소짱이 한번 숟가락을 휘어봐."

태어나서 처음으로 소이치로에게 반발하는 순간이었다. 의기양양해하는 큐의 얼굴에 소이치로의 날카로운 시선이 꽂혔다. 그러자 큐는 갑자기 자신감을 잃고 도망치듯 시선을 돌려버렸다.

"큐짱, 벌써 휘었어."

소이치로는 평온한 목소리로 말했다. 큐가 얼굴을 들자 소이치로는 미소를 지으면서 발길을 돌렸다. 큐가 늘 호주머니에 넣고 다니는 숟가락을 서둘러 꺼내보았지만 아무런 변화도 없었다.

"어디가 휘었는데?"

소이치로가 뒤를 돌아보았다.

"자세히 봐. 그건 벌써 휘어 있으니까."

큐는 열심히 살펴보았지만 조금도 휘지 않았다. 휘지 않았어, 큐가 항의했다. 소이치로는 가볍게 고개를 젓더니 조용히 자리를 떠났다.

큐는 기사실의 자기 책상 앞에서 숟가락을 뚫어져라 바라보고 있었다. 몇 시간이 지나도 숟가락에는 변화가 없었다. 뭘 하니, 빨리 자, 미츠가 나무라는 바람에 숟가락을 바닥에 떨어뜨렸다. 그 순간 숟가락에서 번쩍, 빛이 났다. 큐는 재빨리 숟가락을 주워 둥그런 부분을 살펴보았다. 움푹 파인 숟가락 속에 자신의 비뚤어진 얼굴이 비쳤다. 휜 것은 숟가락이 아니라 자신이라는 사실을 큐는 그때 비로소 깨달았다.

다음 날부터 얼마간 큐는 소이치로를 똑바로 쳐다보지 못했다. 소이치로를 보면 슬쩍 피해버렸다. 숟가락 휘기 덕분에 스타가 된 큐였지만 이제 숟가락 휘기 따위는 하고 싶지도 않았다. 평소처럼 소이치로와 놀고 싶었다. 차라리 숟가락 휘기 같은 걸 아예 하지 않았더라면 좋았을 것을, 하고 후회했다.

어느 날 소이치로가 슬슬 피하기만 하는 큐를 불렀다.

"큐짱, 풀 스키 타러 가는데 어때?"

큐는 울고 싶을 만큼 기뻤다. 바로 눈앞에 서 있는 소이치로는 평소의 소이치로 그대로였다. 휜 것은 바로 자기 자신이었다. 망설일 틈이 없었다. 큐는 들고 있던 숟가락을 내던지고 소이치로의 뒤를 따라갔다.

텔레비전 카메라가 기사실로 들어온 날 큐는 숟가락을 휘지 못했다. 리허설 때는 간단히 휘던 숟가락이었다. 처음 만나서 그 능력을 확인할 때도 숟가락은 간단히 휘었다. 그러나 생방송 동안 숟가락은 꼼짝도 하지 않았다. 전교생의 기대를 한 몸에 받고 있었지만 결국 큐는 그 기대에 부응하지 못했다. 기대는 바로 실망감으로 바뀌고 큐를 둘러싼 사람들의 얼굴에서는 낙담이 땀처럼 배어났다.

"안 휘네요."

사회자가 말했다. 프로듀서가 광고를 넣도록 지시를 내린 듯했다.

"휠 것 같지도 않네."

프로듀서의 목소리에 노기가 묻어났다. 미츠가 죄송하다고, 평소에는 잘 휘었다고 기어드는 목소리로 변명했다. 간로쿠는 뚱한 표정으로 창밖만 바라보았다. 결국 광고가 끝난 후에도 숟가락은 휘지 않았고 그대로 방송은 끝나고 말았다. 모두가 입을 꾹 다문 채 큐의 곁에서 사라졌다.

혼자 남은 큐 앞에 소이치로가 나타났다. 큐는 소이치로의 얼굴을 보자마자 억눌렀던 감정의 둑이라도 터진 듯 울음을 터뜨리고 말았다. 소이치로는 큐를 끌어안으며 괜찮아, 하고 위로해주었다.

"큐짱, 낙담하지 마. 숟가락 휘는 거, 하나도 중요하지 않아."

"그렇지만 사람들이 실망하고 돌아갔단 말이야."

"좋은 공부가 되었을 거야. 사람의 기대라는 게 다 그런 것이니까. 그런 기대에 맞추려고 살려다 보면 큐짱은 정말 재미없는 인간이 되고 말 거야. 숟가락이 휘지 않은 덕분에 큐짱은 자신의 인생을 가질 수 있게 된 거야. 그렇게 생각하면 오늘이 얼마나 행운의 날인지 몰라."

큐는 기뻤다. 다시는 사람들 앞에서 숟가락을 휘지 않으리라 맹세했다. 소이치로가 자신을 버리지 않았다는 사실에 감사했다.

정수장 옆의 언덕길에서 아이들이 줄을 지어 종이 박스에 몸을 싣고 미끄러진다. 아이들 특유의 맑고 새된 웃음소리가 높이 퍼져나갔다.

그 가운데 열 살 난 소후에 큐의 모습이 있었다. 열두 살인 데라우치 소이치로의 모습도 있었다. 아름다운 종교화를 보는 듯 청정하고 맑은 풍경이었다. 빛이 언덕길에 비치고 그 위를 아이들이 마음껏 떠들며 미끄러졌다. 숟가락 휘기 따위는 아무도 마음에 두지 않았다.

종이 박스에서 튀어나와 넘어지자 큐는 그대로 드러누운 채 파란 하늘을 올려다보았다. 소이치로가 다가와서 손을 내밀었다. 파란 하늘 속에 소이치로의 얼굴이 있었다. 큐는 소이치로의 손을 잡았다. 따스하고 부드러운 천사의 손이었다.

1971년 10월의 어느 날 새벽녘, 소후에 큐는 꿈을 꾸다가 눈을 떴다. 무서운 꿈이었지만 그게 무슨 꿈인지 아무리 생각해도 머리만 지끈거릴 뿐 도무지 생각나지 않았다. 다만 상상하기도 힘들 만큼 무섭고 흐릿한 기억이 마음 한구석에 달라붙어 있었다. 큐는 무서워서 할머니의 이불 속으로 들어갔다. 큐가 이불 속으로 파고들자 할머니 미츠는 잠결에 무슨 짓이냐며 웃었다.

"엄마라고 착각한 건가." 하고 옆자리의 간로쿠에게 말했다. 아니라고, 큐는 큰 소리로 말했다.

"무서운 꿈을 꿨어."

"어떤 꿈인데?"

기억이 안 나, 큐가 외치자 두 사람은 동시에 웃었다.

날이 밝고 학교 문을 열 시간이 다가와도 큐는 자리에서 일어나려 하지 않았다. 빨리 일어나지 못해, 간로쿠가 화를 냈다.

"게으름 피우지 마."

간로쿠가 발을 잡고 끌어당기는 바람에 큐는 어쩔 수 없이 자리에서 일어났다. 미츠가 잠옷을 벗기고 옷을 머리 위로 덮어씌웠다. 그래서 기사실을 나선 것이 일곱 시 반이었다.

"또 우물쭈물하면 이번에 꿀밤을 먹여줄 거야."

간로쿠는 큐의 머리를 두 손으로 꼭 잡고 말했다. 큐는 눈을 비비면서 하품을 했다.

"좋아, 문 열러 출발!"

큐는 간로쿠에게 등을 떠밀려 차가운 공기를 헤치고 교정으로 달려나갔다. 평소처럼 교정을 한 바퀴 돈 다음 체육관 옆의 돌계단을 뛰어 올라가 북문으로 향했다. 돌계단을 다 올랐을 때 큐는 체육관 옆의 등나무 쉼터에 웬시커먼 물체가 매달려 있다는 것을 알았다. 뭘까, 마음에 걸렸지만 바로 옆을 지날 때까지 그게 무엇인지 알 수 없었다. 그러나 곧 그것이 잘 아는 어떤 사람의 처참한 모습이라는 사실을 확인하게 된다. 그것은 목을 매단 시체였다.

열 살 소년에게 그 광경은 너무도 충격적이었다. 큐의 지각은 그 시체를 보고도 제대로 반응하지 못했다. 눈을 돌리지도 못하고 큐는 처참하게 죽어 있는 소이치로의 얼굴을 멀뚱하니 바라만 보고 있었다. 이윽고 소리를 질렀을 때, 큐의 정신은 깊은 혼란 속에 빠져 있었다.

조용한 아침의 교정에서 울려 퍼지는 어린아이의 비명은 멀리 떨어진 주택가에도 들렸을 만큼 비장하고 컸다.

곧장 달려온 간로쿠의 손바닥이 큐의 눈을 가렸지만 벌써 큐의 머릿속에는 처참한 소이치로의 모습이 불에 덴 자국처럼 새겨지고 말았다. 큐는 경련을 일으키며 비명을 질러댔다. 간로쿠는 손수건을 꺼내 큐의 입안으로 틀어넣었다. 이어서 도착한 숙직 선생이 바로 경찰에 알리고 몇 분 후 순찰차의 사이렌이 헤이와초에 울려 퍼졌다.

비명을 지르다 그냥 기절해버린 큐는 구급차에 실려 병원으로 옮겨졌다. 극도의 흥분 상태가 계속되어 경찰의 조사도 불가능했다. 집에서 자고 있던 소후에 나나가 소식을 듣고 병원으로 달려왔을 때, 큐는 진정제를 맞고 잠들어 있었다. 무서운 꿈이라도 꾸는지 고통스러운 표정이었다.

소이치로의 처참한 모습을 떠올리고 있는 듯 큐는 의미를 알 수 없는 말을 마구 지껄여댔다.

큐는 며칠 동안 입원했고 퇴원 후에는 집에서 쉬었다. 큐가 입원하고 있을 동안 소이치로의 장례식이 치러지고 두 집은 겉모습만은 평화를 되찾은 상태였다. 나나는 아들이 걱정스러워 일주일간 일을 쉬고 아침부터 밤까지 큐의 곁을 지켰다.

큐는 의식을 되찾았지만 뇌 수술을 받은 환자처럼 하루 종일 멍하기만 했다. 독한 약을 먹은 탓도 있어서 방구석에 앉아 꼼짝도 하지 않았다.

어느 날 데라우치 마리가 찾아왔다. 나나는 쇼핑을 나가고 없었다. 마리는 방구석에 멍하니 앉아 있는 큐를 보고 말했다.

"큐짱."

마리의 목소리에 놀란 큐는 반사적으로 옆방으로 도망쳤다. 잠깐만, 하고 마리가 불렀다.

"왜 나를 보고 도망쳐?"

큐는 겁먹은 동물원의 원숭이처럼 방에서 방으로 빙글빙글 돌았다. 큐는 마리의 등 뒤에 죽은 소이치로가 서 있는 것을 보았다. 큐는 겁을 먹은 채 도망만 쳤다. 그러면 마리가 소이치로를 거느린 채 따라왔다.

"잠깐만 큐짱. 오빠가 죽었을 때의 모습이 어땠는지 말 좀 해줘."

큐는 마리의 뒤를 손가락으로 가리키고 벌벌 떨면서 말을 하지 못했다. 소이치로의 눈은 파란빛을 발하며 음침하게 빛나고 있었다. 큐를 바라보는 것이 아니었다. 시선이 무작정 아래쪽을 헤매고 있었다. 그것이 큐에게는 더 무서웠다.

결국 큐는 화장실로 도망쳐 안에서 문을 걸어버렸다. 마리는 집요하게 문을 두드렸다.

"큐짱, 문 좀 열어."

큐는 두 손으로 귀를 가리고 마리가 물러나주기만을 기다렸다. 큐는 울었다. 울면서 잠들어버렸다.

꿈속에서 큐는 소이치로를 만났다. 소이치로는 천장에 매달려 있었다. 얼굴은 어두워서 보이지 않았지만 아무래도 목을 매달고 있는 것 같았다.

"왜 자살한 거야?"

큐는 용기를 내 물었다.

"큐짱은 설명을 해도 이해하지 못할 거야."

소이치로의 목소리가 큐의 마음속에서 조용히 메아리쳤다.

"그래도 듣고 싶어."

바람도 없는데 소이치로의 시체가 흔들거렸다.

"간단히 말해 죽어보고 싶었던 거야. 바로 부활할 생각이었지. 그렇지만 실패했어. 죽음은 상상했던 것보다 훨씬 깊었어."

큐는 무슨 말인지 이해할 수 없었다. 꿈속의 소이치로가 살아 있을 때의 소이치로와는 조금 달라 보였다. 뭔가 소중한 것을 잃어버린 듯한, 찌그러진 달처럼 어느 한구석이 떨어져나간 듯한 인상이었다. 또는 꿈속의 소이치로는 큐 자신이 바라서 만들어낸 소이치로인지도 몰랐다.

"부활?"

"응. 그리스도가 골고다의 언덕에서 십자가에 매달린 후 부활했잖아. 나도 죽음의 세계에서 다시 살아날 수 있다고 믿었거든. 그렇지만 그게 안 됐어."

"왜 그런 짓을 한 거야?"

놀라서 따지고 물었다. 대답이 없었다. 후회한다는 것일까. 큐의 위치에서 소이치로의 얼굴은 보이지 않았다. 고개를 숙이고 어떤 낮은 자리를 보고 있었는데, 그 자세에 후회의 느낌이 배어 있는 듯했다.

"왜 그랬는지 잘 모르겠어. 그렇지만 호기심은 있었어. 결코 세상을 절망해서도 부모에 대한 반항도 아니었고 따돌림을 당했다거나 그런 이유는 없었어. 이해하지 못하겠지만 인간의 본질적인 문제를 생각했던 거야. 모험심이라고 할까, 좀 더 어려운 말을 하자면 탐구심이라고나 할까."

"탐구심?"

"응, 탐구심. 나는, 나는, 혹시 이런 말을 하면 우쭐댄다고 할지 모르겠지만, 나는 아마도 또래 아이보다 더 많은 것을 알고 싶었던 것 같아. 또래 아이들보다 세계라든지 우주라든지 진실이라든지, 그런 것을 밝혀보고 싶었던 거야. 어쨌든 인간이란 무엇인가, 왜 나는 지금 이렇게 살아 있는가, 알고 싶었어. 그리고 나는 다른 사람보다 행동력이 좀 있는 편이잖아. 무조건 저

지르고 보는 성격이라고 할까. 어른처럼 보이고 싶었던 거지. 말하자면 멍청이였어. 두려움을 몰랐다고 할까. 그렇더라도 보통은 넘지 않는 선이란 게 있는데, 난 그만 그 선을 간단히 넘어버린 거야. 난 아직 어린아이라서 내 몸을 사용하는 수밖에 없었던 거야. 큐짱, 네가 눈앞에서 숟가락을 휘었을 때 사실은 얼마나 충격을 받았는지 몰라. 부끄러운 고백이지만, 큐짱이 할 수 있는 일을 왜 나는 못할까 생각했어. 이런 감정은, 내가 자주 네게 그래서는 안 된다고 한 거, 바로 질투심이야. 그건 증오심의 일종이야. 인간의 나쁜 일면이지. 그게 내 속에서 세차게 솟구쳐 오른 거야. 큐짱이 숟가락을 휠 수 있다면 난 부활할 수 있다고 생각한 거지. 아니, 그렇다고 오해는 하지 마. 큐짱 탓은 결코 아니니까. 내 눈으로 직접 그런 엄청난 걸 봤으니 어떤 자극을 받았던 것은 사실이지만 그것이 큐짱의 능력에서 영향을 받은 건 아니야. 그게 하나의 계기가 되어 내 등을 떠밀긴 했지만. 나는 그 자극에 반응하여 과하게 내달리고 말았어. 등을 떠밀려 행동한 거지. 모험을 한 거야. 세상을 포기했다고 해도 좋겠지. 그렇지만 허무에 빠졌다거나 비관했다거나 저주했다거나 그런 건 아냐. 큐짱의 능력을 보고 나도 될 것 같다는 생각이 들었을 뿐이야. 하늘을 날 수 있고, 유리라도 녹일 수 있고, 미래로 날아갈 수 있고, 신과 대화를 나눌 수 있을 것 같은 그런 기분이 들었던 거야. 아니, 그럴 수 있다고 강하게 믿었던 거지. 그렇지만 이 기회에 확실히 말해두고 싶어. 내가 목을 매단 건 절대로 자살이 아니었다는 거야. 세상이 미워서 저지른 어린애 같은 복수극이 아니야, 절대로 그렇게 보잘것없는 행동은 아니었어. 보다 큰 것, 보다 큰 가능성을 가진 대단한 것. 보다 본질적인 일이야. 그렇지만 그것을 말로 설명하면 이 정도밖에 안 돼. 앞으로 나는 영혼이 되어 영계에서 큐짱과 대화를 나눌 거야. 절대로 풀 죽거나 낙담해선 안 돼. 나는 다른 아이들보다 좀 빨리 세상을 들여다보았을 따름이니까……."

"소짱…… 내 탓이 아니라는 거야?"

"큐짱, 몇 번이나 말했잖니. 큐짱이 숟가락을 휘지 않았어도 난 어차피 여행을 떠날 생각이었어. 나는 지금 말로 다할 수 없이 넓은 마음의 세계에 있어, 고마워."

"소짱…… 무섭지 않아?"

"큐짱, 죽음을 무서운 것이라고 생각해선 안 돼. 죽음이란 이 세상에 태어나는 것만큼이나 멋진 세계야. 내가 죽는 바람에 죽음을 무서운 것이라고 생각했을 테지. 그렇지만 죽음은 삶에 필적할 만큼 정말 멋져. 나는 지금부터 죽음의 세계를 여행할 거야. 거짓으로 가득한 현세를 떠나 죽음의 세계를 모험해볼 생각이야."

"나도 갈래!"

큐는 자신의 말에 스스로 놀랐다. 그건 목을 매단다는 것을 의미하므로.

"그건 안 돼! 난 혼자 여행하고 싶어. 부모나 친구나 학교나 사회, 그런 속박에서 완전히 벗어나 혼 하나로 여행하고 싶었어."

"하지만 그렇게 서둘지 않아도 인간은 언젠가는 죽잖아."

"알고 있어. 잠깐 보고 올 생각이었거든. 슬쩍 죽었다가 슬쩍 돌아올 생각이었다니까. 그런데 생각한 것보다 빨리 화장해버렸잖아."

"거짓말!"

큐는 큰 소리로 외쳤다.

"거짓말! 거짓말! 소이치로, 거짓말쟁이! 으아아아."

그리고 자신의 목소리에 놀라 눈을 떴다. 집에 돌아온 나나가 급히 달려와 화장실 문을 두드렸다.

"큐! 왜 그러니? 괜찮아?"

큐는 문을 열고 울면서 나나의 품에 안겼다. 살아 있는 존재의 따스한 온기를 느꼈다.

"소짱이 거짓말을 해. 소짱이 슬픈 말을 해서……."

정신적인 불안 상태가 계속되고 있다고 나나는 생각했다. 큐를 꼭 끌어안고 나나도 울었다.

큐는 학교에 돌아와서도 불안한 상태를 보였다. 스스로는 다 나았다고 했지만 주위 사람들은 그렇게 생각하지 않았다. 죽은 소이치로의 모습은 큐에게만 보였다. 그럴 때마다 큐는 이상한 말을 해서 주위 사람들을 당혹스럽게 했다. 큐가 소이치로와 대화를 하고 있다는 소문이 전 학년에 퍼졌다. '숟가락 휘는 큐'라면 유령과도 대화를 나눌 수 있을 거라는 소문이 점점 현실감을 띠기 시작했다.

"큐짱은 오빠가 보여?"

어느 날 마리가 다른 아이들 앞에서 큐에게 따지듯 물었다. 다케이치를 비롯한 아이들은 눈을 댕그라니 뜨고 큐의 말을 기다렸다.

"응, 보여."

큐가 솔직하게 대답하자 아이들 사이에서 동요가 일어났다. 보인다니, 그게 무슨 말이냐고 마리가 따지고 들었다.

"소짱은 여기 그대로 있어."

다케이치가 목을 움츠렸다. 여기라니, 어디?

"지금은 마리짱 바로 뒤에."

아이들은 흡, 하고 숨을 멈추며 마리에게서 멀어졌다.

"지금은 다케이치짱 옆으로 이동했고."

다케이치가 놀라서 몸을 움츠렸다. 큐의 뒤로 도망치더니 지금은 어디 있느냐고 외쳤다. 소이치로의 모습을 놓쳐버린 큐가 두리번거리자 눈물을 글썽이며 마리가 큐의 볼을 쳤다. 찰싹, 메마른 소리가 울렸다. 두 번, 세 번을 때렸다.

"오빠를 유령 취급하지 마!"

맞은 볼을 한 손으로 감싸며 큐는 눈을 감았다. 마리의 말이 맞는지도 모른다고 생각했다. 이것이 세상에서 말하는 환각일까. 공포심이 불러오는 환각일까……

"오빠."

마리가 하늘을 향해 울며 불렀다.

"왜 큐짱만 볼 수 있는 거야!"

큐의 눈에 마리 곁에서 어쩔 줄 몰라 하는 소이치로의 모습이 보였다.

5 무등

소이치로의 자살 이후 큐는 세상이 너무 재미없었다.

숨을 쉬어도 뒤를 돌아보아도 팔을 펼쳐도 저녁노을을 보아도 달려도 멍하니 멈춰 서 있어도 친구들과 뛰어놀아도 웃어도 뭔가가 결정적으로 달랐다. 어느새 색깔 없는 단색의 공기가 세계를 지배하고 있었다.

모든 것이 변했다. 이상한 것이 이상하지 않고 즐거운 일이 즐겁지 않고 보통이었던 것이 보통이 아닌 게 되어버렸다. 아무리 사소한 일에서도 어떤 뒤틀림이 일어나 두려움과 외경심을 가질 수밖에 없는 의미나 현실로 눈앞에 나타났다. 소이치로가 이 세계에 존재하지 않는다는 사실이 큐에게 세계의 시스템, 인간의 업, 운명의 율법, 철학에 대한 새로운 사고를 던져주었다.

큐의 손에는 한 통의 엽서가 있다.

사건 이후 도착한 소이치로가 보낸 엽서였다. 큐가 병원에서 퇴원한 다음 소후에 나나가 우편물 가운데 섞여 있는 그것을 발견했다. 간병과 장례식에 정신이 없던 나나는 설마 그것이 소이치로가 보낸 엽서라고는 상상도 하지 못했다. 나나는 발신인을 확인하지도 않고 큐의 책상에 엽서를 올려놓았다.

어느 정도 정신의 안정을 되찾아 겨우 학교를 다니기 시작한 큐가 책상에 놓인 엽서의 존재를 깨달은 것은 사건이 있은 지 한 달 정도가 지나서였다. 발신인이 소이치로라는 것을 안 순간 큐는 소리를 지르고 말았다.

엽서를 돌려보니 거기에는 구불구불한 글씨로 '안녕, 또 보자.'라는 한 줄의 문장이 적혀 있었다.

마리의 상태가 이상했다. 누구에게도 말을 하지 않고 멍하니 창밖만 바라보고 있었다.

큐는 소이치로에게서 마리를 부탁한다는 말을 들은 것 같은 기분이 들었다. 그래서 마리한테서 눈을 떼지 않았지만 무작정 다가가 위로의 말을 건네거나 하지는 않았다. 큐는 마리의 감시자가 되기로 결심했다.

어느 때, 큐는 교정의 한구석에서 가만히 체육관 쪽을 바라보며 꼼짝도 하지 않는 마리를 발견했다. 비가 흩뿌리기 시작해서 큐는 우산을 들고 마리에게로 달려갔다. 운동장을 촉촉이 적시는 안개비 저편에 소이치로가 목을 맨 체육관 옆의 등나무 쉼터가 보였다. 그곳만이 음침한 기운을 띠고 어둡게 잠겨 있었다.

안개비가 바람에 흔들리며 몇 십 미터나 되는 괴물로 변해 운동장 위의 허공을 꿈틀대며 움직이고 있었다. 어린 두 아이는 안개의 마귀가 지나갈 때까지 눈을 가늘게 뜨고 기다릴 수밖에 없었다. 큐는 걱정이 돼서 마리의 손을 잡았다. 얼음처럼 차가운 마리의 손에 깜짝 놀란 큐는 이 세상에서 오로지 홀로 자신만이 마리를 지킬 수 있다는 어린애다운 정의감에 몸을 부르르 떨며 발갛게 볼이 상기되었다.

"오빠가 보고 싶어."

마리는 코를 훌쩍이더니 그렇게 중얼거렸다. 그런 다음 큐 쪽을 돌아보았다.

"큐짱이구나, 미안."

그러면서 두 손으로 큐의 가슴을 콕 찔렀다. 뛰어가는 마리를 큐는 바로 뒤쫓지 못하고 멍하니 그 자리에 서 있었다. 드세진 빗발이 볼을 친 다음에야 퍼뜩 제정신을 차리고 큐는 달리기 시작했다. 마리의 모습이 뿌연 시야의 저편에 아주 작은 지우개로 변해 있었다.

소후에 큐는 달렸다. 혼자서 무작정. 모든 풍경 속에 소이치로의 그림자가 갈가리 찢긴 채 흩어져 있었다.

"마리짱, 마리짱."

빗발이 드세지자 큐는 조급한 마음에 그만 울음을 터뜨리고 말았다.

"마리짱, 마리짱, 어디 있니?"

마리를 다리 위에서 발견했을 때, 소녀는 한쪽 발을 난간 너머에 걸치고 있었다. 큐는 들고 있던 우산을 집어던지고 마리에게 달려갔지만 간발의 차이로 놓치고 말았다. 마리는 큐의 시야에서 소리도 없이 사라져버렸다. 큐는 제정신이 아니었다. 머리의 중심에 강력한 에너지가 모이고 무거운 현기증에 사로잡히면서 의식을 잃었고, 순간 그 육체와 정신은 어떤 빛 속으로 빨려 들어갔다.

뿌연 빗속, 강물 위에 마리와 큐의 몸이 떠 있었다. 낚시를 하는 노인이 그것을 발견했지만 나무아미타불만 외치고는 그 자리를 떠나버렸다.

해가 진 후, 큐와 마리는 기절한 채 강둑의 풀 속에서 발견되었다. 선생들과 두 아이 부모가 달려갔다. 이름을 밝히지 않은 목격자는 어린아이들이라 둑에서 발을 헛디뎌 넘어졌을 것이라고만 했다.

간로쿠, 미츠, 나나는 머리를 맞대고 고민한 끝에, 옛날처럼 큐를 헤이와초의 집에서 통학시키기로 했다. 나나가 일을 하는 동안은 미츠가 큐를 돌보았는데 그런 생활이 간로쿠에게 부담을 주어 원래 허리에 지병이 있던 몸을 더 망치게 했다. 이윽고 간로쿠는 오랜 세월 근무하던 니시다카미야 초등학교 기사직에서 물러나 가까운 주차장의 관리인이 되었다.

새로운 생활을 시작한 소후에가의 하늘에도 눈부신 태양이 빛나고 있었지만 큐는 결코 마음을 놓지 않았다. 소이치로가 없는 세계가 어떤 의미를 가지는가를 어린 몸으로 있는 힘을 다해 느껴보려 했다.

큐는 매일 아침 마리와 같은 시간에 집을 나서 조금 떨어져 마리의 뒤를 따라 걸었다. 같이 걸으면 소이치로가 살아 있을 때의 즐거웠던 기억이 되살아날 것 같아서였다.

마리가 멈춰 서서는 큐를 돌아보았다. 큐도 멈춰 서서 마리를 보았다. 마리는 혀를 쏙 내밀고 달려갔다. 큐도 달려갔다.

어느 때, 마리가 자동차 뒤에서 뛰어나와 이렇게 외쳤다.

"어이, 큐짱. 오빠가 죽었을 때 모습을 이야기해줘."

큐는 놀라서, 잊었다고 대답했다.

"잊을 리 없잖아. 정확히 본 사람은 큐짱뿐이잖아."

"몰라, 난 몰라."

큐가 발걸음을 옮기자 마리가 착 달라붙었다.

"난 알고 싶어. 오빠의 마지막을 지켜본 사람은 큐짱뿐이야. 그때 오빠의 얼굴이라든지 몸이라든지, 어서 말해봐."

"기억 안 나. 몰라, 정말 몰라."

마리는 매일 아침 큐를 기다렸고 둘은 소이치로가 있을 때처럼 같이 학교에 갔지만 결코 옛날처럼 즐겁지도 않고 대화도 없는 삭막한 행진이었다.

큐는 마리가 무엇을 바라보며 살아가는지가 마음에 걸렸다. 다시 옛날처럼 춤추는 모습을 보고 싶었다. 그렇지만 마리는 큐 앞에서는 결코 춤을 추려 하지 않았다.

사건으로부터 꽤 많은 날이 지난 후, 큐는 교문 전봇대 뒤에 숨은 낯익은 얼굴을 보았다. 남자는 큐를 보자 손짓을 했다. 큐는 주변을 살피면서 잰걸음으로 남자에게 다가갔다. 이 거구의 남자가 아버지라는 사실을 알고 있었다. 나카스에서 야쿠자 두목이었다는 사실도 알고 있었다. 사람을 죽이고 감옥에 갔다가 출소했다는 사실도 어렴풋이 알고 있었다. 아버지를 만나도 절대로 말을 나누어서는 안 된다는 할아버지 간로쿠의 엄한 지시가 있었고, 동급생이나 선생들에게 들키면 심각한 일이 벌어질 수 있다는 것도 잘 알았다.

"큐."

남자는 까만 양복에 지난번처럼 검은 선글라스를 쓰고 있었다. 머리도 변함없이 훌러덩 벗겨졌다. 평온한 주택가에는 어울리지 않는 차림새였다. 하교하는 저학년 아이들이 거구의 남자를 힐끗힐끗 바라보았다. 이런 데서 반 친구에게 들키면 또 무슨 소문이 퍼질지 모른다. 큐는 순간적으로 판단하고 말했다.

"여기는 안 돼. 저쪽으로 가."

엔도 다쿠미는 아 그렇지, 하고 큐의 말에 따랐다.

큐는 주택가를 걸었다. 엔도는 발을 끌면서 뒤를 따라왔다. 큐는 때로 고개를 돌려 엔도를 바라보았다. 엔도는 뒤를 돌아보는 큐를 향해 웃었다. 그러면 큐는 황망히 고개를 앞으로 돌려버렸다.

치쿠히 선 건널목에서 큐는 멈춰 섰다. 차단기가 내려갔기 때문이다. 불현듯 큐의 머릿속에 나나가 한 말이 떠올랐다. 전차가 눈앞을 지나가고 있었다. 엔도 다쿠미가 큐 옆에 나란히 섰다. 의족의 금속 도구에서 삐걱대는 소리가 났다.

전차가 지나가고 차단기가 다시 올라가자 큐는 엔도 쪽을 돌아보았다.

"개를 구하려다가 발을 잃었다는 거, 진짜야?"

엔도는 겸연쩍게 웃으면서 대답했다.

"옛날 일이야. 어머니가 그러던?"

그래, 큐는 어린아이답게 얌전하게 고개를 끄덕였다. 그렇구나, 엔도 다쿠미는 커다란 손으로 큐의 머리를 쓰다듬었다. 큐는 놀랐지만 그 부드러운 손길과 따스한 힘이 너무 기뻤다.

"개가 건널목 안으로 들어가서 말이야. 그때 어머니가, 하긴 그때는 누군지도 모르는 사이였지만, 우연히 옆에 서 있던 젊은 시절의 어머니가 개를 살려달라고 외치는 거야. 그 주위에는 나뿐이었는데, 언뜻 정신을 차려보니 어느새 내가 건널목 안에 들어가 있지 않겠어."

시장바구니를 든 주부들이 건널목을 건너고 있었다. 큐는 개를 구하려고 건널목으로 뛰어든 용감한 아버지의 모습을 떠올려보았다.

"아팠지?"

"응, 아팠지. 그렇지만 죽을힘을 다했지 뭐. 뛰어들 때는 오로지 개를 구해야 되겠다는 마음뿐이었으니까. 바로 옆까지 전차가 다가온 거야. 발은 잃었지만 목숨을 구한 건 신이 보살핀 덕분이지."

큐는 아버지의 얼굴을 올려다보았다. 선글라스 안쪽에서 가늘지만 부드러운 곡선을 그리고 있는 눈자위가 보였다. 엔도 다쿠미는 다시 큐의 머리를 쓰다듬었다. 큐는 미소 지었다. 야구 글로브처럼 커다란 손이었다. 땀 냄새가 났다. 남자의 셔츠가 살짝 땀에 젖은 것이 보였다.

"아버지, 정말 대단해."

큐가 그렇게 중얼거리자 머리를 쓰다듬던 손길이 뚝 멈추었다. 아버지의 손이 무겁게 머리를 눌렀다. 마치 힘을 주어 누르는 것 같았다. 큐가 슬쩍 시선을 돌리자 선글라스 아래로 눈물이 떨어지는 것이 보였다.

"아빠지?"

큐가 말하자 엔도는 응, 하고 고개를 끄덕였다.

"엄마가 그랬어."

"그랬구나."

"나도 개를 구해주는 훌륭한 어른이 되고 싶어."

큐가 큰 소리로 말하자 엔도는 아, 하고 중얼거리며 선글라스를 벗었다. 가늘게 치켜 올라간 눈에서 눈물이 흘렀다.

"과자 사줄까? 과자 먹고 싶었지? 뭐든 말만 해. 좋아하는 거 다 사줄게. 가게에 있는 거 모두 사줄 테니까. 가게째 살 수도 있어."

"가게는 필요 없어. 요구르트 하나면 돼."

"요구르트건 초콜릿이건 튀김과자건 뭐든 다."

엔도는 큐의 손을 끌었다. 눈물에 젖은 손이었다. 그렇지만 따스한 온기를 간직한, 큐가 아는 사람 가운데서 가장 큰 손이었다.

사니 마트에는 사람이 많았다. 과자 코너로 가서 큐는 초콜릿과 튀김과자와 요구르트과자를 집어 들었다.

"그거면 돼? 걱정하지 말고 마음껏 골라. 아빠가 있으니까 뭐든 다 사줄 수 있어. 이 롯데 껌은 어때?"

"괜찮아. 다 먹지도 못해."

"다 못 먹으면 친구들 줘. 아빠가 사주었다고 자랑하면 되잖아."

괜찮아, 큐는 고개를 숙이고 말했다. 반 친구들에게 자랑할 수 없었다. 모두 아버지가 야쿠자라는 것을 알고 있다. 소이치로 덕분에 욕을 먹지는 않았지만 그들에게서 아직 경계심이 사라진 건 아니다.

"어라, 큐짱."

아버지의 등 뒤에서 말소리가 들렸다. 동급생의 어머니였다. 여자는 엔도 다쿠미의 얼굴을 엿보고는 의아하다는 표정으로 가볍게 인사를 했다.

"안녕하세요."

엔도 다쿠미는 고개를 숙이며 인사했다. 여자도 따라서 한 번 머리를 숙였다.

"친구 어머니냐?"

엔도가 물었다. 큐는 여자를 향해 아빠라고 소개했다. 순간 여자의 얼굴 빛이 바뀌는 것을 큐는 알 수 있었다. 엔도도 마찬가지였다. 그러니, 하고 고개를 끄덕이는 아주머니의 얼굴이 창백해졌다.

"아빠가 이거 사주셨어요."

큐는 두 손 가득한 과자를 여자에게 보여주었다. 여자는 참 좋겠다, 라고 중얼거리더니 어색한 웃음을 띠었다. 내일 학교에 새로운 소문이 퍼질 것이다. 큐는 아이답게 그런 생각을 했다. 그렇지만 아무렇지도 않았다. 눈앞에 있는 거구의 남자는 세상에서 단 하나뿐인 아버지니까. 큐의 귓가에 소이치로가 한 말이 되살아났다.

'자식을 그리워하지 않고 사랑하지 않는 아버지는 세상에 없는 거야.'

이 남자가 흘리던 눈물을 생각했다. 큐는 아버지의 손을 꼭 잡았다.

사니 마트 옆의 어린이공원에서 큐는 태어나서 처음으로 아버지와 놀았다. 아버지가 사준 과자는 벤치 위에 올려놓았다. 큐는 엔도 다쿠미의 거구에 몇 번 부딪쳐보았다. 아무리 세게 차도 엔도는 꿈쩍도 하지 않았다.

"큐! 더 세게 차지 않으면 아빠는 안 쓰러져."

큐는 달려와서 아버지의 몸에 부딪쳤다. 아버지의 몸은 마치 프로레슬링 선수처럼 튼튼했다. 몇 번이나 튕겨나가 넘어졌다 일어날 때마다 큐의 얼굴에는 웃음이 떠올랐다.

"거기 가만있어. 더 멀리서 달려올 테니까."

큐는 더 멀리서 달려와 아버지 몸에 부딪쳤다. 엔도 다쿠미는 큐를 힘껏 끌어안았다.

"아파, 아프다니까."

가슴이 으깨질 것 같았다.

"아빠, 숨 막혀."

거구의 남자는 큐의 다리를 잡고 거꾸로 공중에 세웠다.

"캬! 무서워."

엔도 다쿠미는 거꾸로 든 채 큐를 빙글빙글 돌렸다. 그런 다음 다시 끌어 안고 무등(목말)을 태웠다. 큐가 태어나서 처음으로 타보는 무등이었다. 너무 기뻐서 울고 싶었다. 소이치로가 죽은 후 진심으로 기쁘게 웃은 건 처음이었다. 빙글빙글 돌아가는 시야에 저녁노을이 보였다. 거인의 높이에서 바라보는 새빨간 태양이었다.

"아빠."

큐는 맨들맨들한 아버지의 머리에 손을 올리고 중얼거렸다.

"응."

"아빠는 늘 이렇게 높은 데서 세상을 바라보는 거야?"

응, 엔도 다쿠미가 고개를 끄덕였다. 빨리 아빠처럼 되고 싶어, 아들이 말했다. 엔도 다쿠미의 얼굴이 다시 일그러졌다.

"서두르지 않아도 돼. 금방이니까. 큐도 곧 어른이 되는 거야."

"나도 아빠처럼 클까?"

"그럼, 아빠의 아들이니까. 아빠처럼 강한 사나이가 될 거야."

"그럼, 여기도?"

큐는 엔도 다쿠미의 맨들맨들한 머리를 탁탁 쳤다. 엔도는 웃었다. 울면서 웃었다. 엔도는 큐의 발목을 힘껏 잡았다. 소년의 작은 뼈였다. 쑥쑥 자라라, 마음속으로 빌었다. 쑥쑥 자라는 거야.

다음 날 아침, 큐는 옆에서 자고 있는 나나의 귓가에 대고 속삭였다.

"어제 아빠를 만났어."

새벽녘에 돌아온 나나가 아빠, 라는 말에 눈을 번쩍 떴다.

"엉? 언제?"

"방과 후 교문 앞에서."

엔도가 하카타로 돌아왔다는 것을 나나는 모르고 있었다. 며칠 전 전화로 이야기했을 때는 아무 말도 없었다. 한 달 전에 구마모토에서 만났을 때도 하카타에 온다는 말은 없었다. 불안이 밀려왔다.

"공원에서 같이 놀았어. 엄마에게 인사 전해달래."

"좋았겠다."

"무등도 탔어. 집 앞까지 데려다주고 갔어. 집에서 같이 놀자고 했는데 그냥 가버렸어. 자고 가면 좋았을 텐데. 아빠한테 내 이불을 주겠다고 했는데. 그렇지만 아빠는 가버렸어. 엄마, 아빠는 왜 그냥 가버린 거야? 어디로 갔어? 여기가 아빠 집이잖아. 같이 살고 싶은데."

나나는 큐를 꼭 끌어안았다.

6 슈퍼내추럴

데라우치 소이치로가 죽은 후, 소후에 큐의 능력에 몇 가지 기묘한 변화가 일어났다.

'휘어라' 하고 염을 보내지 않는데도 숟가락은 쥐기만 해도 간단히 휘어버렸다. 심할 때는 종이처럼 마구 구겨지기도 해서 개중에는 음침하다며 불안해하는 아이도 있었다.

담임도 몇 번이나 그런 장면을 목격하고 큐가 의도적으로 숟가락을 망치는 게 아니라는 것을 알았다. 텔레비전 카메라 앞에서 휘지 못해 한때는 가짜의 낙인이 찍힌 큐였지만 큐의 초능력은 이전보다 더 강해졌다.

그것이 교직원회의의 의제로 올랐다. 많은 선생이 점심시간에 큐가 숟가락을 휘는 모습을 보았고 본인에게 질문도 했다. 큐가 그 힘을 억제할 수 없다고 하자 그 원인이 밝혀질 때까지 특별한 숟가락을 지급했다.

'숟가락 휘는 큐'에게 다시 텔레비전 출연 교섭이 제기되었지만 간로쿠는 지난번의 쓴 경험도 있고 해서 다시는 허락하지 않았다.

큐의 또 다른 능력은 '예지력', 다시 말해 예지몽이었다. 소이치로의 죽음을 꿈에서 보았다는 것이 그 능력의 전조였다. 돌부리에 걸려 넘어지기 몇 초 전에 자신이 넘어지는 감각을 경험하는 것이었다. 또한 중요한 결과를 가져올 사람이 등장하기 전에는 그 얼굴이 먼저 머릿속에 떠올랐다.

엔도 다쿠미가 신가와 에이키치를 찌른 날 아침, 큐는 피에 젖은 아버지의 얼굴을 꿈속에서 보았다. 눈을 뜨자마자 큐는 그 이야기를 했다. 나나는 연락이 닿지 않는 엔도의 안전이 걱정되어 안절부절못했다. 큐를 끌어안고 불안을 잠재우려 했지만 요 며칠 동안 엔도가 보이지 않는 이유에 대해 짐작 가는 데가 있어 부르르 몸을 떨었다.

소식이 들어온 그날 저녁에 나나는 출근할 준비를 하고 있었다. 가게 지배인에게서 신가와가 당했다는 연락이 왔다.

신가와가 나나에게 육체관계를 강요하다가 소동이 일어난 것이 한 달 전이었다. 엔도가 나나의 몸 여기저기에 멍이 든 것을 보고 따져 물었다. 숨기려 했지만 나나는 끝내 그 고통스러운 시간을 잊지 못해 울음을 터뜨리고 말았다. 엔도 다쿠미는 오로지 자기 탓이라고 중얼거렸을 따름이었다.

엔도에게서 전화가 온 것은 밤늦은 시간이었다. 침착하면서도 슬픔에 가득 찬 목소리였다.

"신가와를 찔렀어. 아마 죽었을 거야. 이제 자네는 자유야. 나는 복수를 할 수 있었고."

"죄송해요. 내가 당신을 그렇게 만들었어요."

"그건 아냐. 나는 매일 밤 죽은 부하들 꿈을 꾸고 있었으니까. 나만 이렇게 살아 있다는 게 너무 미안했어. 개죽음을 당한 부하들의 복수를 한 거야. 이제 됐어. 나카스는 평화를 찾을 거야. 자네와 큐도 이제부터는 편안하게 살아갈 수 있게 됐지."

"죄송해요. 나 때문에."

"모든 게 내 잘못이야. 겨우 안정을 되찾았는데. 이제 우리 가족이 평화롭게 지낼 수 있는 꿈도 사라지고 말았어."

나나는 울었다.

"울지 마. 제발 울지 마."

그렇게 말하며 엔도도 울었다. 큐는 잠들었지만 간로쿠와 미츠는 자는 척하며 그 말을 다 듣고 있었다. 간로쿠는 미츠의 손을 꼭 잡고 앞으로 소후에가를 덮칠 온갖 불행한 일에 대해 상상했다. 아무것도 모르는 큐만이 꿈속에서 아버지와 가위바위보를 하며 놀고 있었다.

신가와의 젊은 조직원들이 나나를 찾아왔다. 그들은 문을 가로막고 선 간로쿠를 밀쳐버렸다. 데라우치 아라타가 울타리 너머에서 고함을 지르는 바람에 남자들은 도망쳤다. 화단의 화초들이 무참하게 짓밟힌 그 모습이 소후에가의 앞날을 말해주는 것 같았다.

데라우치가의 부부는 조금만 이상하면 바로 경찰에 전화를 해주겠다고 나나를 위로했지만, 그들 때문에 이웃에게 피해를 끼칠 터이므로 더는 헤이와초에서 살아갈 수 없었다.

지역신문에 신가와의 사망 소식이 실렸다. 나카스에 새로운 세력이 부상하고 있다는 표제였다. 신가와 힘 때문에 제대로 맥을 쓰지 못하던 몇 개의 조직이 결집하여 신가와 조직과 투쟁하기 시작했다. 히로시마나 오사카에서 야쿠자들이 몰려들면서 하카타는 다시 전장으로 변하고 있었다.

큐가 눈을 뜬 것은 흔들리는 트럭의 짐칸에서였다. 트럭이 흔들릴 때마다 짐칸을 덮은 천막도 흔들렸다. 큐는 왜 자신이 이런 데서 잠들어 있을까 생각해보았지만 흔들리는 리듬이 기분 좋아 다시 잠에 빠져들었다.

이윽고 흔들리는 천막의 소리 사이사이로 여자의 신음소리가 들렸다. 큐의 귀가 그 억제된 소리에 반응했다. 아아, 소리가 날 때마다 큐의 몸이 그 소리에 이끌렸다. 반은 꿈속인 듯하다가 점점 의식이 맑아졌다.

"큐가 일어나겠어."

남자가 말했다. 펄럭펄럭, 천막이 흔들리고 차도 흔들렸다. 여자의 신음이 아아아아, 길게 새 나왔다. 남자가 여자의 입을 막았는지, 소리가 우우우우, 로 변하긴 했지만 그 소리는 큐의 고막을 정확히 두드렸다.

"뭐 해?"

큐가 참지 못하고 일어나 벌거벗은 채 서로를 끌어안고 있는 부모를 바라보았다.

"아무것도 아냐. 그냥 자."

나나가 엔도 다쿠미 아래서 말했다.

"아파?"

"괜찮다니까. 어서 자."

큐는 벌떡 몸을 일으켰다.

"뭐 해? 엄마는 안 무거워?"

벌거벗은 엔도가 나나 위에 올라타고 있었다. 어린 큐에게는 너무도 이상한 풍경이었다. 저도 아빠 위에 올라타고 싶었다. 큐는 입고 있던 옷을 다 벗어던지고, 왜 그러느냐는 엔도의 말을 무시한 채 아버지 어머니 사이로 파고들어 쿳쿳 웃었다.

"아, 기분 좋다."

큐는 익살스럽게 말하며 아아아아, 나나가 내던 소리를 흉내 냈다. 두 사람은 하반신을 결합한 채 얼굴을 붉히며 꼼짝도 하지 않고 아들을 바라보았다. 부끄러워 어쩔 줄 몰라 하면서 나나는 큐의 머리를 쓰다듬었다. 엔도의 팔과 나나의 팔과 큐의 팔이 얽혀 마치 열대의 나무처럼 하나가 되었다.

큐가 잠들 때까지 부모와 자식, 세 명의 기묘한 교접이 계속되었다.

치쿠고 강 하류에 모래톱이 있고 보리와 채소 따위가 자라는 땅의 한구석에 오래된 초가집이 있었다. 트럭을 운전한 사람은 그곳에서 나룻배를 운행하는 선장 긴지로, 등이 조금 굽고 키가 작은 사람이었다. 이 남자는 젊은 시절에 엔도의 부하였는데 나카스 시절에 엔도에게 목숨을 구해 받은 인연 때문에 엔도를 극진히 모셨다.

"긴지, 고맙네."

"형님, 걱정하지 마시고 여기서 지내십시오. 조용해질 때까지 마음 푹 놓고 계서도 됩니다."

엔도는 잠든 큐를 끌어안은 채 긴지에게 머리를 숙였다.

"내일 먹을거리를 가지고 오겠습니다. 오늘 밤은 편히 주무세요."

긴지는 그런 말을 남기고 어둠 속으로 사라졌다.

오래된 농가는 세 식구가 잠시 몸을 숨기기에 충분할 만큼 넓었고, 텔레비전은 없지만 주위에 자연이 풍성해서 도시에서 자란 큐에게 더없이 좋은 놀이터였다. 이웃에게 신경 쓸 일도 없었다. 긴지는 옆집에서 살았다. 원래 이곳은 긴지의 누나가 혼자 살다가 몇 년 전에 세상을 떠나는 바람에 빈집으로 남았다고 한다.

큐는 부모와 같이 살게 되었다. 어머니가 있고 아버지가 있었다. 원하면 언제든지 같이 놀아줄 상냥한 아버지가 있었다. 어머니까지 끼어 세 식구가 가까운 제방에서 흙투성이가 되도록 같이 놀았다. 엔도와 나나가 사랑을 나눌 때는 긴지가 놀이 상대가 되어주었다.

"긴짱, 아빠 엄마는 왜 벌거벗고 씨름만 하는 거야?"

어느 때, 큐는 긴지의 굽은 등 위에서 졸며 그렇게 물었다.

"큐짱, 그건 어른이 되면 알아."

"엄마는 왜 그렇게 애절하게 비명을 질러? 걱정돼서 그래."

그 장면을 상상하면서 긴지는 입을 오므리며 자신의 욕망을 억눌렀다.

"글쎄, 왜 그럴까. 여름이 되면 매미가 울잖아. 가을이 되면 귀뚜라미가 울고. 그거랑 같아. 밤이 되면 여자들은 울어. 달이 너무 아름다우니까 우는 거야. 별이 너무 예쁘니까 우는 거야. 밤 공기가 너무 시원하고 애절해서 우는 거야. 벌레랑 똑같이 주어진 이 생명이 너무 고마워서 그래."

"엄마가 매미나 귀뚜라미랑 똑같다고?"

"어떤 의미에서는 그렇다는 거지."

"흠, 그건 잘 몰랐네. 어쩐지 알 것 같은 기분도 들고."

그날 밤 큐는 끌어안고 있는 부모를 향해, 나도 알아, 사이좋게 살 수 있는 걸 감사하라는 거잖아, 하고 외쳤다. 아이가 자고 있는 줄 알았던 두 사람은 깜짝 놀라 숨을 딱 멈추었다. 큐는 꿈속에서 매미로 변한 엔도와 귀뚜라미로 변한 나나가 나무뿌리쯤에서 사이좋게 끌어안고 있는 그림을 보았다.

헤이와초의 집은 간로쿠와 미츠가 지켰다. 같이 가자는 엔도의 말을 간로쿠는 거절했다.

"깡패한테 우리 인생을 맡기고 싶지는 않아."

간로쿠의 완고한 태도에 미츠는, 셋이서 가, 세상이 조용해질 때까지 우리가 여기를 지킬게, 라고 말할 수밖에 없었다. 큐를 두고 가야 한다는 의견도 있었지만 유괴당할 가능성이 있다고 엔도가 반대해서 데려가기로 했다.

나카스 전쟁은 한층 격화되어 경찰 기동대가 출동할 정도였다. 매일처럼 일어나는 발포 사건으로 사상자가 속출했고 세력을 가지고 있던 신가와 조직은 에이기치의 죽음으로 구심력을 잃고 지금은 바람 앞의 등불 신세였다. 새로운 세력이 대두하고 개중에는 엔도 다쿠미를 새로운 보스로 모시자는 움직임도 있었지만 신가와 잔당이 노리고, 경찰에 지명수배까지 당한 상태인 엔도가 하카타에서 살아남을 희망은 거의 없었다.

"잠시 동안은 여기서 지내야겠지만 여기도 언제까지나 안전하다고는 할 수 없어. 만일 정말로 세 식구가 살아갈 각오라면 두 가지 길이 있어."

"그게 뭔데?"

"하나는 자수하는 것이야. 이번에는 꽤 길어질 거야. 아마도 살아서는 나오지 못할 것 같아. 그래도 기다리겠다면 자수할게."

"다른 하나는?"

"더 멀리 도망치는 거지."

"멀리?"

"응, 홋카이도나 오키나와, 놈들의 손이 닿지 않는 곳으로."

엔도의 얼굴을 바라보는 나나의 마음속에는 벌써 결심이 섰다.

큐는 어느 날 밤, 꿈속에서 소이치로를 만났다. 소이치로의 등에는 황금색 날개가 달렸고 그것을 멋지게 저으며 큐의 머리 위에 머물러 있었다. 큐도 같이 떠오르고 싶다고 생각했다. 부러운 눈길로 바라보고 있는데 소이치로는 어디선지 황금색으로 빛나는 날개를 하나 꺼냈다. 소이치로가 그것을 달아주자 큐는 힘껏 날갯짓을 해보았다. 몸이 붕 떠올랐다. 조종을 잘 못해 오른쪽 왼쪽으로 기울어지기도 했다. 그럴 때마다 소이치로가 손을 내밀어주었다. 두 사람은 손을 잡은 채 나는 훈련을 했다. 조금씩 위로 올라갔다가 조금씩 아래로 내려왔다. 소이치로가 내려오면 큐는 힘차게 날갯짓을 해서 위로 올라갔다. 큐는 행복했다. 오래오래 소이치로와 놀고 싶었다. 그렇지만 언젠가는 그 꿈에서 깰 것이라는 사실을 어렴풋이 알고 있었다. 그것이 허망한 꿈이라는 것을 소년은 알고 있었다.

"날개가 없어."

큐는 자고 있는 나나의 귀에 속삭였다.

"언젠가는 날 거야. 좀 기다려봐."

나나는 잠결에 그렇게 말했다. 그래서 큐는 엔도의 귓가에다 눈을 뜨면 날개가 없어지고 말 거라고 했다. 아침까지 나나와 사랑을 나누었던 엔도는 반쯤은 꿈속에서 내일 가게에 있는 날개를 모두 사주겠다며 큐를 꼭 끌어안았다. 아침을 먹을 때도 큐는 평소답지 않게 맥이 빠져 있었다. 나나와 엔도는 침울해하는 큐를 바라보았다.

"마리짱이 보고 싶어……."

자신도 생각 못한 말이 튀어나와 큐는 놀랐다. 마치 납치라도 당하듯이 후쿠오카의 집에서 이 치쿠고 강 하류의 섬까지 오고 말았다. 헤이와초에서 오래 바깥에 나온 적이 없었다. 어머니와 아버지가 있어서 잠시 모든 것을 잊고 지냈지만 얼마가 지나자 그곳에는 마리도 없고 반 친구들도 없고 간로쿠도 미츠도 없다는 사실을 깨달았다.

"마리짱이랑 학교 가고 싶어."

잠시라도 큐의 외로움을 달래주고 싶어 엔도 다쿠미는 긴지와 의논했다. 그 의논이 큐와 그 가족의 삶에 생각지도 않았던 변화를 가져다주리라고는 아무도 예상하지 못했다. 아니, 뚜렷이 이해는 못했지만 큐만은 그 극적인 하루를 벌써 전날 꿈속에서 보았다.

등에 날개를 단 소년과 소녀가 무대 중앙에서 아래위로 오르내리고 있었다. 어른들은 허리에 피아노선이 묶여 있다는 것 정도는 알았지만 객석에서 바라보는 아이들에게는 마치 천사가 하늘에서 노니는 듯이 보였다.

큐에게는 그 소년이 데라우치 소이치로로 보였다. 그리고 소녀는 물론 데라우치 마리였다.

"소짱, 마리짱."

큐는 멍하니 입을 벌린 채 두 천사의 공중유희를 올려다보고 있었다. 긴지가 예전에 몸담았던 서커스단이 섬의 밭 한가운데 천막을 치고 공연을 하고 있었다.

"아저씨는 옛날에 여기서 삐에로를 했더랬지."

큐를 무릎에 앉히고 긴지가 자랑스럽게 당시를 회상하며 이야기했다.

"왜 그만뒀어? 이렇게 즐거운 곳을."

긴지는 웃으면서 큐짱의 아버지를 후쿠오카에서 만났고, 야쿠자 세계로 들어오지 않겠느냐고 손을 내밀었다고 말했다. 긴지의 등에서 둔탁한 소리가 울렸다. 긴지는 미안, 형님, 하고 말했다. 큐는 재빨리 엔도 다쿠미를 돌아보았는데 엔도는 머쓱한 표정으로 무대 위 소년 소녀를 향해 손뼉을 치고 있었다.

"쓸데없는 말은 하지 마."

엔도는 나지막한 목소리로 긴지를 나무랐다. 잔뜩 힘이 들어간 그 목소리의 리듬이 재미있어서 큐는 쓸데없는 말은 하지 마, 하고 흉내 냈다.

"긴짱이 삐에로 하는 거 보면 재미있겠다 그지."

나나가 큐를 긴지에게서 받아서 무릎에 앉히며 말했다.

"누님, 단장이 나더러 다시 해보지 않겠느냐고 합디다. 할 일도 없고, 하카타에서는. 이런 소동이 벌어지고 있으니 돌아갈 수도 없고 또 돌아갈 생각도 없고, 어쩐지 이 세계가 편하고 재미있을 것 같아서 고민 중이에요."

그게 좋겠어, 엔도가 말했다. 큐는 재빨리, 그거 정말 좋아, 하고 목에 힘을 주며 엔도의 말투를 흉내 냈다.

처음 보는 사자나 코끼리 동물 쇼에 큐는 완전히 얼이 빠져버렸다. 공중그네를 볼 때는 눈도 깜짝하지 않았다.

공연이 끝나고 사람들이 삼삼오오 집으로 돌아가기 시작했다. 큐는 긴지의 손을 잡고 서커스의 무대 뒤를 보러 갔다. 긴지는 큐의 손을 잡아끌며 슬쩍 엔도 다쿠미에게 눈짓을 했다. 엔도와 나나는 한 발 앞서 집으로 돌아가 큐가 없는 틈을 타서 마음 놓고 사랑을 나눌 수 있게 되었다.

밭 한가운데 선 천막 주변에만 불이 켜져 있어 마치 어둠 속에 둥그런 UFO가 둥실 떠 있는 것 같았다.

서커스 단원들이 뒤편에서 저녁 준비를 하고 있었다. 단원들의 얼굴에 일이 끝난 후의 해방감이 넘쳐흘렀다. 우리에 든 희귀한 동물들이 눈에 시 퍼런 불을 켠 채 큐를 바라보았다. 큐는 긴지에게 찰싹 달라붙어 동물 구경 을 했다. 젊은 단원이 가슴 가득 식기 같은 걸 끌어안고 큐의 눈앞을 지나가 다가 돌부리에 발이 걸린 듯 넘어졌다. 긴지는 가까이 있던 단장 아카누마 쿄타에게 인사를 하고 있었다. 주변 사람들이 땅바닥에 흩어진 식기를 줍 기 시작했다. 큐도 쭈그리고 앉아 바닥에 떨어진 숟가락을 집어 든 순간 손 에서 어떤 열기를 느꼈다.

아, 소리와 함께 은색으로 빛나던 숟가락이 큐의 손에서 휘어버렸다. 그 것을 단장 아카누마가 누구보다 빨리 보았다. 큐의 손에서 숟가락은 마치 벌레처럼 몸을 동그랗게 말고 있었다.

"아, 뭐야, 저거. 세상에!"

아카누마는 저도 모르게 소리쳤다.

"어떻게 한 거니?"

긴지가 눈을 동그랗게 뜨고 물었다. 단원들이 숨도 쉬지 않고 그 자리에 못이 박혔다. 숟가락은 큐가 아무 짓도 하지 않았는데 손에서 휘어져버렸 다. 마치 괴력의 소유자가 있는 힘을 다해 비튼 듯 마구 구겨진 채 소년의 손바닥에 놓여 있었다.

아카누마 단장은 다음 날 엔도 다쿠미와 나나에게 큐를 입단시켜달라고 요청했다. 지금부터 일 년에 걸쳐 전국을 돌 생각인데 이건 대단한 화제가 될 거라고 말했다. 나나는 예전에 텔레비전 생중계에서 숟가락을 휘지 못한 쓴 경험이 있다고 말해주었지만 단장은 눈을 번득이며 무작정 입단시켜 달라고 떼를 썼다.

"아직 어린아이라서 부모가 곁에 있어야 합니다."

엔도는 가능한 한 부드러운 어조로 단장에게 말했다. 물론이지요, 아카누마가 대답했다.

"나와 아내가 동행할 수 있다면 한번 생각해보지요. 나도 마침 직장을 잃은 상태니까 코끼리 돌보는 일 정도는 할 수 있을 것 같소이다."

나나가 걱정스러운 눈길로 엔도를 바라보았다. 그날 밤 엔도는 나나에게 말했다. 서커스단에 섞여버리면 추적자들을 따돌릴 수 있을 거라고. 이렇게 숨어 지내는 것도 한계가 있고 또 안전을 보장받지도 못한다. 마침 긴지도 서커스단에 돌아가고 싶어 하니까 같이 있으면 더없이 좋을 것이다. 안경을 쓰거나 가발을 덮어쓰거나 하면 아무도 모를 것이다. 이건 신께서 우리에게 내려주신 구원의 손길이라고.

엔도가 미소 짓자 나나도 긴장을 풀었다. 두 사람은 밝은 미래에 대한 희망을 품으며 한 몸이 되었다. 아무것도 모르는 큐는 격렬하게 사랑을 나누는 부모 옆에서 잠들었다. 꿈속에서 큐는 소이치로에게서 전날에 이어 공중유회를 배우고 있었다.

7 운명

아카누만차 서커스, 큐가 생각지도 않게 몸담게 된 서커스단의 명칭이다. 단장 아카누마 쿄타는 거의 철사 줄이나 다름없을 만큼 굵은 머리칼의 소유자인데, 그것을 허리까지 늘어뜨려서 마치 고목을 휘어감은 넝쿨처럼 보였다. 큐는 때로 그것을 잡아당기며 놀았다.

아카누마는 큐에게 그 특수한 힘을 안정적으로 발휘할 수 있도록 일이 끝난 후면 텐트 뒤편에 책상을 두고 특별훈련 시간을 주었다. 마치 혼자 다니는 학교 같다고 큐는 생각했다. 책상 위에는 새로운 숟가락이 몇 개 놓여 있었다. 관객을 대신해서 단원들이 구경하러 와서는 박수도 치고 탄성을 지르며 현장감을 높여주었다.

"잘 들어라, 큐. 큐짱은 앞으로 관객들 앞에서 숟가락 휘는 쇼를 해야 해. 우리 단원 아이들이 공중그네를 타는 것처럼 큐짱도 관객들 앞으로 나가 숟가락을 휘고 박수갈채를 받는 거야. 갈채, 박수 말이야. 그래 박수!"

아카누마가 신호를 보내자 단원들이 박수를 쳤다. 긴지가 얼굴을 마구 구기며 웃었지만 큐는 긴장을 풀지 않았다.

"관객들 앞에 나가?"

"큐짱은 내일부터 스타가 되는 거야."

대단해, 긴지가 박수를 쳤다. 소후에 나나와 엔도 다쿠미는 큐를 지켜보고 있었다. 나나는 미소를 짓고 있지만 엔도 다쿠미는 긴장한 나머지 얼굴이 뻣뻣하게 굳어버렸다. 눈이 마주쳐도 웃지 않았다. 큐는 아카누마의 말을 들으면서 엔도가 웃어주기를 기대하며 힐끗힐끗 얼굴을 바라보았다. 자, 하고 아카누마가 말했다.

"어느 거든 좋아하는 걸 하나 골라봐. 그리고 지난번처럼 휘어봐."

아카누마의 코는 아주 컸다. 흥분해서 말을 할 때마다 콧김이 큐의 얼굴에 닿았다. 큐가 나나에게 의견을 묻는 듯한 눈길을 보내자 나나는 상냥하게 웃으며 고개를 끄덕였다. 큐는 또 엔도의 얼굴을 보았다. 엔도는 마른침을 삼키고 이번에는 있는 힘을 다해 얼굴을 구기며 웃었다. 그러나 너무 어색한 웃음이라 눈은 화를 내는 듯이 보였다. 여기서 숟가락이 휘지 않으면 원래의 도피 생활로 돌아가야 한다. 엔도는 마음속으로 그것을 걱정하고 있었다.

큐는 체념하고 숟가락 하나를 집어 평소처럼 가장 가느다란 부분을 엄지와 검지로 문질렀다. 단원들의 시선이 거기에 집중되었다. 사람들이 모두 자신의 손가락만 바라본다는 것이 큐에게는 꽤 유쾌했다.

"왔다!"

큐가 중얼거린 다음 순간, 숟가락이 마치 식물의 줄기가 오므라들듯 뒤틀렸다. 한순간의 일이라 단원들은 탄성을 지를 틈도 없었다. 휘어진 숟가락을 책상 위에 내려놓자 깡마른 금속음이 들렸다. 팔자로 굽은 숟가락을 들여다보려고 단원들 몸이 점점 앞으로 기울어지다 보니 뒤에 선 사람들이 앞 사람의 등을 떠미는 꼴이 되었다. 앞에 있던 아카누마는 젊은 단원들에게 떠밀려 쓰러지며 책상에 손을 짚었다.

"대단해."

아카누마가 그렇게 말하자 단원들 사이에서도 그제야 감탄의 소리가 터졌다. 아카누마는 휜 숟가락을 집어 들더니 뚫어져라 바라보며 자세히 확인했다. 휜 숟가락을 힘껏 비틀어 원래대로 돌려놓으려 했지만 어른의 힘으로도 불가능했다.

"큐짱, 이거 어떻게 휘는 거야?"

아카누마가 물었다. 큐는 콧김을 피하면서 몰라, 하고 말했다. 휘어라, 이렇게 돼라, 그런 염을 하는 거지, 아카누마가 계속 물었다. 그 목소리에는 벌써 존경의 울림이 배어 있었다. 염한다는 게 뭔데, 큐가 물었다. 뭐라고 해야 하나, 소리는 내지 않고 마음속으로 강하게 휘어라 명령을 하는 거야, 긴지가 보충 설명을 했다.

"휘어라고 하지 않았어. 아무 말도 안 해."

"그렇지만 뭔가가 있잖니. 그럼, 숟가락을 들면 제멋대로 휘어버려?"

큐는 잠시 생각하더니 응, 하고 대답했다.

"멋대로 휘어버려. 그렇지만 휘기 전에 빛이 보여. 정말 예쁜 빛. 손가락에서 빛이 많이 나와. 그게 얼마나 부드러운지 몰라."

빛, 이라는 말에 단원들은 다시 수런댔다. 부드러운, 이라는 말에 합장을 하는 사람도 있었다. 그 순간, 엔도 다쿠미의 걱정거리는 사라졌지만 새로운 문제가 생겼다. 단원들 사이에서 큐를 신의 사자라고 말하는 사람이 나타난 것이다.

큐가 실제로 관객들 앞에서 숟가락을 휘자 공연 후 큐 앞으로 단원들이 모여들기 시작했다.

단원들 가운데는 고민을 가진 사람이 많았다. 큐가 그런 그들 앞에서 특별한 말이나 행동을 하는 것은 아니었다. 어떤 사람이 말했다. 큐짱은 정말 대단하다고.

"아냐, 대단한 건 없어. 숟가락은 아무나 마음먹으면 다 휠 수 있어."

그것은 큐의 말이 아니었다. 소이치로가 큐에게 한 말이었다. 겸손하게 말하는 방법을 몰랐던 큐는 기억에 남아 있는 소이치로의 말을 써먹은 것이다.

"빨리 달리는 사람, 계산을 잘하는 사람, 몸이 부드러운 사람, 말을 잘하는 사람······. 사람에게는 나름의 능력이 있는 거야. 아저씨들만 할 수 있는 일도 있잖아? 난 그냥 숟가락을 휠 수 있을 뿐이야."

큐는 단원들에게 그렇게 말하면서 예전에 소이치로가 자신에게 말할 때를 떠올렸다.

'큐짱이 조용히 살고 싶으면 그런 건 절대로 사람 앞에서 보여주어선 안 돼.'

숟가락 휘기가 화제가 되어 방송국에서 찾아왔을 때의 일이었다.

'그 힘은 남에게 보여주기 위해서 신이 내려준 것이 아니기 때문이지. 어떤 깊은 뜻이 있어서 신은 큐짱에게 그런 능력을 준 것이 아닐까. 살아가면서 그 의미가 무엇인지를 찾는 것이 중요해.'

큐는 소이치로의 어투를 흉내 내 말했다.

"아주 깊은 의미가 있어서 아저씨들에게 지금의 힘이 주어진 거야. 인생에서 진정한 의미를 찾는 것이 중요해."

큐는 소이치로의 충고를 떠올린 데 지나지 않았지만 단원들은 그렇게 생각하지 않았다. 눈을 감은 채 철학적으로 말하는 한 초등학생에게서 신의 존재를 보았다.

'작은 그리스도'라고 말하는 사람마저 나타났지만 큐는 고작 초등학생에 지나지 않았다. 학교로 돌아가고 싶고 데라우치 마리를 만나고 싶었다. 소이치로가 세상을 떠난 후, 마리와의 사이에 빠르게 흐르는 강 같은 것이 생겨났지만 이렇게 떨어져 살고 보니 그 강도 어느새 증발되어 새로운 싹 같은 것이 솟아나고 있다는 것을 알았다.

"마리가 보고 싶어."

큐는 매일 밤 발을 동동 구르며 부모를 졸랐다. 학교에 돌아가고 싶어. 마리를 만나고 싶어. 초등학교 5학년인 큐에게는 당연한 일일 거라고 나나는 생각했다. 그래서 어느 날 밤, 서커스단이 나가사키에서 공연을 할 때 나나는 큐를 공중전화 부스로 데리고 갔다. 마리의 목소리를 듣고 큐는 기뻐했지만 어린아이다운 긴장과 주저도 있었다. 여보세요, 안녕하세요, 소후에입니다, 어머니가 정중하게 인사를 했다. 큐는 기쁜 마음과는 달리 그 자리에서 도망치고 싶은 기분이었다. 마리가 전화를 받자, 나나가 자, 마리야, 하고 수화기를 귀에 들이대자마자 큐는 뻣뻣하게 얼어붙고 말았다.

"……여보세요."

큐는 자신도 놀랄 만큼 어두운 목소리로 말했다. 마리의 목소리는 밝았다. 어떻게 된 거야, 매일 어디서 뭘 하고 있니, 엄마랑 아빠랑 같이 여행을 한다던데 정말? 속사포처럼 질문을 쏟아붓는 마리였다. 응, 아, 그렇게 대답하는 큐에게서 평소의 발랄함은 찾아볼 수 없었다. 다만 만나고 싶다는 마음만 가슴속을 초조하게 헤집을 따름이었다. 마리의 목소리를 들으면 들을수록 가슴이 애절해졌다.

"왜 그러니, 큐짱. 말을 해봐."

아, 응, 큐는 마치 어른처럼 얼버무렸다. 말을 하고 싶어도 아무것도 떠오르지 않았다. 서커스 이야기를 했지만 공중그네나 사자 쇼를 말로 설명하기는 힘들었다.

그래서 큐는 말했다.

"언젠가 우리 둘이서 살자."

그때 큐의 마음속에 마리와 둘이서 사이좋게 누워 있는 그림이 떠올랐다. 그것은 늘 어머니와 아버지가 밤마다 벌이는 벌거숭이 씨름이었다.

"뭔데 그거? 왜 내가 큐짱이랑 같이 살아야 하는데?"

"좋아하니까."

"좋아한다는 건 둘이서 같이 생각할 때 이루어지는 거야."

"그런가?"

"당연하지."

마리의 목소리가 어두워지자 큐는 나나의 얼굴을 올려다보았다. 나나는 힘을 내, 하고 마음속으로 빌었다.

"언젠가 마리짱의 마음도 나랑 같아질 거야. 그게 먼 미래의 일이라도 그때까지 난 기다릴 거야."

마리의 웃음소리가 들렸다. 다시 한 번 어머니의 얼굴을 올려다보자 나나도 웃었다. 그런 다음 나나는 수화기를 잡고 있는 큐를 꼭 끌어안았다. 잘 말했어, 그런 표현으로 어머니는 아들을 끌어안았다. 큐는 더 무슨 말을 어떻게 해야 할지 몰라 수화기를 어머니의 귀에 갖다댔다.

"왜, 네가 말해야지."

여보세요, 마리의 당혹스러워하는 그러면서 조금 화난 듯한 목소리가 수화기에서 흘러나왔지만 큐는 그만 쭈그리고 앉아버렸다. 미안해, 마리짱, 큐가 좀 외로운 것 같아, 나나가 큐를 대신해서 말했다. 외롭지 않아, 큐는 떼를 쓰듯 말했다. 그리고 마리짱, 언젠가는 우리 엄마 아빠처럼 사이좋게 벌거벗고 씨름해, 하고 외쳤다. 당황한 나나가 큐의 머리를 때렸다.

"아얏!"

큐는 머리를 끌어안고 나나의 발아래서 몸을 움츠렸다.

큐는 나나의 손을 잡고 번화한 밤거리를 걸었다. 부드러운 바람이 두 사람 사이를 스쳐 지나갔다. 둥, 멀리서 소리가 들렸다. 상점가 앞에서 불꽃이 올랐다. 불꽃놀이야, 나나가 외쳤다. 큐는 어머니의 품에 안겨 먼 곳을 바라보았다. 길 저편 어두운 우주 속에 아름다운 불꽃이 피어 있다. 번쩍, 둥, 소리가 들린다. 몇 번이나 그 소리가 반복되었다. 큐는 마리짱을 좋아하는구나, 나나가 큐의 귓가에 대고 말했다. 큐는 어리광을 부리며 나나의 어깨에 턱을 기댔다. 어머니를 끌어안고 어깨에 눈두덩을 비볐다.

서커스에서 공연하는 초등학생의 숟가락 휘기 쇼는 현장감이 없었다. 관객들이 보기 힘들다는 것이 가장 큰 문제점이었다. 북규슈 공연부터 50명 정도가 들어올 수 있는 작은 천막을 특별히 설치했다. 입구에는 '숟가락 휘는 초능력 소년'이라는 간판을 달았다. 그 아이디어 덕분에 숟가락 휘는 장면을 보려고 사람들이 줄을 섰다. 화제가 화제를 불러 서커스단에도 사람들이 모여들었다. 큐의 옆에는 사회를 맡은 긴지가 삐에로 차림으로 붙어 있었다. 큐가 숟가락을 휘는 것만으로는 재미가 떨어진다고 아카누마가 연출을 해보라고 한 것이다. 긴지가 관객들에게서 웃음을 이끌어낸 후에 큐가 등장하여 숟가락을 휜다. 휘기 전에 숟가락을 관객 한 사람 한 사람에게 확인시켰다. 당연히 휜 다음에도 사람들에게 숟가락을 확인하게 했다.

소년이 피곤할지도 모른다고 숟가락 휘기는 하루에 두 번으로 정했다. 그것만으로도 백 명이나 되는 손님이 매일 큐의 쇼를 보러 왔다. 야마구치현에서는 큐의 쇼가 연속 매진을 기록했고, 이어서 히로시마, 돗토리 공연에서도 큰 인기를 누렸다. 의족을 한 채 거구의 엔도 다쿠미는 동물들이 기거하는 우리 청소를 맡았고 때로는 삐에로 역을 하는 긴지를 돕기도 했다. 세상에서 가장 좋아하는 아버지가 삐에로 분장을 한 것을 보고 큐는 너무 즐거웠다. 학교에도 못 가고 외로운 큐였지만 점차 서커스단 생활에 익숙해졌다. 버스를 타고 낯선 땅에서 낯선 땅으로 이동하는 생활도 즐거웠다. 무엇보다 부모가 늘 곁에 있다는 것이 행복했다.

'운명'이라는 말을 배웠다. 며칠 전에 긴지가 설명해주었다.

운명이란, 큐짱이 이렇게 하고 싶다 저렇게 살고 싶다 바라건 바라지 않건 큐짱에게 다가오는 거란 말이지, 좋은 일이건 나쁜 일이건, 자신의 힘으로는 어쩔 수 없는 모든 것을 운명이라고 하는 거야.

큐는 소이치로의 죽음도 운명의 소행이라고 생각했다. 자신이 초등학교 기사실에서 오래오래 살았던 것도 운명일 것이다. 그렇다면 운명이란 그리 좋은 게 아니라는 생각이 들었다.

그렇지만 아무런 기대도 하지 않고 살다 보니 어느 날 불현듯 아버지가 나타났다. 같이 서커스단에 들어와서 버스를 타고 일본 전국을 여행하며 세 식구가 즐겁게 살 수 있게 되었다. 이것도 운명의 소행일 것이다. 긴지가 늘 무등을 태워주고 주위에서 웃음이 사라지지 않는 것도 어떤 의미에서는 운명의 영향일지 모른다. 이 숟가락 휘기 능력도 누군가가 정해준 운명 때문일까.

그렇게 생각하니 운명이란 것이 조금 두려워졌다. 운명을 거역할 수는 없어? 큐가 긴지에게 물었다. 안 돼, 긴지는 조금의 머뭇거림도 없이 대답했다. 너무 빠른 대답에 왜냐고 큐는 물을 수 없었다. 소이치로는 그것을 거역하려다 죽은 건지도 모른다고 혼자서 생각했다.

다음 날, 큐는 좌우 갈림길에서 딱 멈춰 서고 말았다. 시장바구니를 든 나나가 뒤를 돌아보며 왜 그러느냐고 큐에게 물었다. 운명을 움직여보고 싶어, 큐가 말했다. 나나는 웃었지만 큐에게 빨리 움직이라고 닦달은 하지 않았다. 가만히 바라보며 큐가 자신의 의지로 움직이기를 기다렸다. 큐는 생각했다. 어머니는 원래 오른쪽으로 갈 생각이었다. 이유는 그쪽에서 왔기 때문이다. 왔던 길로 되돌아가는 것은 당연하다. 한 걸음 내디디면 발길이 멈추었다. 운명이란 것을 의식했기 때문에 자신은 왼쪽으로 가려 했을 따름이 아닌가. 이것도 운명이 사전에 정해놓은 게 아닐까. 그래서 큐는 서둘러 오른쪽으로 몸을 돌렸다. 그런데 다시 발걸음이 멈춰버렸다. 운명이 복선을 깔아둔 게 아닐까. 아무리 깊이 생각하고 따져본들 운명은 한 수 위일 테니까. 큐는 꼼짝도 하지 못하고 나나를 바라보았다.

"왜 그러니? 어디로 가려고?"

나나가 상냥하게 물었다.

"어디를 가든 운명이 따라올 것 같은 생각이 들어서 움직일 수 없어."

"그렇게 망설이는 것도 운명 때문이 아닐까?"

아, 큐는 입을 쩍 벌렸다.

"운명을 지배하려는 생각이 벌써 운명에게 지배당하고 있다는 증거야."

"그럼 어떡하면 돼?"

"운명과 친구가 되면 되지."

"그게 무슨 말인데?"

자, 하고 나나는 웃었다. 그리고 큐의 손을 잡고 오른쪽이 아니라 왼쪽으로 나아갔다. 왜, 나나가 왼쪽을 택했는지 물어보고 싶었지만 큐는 물을 수 없었다. 그리고 그 찜찜한 마음을 그대로 간직한 채 서커스단의 천막이 있는 공터로 돌아왔다.

큐는 두 번째 숟가락 휘기를 끝낸 다음 그 숟가락을 가만히 들여다보았다. 그 흔적은 큐의 운명이 남긴 족적 가운데 하나였다. 운명을 친구로 삼고 살아가는 것도 나쁘지 않을 것 같다고 큐는 생각했다. 그렇지만 어떻게 친구가 된다는 거야……

고함이 터져 나왔다.

"가짜다!"

객석 중앙에서 얼굴이 벌겋게 상기된 한 남자가 큐를 손가락으로 가리키며, 신을 모욕하고 있어, 하고 외쳤다. 긴지가 그 남자에게 가서 큰 소리 치지 말라고 다른 사람에게 피해를 주는 행위라고 말했다. 이건 분명 트릭이라고 사람 눈을 속이는 거라고 남자는 큰 소리로 외쳤다. 사람들의 시선이 큐에게로 집중되었다. 큐는 잠시 어떻게 해야 할지 몰라 객석 뒤편에서 지켜보는 나나를 바라보았다. 나나는 조금도 동요하지 않았다.

큐는 그때 자신을 믿는 관객이 반은 된다는 것을 알았다. 그리고 동시에 자신을 의심하는 반쯤의 관객을 의식했다. 남자가 문제를 제기하자 그때까지 조용하던 객석이 반으로 갈렸다. 긴지가 남자와 실랑이를 벌이고 있는데 때마침 아카누마가 들어와 소동이 더 커지고 말았다.

큐는 그런 광경을 접시 위에 올려놓고 바라보았다. 접시 위가 둘로 나뉜 것처럼 보였지만, 애당초 하나라는 것도 알았다. 문제는 그것을 어디서 바라보느냐는 것이었다. 자신에게 일어나는 일을 그 자리가 아니라 거기서 조금 위로 올라가 조용히 내려다보는 것. 그러자 큐에게는 두 색깔로 칠한 전체가 다 보였다. 믿는 것과 의심하는 것이 하나로 보였다. 그때까지는 둘 중 어느 한쪽을 선택해야 한다고 생각했는데 사실은 그게 하나라는 사실을 깨달았다. 왜 길은 두 갈래로 나뉘어 있는가. 그리고 어머니는 왜 오른쪽이 아니라 왼쪽을 선택했는지, 비로소 알 것 같았다. 운명과 친구가 된다는 것은 운명을 응시하는 것이며, 바꾸거나 그만두거나 도망치는 것이 아니다. 운명 그 자체가 길이며 이르고 싶은 장소의 하나이기도 하다는 것을……

큐는 다투고 있는 두 어른을 향해 일어섰다.

"잘 보세요."

남자도 관객도 긴지도 아카누마도 큐를 주목했다. 작은 소년이 무대 위에 서 있었다.

"아저씨, 억지로 믿지 않아도 돼요. 그렇지만 믿어도 좋아요. 믿건 안 믿건 똑같은 거니까요. 어느 쪽이든 같은 접시 위의 음식이거든요. 좋아하는 걸 먹으면 되잖아요."

큐는 단호하게 말하고 무대에서 내려갔다. 그때 이상하게도 의심하던 사람들의 마음속에서 팔자로 굽은 하나의 숟가락 그림이 떠올랐다.

8 슬픈 세계

"상냥함은 어디서 오는 거야?"

큐는 코끼리 우리를 청소하고 있는 엔도 다쿠미에게 물었다. 엔도는 머리를 긁적이더니, 어디서 온다고 할까, 라며 쓴웃음을 지었다. 마음 깊은 곳에서 오는 게 아닐까……

아카누만차 서커스는 오사카 만 주변의 매립지에 천막을 치고 있었다.

후쿠오카를 나선 지 벌써 3개월이나 흘렀다. 엔도 다쿠미와 함께 동물 우리를 도는 사이에 큐는 동물들과 친해졌다. 큐는 서커스단에서 자신의 자리를 찾았다.

큐는 구관조 큐타와 큐라는 발음이 같다는 이유로 그 새를 돌보기 시작했다. 큐는 큐타에게 이런저런 일본어를 가르쳤는데, 처음 가르친 말이 바로 '운명'이었다. 그런 다음 슬픔이라는 말을 가르쳤다. 그 후에 존재라는 말도 가르쳤다. 물론 그런 단어들은 구관조가 특별히 관심을 가지고 기억한 말이다.

최근에 가르친 새로운 말은 미래와 진실이었다.

구관조 큐타는 관객을 향해 그런 일본어를 마구 날렸다. 처음에는 생뚱맞다는 표정으로 큐타를 바라보던 관객들은 곧 쿳쿳, 웃었다. 소후에 큐는 슬퍼, 슬퍼, 슬퍼라고 말하는 큐타가 마치 자신의 분신처럼 보일 때가 있었다.

"이번에는 큐타에게 '상냥해'를 가르쳐볼 생각이야."

그렇게 말하자 엔도는 얼굴을 구기며 웃더니, 그거 참 좋은 생각이야, 상냥해라고 말하면 사람들은 마음이 포근해질 거야, 하고 내심 안도의 한숨을 내쉬며 미소 지었다.

"네가 하도 이상한 말만 가르치니까 이제는 다들 큐타를 철학자라고 부르잖아."

"철학자가 뭔데?"

큐는 코끼리 똥을 정리하려는 아버지를 향해 물었다.

"철학자라는 건……."

엔도는 코끼리 똥을 고무장갑 낀 손으로 집은 채 멍하니 서 있었다. 큐가 아버지의 얼굴을 멀뚱멀뚱 바라보고 있다. 어린아이답지 않게 미간에 주름을 잡고. 아들의 기대에 부응하지 못하면 아버지로서 위엄을 잃을지도 모른다고 거구의 남자는 생각했다.

"그건 말이야, 이 세계에는 많은 일이 일어나고 물건도 많잖아. 그런 것들이 왜 있고 일어나는지 생각하는 거야. 이성으로 본질을 찾는다고 할까, 이성이란 말 아직 모를 테지만, 뭐라고 할까, 독특하게 해석하는 사람, 아, 해석도 잘 모르겠지, 그건 말이야……."

엔도는 입을 꾹 다물었다.

"그건 말이야."

엔도는 손에 든 코끼리 똥을 보았다. 작은 눈이 한순간 크게 열렸다.

"이런 거야. 이 똥을 어떻게 보느냐는 거지. 이 똥을 보통 사람은 그냥 코끼리 똥이라고 보겠지. 그렇지만 철학자는 이것을 다르게 보고 말로 표현하지. 말로 한다면 시인이라 여길 수도 있겠지만 그것하고는 또 달라. 이 똥에서 여러 가지 의미를 찾아 세계가 어떻게 존재하는가를 생각하는 거야. 예를 들면."

엔도 다쿠미는 기대에 가득 찬 큐의 얼굴에서 시선을 돌렸다.

"예를 들면."

그런 다음 마땅한 말을 찾았지만 도무지 생각이 나지 않았다.

"아빠는 철학자가 아니라서 뭐라고 말하기가 힘들어."

그러자 큐가, 나에게는 이게 코끼리의 눈물 화석으로 보여, 하고 어린아이답게 단정적으로 말했다.

"밤중에 우리에서 나가지 못해 눈물을 흘리는 거야. 그래서 그 눈물이 아침 이슬과 섞여 굳은 거야."

코끼리의 눈물 화석이라는 말에 엔도는 놀라고 말았다.

"이 우리에서 살아가는 코끼리에게는 똥을 눌 때가 가장 즐겁거든. 먹고 똥을 싸. 그게 살아 있는 생명의 정해진 길이니까. 그렇지만 고향의 숲이 그립기도 해서 슬퍼. 이 우리에서 코끼리에게 허락된 행복은 먹고 싸고 자는 것뿐이잖아. 그래서 다들 잠든 밤에는 우는 거야. 먼 고향이 그리워서. 헤어진 친구가 그리워서. ……눈물의 화석."

엔도의 눈이 다시 크게 열리며, 그래, 그게 바로 철학자의 말이야, 하고 중얼거렸다. 그러나 초등학생이 이런 말을 입에 담아도 되는지 생각하고는 어린아이답지 않은 아들에게 한순간 당혹감을 느꼈다. 엔도 다쿠미는 똥을 양동이 안에 던져 넣은 다음 너무 어렵게 세상을 바라보면 안 된다는 말을 남기고, 다시 작업을 시작했다. 아버지로서 무슨 말을 해야 할지 몰라 부끄러웠다.

큐는 코끼리 우리를 청소하는 아버지 모습을 지그시 바라보았다. 거구의 남자가 자신보다 훨씬 큰 코끼리를 씻겨주고 있다. 땀을 뻘뻘 흘리며 우리 속을 열심히 청소하고 있었다. 그것은 가족을 위해서이고 코끼리를 위해서였다. 큐는 아버지의 둥그런 등에서 상냥하다는 말의 의미를 읽을 수 있었다.

소후에 큐의 숟가락 휘기 쇼는 주고쿠, 시코쿠 지방에 이어 오사카에서도 큰 화제를 불러일으켰다. 오사카 공연이 시작된 지 사흘째 되던 날 텔레비전 방송국에서 취재 요청이 들어왔다. 평소와는 뭔가 다르다고, 큐는 객석 뒤편에 설치된 텔레비전 카메라를 보고 생각했다.

공연이 끝나자 리포터가 큐에게 다가와서 마이크를 들이밀었다.

"정말 대단해. 아니, 정말 믿을 수가 없어. 친구, 어떻게 숟가락을 휘어?"

리포터의 뒤에는 아카누마가 미소를 머금고 서 있었다. 긴지도 있었다. 리포터는 호의적인 미소를 머금은 채 큐의 한마디를 참을성 있게 기다렸다. 큐도 미소를 지었다.

"아무것도." 하고 대답했다.

"아무것도? 그렇지만 뭔가 있지 않을까. 휘어라, 주문을 외운다든가."

사람들은 늘 똑같은 질문을 한다. 최근에야 큐는 그들이 기대하는 것이 무엇인지를 알았다. 어떤 요령을 알고 싶은 것이다. 사람들은 자신도 숟가락을 휘어보고 싶고 기적을 일으키고 싶어 한다. 아카누마의 미소에 애원이 서려 있다. 긴지도 지그시 큐를 바라보고 있다. 어쩔 수 없이 대답했다.

"철학에 도전하는 겁니다."

초등학생의 말이 아니었다. 리포터는 다음 말을 잇지 못했다. 어른들은 떵한 표정으로 큐를 바라보았다.

"철학에 도전한다는 게 무슨 뜻이지?"

리포터가 되묻자 큐는 스스로 생각해보라고 웃으며 대답했다.

"이 아저씨는 머리가 나빠서 큐 군의 말을 잘 모르겠는데, 그거 무슨 뜻인지 설명 좀 해줘. 좀 알기 쉽게 말이야."

큐는 휜 숟가락을 내밀었다.

"이게 의미잖아요. 여기에 딱히 의미를 줄 수는 없잖아요. 지금 이게 전부니까. 어른들 말로 하면 현실, 이니까. 그리고 나는 이걸 원래대로 돌려놓을 수 없으니까 늘 끝난 후에는 기분이 찜찜해요. 여기에는 설명할 수 없는 뭔가가 있거든요. 그렇지만 그게 뭔지 난 몰라요. 다만 철학이 아니라는 건 알아요. 철학보다도 더 본질적인 것. 그래서 사람들에게 설명할 수 없는 것도 있다고 생각해요."

"무슨 말인지는 잘 모르겠지만, 정말 재미있어."라고 카메라 뒤에서 프로듀서가 중얼거렸다.

인기 프로그램 '한낮의 친구'에 출연하게 되어 큐는 월요일 오후에 스튜디오로 갔다. 소후에 나나와 엔도 다쿠미는 화면에 나오지 않는 게 좋다고 판단하고 일단 피하기로 했다. 그 대신에 긴지가 따라갔다.

텔레비전 방송국은 처음이고 스튜디오 촬영도 처음이었다. '화제의 인물' 코너가 시작되자 삐에로 차림을 한 긴지의 손을 잡고 큐는 카메라 앞에 섰다. 사회자가 웃는 얼굴로 맞이하자 객석에서 환성이 터져 나왔다. 서커스에서 사람 앞에 나서는 일에 익숙해진 큐였지만 초 단위로 움직이는 텔레비전 방송국 사람들의 어수선한 분위기에 압도당했다. 긴지의 손이 크게 떨리는 것을 알고 큐는 재미있어 했다.

"왜 그래?"

큐가 긴지에게 묻자 텔레비전에 나오는 게 처음이라 긴장된다고 솔직하게 고백했다. 긴지가 긴장한다는 것을 알고 큐는 오히려 즐거웠다. 뭔가를 기대하니까 긴장하는 거라고 큐는 말했다.

"아무것도 기대하지 마."

큐는 아무도 긴지를 보지 않는다고 했다. 긴지는 큐의 얼굴을 멀뚱히 바라보며 알았다고 톡 쏘아붙였다.

사회자가 큐가 가진 특별한 능력에 대해 설명한 후 어제 촬영한 서커스 장면을 짧게 보여주었다. 관객석에서 수런거림이 일어났다. 사회자가 천천히 양복 안주머니에서 숟가락 하나를 꺼내 카메라 앞에 내밀었다.

"자, 잘 보세요."

남자 사회자는 과장된 제스처를 보이며 말했다.

"이것은 그야말로 아무런 트릭도 없는 평범한 숟가락입니다."

객석에 앉은 사람들에게 숟가락을 확인하게 했다. 숟가락을 조사한 몇 명의 주부가 고개를 끄덕이며 그것이 아무런 트릭도 없는 평범한 숟가락이라는 사실을 확인해주었다.

음악이 흐르는 가운데 사회자가 숟가락을 큐에게 건네주었다.

"자, 지금 화제가 되고 있는 소년에게 이것을 휘어보라고 하겠습니다."

큐가 긴지를 올려다보며 작은 소리로 물었다.

"이걸 지금 여기서 휘는 거야?"

"그럼. 평소에 하듯이 휘면 돼. 사람들이 즐거워할 테고 서커스단의 선전도 될 거야."

"선전?"

"큐짱을 보려고 사람들이 몰려올 테니까. 부탁이야, 한번 해줘."

큐는 할 수 없이 숟가락을 받아 들었다. 신비로운 음악으로 바뀌었다. 시끄러웠지만 참기로 했다. 긴지의 체면을 구기고 싶지는 않다고 소년은 생각했다. 정신을 집중하고 평소처럼 숟가락의 가장 가느다란 부분을 잡았다.

"왔다!"

큐가 그렇게 외친 순간, 숟가락의 목이 엿가락처럼 푹 꼬꾸라졌다. 큐가 숟가락을 놓자 테이블 위에서 깡마른 소리를 냈다. 관객들이 오오, 하고 일제히 탄성을 내질렀다. 사회자가 흥분해서 대단합니다, 봤습니까, 이거 정말 대단해, 하고 외쳤다. 사람들이 흥분하는 모습이 정말 우스꽝스러웠다. 긴지는 가슴을 활짝 펴고 자랑스러운 표정으로 카메라 앞에 섰다.

"큐 군, 이거 어떻게 휘는 거야?"

사회자가 큐에게 물었다. 또야? 하고 큐는 생각했다. 그렇지만 늘 같은 대답은 하기 싫었다. 큐의 귀에 그 힘은 남에게 보여주기 위해 주어진 게 아니라는 소이치로의 목소리가 들렸다.

"신의 힘입니다."

큐는 한마디, 그렇게 말했다.

텔레비전에 출연한 다음 날부터 큐를 보려는 사람들이 밀려와 아카누만 차 서커스는 거의 공황 상태에 빠져들었다. 천막 안으로 들어가지 못한 사람들이 통로를 막고 소란을 피웠다. 경찰차가 와서 사람들을 정돈하지 않으면 안 될 정도였다.

신문이나 잡지 취재가 밀려들어 아카누마 쿄타는 기자들을 상대하느라 정신이 없을 정도였다. 큐는 공연을 하는 사이사이에 대기실에서 사진 촬영에 응했고, 일이 끝난 다음에도 고민이 있는 단원들의 인생 상담을 해주었다. 큐는 숟가락을 휘면서 객석에 있는 같은 또래의 아이들을 살펴보았다. 어린아이가 몇 있었다. 큐가 휜 숟가락을 잡고서 서로 얼굴을 바라보며 뭐라고 떠들었다. 정말 즐거워하는 그들의 모습이 큐의 눈에 비쳤다.

서커스 생활은 즐거웠지만 또래 아이들이 없어서 늘 마음이 흔들리고 외로웠다.

어느 일요일 아침, 숙소인 여관 창 너머로 뛰어노는 아이들 목소리가 들렸다. 창으로 얼굴을 내밀자 주차장에 면한 야산이 있고, 소년들이 풀 스키를 타고 있었다. 풀 스키라고는 해도 고작 몇 미터의 사면을 미끄러지는 것뿐이었다.

큐는 안절부절못했다. 그 속에 소이치로와 마리가 있는 듯한 느낌이 들었다.

소후에 큐는 자고 있는 부모가 깨지 않게 살금살금 바깥으로 나갔다. 주차장을 지나 뒷산으로 달려갔다. 아이들 가운데 하나가 큐를 보고는 친구들에게 신호를 보냈다. 소년들이 큐를 내려다보았다. 큐는 사면을 올라가 그들에게 다가가, 뭘 하니, 하고 말했다.

"뭐라고?"

덩치 큰 소년이 되물었다. 뭘 하니, 하고 다시 말했다. 소년들은 큐의 하카타 사투리를 흉내 내 '뭘 하니' 하고 외쳤다.

"어디서 왔지?"

다른 아이가 물었다.

"하카타."

큐가 대답했다.

"하카타가 어디야?"

다른 아이가 물었다.

"규슈의 후쿠오카."

"규슈라면 알아, 옛날에 여행을 간 적이 있어, 서쪽 지방이지."

또 다른 아이가 그렇게 말했다.

"풀 스키, 나도 끼워줘."

큐가 말하자 또 다른 아이가 물었다.

"해본 적 있니?"

"그럼. 가장 높은 곳에서 미끄러져야지."

의기양양하게 대답했다.

"가장 높은 곳?"이라고 중얼거리며 아이들은 산 위를 올려다보았다. 그곳은 경사가 가팔랐다. 큐는 빌려달라며 멋대로 종이 박스를 낚아채고는 언덕길을 달려 올라갔다. 맨 위에 올라가서, 잘 봐, 하고 외쳤다.

후쿠오카 텔레비전 송신탑 옆의 정수장 제방에서 탔던 '급사의 풀 스키'에 비한다면 이건 스키도 아니었다. 큐는 종이 박스를 엉덩이에 깔고 사면을 미끄러져 내렸다. 소년들이 와, 탄성을 질렀다.

큐는 옛날을 생각하며 웃었다. 푸른 하늘이 보였다. 소이치로가 함께 미끄러지고 있는 듯하고 마리가 큰 소리로 응원하는 것 같은 기분이 들었다.

눈 깜짝할 사이에 아래로 내려왔다. 아이들이 박수를 쳤다. 소년들이 달려와서 대단해, 무섭지 않아, 하고 물었다. 하나도 안 무서워, 더 높으면 좋을 텐데, 라고 말하자 소년들은 존경스러운 눈길로 바라보았다.

소후에 큐는 긴지가 찾으러 올 때까지 오랜만에 어린아이답게 마구 떠들며 놀았다.

"내일 또 봐."

헤어질 때 소년 하나가 외쳤다.

"응, 또 봐."

큐는 손을 흔들었다. 공기가 무겁게 큐를 짓눌렀다. 가슴이 조이는 것 같았다. 서둘러 깊이 숨을 들이쉬고 소이치로가 살아 있을 때의 즐거웠던 날들의 기억을 폐 깊숙이 밀어 넣었다. 그러나 그것은 이제는 없는 그리움의 파편들이었다.

'인생이란 마치 급사의 풀 스키 같아.'

큐는 긴지의 손을 잡으며 그런 생각을 했다. 인생이란 풀 스키처럼 한순간에 가속이 붙어 아래로 곤두박질치는 것이다. 그리고 그 앞에는 죽음이 기다리고 있을 뿐인가?

오사카 공연은 큰 인기를 누렸고 아카누만차 서커스는 전국적인 지명도를 얻었다. 연일 매스컴이 서커스를 찾아와 큐를 취재했다. 취재진 가운데는 좋아하는 과자를 들고 오기도 해서 큐는 아이답게 즐거워했다.

공연 전에도 후에도 취재가 있었다. 아카누마 쿄타는 마치 이 초능력자를 발굴해서 키운 사람이라도 되는 양 의기양양한 표정으로 그들을 맞이했다. 사람들은 큐를 왕자처럼 다루었다. 과자를 먹고 싶다면 누군가가 케이크를 가져다주었고 놀고 싶다면 누군가가 지겨울 때까지 같이 놀아주었다.

어렴풋이 뭔가가 늘어지고 있는 것 같은 느낌이 들었다. 큐의 예지 능력은 그 늘어짐 속에서 분명 무뎌져 있었다.

각 방송국이 앞다투어 취재 경쟁을 벌였다. 그것이 특별 프로그램 편성으로 나타났다. 공공방송의 뉴스에까지 보도되자 서커스의 숟가락 휘기 쇼는 전국으로 중계되기에 이르렀다.

어느 때, 데라우치 마리에게서 전화가 왔다.

"텔레비전에서 봤어."

유명해졌더라, 마리가 칭찬하자 큐는 하늘을 날듯이 기뻤다.

"여기서도 텔레비전에 나와. 어제는 아저씨 아주머니도 나오더라."

큐는 내심 기대했다.

"이번에 만나면 숟가락 휘는 거 보여줘."

발랄한 마리의 목소리를 듣는 게 너무 즐거웠다.

"마리짱."

큐는 이런 기회를 놓칠 수 없다고 용기를 내 말했다. 자신의 마음을 전할 기회는 지금뿐이라고 생각했다.

"왜? 잠깐만, 전화 바꿀게."

"지난번에도 말한 적이 있는데."

귓불까지 붉히며 말했다. 그러나 마리가 아버지에게 수화기를 건네준 후였다.

"난 마리를 좋아해."

큐의 목소리는 열기를 띤 채 들떠 있었다.

"언젠가 같이 살고 싶어. 정말이야. 오래오래 이런 생각했어. 지난번에도 한 번 말했지만 이 마음 절대로 안 변할 거야."

용기를 내 그렇게 말했는데 수화기 저편에서 굵직한 남자 목소리가 흘러나왔다.

"큐 군, 오랜만이야. 나 알겠니? 야, 정말 축하해. 대활약을 하더구나."

마리의 아버지 데라우치 아라타였다. 큐는 저도 모르게 수화기를 귀에서 떼고 말았다.

광고에 출연하지 않겠느냐는 제안까지 들어오자 그 정신적 해이는 큐한테만 머물지 않고 서커스단 전체로 퍼져갔다.

안경과 가발로 변장한 엔도 다쿠미가 카메라 앞에 서서 큐에 대해 말을 했다. 잠깐이기는 했지만 노골적이었다. 소후에 나나가 경고했음에도 불구하고 아카누마 쿄타를 밀쳐내고, 자신이 최초로 아이의 재능을 발견했고 피를 물려준 아버지이며, 아이의 조상은 먼 옛날 야마타이 국의 히미코라고 큰소리치기 시작했다.

어느 날 아침, 큐는 심한 두통으로 눈을 떴다. 두 달에 이르는 롱런 공연이 끝나려 하는 주말의 일이었다. 두통에다 토하고 싶을 만큼 속이 울렁거렸다. 꿈속에서 피투성이로 누운 엔도 다쿠미의 모습이 떠올랐다. 큐는 너무 무서워 소후에 나나의 팔에 매달린 채 벌벌 떨었다. 나나가 왜 그러냐고 물었다. 그러나 큐는 말할 수 없었다. 소이치로가 죽음을 감행한 그날 아침과 똑같은 증상이었다.

"할 수 없지 뭐, 내가 다녀올게."

엔도 다쿠미는 자리에서 일어나려 하지 않는 큐를 대신해서 큐타에게 모이를 주러 나갔다. 곧 총소리가 들렸다. 큐타는 슬퍼, 슬퍼, 하고 외쳤다. 목격자는 없었다. 엔도는 혼수상태에 빠져들기 직전에, 당했어, 당하고 말았어, 하고 중얼거렸다.

9 큐의 세계

엔도 다쿠미가 숨을 거둔 것은 다음 날 새벽녘이었다.

그날은 아카누만차 서커스가 가장 정신없이 보낸 하루였다. 엔도가 저격당하는 사건이 발생하자 경찰과 매스컴이 몰려와 당연히 그날 공연은 중지되고, 안전이 확인될 때까지 앞으로의 공연도 중지하라는 관청의 명령이 떨어졌다. 아카누마 쿄타는 경찰과 매스컴에 대응하는 한편으로 공연 티켓에 대한 환불이나 앞으로의 대책에 분주했다. 소후에 나나와 긴지는 엔도를 데리고 병원으로 갔고 큐는 숙소에 남았다.

공중그네를 타는 젊은 여자가 하염없이 울며 큐를 옆에서 지켰다. 훌륭

해, 큐짱은 정말 강해, 여자는 말했다. 큐는 아무 대답도 하지 않고 대기실 창으로 바깥을 바라보며 오른손의 숟가락을 꼭 잡았다. 후회가 밀려왔다. 마음속으로 이 숟가락 휘기만 하지 않았더라도 아버지가 총에 맞지는 않았을 것이라고 외쳤다.

'다시는 숟가락을 휘지 않을 테야, 제발 아버지를 살려주세요.'

소후에 큐는 하늘을 향해 기도했다.

지상의 소란을 나 몰라 하는 듯 하늘은 푸르기만 했다. 큐는 푸른 하늘을 바라보며 의식을 집중하고 기다렸지만 끝내 좋은 소식은 날아오지 않았다.

어느새 큐는 잠들어버렸다. 눈을 뜨기 직전에 엔도 다쿠미가 나타났다.

평소의 아버지였지만 큐에게는 뭔가 달라 보였다. 몸이 흔들흔들했다. 그러더니 갑자기 관절과 근육이 흐물거리기 시작했다. 마치 장작을 쌓아놓은 듯 불안하게 흔들거렸다.

바로 눈앞에 있는데도 끝도 없이 멀다는 느낌이 들었다. 아빠, 큐는 머뭇거리며 불러본다. 엔도의 눈동자가 큐를 찾는데 목이 흐느적거려 방향을 잡지 못한다. 여기야, 큐가 큰 소리로 불렀다. 엔도는 알고 있다면서 꼭두각시 인형처럼 손가락을 들었지만 목을 돌리려 하면 할수록 몸이 뒤틀리고 상체가 기울어졌다. 그 억지스러운 자세 때문에 녹기 시작한 팔이 툭 떨어져버렸다. 맨들맨들한 머리 꼭대기에서 연기가 피어오르기 시작했다. 코도 녹아내리는 버터 같았다. 바지 자락과 셔츠 깃에서 액체가 뚝뚝 떨어졌다.

녹기 시작한 눈사람처럼 아버지는 증발했다. 손을 댈 수 없을 만큼 허망하게 사라져버렸다. 햇빛 속의 아이스크림이었다.

"큐, 정말 너를 사랑했단다."

목소리가 그 잔해에서 울렸다. 큐는 잔해를 내려다보고 있었다.

"큐, 오래오래 같이 있고 싶었어. 멀리서나마 너를 지켜볼게. 어머니를 부탁한다."

잔해가 완전히 증발한 다음 큐는 눈을 떴다. 공중그네를 타는 여자가 큐를 내려다보며 울고 있었다.

짧은 순간에 소후에 큐는 무엇과도 바꿀 수 없는 두 사람, 엔도 다쿠미와 데라우치 소이치로를 죽음이라는 생명체의 종언에 의해 잃어버렸다. 초등학생인 큐는 두 번이나 죽음이라는 두려운 현실을 체험했다. 소이치로의 죽음은 지금도 큐의 뇌리에 불에 덴 자국처럼 새겨져 목을 맨 처참한 이미지로 남았다. 피로 범벅이 되어 구급차에 실려 가는 엔도 다쿠미의 모습을 어린 큐에게 보이지 않으려고 긴지가 손으로 눈을 가리긴 했지만 그 손가락 사이로 모든 것을 보고 말았다.

그때 소후에 큐는 죽음을 인생에서 가장 무서운 출구로 인식하게 된다. 소년은 죽음이란 무엇인가를 다시 생각하기 시작했다. 인간은 태어나서 죽는다. 모든 인간에게는 죽음이 붙어 있다. 어떤 사람도 그것을 피할 수 없다. 죽음은 언젠가 자신에게도 찾아온다. 갑자기 모기가 피부를 물듯이 찾아온다.

소후에 큐는 죽음을 두려워했다. 훗날 그가 쓴 '소후에 큐의 묵시록'에서 죽음에 대해 많은 지면을 할애하는 것도 유년기의 영향 때문이었다.

그가 죽음을 두려워하지 않고 죽음과 친숙해지고 화해하며 그것을 출구로 생각하지 않게 되기까지 많은 세월이 필요했다. 훗날 죽음과의 화해야말로 어떤 부류의 사람들로부터 열광적인 지지를 이끌어내고 구세주로 추앙받는 소후에 큐의 최초의, 그리고 위대한 깨달음에 이르는 첫걸음이었다. 그러나 지금 이 소년은 죽음을 목격하고 인생을 두려워하고 회의하고 사색하고 있다.

아버지의 죽음은 소후에 큐에게 큰 변화를 가져다주었다.

소이치로의 죽음이 준 충격에서 완전히 벗어나지 못한 시기에 겪은 아버지의 죽음. 큐는 너무 슬퍼서 눈물도 나오지 않았다. 큐의 얼굴에서 표정이 사라지고 한때나마 감정은 마비되었다. 너무도 괴로워서 마음이 제멋대로 세계를 차단해버리고 말았다. 마음의 문을 닫아버린 소년은 지푸라기 인형이나 다름없었다. 슬퍼하지 않는 대신에 현실을 보려 하지 않았다. 무덤덤하게 일상생활을 해나가지만 거기에는 마음이 없었다.

초능력의 상실은 눈에 보이는 형태로 나타난 유일한 현상이었다. 숟가락을 잡아도 아무 일도 일어나지 않았다. 이상 상태라고 아카누마 쿄타는 소란을 떨었지만 나나는 무덤덤하게 이게 보통이라고 말했다.

엔도 다쿠미의 유해가 화장된 날 밤 나나는 큐의 머리를 쓰다듬으며 숙소의 방에서 울었다. 살짝만 눈을 들어도 온통 사랑하는 남편의 유품들이었다. 커다란 셔츠. 선글라스. 양말. 가터. 모자. 바지. 칫솔. 손수건. 팬티. 잠옷……

나나는 잠든 큐를 내려다보며 울었다. 나나의 볼에서 떨어지는 눈물이 큐의 얼굴을 적셨다. 초능력을 잃은 큐는 어렴풋이 눈을 뜨고 더 강해져야 한다고 중얼거렸다.

노크 소리와 함께 문이 열리면서 긴지가 얼굴을 들이밀었다.

"잠깐 괜찮아요?"

큐는 잠든 척하면서 속삭이며 대화를 나누는 두 사람의 목소리에 귀를 기울였다.

"누님, 앞으로 어떡하실 생각입니까?"

글쎄 어떡하면 좋지, 몰라, 나나는 횡한 표정으로 대답했다. 사랑하는 남편의 죽음, 그것은 삶의 희망을 빼앗아가는 엄청난 충격이었다. 온몸에 맥이 빠지고 식욕도 없어지고 말하기조차 힘들었다. 평소의 적극적이고 과감한 나나의 모습은 어디론가 사라지고 없었다. 엔도 다쿠미의 죽음은 나나에게 인생의 끝을 의미하는 것이었다. 곧장 엔도의 뒤를 따르고 싶었지만 큐를 홀로 남겨둘 수 없었다. 눈을 감으면 자신을 뜨겁게 안아주던 엔도 다쿠미의 둥그런 얼굴이 떠올랐다. 그 상냥하고 따스하던 표정을 떠올릴 때마다 나나의 눈에는 눈물이 고였다.

"하카타로 돌아가는 게 가장 좋겠지만 아직도 전쟁 중이라 안전하지 않을 것도 같고."

아카누마 쿄타는 같이 여행을 하자고 권했다. 곧 큐도 회복하여 다시 숟가락을 휠 수 있으리라 믿었다. 그러나 나나는 고개를 저었다. 큐에게 평범한 생활을 안겨주고 싶었다.

"누님. 누님만 좋으시다면 같이 내 고향으로 가지 않겠습니까. 하카타의 분위기가 누그러질 때까지 잠시 몸을 숨기는 게 좋을 것 같아요. 아픈 기억을 모두 잊을 수 있는 휴식이 필요해요. 내가 큐짱을 돌보겠습니다. 누님은 마음의 상처를 달래면 됩니다."

"긴짱, 그렇지만 긴짱은 여기 남는 게 좋지 않겠어? 겨우 할 일을 찾았는데."

"괜찮아요. 난 누님과 큐짱 옆에 머물고 싶을 뿐입니다."

소후에 나나는 뜨겁게 울었다. 고개를 숙이고 이를 꽉 깨물었다. 뭔가를 참는 것 같았다. 누님, 긴지가 상냥하게 불렀다.

"형님이 구해준 목숨입니다. 다쿠미 형님이 안 계시니까 난 누님과 큐짱을 위해 살고 싶을 뿐입니다."

긴지는 자신의 마음 한구석에서 나나에 대한 연정이 부풀어 오르고 있다는 것을 이 시점에서는 느끼지 못했다. 나나에 대한 애달픔이 애정으로 변하고 있다는 것도 모른 채 긴지는 말했다.

"반드시 내가 누님과 큐짱을 행복하게 해드리겠습니다."

세상을 떠난 형님의 혼 앞에서 혼자 맹세하는 긴지였다.

데라우치 마리와 오랜만에 재회했을 때, 큐의 옆에는 긴지가 있었다. 긴지는 후쿠오카에 살 집과 일을 찾을 때까지 소후에가에서 함께 지내기로 했다. 엔도 다쿠미가 저격당한 지도 반년이 흘렀다. 나나와 큐는 긴지의 고향에 몸을 숨기고 세상의 소란이 잠들기를 기다렸다. 나카스의 전쟁이 일단락되고 엔도 다쿠미 저격 사건이나 숟가락 휘는 큐의 존재가 사람들의 기억에서 사라지기를 기다렸다. 큐의 얼어붙은 마음도 서커스를 떠난 지 얼마 되지 않아 녹기 시작했다. 얼음 덩어리에 갇혔던 큐의 정신은 긴지의 열성적인 노력으로 표정을 되찾아가고 있었다.

"아, 큐짱."

돌아보니 울타리 너머에 데라우치 마리가 있었다. 큐는 너무 기뻐서 환하게 웃었다. 긴지가 큐의 태도가 바뀌었다는 것을 알고 웃었다. 마리는 큐를 바라보면서도 그 옆에 있는 자그만 남자가 신경 쓰였다. 긴지는 이전보다 더 가까이 큐의 옆에 붙어 다녔다. 엔도 다쿠미가 사라진 이후의 외로움을 긴지는 있는 힘을 다해 메워주려 했다. 나나와 큐가 외로워하지 않도록 매일 두 사람만을 위해 삐에로가 되었다.

"힘들었지?"

그 말에 큐는 총에 맞은 아버지의 얼굴을 떠올렸다. 텔레비전에 나오는 걸 보았어, 마리는 표정이 굳은 큐를 향해 말했다.

"서커스는 그만뒀니?"

"응, 그만뒀어."

마리는 조금 어른스러워져 있었다. 몸이 조금 성숙해져 여자다운 분위기를 풍기기 시작했다. 몸짓에도 예전과는 달리 여자다운 분위기가 배어 있었다.

"숟가락 한번 휘어봐."

큐의 표정이 어두워졌다. 고개를 숙이고 이제는 못해, 하고 말했다. 옆에서 지켜보던 긴지가 언젠가는 다시 휠 수 있을 거라며 큐의 머리를 쓰다듬어주었다.

"누구?"

마리가 긴지를 바라보며 큐에게 물었다.

"긴지 씨. 서커스에서 삐에로를 했어. 이 애는 이웃에 사는 마리야."

마리의 얼굴이 갑자기 밝아지더니 삐에로였다고! 라며 소리쳤다. 긴지는 우스꽝스러운 삐에로 동작으로 몸을 빙글 돌렸다. 마리가 웃었다. 눈동자 속에서 빛이 튀어 오른다. 귀엽다고 큐는 속으로 중얼거렸다. 그 순간, 가슴이 미어질 것 같았다. 지금까지 느꼈던 가슴의 통증과는 달리 갈비뼈 안쪽이 뻐근해지는 애절한 감정이었다. 아직 사랑의 고통을 모르는 큐는 몸이 이상해졌는가 하고 저도 모르게 가슴 언저리를 눌렀다. 그리고 이게 뭐지 하며 눈을 뒤굴뒤굴 굴리며 주위를 둘러보았다. 하늘도 땅도 나무도 꽃도 아무 이상이 없었다. 그런데 미소 짓는 마리를 보자 다시 갈비뼈 사이가 뻐근해지는 것이었다.

"왜 그래?"

가슴을 부여잡고 앞으로 몸을 기울이고 있는 큐를 보고 긴지가 물었다.

"좀 이상해."

큐는 마리의 얼굴을 바라볼 수가 없어 눈으로 땅바닥만 더듬었다. 감기라도 걸린 건 아닐까, 긴지가 다시 물었다. 모르겠어. 어쩐지 가슴이 뻐근하고 숨이 막혀…….

"큐짱, 괜찮아?"

마리가 큐의 얼굴을 들여다보며 물었다.

"응."

눈이 마주치는 순간 큐는 격렬한 현기증을 느꼈다. 큐의 몸이 앞으로 더 기울어지자 긴지는 손을 내밀어 몸을 잡았다.

"큐짱, 왜 그래."

"몰라. 마리짱의 눈을 보니까 가슴이 이상해. 뭔가가 잡아당기는 것 같아. 숨이 막히고 가슴이 답답해."

긴지는 마리를 돌아보았다. 그런 다음 다시 한 번 큐를 보았다. 큐는 있는 힘을 다해 마리의 눈을 피하려 했다. 긴지는 다시 한 번 마리를 보았다. 그런 다음 큐를 보았다. 큐는 손으로 얼굴을 가리면서도 손가락 사이로 마리를 바라보고 있었다.

"아, 상사병이로군. 마리짱을 좋아하는구나."

큐가 긴지를 올려다보았다. 상사병이라는 낯선 말을 큐는 입으로 몇 번 되뇌었다.

"사랑병이라고, 정말로 누군가를 좋아하면 그렇게 되지."

"괴로워······."

"그러니까 큐짱은 마리짱을 좋아하는 거야."

걱정스러운 눈길로 큐를 바라보던 마리가 홀쩍 몸을 일으키더니 미간을 찌푸렸다. 긴지는 고백해봐, 하고 말했다.

"옛날에 말했던 것 같아."

"했던 것 같다고 해선 안 돼. 확실히 말을 해야지."

긴지는 속삭였다. 큐의 심장은 폭발이라도 할 것처럼 심하게 뛰었다. 상사병이라는 말이 신선하게 큐의 머릿속에서 울렸다. 마리는 뚫어져라 큐를 바라보고 있었다. 큐의 눈이 뿌옇게 흐려졌다. 마리짱, 겨우 목소리를 내어 불렀다. 한 번 마른침을 삼키고 다시 한 번 마리짱, 하고 불렀다. 쉰 듯하면서 톤이 높은 목소리였다.

"좋아, 그렇게. 사나이는 한번 마음먹으면 그대로 하는 거야."

큐가 몸을 일으켰을 때, 볼일이 있어, 또 봐, 하고 마리는 큐를 남겨둔 채 발길을 돌렸다.

"마리짱!"

큐가 불렀지만 마리는 돌아보지 않았다. 탕, 문이 닫히는 그 소리의 의미를 큐는 기력을 잃은 채 열심히 생각해보았다. 그때까지의 마리에 대한 생각과는 다른 뚜렷한 형상을 띤 강렬한 사랑의 출현에 큐는 크게 당황했지만 그것이 아버지를 잃은 외로움을 얼마만큼은 메워주었다.

"왜 사람은 사람을 좋아하게 될까."

큐는 그날 밤 벽장 속에서 긴지에게 물었다. 방이 부족해서 긴지는 나나와 큐가 자는 방의 벽장 속에서 잤다. 미츠도 간로쿠도 갑작스럽게 밀고 들어온 젊은 남자가 나나와 같은 방의 벽장에서 잔다는 데에 반대했지만 마음의 상처를 끌어안고 있는 큐가 아버지처럼 따른다는 것을 알고는 잠시 지켜보기로 했다. 나나는 거실에서 자면 될 텐데 하고 말했지만 벽장이 편하다면서 긴지는 말을 듣지 않았다. 긴지는 벽장 문 하나 너머로 나나의 존재를 느낄 수 있어 좋았다. 그리고 문을 닫기 전에, 긴짱 잘 자, 라는 한마디를 듣는 순간이 하루에서 가장 행복한 시간이기도 했다. 큐도 벽장 안을 좋아했다. 때로 밤중에 나나 모르게 이불에서 빠져나와 긴지에게로 갔다.

"외로우니까 사람은 사람을 원하는 거야."

긴지의 목소리만이 좁은 벽장 속에 울렸다. 큐는 무릎을 끌어안고 몸을 동그마니 말고서 긴지에게 달라붙어 그 온기에 기댔다.

"사람을 만나 사랑을 느끼고 하나가 되어 가족을 이루는 거지."

"아빠랑 엄마가 만나서 사랑을 느끼고 하나가 되어 나를 만든 거란 말이야?"

긴지는 고개를 끄덕였다.

"그럼 나도 언젠가는 마리짱과 사랑하게 되겠네."

큐는 기억을 떠올렸다. 후쿠오카에서 천막을 친 트럭을 타고 출발하던 날 밤, 부모가 어둠 속에서 벌거벗고 씨름을 하던 그림을.

"언젠가는 나도 마리짱이랑 벌거숭이 씨름을 한다는 거야?"

큐는 그 말을 하고 난 다음 가슴이 미어지는 느낌에 사로잡혔다. 긴지가 소리 죽여 웃었다.

"그건 아직 몰라. 사랑은 두 사람이서 하는 거니까. 마리짱이 큐짱을 좋아하게 되어야 해."

"그런가."

"양쪽이 서로를 좋아하지 않으면 사랑은 이루어지지 않아. 하긴 그러지 않아도 사랑은 사랑이지만. 그런 걸 짝사랑이라고 하지."

"……짝사랑."

큐는 중얼거려보았다.

"힘내서 해봐."

"어떻게 하면 마리가 나를 좋아하게 만들 수 있을까?"

"타이밍, 분위기, 상황, 여러 가지가 맞아야지. 이것만은 결정적인 방법 이란 게 없어. 그렇지만 성실이 최고야. 사내답게 열심히 생각하고 사랑하 다 보면 언젠가는 열매를 맺을 수 있어."

큐는 얌전하게 고개를 끄덕였다. 긴지의 따스한 온기가 다가왔다.

"긴지 아저씨는 사랑해본 적 있어?"

긴지는 저도 모르게 얼굴을 찌푸렸지만 어두워서 큐는 볼 수 없었다.

"누구 좋아하는 사람 있어?"

긴지의 머릿속에 소후에 나나의 얼굴이 스쳤다. 긴지는 가슴을 한 손으 로 눌렀다.

있어?

좋아하는 사람 있어?

좋아하는 사람, 큐의 말에 세차게 고개를 저었다. 어림없어, 긴지는 속으 로 외쳤다. 내가 지금 무슨 생각을 하는 거야.

"없어. 그런 사람 없지 뭐."

긴지는 큐가 눈치채지 못하게 두 손으로 머리를 감싸 안았다.

10 다시 찾아온 시련

소후에 큐는 중학교에 들어가자 독서에 빠져들었다. 학교가 끝나면 시립 도서관으로 가서 동식물의 생태, 천체의 운행이나 과학 기술에 관한 연구서 따위를 읽었다. 전문적이고 어려웠지만 어려울수록 마음이 놓였다. 소중한 사람들을 허망하게 잃은 큐는 어려운 것과 마주하여 사고함으로써 자신의 고뇌를 마비시키려 했다.

중학교 2학년이 되자 큐는 20세기의 건축가, 미스 반 데어 로에나 프랭크 로이드 라이트의 설계에 흥미를 가졌다. 조금 특이한 책 속에서 인생의 구원을 찾으려 했다. 이윽고 큐는 성서나 불경을 비롯하여 고대 그리스의 철학서에서 칸트, 니체, 헤겔, 하이데거, 나아가 마르크스, 레닌에 이르기까지 세계의 온갖 사상가의 책을 섭렵하기 시작했다.

하나의 사상에 치우치는 독서 방법은 선택하지 않았다. 경치를 보듯 계속 페이지를 넘기며 더 어렵고 이해하기 힘든 언어의 배열을 사경(寫經)이라도 하듯 더듬고 거기에 묘사된 사상의 본질을 꿰뚫으려 하지 않고, 흐르는 강을 고스란히 받아들이는 바다 같은 넓이와 관용으로 사람들의 생각을 조용히 가슴에 담기만 했다.

특히 큐가 흥미를 느낀 것은 전기 작품이었다. 그가 어떤 인물이었는지 예비지식을 갖지 않고 큐는 가능한 한 모든 책을 훑었다. 잔 다르크, 마리 앙투아네트, 알브레히트 폰 발렌슈타인, 마를린 먼로, 그리스도. 거의가 비운을 짊어지고 죽어간 사람의 전기였다. 비운, 이라는 말만 보아도 큐의 눈은 반짝였다. 마치 거기에서 자신의 고통을 겹쳐보기라도 하는 듯했다. 그는 책 속에서 인생의 의미를 찾으려 했다.

도서관에서 돌아오는 길에 큐는 일주일에 세 번 할아버지 간로쿠가 입원한 병원에 들렀다. 간로쿠는 아프지 않은 곳이 없을 정도로 좋지 않았다. 어디가 아픈지 설명을 들어도 큐는 잘 알 수 없었다. 다만 간로쿠의 얼굴에서 생기가 사라지는 것을 보고 또 다른 세계로 떠나려는 사람이 있다는 것을 큐는 문병을 할 때마다 깨닫는 것이었다.

"어서 오너라."

간로쿠가 천장을 올려다본 채 힘없이 중얼거렸다.

"오늘도 도서관에서 오는 길이냐?"

큐는 고개를 끄덕였다. 간로쿠는 큐가 『아돌프 히틀러』라는 책을 읽는다는 것을 알고 놀라서 왜 그걸 읽느냐고 물었다. 도서관에서 빌렸다고 큐는 대답했다.

"히틀러가 어떤 인물인지 알고 빌린 거냐?"

"몰랐어. 그렇지만 지금은 알아."

"그런 건 읽을 필요가 없잖니."

"도서관에 있는 건 모두 읽어볼 생각이야."

"안 돼."

"왜?"

간로쿠는 한숨을 내쉰 다음 아무 죄도 없는 사람들을 죽였다고 말했다.

"노인이건 어린아이건 죄도 없는 유대인을 많이 죽였어. 나치즘이라고 하는데, 그건 정말 무서운 사상이야. 아직 너처럼 어린 사람은 읽어서는 안 될 책이야."

큐는 할아버지를 안심시키려고 그럼 반환하겠다고 말했다. 그렇지만 반환할 생각은 없었다. 모든 것을 알아야만 무엇이 옳고 무엇이 그른지 알 수 있다고 생각했다. 큐는 엔도 다쿠미나 데라우치 소이치로의 죽음의 배후에 있는 두렵고 뿌연 불안이나 정신의 어둠을 직시하여 이해하고 싶었다. 그 죽음이 무엇이었는가를 스스로의 힘으로 뚜렷이 의식하고 싶었다. 그러기 위해서는 더 많은 지식이나 경험이 필요했다. 인간의 본질을 밝혀낼 수 있는 힘을 가지고 싶었다. 무엇이 진정한 정의이고 무엇이 위선인지를 파헤치고 싶었다. 정부의 대단한 인간이나 그럴듯해 보이는 어른들이 외치는 '윤리'니 '평등'이니 하는 사상의 이면에 검게 녹아 흐르며 꿈틀대는 어둠이 과연 무엇인지를 이해하고 싶었다.

"할아버지는 죽는 거야······?"

큐는 잔혹한 말이라는 것을 알면서도 많이 쇠약해진 할아버지에게 감히 물었다. 그 질문에 놀란 간로쿠가 당혹스러운 표정으로 큐를 바라보았다. 자신을 내려다보는 손자의 눈이 붉게 충혈되는 것을 간로쿠는 놓치지 않았다. 데라우치 소이치로와 엔도 다쿠미, 두 사람의 죽음에서 벗어나지 못하고 괴로워하는 손자를 위해서라도 좀 더 살아서 어떤 희망을 주어야 한다고 생각했다.

"아직은 이렇게 싱싱하단다."

소후에 간로쿠는 웃었다.

"이제 곧 퇴원할 테니까 마음 놔."

큐는 미소 지었다. 간로쿠는 이렇게 죽을 수는 없다고, 제발 조금만 더 생명을 연장시켜달라고 신에게 기도했다. 소후에 미츠가 시장을 보고 돌아왔다. 큐의 머리를 쓰다듬며 자랑스러운 손자라고 중얼거렸다. 할머니의 허리도 하루가 다르게 굽어간다. 손등의 주름이 더 깊어지고 얼굴에 핀 저승꽃이 더 커진다. 사람은 언젠가는 죽는다고 큐는 생각했다. 조부모와 초등학교에서 같이 지내던 시절에는 깨닫지 못한 일이었다.

모든 인간은 죽음을 향해 걸어간다. 늦건 빠르건 사랑하는 할아버지 할머니도 이 세상을 떠난다. 큐는 울고 싶었지만 참았다.

"할아버지. 왜 인간은 모두 죽는 거야? 죽어서 어디로 가?"

"가지 않아."

큐는 할아버지를 바라보았다.

"돌아가는 거지. 신의 품속으로 돌아가."

"그럼 나도 돌아가?"

"그럼, 언젠가는. 그렇지만 많이 남았어. 사람은 제각기 돌아가야 할 시간이 정해져 있는 거란다. 큐, 너는 아직 신이 허락하지 않았단다. 너는 세상에서 많은 일을 해야 해."

머리만 쓰는 인간은 발아래가 너무 물러, 미츠가 말했다. 그녀 또한 큐가 도서관에서 빌려와 읽는 어려운 사상서에 대해 회의적인 눈길을 보내고 있었다.

"좋은 책도 있겠지. 그렇지만 조심해야 해. 너는 더 자랄 것이고 더 많은 것을 흡수할 거야. 그렇지만 책 속에 있는 것이 모두 옳고 모두 정의롭다고 할 수 없단 말이지."

"알고 있다니까."

큐의 목소리에 짜증이 묻어났다. 간로쿠가, 괜찮아, 저 정도 나이면 옳고 그른 것 정도는 판단할 수 있어, 하고 미츠에게 말했다. 미츠는 귤껍질을 벗기면서 아직 인생은 길어, 큐, 자그만 일에 흔들리지 말고 더 큰 사람이 되어야 해, 라고 중얼거렸다.

"알았어."

큐가 작은 목소리로 대답했다. 그럼, 그럼, 간로쿠는 고개를 끄덕였다.

"남자는 고뇌하면서 크는 거란 말이지."

할아버지의 웃는 얼굴에 구원받은 느낌이 들었다. 할아버지 소후에 간로쿠는 약간 굽은 검지를 떨면서 세우더니 큐에게 말했다.

"내 방 벽장에 들어 있는 곤충표본은 전부 네 거야. 오늘부터. 내 평생에 걸쳐 모은 곤충표본이니 소중하게 간직하도록 해라."

"그러지 마. 곧 죽을 사람처럼 말하지 말라니까."

"아냐. 그런 말이 아니라니까. 그 속에는 세계적으로 희귀한 곤충도 들어 있어. 환상의 나비도 있지. 그 아름다움을 한번 보라니까. 미래가 활짝 열린 네가 소중하게 보관해주려무나. 그리고 너도 곤충에 관심을 가졌으면 좋겠어."

큐는 기사실에서 지낼 때의 일을 생각했다. 학교 아이들은 간로쿠의 이야기를 듣고 싶어 했다. 곤충 생태에 관한 할아버지의 이야기는 어떤 만화나 동화보다 현실감 넘치고 재미있었다. 애벌레가 아름다운 나비로 변태하는 드라마틱한 순간이나 곤충과 인간이 공존하는 이야기 등은 지식에만 의존하는 선생들의 재미없고 차가운 수업보다 몇 십 배는 즐겁고 유익했다. 숲 속에서 말벌 둥지를 발견했을 때는 어떻게 해야 할까. 우선 말벌과 눈이 마주치지 않아야 해. 도망쳐서는 안 돼. 도망치면 오히려 쏘여. 조심조심 그 자리에서 조용히 사라져야지. 놈들은 벌집 가까이에서는 공격적으로 변하니까 말이야. 그렇지만 몇 마리가 한꺼번에 달려들면 어떡하지? 그럴 때는 앞뒤 가리지 말고 있는 힘을 다해 도망치는 거지 뭐. 간로쿠는 과장된 몸짓으로 도망치는 흉내를 낸다. 아이들은 웃는다. 신뢰의 웃음이었다. 만일 말벌에게 쏘이면 어떻게 해야 할까. 가만 내버려두면 죽을 수도 있어. 칼로 물린 곳을 째고 피를 빨아내서 뱉어. 아이들이 조용해진다. 퉤, 퉤, 피를 뱉어내는 동작을 해 보이는 간로쿠를 아이들은 가만히 지켜본다. 큐는 할아버지를 바라보는 친구들의 눈길이 너무 좋았다. 거기에는 존경과 감탄의 빛이 넘쳐났다. 자신의 할아버지가 존경받는 사람이라는 것이 너무 자랑스러웠다. 결코 거드름을 피우지 않았기에 아이들은 할아버지를 좋아하고 따랐다.

소후에 큐도 아이들과 마찬가지로 할아버지를 존경했다. 그 할아버지가 가장 소중히 여기는 표본을 주겠다고 하니 어찌 기쁘지 않겠는가. 그러나 그 말은 유언이기도 했다. 간로쿠는 베개 아래에서 메모지를 꺼내 큐에게 건네주었다.

"여기 내 친구의 주소가 적혀 있어. 같이 일본 구석구석을 돌면서 곤충을 연구한 사람이야. 다음 여름방학 때 가보도록 해. 너에 대해 편지를 보낼 생각이야. 몸이 불편한 나를 대신해서 유조가 너를 아름답고 멋진 곤충과 자연의 세계로 안내해줄 거야."

"싫어, 할아버지가 가르쳐줘야지."

"물론. 다 나으면 시간 나는 대로 가르쳐주지. 그렇지만 이제 곧 여름방학이고 네 엄마나 긴지는 일 때문에 모두 바쁘잖아. 큐는 이제 중학생이야. 혼자서 전차를 타고 아소까지 가봐. 유조는 아마 너에게 활짝 열린 넓은 길을 가르쳐줄 것이야."

큐는 간로쿠에게 메모지를 받아 들었다. 다자키 유조, 라고 적혀 있었다.

큐는 학교, 도서관, 병원, 집을 오가며 하루하루를 보냈다. 데라우치 마리가 '창백한 소년'이라고 부르던 시절의 큐였다. 데라우치 마리는 사립 여학교를 다녔기에 예전처럼 자주 볼 수 없었다. 때로 집 앞이나 역 앞에서 보는 마리는 늘 잘생긴 남자애와 함께였다. 그들은 비쩍 마른 데다 키도 커서 어딘지 모르게 불량기 섞인 수상쩍은 분위기를 풍겼다. 마리를 볼 때마다 큐는 마른침을 삼켰다. 점점 더 예뻐지는 마리……. 멀어져가는 마리…….

큐는 자주 사다리를 타고 지붕에 올라갔다. 이웃집 2층 창이 눈앞에 있다. 커튼이 바람에 흔들린다. 큐는 가만히 커튼 너머에서 움직이는 마리의 그림자를 지켜보았다.

중학교 3학년이 되었다. 큐는 같은 반의 추스케와 친하게 지냈다. 본명은 오다와라 타다시이지만 생쥐처럼 생긴 외모 때문에 추스케라 불린다. '창백한 소년'과 추스케도 사춘기 아이답게 여자에게 흥미를 가졌다. 큐가 처음 사정을 경험한 것도 이때였다. 아침에 마리를 끌어안는 꿈에서 깨어나보니 하반신이 이상할 정도로 팽창된 채 꿈틀대는 것이었다. 언뜻 눈길을 돌려보니 나나의 발이 이불 바깥으로 나와 있었다. 장딴지와 허벅지의 부드러운 속살을 보고 있다가 큐는 그만 사정을 하고 말았다. 사정하는 순간 큰 소리를 질렀고 그 소리에 나나와 긴지가 잠에서 깼다. 그런 일이 일어날 수도 있다는 말을 친구들에게 들어서 어느 정도 예비지식은 가지고 있었다. 그래서 재빨리 무서운 꿈을 꾸었다고 변명하고 젖은 하반신을 감추어버렸다. 무엇보다 큐가 충격을 받은 것은 어머니의 허벅지를 보고 욕망이 일어났다는 사실이었다.

"그건 흔히 있는 일이야. 하나도 이상하지 않아. 그러는 사이에 점점 보통의 여자를 원하게 돼. 마음 푹 놔."

추스케에게 의논했더니 명쾌하게 대답해주었다. 다른 남학생들처럼 추스케는 큐를 놀리지 않았다. 마리가 붙여준 '창백한 소년'이라는 별명이 널리 퍼져나가 큐는 따돌림을 당하는 편이었다. 개중에는 초능력을 보고 싶다고 말하는 아이도 있었지만, 이제 텔레비전이 그런 주제를 다루지 않게 되면서 한물간 인간으로 취급당하는 경우가 많았다. 고양이처럼 늘 구부정하게 걸어 다니는 추스케도 그 용모 탓에 따돌림을 당하는 편이라 말하자면 두 사람은 동병상련으로 서로의 아픔을 나누어 가지는 친구였다. 추스케는 이런 그들의 관계를 '동맹'이라 불렀다.

"혼자보다는 둘이 있는 편이 더 낫다는 거야."

큐는 혼자 노는 방법을 알고 있어서 추스케에게 의존하지는 않았지만 사춘기의 고민을 상담하기에 추스케만큼 적합한 친구는 없었다. 자신에게 말을 거는 친구는 추스케뿐이라 시간이 날 때면 그와 동맹하여 놀기로 했다.

"어이, 여자를 알고 싶지 않아?"

어느 날 추스케가 말했다. 여자를 안다는 그 말의 울림이 큐는 두려웠다. 왜 여자를 알아야 하느냐고 큐가 물었다. 바보. 너 언제까지 엄마 자는 거 보고 사정하고 있을 거야. 부끄럽지도 않아?

"내가 너를 남자로 만들어주지."

추스케는 싫다는 큐를 데리고 나카스로 나갔다. 어디를 보나 둘은 아직도 어린아이였다. 추스케는 포마드를 준비해왔다. 공중화장실에서 둘은 추스케가 가지고 온 형의 알로하셔츠로 갈아입었다. 그런 다음 머리에 포마드를 떡칠하고 빗질을 했다. 올백으로 넘겼지만 오히려 더 어려 보였다. 추스케가 선글라스를 꺼내더니 큐의 코에 올려놓았다. 얼굴을 반 이상이나 가리는 커다란 선글라스였다. 예전에 엔도 다쿠미가 하던 것과 비슷하게 생긴 특대 선글라스였다. 갑자기 세상이 어두워져서 큐는 마음이 편해졌다.

"선글라스는 어른의 장식품이야. 이거 쓰고 안마시술소에 가는 거야."

"안마시술소가 뭔데?"

"안마시술소는 여자가 벌거벗고 몸을 씻겨주는 곳. 그게 예고편이고 진짜는 그다음이야."

"진짜?"

추스케는 앞니를 드러내고 웃었지만 큐는 그 말뜻을 알아들을 수 없었다. 다만 부모가 매일처럼 하던 벌거숭이 씨름의 그림이 뇌리를 스쳤다.

"돈은 가져왔겠지?"

큐는 세뱃돈을 모아두었다. 그 돈으로 이번 겨울에 어머니에게 코트나 머플러를 사줄 생각이었다. 나나는 큐가 기억하는 한 매년 같은 코트를 입고 있었다. 옷을 소중히 다루기 때문에 낡아 보이지는 않았지만 자세히 보면 해진 곳이 많았다.

추스케에게 거지반은 협박을 당하며 큐는 나카스의 뒷골목을 걸었다. 한낮이지만 화려한 간판이 길 양쪽에 가득 들어차 있었다. 불이 켜진 간판 옆에 삐끼가 서 있다. 둘은 어른 남자 사이를 멈칫거리며 걸어간다.

"어떻게 하려고?"

큐는 추스케의 등을 잡아당기며 물었다. 추스케는 저기로 가자면서 한 가게를 손가락으로 가리켰다. 핑크색 불이 켜진 간판에는 귀여운 교복 차림의 소녀 그림과 함께 '허브 돌 밀크'라는 화려한 글자가 춤을 추고 있었다. 대기실에서 기다리는 동안 큐는 너무 긴장한 나머지 세 번이나 화장실에 갔다. 담당자가 나타나 둘을 요리조리 살펴본다. 의심하는 눈길이지만 장사가 우선이라고 생각했는지 둘을 어두운 복도 끝으로 데리고 가서 방으로 들어가라고 했다. 헤어질 때, 끝난 다음에 세이류 다리 한복판에서 만나

자고 추스케가 말했다.

핑크빛 불이 켜져 있었지만 실내는 그냥 욕실이었다. 욕조에는 뜨거운 물이 차 있었다. 좀 더 외설적인 장소를 상상했던 큐는 조금 김빠지는 기분이었다. 욕조 앞에는 부드러운 매트가 깔려 있었다. 저기서 벌거숭이 씨름을 하는 건가. 갑자기 하반신이 가려웠다. 이윽고 나나와 비슷한 나이의 여자가 들어왔다. 나나가 더 아름답다고 큐는 생각했다.

"어린애로구나. 왜 이런 아이를 들여보낸 거야. 안 돼, 이런 데 오면."

여자는 몇 살이냐고 물었다. 큐가 열네 살이라고 솔직하게 대답하자, 안 돼, 안 돼, 너무 어려, 하며 여자는 턱을 끌어당겼다.

큐가 지그시 여자를 보고 있자, 어쩔 수 없지 뭐, 자, 같이 욕조에 들어가, 하고 말하더니 입고 있던 가운을 훌훌 벗어버렸다. 어머니 나나가 자기 전처럼 여자는 팬티 하나 차림으로 섰다. 큐는 저도 모르게 코를 잡았다. 코 저 안쪽이 간질거리면서 피가 머릿속을 마구 돌았다. 벌거벗은 여자가 뻣뻣하게 서 있는 큐의 옷을 벗기기 시작했다. 큐는 저항하려 했지만 너무 흥분한 상태라 꼼짝도 할 수 없었다. 선글라스는 떨어지고 포마드를 바른 머리칼은 마구 헝클어졌다.

"와, 꼬마, 대단하네."

여자는 놀란 얼굴로 큐의 페니스를 바라보았다.

"엄청 크다. 뭐야, 이거. 열네 살의 물건이 왜 이래. 이렇게 큰 건 처음 봤네. 이거 한 번 맛보면 미치고 말 거야. 너, 거물이 되겠어."

큐는 자신의 아랫도리를 내려다보았다. 눈에 익은 페니스가 아래로 축 늘어져 있다. 여자의 손이 닿았다. 작고 하얀 손가락이 빵처럼 풍성한 큐의 페니스를 잡자, 큐는 저도 모르게 몸을 뒤로 젖혔다. 페니스는 부풀어 오르기 시작했다. 쑥쑥 뻗어나가는 큐의 페니스를 여자는 눈을 동그랗게 뜨고 바라보았다. 여자가 빨간 입술을 열었다.

"굉장해. 이런 거 처음 봐. 이런 거⋯⋯."

거대한 큐의 페니스가 여자의 입속으로 들어가려는 순간이었다.

"캬아아아!"

큐의 비명이 옆방에서 옷을 벗고 있던 추스케를 놀라게 했다. 큐는 여자를 밀쳐버리고 특대 페니스를 바지 속에 밀어 넣고는, 물론 너무 크다 보니 반쯤은 바깥으로 나온 상태였지만, 앞뒤 가릴 것도 없이 바깥으로 뛰쳐나왔다. 어이, 어디 가! 여자의 노성이 등 뒤에서 들렸다.

큐는 달렸다. 오로지 달렸다. 세이류 다리를 넘어서 볼링장 옆을 빠져나가 나카 강변의 골목길을 다카미야 쪽으로 달렸다. 술집 거리를 전속력으로 빠져나와 스미요시 신사를 지날 즈음에는 터질 듯이 부풀어 올랐던 큐의 페니스도 원래의 모습으로 돌아왔다. 햐쿠넨 다리를 건너고 치쿠히 선의 노선을 가로질러 니시다카미야 초등학교 운동장을 내달렸다. 숨이 턱까지 차올랐다. 여자는 새빨간 입술로 자신의 페니스를 물려고 했다. 상상도 못한 일이었다.

'굉장해. 이런 거 처음 봐. 이런 거⋯⋯.'

여자의 목소리가 머릿속에서 울렸다. 처음 봐, 이런 거, 처음 봐.

얼마나 달렸는지 알 수 없었다. 어느 정도 냉정을 되찾아 심장의 고동이 잠잠해지고 난 다음 큐는 달리는 속도를 늦추고 걷기 시작했다. 주택가 지붕들 저 너머로 서일본방송의 텔레비전 송신탑이 보이자 큐는 그제야 크게 숨을 들이쉬었다. 뒤를 한 번 돌아보고 나서 다시 한 번 호흡을 가다듬기 위해 깊이 숨을 들이마셨다.

서 있는 차 유리에 자신의 모습을 비추어보았다. 화려한 알로하셔츠 차림이었다. 아직 하늘은 밝았다. 긴지는 일하는 곳에서 자고 온다고 했다. 미츠는 간로쿠를 간병하러 병원에 갔다. 큐는 야구 시합이 있다는 거짓말을 하고 집을 나왔다. 나나는 지금쯤 곤히 자고 있을 것이다. 이 길로 집에 가서 샤워를 하면 된다. 큐는 그렇게 자신을 향해 중얼거렸다.

데라우치 마리의 가족에게 들키지 않게 조심하면서 살짝 문 안으로 들어갔다. 매트 아래 감추어둔 열쇠로 문을 열었다. 나나가 깨지 않게 살금살금 복도를 걸었다. 욕실 바로 앞에서 무슨 소리가 들렸다. 그건 분명 흐느끼는 소리였다. 마리가 울고 있는 걸까. 터져 나오는 울음을 참으며 누군가가 울고 있다. 울음소리인데도 어딘지 모르게 감미롭다. 큐는 울음소리가 들리는 곳으로 방향을 틀었다. 살금살금, 까치발을 하고……

아무래도 그 소리는 자신의 방에서 나는 것 같았다. 어머니의 잠꼬대치고는 너무 소리가 높다. 문에 귀를 갖다댔다. 아아, 아아, 여자의 신음소리다. 그 소리에 장단이라도 맞추듯 하아, 하아, 남자의 목소리. 잠깐, 큐는 생각했다. 이건 예전에 들어본 적이 있는 하모니가 아닌가. 있는 힘을 다해 기억을 더듬었다. 문을 열고 안을 엿보았다. 그러나 거기에는 아무도 없었다. 환청인가, 하고 생각하는 다음 순간. 아아아아, 나나의 큰 목소리가 벽장 저 안쪽에서 들렸다. 문종이를 찢어버릴 것 같은 천박하고 동물적인 흐느낌……. 누님, 누님, 긴지의 목소리가 들렸다. 큐는 현기증을 느꼈다. 눈앞의 문이 거대한 벽처럼 가로막고 서 있었다.

큐는 몸을 부르르 떨었다. 모든 게 착각이기를 기도하면서 벽장 앞까지 멈칫멈칫 다가가 힘껏 문을 열어젖혔다.

빛이 벽장 안으로 파고드는 것과 동시에 큐의 머릿속에서 번개가 일었다. 무지막지한 힘이 눈알을 짓누르고 혼을 땅속에 파묻어버릴 것 같은 중력의 소용돌이가 몸을 휘감았다.

벌거숭이 나나를 벌거숭이 긴지가 안고 있었다. 긴지의 하반신이 나나의 하반신에 묻혀 있었다. 나나의 다리는 외설적으로 열려 있고 그 중심에서 긴지의 허리가 물결치고 있었다.

"아아, 큐, 보면 안 돼."

큐는 그렇게나 애절하게 떠는 어머니의 얼굴을 여태 본 적이 없었다.

11 자연의 섭리

정신을 차려보니 큐는 포마드 바른 머리칼을 올백으로 넘긴 채 후쿠오카 역 앞의 사람들 틈에 섞여 있었다. 두 다리를 외설적으로 쫙 벌린 어머니의 모습이 용접된 철판처럼 머릿속에 달라붙어 떨어질 줄을 몰랐다. 눈을 감고 사자춤을 추듯 몇 번이나 머리를 흔들어 기억을 떨쳐내려 했지만 몽롱한 뇌의 한구석에 달라붙은 그 그림은 시간이 지날수록 상상의 힘으로 각색되어 점점 더 처절한 장면으로 바뀌어갔다. 상상력은 긴지에게 강간당하는 나나를 등장시켰다. 한층 더 고통스럽게 뒤틀린 어머니 나나의 얼굴이 큐에게 거대한 슬픔과 함께 절망을 가져다주었다.

반쯤 미친 듯 머리를 흔들고 있으니 지나가는 사람들도 걱정스러운지 학생 괜찮니, 하고 물었다. 큐는 왕, 개 짖는 소리를 내 다가오는 사람을 위협했다. 의식은 갈 곳을 잃고 가슴속의 윤리라는 견고한 둑도 무너지고 말았다.

착란이 잠잠해질 때까지 개처럼 짖으면서 덴신 번화가를 어슬렁거렸다. 냉정하게 자신의 행동을 조절할 수 없었다. 큐에게는 아직 나나의 외로움을 이해할 만한 인간적인 포용력이 없었다. 그의 혼이 갈구하는 사랑이란 오로지 청정한 그 무엇이었고, 꽃은 아름답고 하늘은 푸르다는 식의 유일한 디자인만이 자리 잡고 있었다. 어른들의 사랑이 가지고 있는 그 가없는 어둠, 깊이, 중력, 뒤틀림, 굴곡, 복잡성, 허망함을 알 리 없었다.

해가 기울고 체력도 한계에 달하자 큐는 이와다야 백화점 앞의 인도에 쭈그리고 앉았다. 어두워가는 길에 귀가하는 사람들의 기계적인 발걸음 소리가 흩어지고 있었다. 뿌옇게 흐린 의식 속에서 사고는 정지되었다.

호주머니를 뒤져보니 만 엔 지폐가 몇 장 나왔다. 안마시술소에서 쓰려고 했던 용돈이었다. 돈도 지불하지 않고 가게를 뛰쳐나왔고 추스케를 혼자 남겨두었다는 사실을 비로소 깨달았지만, 삶을 뿌리째 뒤흔드는 엄청난 사태에 직면한 큐에게 그런 것들은 거품처럼 사소했다.

지폐 사이에 이름과 주소가 적힌 종잇조각이 나왔다. 한번 가보라고 적어주었던 할아버지의 친구 집이다. 구마모토 현 아소초라는 주소를 입으로 되뇌어보았다. 그러자 왠지 마음이 가라앉고 구역질과 두통도 엷어졌다. 종잇조각에는 다자키 유조라는 이름이 적혀 있었다.

큐는 후쿠오카 역에 걸린 시간표를 올려다보았다. 구마모토로 가는 길을 알아보기 위해서. 그렇지만 혼자서 여행한 적이 없는 큐에게 너무도 생소한 시간표는 수학 교과서만큼 어렵고 복잡했다. 역무원에게 물었다가 가출 소년으로 오해받으면 경찰에 넘겨지고 말 것이다. 집에는 돌아가고 싶지 않았고 그렇다고 할아버지에게 사정을 설명하기도 어려웠다. 아픈 몸으로 겨우 생명을 유지하고 있는 할아버지에게 어머니의 부도덕한 행위를 알리고 싶지 않았다.

아소라는 글자 앞에서 절망하고 있는 큐였지만 지금은 그 아소라는 문자만이 뚜렷한 목적지를 가르쳐주는 방향타였다. 그냥 죽어버리고 싶은 슬픔과 혼란에 휩싸인 큐에게는 선택의 여지가 없었다. 죽음에 대한 두려움을 가진 한, 이 현실에 존재하는 어떤 장소로 가는 것밖에는 방법이 없었다.

퍼뜩 정신을 차려보니 시간표를 올려다보는 이상한 차림새의 남자가 있었다. 자그만 검정 두건에 마포로 지은 옷을 걸치고 다리가 달린 커다란 사각형 고리짝을 등에 진 채 한 손에는 지팡이를, 허리에는 40센티미터는 됨 직한 고등을 매달고 있었다.

눈이 마주치자 남자가 빙긋 웃었다. 이 남자라면 아소까지 가는 길을 알 것 같아 물었다. 남자는 응, 하고 고개를 끄덕이며 시간표를 가리키더니 우선 오무타까지 급행을 타고 가서 가고시마 본선으로 갈아탄 다음 구마모토까지, 거기서 호히 본선으로 갈아타면 된다고 말했다.

"나도 아소 산으로 가는 중이야."

남자는 상냥한 목소리로 말했다. 이상한 차림새와는 달리 그의 목소리는 따스했다. 여행은 같이, 라는 말을 떠올리며 큐는 남자와 함께 전차를 탔다. 전차를 타고서도 남자는 앉으려 하지 않았다. 큐의 머릿속에서는 아직도 나나의 흐트러진 모습이 떠올랐고, 그럴 때마다 분노와 슬픔과 욕망과 절망이 마구 뒤섞여 숨을 쉴 때마다 한숨으로 터져 나왔다. 남자는 정서가 불안해 보이는 어린 큐가 걱정스러운지 왜 그러느냐고 물었다. 큐는 아무것도 아니라고 고개를 젓고, 그 대신에 남자의 이름과 이상한 차림을 한 사연을 물었다.

"내 이름은 엔이야. 슈겐샤(修驗者, 오랜 옛날부터 있었던 일본의 전통적인 산악종교를 슈겐도修驗道라 하고, 그 수행자를 슈겐샤라 한다 ─옮긴이)지."

큐는 슈겐샤가 뭔지를 몰라서 닌쟈인 줄로 착각했다. 닌쟈라면 이런 차림도 이해가 간다. 큐는 고둥을 뚫어져라 바라보며 이건 어디에 사용하는 거냐고 물었다. 슈겐샤 엔은 고둥을 입에 물고 이렇게 분다면서 큰 소리를 냈다. 법라(法螺)라고도 한다면서 다시 한 번 살짝 불었다. 커다란 소리가 나자 전차 안의 사람들이 돌아보았다. 남자는 누런 이를 드러내며 웃었다. 큐도 입가에 저절로 미소가 떠올랐다. 마음이 푸근해진 큐는 나무 지팡이를 가리키며 그 안에 칼이 숨겨져 있느냐고 물었다. 이건 험악한 아소 산을 오를 때 사용할 지팡이라고 슈겐샤는 대답했다. 등에 지고 있는 고리짝이 또 마음에 걸려 뭔가 하고 들여다보자, 이건 '오이'라고 하는데 기도할 때 쓰는 도구나 식기, 옷가지 따위를 넣는 것이라고 남자는 설명해주었다.

"아저씨는 닌쟈죠?"

남자가 웃었다.

"하긴 옛날에는 슈겐샤 가운데 닌쟈도 있었지. 이 아저씨는 수행을 하는 사람이야. 지금부터 아소 산에 틀어박혀 영력을 높일 생각이거든."

큐는 남자가 무슨 말을 하는지 알아들을 수 없었다. 영력을 높인다면서 왜 전차를 타고 가는 걸까. 산에 틀어박힐 생각이라면 아예 처음부터 산까지 걸어가면서 단련하면 될 텐데. 그렇지만 그런 생각을 말로 하지는 않았다.

두 사람은 오무타에서 가고시마 본선으로 갈아탔다. 엔은 고리짝에서 주먹밥을 꺼내더니 현미로 지은 거라며 큐에게 하나를 권했다. 큐는 고맙다며 받아 들고는 한입을 베어 먹었다. 평소 나나가 만들어주는 하얀 주먹밥과는 달리 맛도 별로고 딱딱했다. 잘 씹어라, 남자는 시원한 목소리로 말하고는 다시 웃었다.

"무슨 사정이라도 있는 모양이로구나, 혼자 여행하는 걸 보니."

엔은 상냥한 눈길로 그렇게 말했다. 큐는 고개를 저었다.

"나도 아소 산에서 수행하려고요."

구마모토 역에 도착했지만 시간이 늦어 아소행 전차는 벌써 끊어지고 없었다. 가족에게 전화해서 마중을 나오라 하라고 말하는 남자에게, 큐는 가족이 없다고 대답했다. 가출이냐, 남자가 묻는다. 아뇨, 큐는 부정한다.

"아저씨는 수행해서 뭘 해요?"

"불교도가 반드시 거쳐야 하는 기본적인 수행에는 계(戒), 정(定), 혜(慧)라는 세 가지가 있는데 이것을 삼학이라고 하지. 계는 몸을 올바르게 하는 것. 정은 마음을 조용히 하는 것. 혜는 어리석음을 깨뜨리고 진리를 아는 것. 나는 산에 틀어박혀 자신의 한계와 마주 보며 이 삼학을 달성하려는 것이야. 몸과 정신을 단련해서 이 속세를 초월하여 부처님의 마음에 다가서려는 거지."

속세를 초월, 이라는 말을 듣는 순간 목을 매단 소이치로 생각이 났다.

"저, 그럼 나랑 똑같네요. 나도 아소에서 속세를 초월하려고 하는데."

남자는 웃었지만 큐는 진지했다.

"아저씨, 나는 이 젊은 나이에 절망하고 말았어요. 살아가면서 가장 힘든 것이 바로 이런 절망이 아닐까요. 아무리 괴로운 때라도 희망만 있다면 인간은 살아갈 수 있잖아요. 절망은 무서워요. 자칫하다가는 죽음을 불러올 수 있거든요. 절망한 인간은 고독에게 구원받아요. 고독이야말로 인간의 가장 소중한 행위라고 생각해요. 나는 죽음을 택하지 않고 여행을 떠나기로 했어요. 고독과 함께. 그리고 아저씨 방식으로 말하면, 고독한 산속에서 수행을 하는 거죠. 장소는 아무 데라도 좋아요. 우연히 아는 사람이 아소에 있어서 이곳으로 왔을 뿐이죠. 물론 거기에는 내가 예상하지 못한 뭔가가 기다리고 있을지도 몰라요. 그렇지만 기대는 하지 않아요. 그리고 수행은 벌써 시작되었고요. 당연하죠. 태어날 때부터 나의 수행은 벌써 시작되었으니까."

엔의 입이 쩍 벌어졌다. 그때 경찰관이 수상쩍어 보였는지 두 사람 앞으로 다가왔다. 어디서 와서 어디로 가느냐는 질문에 큐는 발랄한 목소리로 슈겐샤 아빠를 마중하러 나왔다고 경례를 하며 말했다. 경찰관은 수고가 많네, 하고 웃으며 큐에게 경례를 붙이고는 가버렸다.

"어디서 와서 어디로 가느냐, 다들 그런 생각을 하겠지요. 그렇지만 해답이 없어요. 경찰관은 부자간이라 생각했을 테죠. 그건 자신의 상식으로 이해하고 스스로 납득한 데 지나지 않아요. 그렇지만 세계의 본질이란 그런 게 아니죠. 어떤 특정한 장소 같은 건 애당초 우리에게 주어지지 않았어요. 어떤 장소를 고집하니까 사람은 갈 길을 몰라 하는 거란 말이에요. 모든 건 마음속에 있어요. 어디도 아닌 바로 여기에 있는 거죠."

5월의 밤바람은 아직도 차가웠다. 큐와 엔은 구마모토 역 뒤편에 넓게 펼쳐진 공터에서 야숙을 했다. 엔은 야숙에 익숙한 듯 밤이슬을 피할 적당한 장소를 찾아내 거기에 신문지 따위를 깔았다. 엔은 몸이 큰 만큼 코 고는 소리도 대단했다. 한창 때의 엔도 다쿠미를 연상시킬 정도였다. 큐는 잠시 밤하늘에 떠오른 별을 올려다보고 아버지를 생각했다. 만일 하늘에 있는 아버지가 어머니와 긴지의 관계를 안다면 뭐라고 할까. 얼마나 슬퍼할까. 혹은 벌써 알고 혼자 하늘나라에서 울고 있을지도 모른다. 큐는 나나를 용서할 수 없었다. 아버지를 배신한 어머니를 용서할 수 없었다. 아버지가 너무 불쌍했다. 어떻게 해볼 도리가 없는 하늘나라의 아버지를 대신해서 자신이 그들을 벌하고 말리라 결심했다.

"……잠이 안 와?"

슈겐샤가 말했다. 커다란 손이 큐의 어깨를 감쌌다. 그 순간 큐는 참고 참았던 눈물을 쏟아냈다. 갑자기 울음을 터뜨리는 아이를 보고 엔은 놀라서 반쯤 몸을 일으켰다. 그렇게 철학적인 발언을 하던 아이는 어딘가로 가버리고 어둠을 두려워하는 한 어린 영혼만이 동그마니 남아 있었다. 엔은 큐를 끌어당기며, 이제 아저씨가 있으니까 무서워하지 않아도 돼, 하고 달랬다. 큐는 남자의 팔에 머리를 기댄 채 저 먼 곳에 있는 아버지의 혼을 생각했다. 아빠, 마음속으로 불렀다. 큐야, 목소리가 들리는 것 같았다. 큐는 수행자의 팔에 안겨 조용히 잠들었다.

다음 날 아침 두 사람은 호히 본선을 타고 아소를 향했다. 아소에 가까워지면서 풍경은 점점 남성적인 분위기를 띠기 시작했다. 차창 너머로 끝도 없이 이어지는 높은 산들이 보였다. 큐가 신기하다는 눈빛으로 바깥을 보고 있는데, 아소 산은 처음이니? 하고 엔이 물었다. 네, 큐는 고개를 끄덕였다.

"아소 산은 세계에서 가장 큰 복식화산이야. 하나의 화산 속에 몇 개의 작은 화산이 들어 있지. 그 주변을 120킬로미터나 되는 외륜산이 둘러싸고 있고 칼데라 안에 아소 오악인 다카, 나카, 에보시, 기시마, 네코 산이 있어. 지금도 활발한 화산활동을 하고 있지. 옛날부터 이곳에는 다양한 종파의 수행장이 있었지. 특히 나카 산은 연기를 뿜어내고 있어서 영력이 높아. 아저씨도 나카 산 주변을 걸으면서 산신이 지켜보는 가운데 수행을 할 생각이야."

두 사람은 미야지 역에서 내려 헤어지게 되었다. 아버지와 닮은 엔과 헤어지는 것이 섭섭했지만 그에게는 수행이라는 목적이 있으니 방해해서는 안 된다고 큐는 스스로를 달랬다. 그리고 큐에게는 가까운 미래에 이 사람을 다시 보리라는 예감이 있었다.

"아저씨, 말을 조심하세요. 말에 가까이 다가갈 때는 절대로 뒤에 서면 안 돼요."

갑자기 큐가 이상한 말을 하자 엔은 저도 모르게 활짝 웃었다. 알았어, 그렇게 하지, 그렇게 말하고 엔은 발길을 돌렸다. 큐는 엔이 시야에서 사라질 때까지 지켜본 다음 호주머니에서 종잇조각을 꺼내 거기 적힌 주소를 내려다보았다. 여기까지 왔으니 다자키 유조를 만나자고 마음먹었다.

다자키 유조가 경영하는 캠프장에 도착한 것은 정오가 조금 지났을 때였다. 큐는 오전 시간을 거의 소비하면서 미야지 역에서 차를 찾았지만 어린 소년 혼자라서 그런지 경계하는 눈치였다. 알로하셔츠에 포마드로 뒤로 넘긴 머리, 게다가 옆머리가 뿔처럼 위로 솟구쳐 올라 누가 봐도 이 지방의 분위기와는 어울리지 않는 괴이쩍은 모습이었다. 겨우 큐 앞에 멈춰 선 트럭 운전사도 처음에는 망설였지만 그 괴이쩍은 모습에 흥미를 느껴 히치하이크에 응해준 것이었다. 큐는 종잇조각에 적힌 주소 가까운 곳에 내렸지만 주변은 민가 하나 없는 넓은 초원이었다. 이런 데서 내려도 괜찮냐고 운전사가 걱정스럽게 물었지만 큐가 힘찬 목소리로 괜찮다고 대답하자 안심한 듯 빙긋 웃었다.

시원스럽게 펼쳐진 초원이었다. 끝도 없이 넓은 초원 위를 큐는 걸었다. 어디로 가는지, 그곳이 어디인지, 거기에 어떤 의미가 자신을 기다리고 있는지 큐는 알 리 없었다. 걸으면 어딘가에 도착할 것이라고 스스로를 달래며 소년은 걸었다. 걸으면서 마음의 상처를 달랠 수 있었다. 드넓은 땅을 천천히 걸으면서 악몽 같은 현실을 잊으려 했다. 불어오는 바람 속에서 이 땅에 깃든 신들을 느낄 수 있었다. 다양한 영들이 다가와 큐를 바라보았다. 큐는 그때마다 일일이 인사를 하고 미소를 보냈다.

다자키 유조도 처음에는 큐의 괴상망측한 모습을 보고 당혹스러워했지만 자신의 캠프장을 찾아오는 도쿄의 히피들 차림새가 얼마나 기발하고 괴이쩍은지를 잘 아는 터라 스스럼없는 웃음으로 큐를 받아들였다. 다만 소후에 간로쿠의 손자라는 소년의 모습이 자신이 잘 아는 완고한 간로쿠의 이미지와 맞지 않아서 위화감을 가졌을 따름이다. 그와 동시에 오랜 세월 곤충을 매만지며 살아온 다자키 유조는 큐의 순진무구한 눈동자로부터 소년이 얼마나 순수한 마음을 가졌는지를 꿰뚫어보았다.

소후에 큐는 목욕을 하고 다자키 유조의 젊은 아내 이오하가 내미는 캠프장에서 판매하는 오리지널 티셔츠를 입었다. 뿔처럼 솟구쳐 올라 있던 머리칼도 원래의 모습을 되찾았다. 왜 그런 모습을 하고 있었는지 설명하기가 힘들었다. 그 이야기를 하려면 나카스의 안마시술소와 나나와 긴지를 말해야 한다. 그런 말을 하면 괜히 마음만 혼란스러워질 것 같아 그냥 입을 다물어버렸다. 큐는 할아버지의 건강이 좋지 않다는 것만을 다자키 유조에게 알려주었다.

"간로쿠짱은 무슨 일에도 타협을 모르는 데다 무리를 해. 그러니까 건강을 해치고 말지."

다자키 유조는 이오하에게 그렇게 말했다. 이오하는 조용히 고개를 끄덕이더니, 당신도 마찬가지니까 조심해, 젊지 않으니까, 하고 응수했다.

큐는 잠시 캠프장 일을 도우면서 지내기로 했지만 그날 저녁 식사 후 가출한 사실이 드러났다. 유조는 간로쿠에게 전화를 했다고 말했다. 그렇습니까, 큐는 고개를 끄덕였다. 간로쿠짱이 이유는 묻지 말아달라고 하니까 그러도록 하지, 돌아간다고 할 때까지 데리고 있어달라고 하더라, 다자키 유조는 말했다.

큐는 생각했다. 나나는 큐가 돌아오지 않자 간로쿠에게 전화를 걸어 사정을 설명했을 것이다. 그리고 오늘 할아버지는 다자키 유조에게 전화를 받고 큐를 잠시 캠프장에 머물게 해달라고 부탁했음이 분명했다. 건강이 안 좋은 할아버지에게 걱정을 끼쳤다는 것이 가슴 아팠다. 그렇지만 손자가 여기 있는 것을 알고 할아버지 할머니도 마음을 놓았으리라고 생각하니 조금은 기분이 나아졌다.

캠프장의 아침은 빨랐고 아침 준비나 청소, 세탁 등 할 일이 산더미였지만 초등학교 시절부터 기사실에서 지낸 경험과 서커스단 경험이 있는 큐이기에 그리 힘들거나 어렵지 않았다. 이른 아침의 맑은 공기를 마시며 눈부신 햇빛의 축복을 받고 맛있는 아침을 배부르게 먹었다. 매일 정해진 일을 묵묵히 해나가는 생활이 마치 옛날로 돌아간 듯 즐거웠다.

다자키 유조는 큐에게 오랜 세월 애써 수집한 곤충표본을 보여주었다. 희귀한 나비 표본은 소후에 간로쿠보다 더 많았고 그것들은 하나같이 찬란한 색채의 향연이었다. 큐는 투구풍뎅이와 사슴벌레의 표본을 가장 좋아했다. 개중에는 10센티미터가 넘는 거대한 투구풍뎅이도 있었다.

"이건 중남미에 사는 헤라클레스왕장수풍뎅이라는 놈이야. 젊은 시절에 바다를 건너가서 수집한 거지. 이보다 더 큰 놈도 있어."

다자키 유조가 그렇게 설명하면 큐는 눈을 반짝이며 귀를 기울였다. 톱처럼 생긴 뿔이 달린 사슴벌레는 용맹스러운 무사처럼 보여 좋았다.

"이건 톱사슴벌레라는 놈인데 밤중에 상수리나무의 수액을 먹으려고 모이는 곳에 가서 잡은 거야."

표본을 다 보고 나자 다자키 유조는 큐를 데리고 실제로 숲에 들어가 곤충 잡는 방법을 가르쳐주었다. 다자키 유조는 투구풍뎅이가 나무뿌리께에서 쉬고 있는 것을 찾아내 큐에게 알려주었다. 큐는 태어나서 처음으로 진짜 투구풍뎅이를 잡아보았다. 정말 크다! 큐는 조심스럽게 손가락으로 투구풍뎅이를 집어 올렸다. 배터리로 움직이는 장난감처럼 다리를 버둥거렸다. 그 압도적인 자연의 움직임에 큐는 눈길을 뗄 수 없었다.

그날 이후로 거의 매일 다자키 유조는 큐를 아소의 구석구석으로 데리고 다니며 자연의 위대함을 체험하게 해주었다.

구사센리라는 초원에 갔을 때는 벌의 생태를 설명해주었다. 방목하는 소가 여기저기 흩어진 초원은 에보시 산 기슭에 펼쳐진 직경 1킬로미터 정도의 기생화산 화구 흔적이다. 그곳은 곤충의 낙원이었다. 다자키 유조는 초원을 날아다니는 벌을 가리켰다.

"잘 봐. 저게 척후벌이야."

"척후?"

"우선 척후벌이 먼저 날아가서 꿀이 있는 꽃을 발견해. 저놈들을 외동벌이라 하는데, 놈들은 처음에는 벌집 안에서 청소도 하고 새끼를 키우는 내동벌이었지. 안에서 임무를 잘 수행한 다음 바깥으로 나가는 외동벌이 되는 거야."

흠, 하고 큐는 고개를 끄덕였다.

"척후벌은 꿀을 모으고 뒷다리에 꽃가루를 묻혀서 돌아와. 돌아오면 온몸을 떠는 수확의 춤을 춰. 그런 동작으로 꽃이 있는 방향과 거리를 동료들에게 가르쳐주는 거야. 얼마나 현명한지 몰라."

"그건 누가 가르쳐줘요?"

"글쎄, 그건 모르겠어. 자연의 신비라고나 할까. 우리는 인간만이 신에게 선택받은 존재라고 생각하는 경향이 있는데, 자연과 함께하노라면 그게 얼마나 잘못된 생각인지를 알게 돼."

다자키 유조는 허리를 펴고 먼 곳을 바라보며 힘차게 말했다.

"한 마리 여왕벌 아래에 3만에서 4만 정도의 일벌이 따라. 번식기에 이르면 수벌 천 마리가 모여 공동사회를 만들어. 대단하지. 누가 가르쳐주었을까? 여왕벌은 2센티미터 정도 크기인데 일 년에 약 2만 개의 알을 낳고 그것 말고는 아무 일도 하지 않아. 클레오파트라라고 할까."

설명하는 어투가 할아버지 간로쿠와 비슷해서 아무리 들어도 지겹지가 않았다.

"수벌은 여왕벌과 일벌의 중간쯤 되는 크기인데 번식기에 나타나서 그 가운데 용기 있는 한 마리가 막 날개가 돋은 새로운 여왕벌과 공중결혼을 하지."

"공중결혼?"

"하늘에서 교미를 하는 거야. 인간도 동물도 곤충도 모두 교미를 해. 벌은 날개가 있으니까 공중에서 하는 것이고. 누가 가르쳐준 것도 아닌데 말이야. 신이 그렇게 하라고 명령을 하는 거지. 본능이라고 알지?"

큐는 나나와 긴지의 모습을 떠올렸다. 그것도 누군가에게 명령을 받은 행동이란 말인가. 본능이란 것이 두 사람을 짐승으로 만들어버린 것인가.

"큐짱, 교미는 자연스러운 일이야."

다자키 유조는 마치 큐의 마음을 꿰뚫어보기라도 한 듯 상냥한 목소리로 말했다.

며칠 후, 오랜만에 나비라도 보러 갈까, 하며 다자키 유조는 큐를 데리고 외륜산 기슭의 하쿠스이라는 마을로 갔다. 거기에는 한층 더 넓은 초원이 펼쳐져 있었다. 들판으로 들어가 주변을 살펴보는데 다자키 유조가 큐에게 허리를 숙이라고 신호를 보냈다. 이 계절에만 볼 수 있는 일본 특산의 희귀한 나비가 있다고 했다. 그가 가리키는 고삼 풀밭 위에 보라색인지 청색인지 모를 신비한 색깔을 뿜내는 작고 아름다운 나비가 춤을 추고 있었다.

"오오루리시지미라고 하는데 이 계절의 이 주변에서만 볼 수 있지."

"와, 예쁘다!"

큐는 유리색으로 빛나는 가냘픈 날개를 보며 데라우치 마리를 생각했다. 언젠가는 자신과 마리가 교미를 할 수 있을 것이라 생각하며 가슴을 설렜다. 아마, 아니 틀림없이 많은 사람이 마리와 교미를 할 것이다. 그것이 자연계의 법칙이라는 것을 큐는 깨달았다. 어떡하면 좋아, 큐는 안달을 하며 마음속으로 외쳤다. 다자키 유조의 등은, 그것은 신만이 아는 일이라고 말하고 있었다.

12 각성

'큐짱, 교미는 자연스러운 일이야.'

다자키 유조의 말이 큐의 뇌리에 깊이 새겨졌다. 나나와 긴지를 용서한 것은 아니지만 나나가 아직 아름다운 암컷 나비라는 사실을 인정하지 않을 수 없었다. 예쁘고 젊으면 수컷이 절대로 가만 내버려두지 않는다. 그것이 자연의 섭리라고, 어쩔 수 없는 일이라고 큐는 스스로에게 말했다.

유조의 아내 이오하가 만들어준 주먹밥을 들고 다자키 유조와 큐는 매일 아소 고원으로 곤충채집을 나갔다. 어린 시절부터 불행한 일만 겪으며 살아온 큐에게 짧은 시간이었지만 다자키 유조와 보낸 즐거운 나날은 행복한 기억으로 그의 가슴에 남게 된다.

전국에서 몰려든 캠프장의 젊은이들은 하나같이 기상천외한 차림새였다. 나팔 청바지에 무희가 신는 듯한 헐렁한 샌들, 가슴에는 피스 마크, 머리칼을 어깨나 허리까지 늘어뜨린 청년도 있었다. 그들은 기타를 시끄럽게 쳐대면서 의미 모를 자극적인 노래를 부르고 춤을 추었다.

큐는 그들과 잘 맞았다. 그들은 큐에게 사회에서 통용되는 그런 도덕률을 강요하지 않았고 유연한 사고로 자유롭고 즐겁게 생활했다. 큐가 유조나 이오하의 일을 돕고 있으면, 큐짱! 잘 지내니, 하고 말을 걸었다. 같이 놀아주는 상냥한 형이나 누나들, 끌어안기도 하고 과자를 주기도 하고 슬쩍 다가와 간지럼을 태우기도 하는 명랑한 사람들이었다.

전국에서 모여든 기상천외한 젊은이들은 밤이 되면 모닥불 주위에 모여 술을 물처럼 부어 넣고 기타를 쳤다. 노래하다 지치면 타오르는 불꽃을 바라보며 토론을 벌였다. 정치나 철학, 문화에 대한 이야기였는데 큐에게는 너무 어려운 말이었고 그들의 태도나 설익은 반체제적 기질이나 지나치게 기울어진 사고방식에 위화감을 느끼면서도 큐의 순수한 감수성은 많은 자극을 받게 된다. 특히 형제 없이 홀로 자란 큐였기에 인생을 즐기며 살려는 그 젊은 선배들의 태도가 더욱 신선하고 자극적이었던 것이다. 그들은 성에 대해서도 개방적이라 큐가 보는 앞에서 키스를 했다. 주저 없이 서로를 끌어안는 남녀의 행위를 보노라면 나나와 긴지의 행동이 떠올랐다. 그럴 때 큐의 마음속에는 다자키 유조의 말이 메아리쳤다. 교미는 자연스러운 일이라는 말이.

성장기에 있는 큐는 키가 하루가 다르게 쑥쑥 자랐고, 아침이면 하반신에 힘찬 약동이 일어났다. 몽정은 이제 놀라운 일도 아니었다. 팬티에는 정액이 오줌방울처럼 늘 들러붙어 있었다.

어느 날 밤 큐는 젊은 커플이 교미하는 장면을 목격하게 된다. 잠이 오지 않아 목초지의 한가운데 벌렁 누워 별을 보다가 돌아오는 길이었다. 갑자기 새 울음소리 같은 높은 음정의 목소리가 들렸다. 그것은 아, 아, 아, 아, 가늘게 끊어지는 소리였다. 큐는 멈춰 서서 귀를 기울였다. 달빛에 떠오른 아름다운 초원 속에서 하얀 여자의 다리가 솟구쳐 올랐다. 두 다리는 하늘을 향하여 솟아오른 듯이 보였다. 바람에 흔들리는 나뭇가지처럼 두 다리가 좌우로 흐느적거렸다. 그 두 다리의 한가운데서 꿈틀대는 시커먼 물체. 엔도 다쿠미와 나나가 하던 벌거숭이 씨름을 두 젊은이가 하고 있었다. 나나와 긴지도 저런 행동을 했다. 큐는 뛰는 가슴을 달래며 교미는 자연스러운 일이라고 중얼거렸다.

큐가 곁으로 다가갔지만 흥분 상태에 빠진 두 사람은 눈치채지 못했다.

큐는 허리를 낮추고 관찰했다. 남자의 허리가 바쁘게 상하로 움직이고 그 때마다 여자가 소리를 질렀다. 흥분 정도에 따라 남자의 허리는 더 빨라지고 여자의 목소리는 캠프장 전체로 퍼져나가지 않나 싶을 정도로 크고 격렬하게 터져 나왔다.

"으카카카!"

남자가 짐승처럼 포효하다가 여자의 몸 위로 푹 쓰러지자 두 사람은 마치 죽은 사람처럼 꼼짝도 하지 않았다. 큐는 흥분 속에서도 두려움을 느끼고 저도 모르게 더 가까이 다가갔다.

"괜찮아? 무슨 일이야! 살아 있어?"

여자가 황망히 일어나더니 큐짱, 보면 안 돼, 하고 외쳤다. 남자가 뒤로 몸을 돌리더니 어이, 이걸 봤어? 꼬마, 하고 화난 듯 소리쳤다.

벌떡 일어난 벌거벗은 두 사람의 모습에 깜짝 놀라 큐는 달렸다. 자신의 방으로 돌아온 후에도 머릿속에 두 젊은이의 격렬한 교미 그림이 달라붙어 밤새도록 떨어질 줄을 몰랐다.

그날 밤, 태어나서 처음으로 큐는 자위를 하게 된다.

다자키 유조는 큐를 데리고 미야지 역 주변에서 시장을 보고 돌아오는 길에 아소 나카 산의 분화구를 보려고 차를 몰고 센스이쿄 도로로 향했다. 나카 산 허리와 나라오 산 사이에 펼쳐진 계곡 일대는 핑크색으로 물들어 있었다.

"아저씨, 저게 뭐예요?"

"큐짱, 저건 말이야 미야마철쭉이라고 하는 거야. 이 시기에 꽃을 피워. 5만 포기의 미야마철쭉."

어디서도 본 적이 없는 기묘한 풍경이었다.

큐는 로프웨이를 타고 산꼭대기에 올랐다. 바위뿐인 분화구를 내려다보 았다. 연기가 피어오르는 제일분화구를 들여다보고 큐는 지구가 흥분한 것 이라고 생각했다.

"땅속 깊은 곳에서는 마그마라고, 바위가 녹은 상태의 물질이 있는데 그 것이 땅의 갈라진 틈을 따라 지상으로 튀어나오는 거야."

"와, 아저씨, 그러면 지구 안은 불덩어리예요?"

"지표 아래에는 고열의 마그마가 있고 더 아래에는 지구 부피의 80퍼센 트나 되는 맨틀 층이 있다고 해. 그게 어떤 건지는 지질학자가 아니라서 잘 모르겠지만. 천 도는 넘을 거라고 하는데 실제로는 아무도 본 적이 없지. 어 쨌든 지구란 뜨거운 물질 덩어리야. 살아 있지. 우리가 생활하는 이 차가운 지표는 전체의 아주 적은 일부분에 지나지 않아."

"지구가 살아 있어요?"

"암, 살아 있지. 그러니 고마워해야지. 인간도 동물도 곤충도 모두 이 별 위에서 사이좋게 살아가야 해. 지구는 어머니별이야. 우주가 넓다고는 하 지만 이 별에만 인간이 살고 있어. 지구를 사랑하고 소중히 여기지 않으면 안 되는 이유야."

큐는 얌전하게 고개를 끄덕였다. 다자키 유조가 이런 곳에 자신을 데려 다준 데에 큐는 진심으로 감사했다.

"넓고 깊은 세계를 가슴에 새기고 무슨 일이 있어도 우물쭈물하지 말고 강하게 살아가야 해."라며 다자키 유조는 큐의 머리를 쓰다듬어주었다.

열네 살의 큐는 이제 어린아이가 아니었다. 그렇지만 어른도 아니었다. 몸속에서 뜨겁게 꿈틀대는 마그마를 느끼며 큐는 어쩔 줄 몰라 했지만, 지구의 불을 온몸으로 보여주는 아소 산이라는 거대한 풍경화를 앞에 두고 다자키 유조의 말처럼 강하게 살아가리라 조용히 결의하는 것이었다.

나카 산의 능선을 따라 걸어가는 한 남자의 모습이 눈에 들어왔다. 지팡이를 짚고 가사를 걸치고 머리에 검은 두건을 쓰고 있었다. 큐는 그가 엔이라는 것을 알았다.

"슈겐샤 아저씨!"

큐가 갑자기 큰 소리를 지르는 바람에 다자키 유조는 깜짝 놀랐다. 슈겐샤는 고개를 빼들어 큐를 확인한 다음 수염을 뒤틀며 웃었다.

"아는 사람이냐?"

다자키 유조가 큐에게 속삭이듯 물었다. 슈겐샤가 천천히 두 사람에게로 다가왔다. 큐는 하카타에서 여기까지 자신을 데려다준 사람이라고 사연을 이야기했다.

"큐, 건강해 보이는구나."

슈겐샤는 두 사람 앞으로 다가와서 고리짝을 내려놓더니 이마의 땀을 닦았다.

"수행은 계속하고 있어요?"

"암, 그때부터 줄곧 수행이었지."

슈겐샤는 다자키 유조에게 자기소개를 했다. 다자키는 깊이 머리를 조아리고 큐를 돌봐줘서 고맙다고 했다.

"아닙니다. 사실은 제가 신세를 졌는걸요."

다자키 유조는 고개를 갸웃했다. 엔은 허리를 구부리고 큐의 얼굴을 들여다보며 말했다.

"큐, 네 덕분에 목숨을 구했지. 너, 예지력이 있는 모양이더구나."

큐는 그 말에 반응했다.

"말 뒤는 위험해요."

"아, 차이기 직전에 그 말이 떠올라 위험에서 벗어날 수 있었지. 그렇지만 그때 넘어져서 발목을 삐고 말았어. 정통으로 맞았더라면 죽었을지도 몰라. 너랑 헤어지고 얼마 안 되어서였지. 그런 걸 미리 알 수 있어?"

큐가 네, 하고 웃으며 고개를 끄덕였다. 엔과 다자키 유조도 따라 웃었다.

엔은 그날 밤 다자키 유조의 캠프장에서 하룻밤을 보냈다. 다자키 유조는 엔을 저녁 식사에 초대했다. 슈겐샤는 두 손을 모으고 고맙다고 인사했다. 큐는 그 동작을 흉내 내며 고맙습니다, 하고 말했다. 감사하는 마음을 솔직히 표현하자 기분이 좋아졌다.

슈겐샤가 목욕을 하는 사이에 큐는 다자키 유조와 같이 불을 지폈다. 캠프장 안쪽에 모닥불 피우는 장소가 있다. 장작에 불을 지피고 석탄을 넣었다. 해가 질 무렵에는 이오하가 만든 닭고기 찌개를 둘러싸고 캠프장은 바쁘고 푸근한 한때를 맞이하고 있었다. 숙박하고 있는 열 명 정도의 젊은이들도 자리를 잡았다. 엔은 다시 한 번 고맙다고 인사하고 음식을 들기 시작했다.

식후에 슈겐샤는 큐가 조르자 고둥을 불어주었다. 고둥에서 터져 나오는 커다란 소리가 초원의 공기를 울렸다. 땅을 기어가는 듯한 그 소리는 큐의 오장을 조용히 흔들었다. 아소의 신 타케이와타츠노조미코토의 코 고는 소리 같다고 이오하가 말했다. 큐는 아버지의 얼굴을 떠올렸다. 엔도 다쿠미의 상냥한 미소. 무등. 같이 지낸 꿈같았던 한때.

그날 밤 목이 말라 눈을 떴더니 엔도 다쿠미가 서 있었다.

"큐, 어머니를 용서하거라."

아버지는 그렇게 말하고 미소 지었다. 투명한 몸에 눈만 파랗게 빛나고 있었다.

"그리고 긴지도 용서해주고."

큐는 일어나서 눈을 비볐다. 공중에 떠 있는 엔도 다쿠미의 영혼은 아래위로 두둥실 오르내렸다. 풍선처럼.

"아빠."

큐의 두 눈에 눈물이 글썽거렸다. 있는 힘을 다해 참으려 하면 할수록 폐가 터질 것처럼 슬픔과 외로움이 밀려왔다. 그렇지만 큐는 참았다. 어리광이라도 부리고 싶었지만 이를 물고 참았다. 오랜만에 나타난 아버지에게, 애써 천국에서 찾아온 아버지에게 아직도 어리고 나약한 모습을 보이고 싶지 않았다. 입을 벌리고 폐 깊숙이 숨을 빨아들이며 마음을 가라앉히려 애썼다.

"언젠가는 너도 알 날이 올 것이다. 인간이란 생물은 혼자서는 살아갈 수 없단다. 어머니의 마음에서 내가 없어진 건 아니야. 긴지의 마음속에서 내가 지워진 것도 아니고. 오히려 두 사람은 나에게 미안한 마음을 가지고 서로 사랑하고 있어. 그런데 너마저 두 사람을 질책하면 나나와 긴지는 평생 어둡고 괴로운 삶을 살아야 할 것이야. 그건 내가 바라는 바가 아니란다. 넌 어른이 되는 길을 걸어가야 해."

"알았습니다."

큐는 눈물이 글썽이는 눈으로 엔도 다쿠미를 바라보았다.

"나는 오랜 세월 나나를 외롭게 했어. 그런 세월에도 나나는 나만을 기다리며 살았지. 그렇지만 이제 난 죽었어. 더는 나나에게 참으라고 말할 수는 없지 않겠니. 그건 너무 가혹한 일이야. 건널목에서 개가 깔려 죽으려 할 때 나나가 도와달라고 외쳤지. 그때 나는 개가 아니라 나나를 구한다는 생각 이었어. 그렇지만 나는 그 사람을 행복하게 해줄 수가 없었단다. 나나의 인 생은 아직도 길어. 제발 이 아버지의 마음을 이해하고 행동해주었으면 싶 구나. 나나와 긴지를 용서해주고 더욱더 사이좋게 지내도록 도와주렴. 알 았지, 큐."

큐의 눈에서 눈물이 한 방울 떨어졌다. 큐는 턱을 들고 코를 훌쩍이면서 울지 않으려 애썼다.

"알았습니다."

엔도 다쿠미의 영혼이 고개를 끄덕였다.

"다행이다. 이제 나도 마음 놓고 잠들 수 있게 되었어. 잘 들어라, 큐. 난 언제까지고 네 곁에 있을 거야. 너를 사랑하니까. 너에게는 내가 있어. 나에 게도 네가 있고. 절대로 그걸 잊지 마. 아무리 괴로워도 나는 네가 훌륭하게 살아갈 수 있도록 매일 기도할 거야."

눈물이 앞을 가려 아무것도 보이지 않았다.

"아빠, 아빠!"

큐는 울었다. 마음껏 울었다. 방문이 열리더니 슈겐샤 엔이 얼굴을 내밀 었다.

"왜 그러니, 무서운 꿈이라도 꿨어?"

엔은 곁으로 다가와 큐를 꼭 안아주었다. 큐는 엔도 다쿠미의 몸을 지그 시 바라보았다.

"아빠."

"아, 괜찮아, 괜찮아."

"아빠."

"착하지. 무서워할 거 없단다. 자, 편히 누워라."

집으로 돌아와보니 긴지는 나카스의 아는 사람의 집으로 옮겨가고 나나 혼자뿐이었다. 여태 본 적이 없을 정도로 나나는 여위어 있었다. 큐가 집을 나가 있던 3주일 동안 밥도 제대로 먹지 못했다. 울어서 부은 눈으로 큐를 바라보았다. 그 얼굴이 너무도 가련해서 큐는 고개를 떨구고 말았다.

"엄마. 외로웠지. 긴지 아저씨랑 사이좋게 지내."

큐는 자신이 표현할 수 있는 최고의 말로 그렇게 말했다. 나나는 흐느끼며 미안해, 라는 말만 반복했다. 밤에 긴지가 찾아와 고개를 숙였다. 큐는 우리 또 같이 놀자라고 중얼거렸다.

할아버지 간로쿠가 입원해 있는 병원을 찾아가 다자키 유조와 같이 채집한 곤충표본을 보여주었다.

"정말 큰 사슴벌레로구나."

미츠가 들여다보고 말했다. 큐는 다자키 유조와 같이 잡던 광경을 손짓 발짓으로 설명했다. 간로쿠는 조용히 미소 지으며 듣고 있었다. 그리고 아무 말도 하지 않았다. 큐가 돌아가려 할 때 불쑥 이런 말을 했다.

"많이 컸구나."

집으로 돌아가는 길에 큐는 교미에 대해 생각해보았다. 어른들이 정신을 파는 교미라는 것이 도대체 얼마나 좋은지 알고 싶어 견딜 수가 없었다. 서커스단에 있던 시절에는 아버지와 어머니가 매일 밤 격렬하게 사랑하는 소리를 들었다. 사랑하는 사람이 교미하는 것은 자연스러운 일이라고 큐는 스스로에게 말해보았다. 긴지와 나나는 서로 사랑하니까 교미를 한 것이다. 그렇다면 나도 언젠간 누구를 만나 사랑하게 되면 교미를 할 것이다.

히라오의 사니 마트 앞에서 눈길이 한 곳에 멈추었다. 마리가 치쿠히 선 의 건널목을 건너고 있었다. 큐는 서둘러 뒤를 따라가면서도 말을 걸어야 할지 망설였다. 말을 건 다음 무슨 말을 해야 좋을지 몰랐다. 중학교에 들어 간 이후로 둘 사이에는 보이지 않는 벽이 생겼다. 인사 정도는 나누었지만 대화는 하지 않았다. 마치 다른 세계에 사는 사람이 아닌가 싶을 정도로 마 리의 태도는 서먹서먹하고 쌀쌀맞았다. 어른스러워졌고 눈이 부실 만큼 아 름다워 도저히 말을 걸 수 없었다. 소이치로의 뒤에 착 달라붙어 걸어 다니 던 그 작은 마리가 아니었던가. 여자다운 풍만함이 깃든 가슴과 허리, 바람 에 나부끼는 머리칼, 백 미터나 떨어져 있는데도 향기가 느껴지는 고운 자 태였다.

큐는 전봇대에 숨어 마리가 열쇠를 꺼내 집으로 들어가는 것을 보았다. 마리는 이윽고 2층 자기 방의 커튼을 열어젖혔다. 그리고 상의를 벗었다. 한순간이지만 속옷 차림의 마리를 보았다.

큐는 동요했다. 그와 동시에 하반신이 뻐근해졌다. 부풀어 오르기 시작 한 남성을 손으로 짓누르며 머릿속으로 마리와 교미하는 그림을 그려보았 다. 저 방에는 속옷만 입은 마리가 있다. 그 순간 큐에게서 이성이 사라져버 렸다. 상냥함, 따스함, 사랑, 욕망, 섹스. 이런 것들이 한 덩어리가 되어 성장 기에 있는 큐의 뇌리를 마구 흔들었다.

큐는 긴지가 일을 하러 갈 때 타고 다니는 왜건을 발판 삼아 지붕으로 올 라갔다. 큐의 집 지붕에 올라가면 마리의 방이 보였다. 큐는 도둑처럼 지붕으로 올라가 낮은 포복으로 앞으로 나아갔다. 레이스 달린 커튼이 흔들리고 있는데 어두컴컴한 방 안에는 아무도 없었다. 아무도 없는 방을 큐는 뚫어져라 바라보았다. 지붕은 햇빛에 달궈져 뜨거웠다. 그 열기가 사타구니를 더 자극했다.

"마리짱."

큐는 애절하게 불렀다. 옷을 다 갈아입은 마리가 갑자기 창으로 얼굴을 내밀고 밤하늘을 올려다보는 바람에 당황한 큐는 발을 헛디디고 말았다. 줄줄 미끄러져 큰 소리를 내며 굴러 떨어졌다. 지붕 아래에 있는 왜건의 보닛에서 쿵 소리가 났다. 그 소리에 놀라 나나가 뛰어나왔다.

"왜 그러니?"

큐는 사타구니를 거머쥔 채 아무것도 아니라고 시침을 뗐다.

"긴지 씨 차, 찌그러진 거 아니니."

"내 마음이 찌그러졌어."

큐는 큰 소리로 외쳤다. 아소에서 돌아온 큐는 두 사람을 용서했지만 어투만은 더 날카롭게 날이 서 있었다. 반항기의 시작이었다.

그날 밤, 큐는 잠입하기로 마음먹었다.

무더워서인지 창은 열린 채였다. 책상 위에 빨간 작은 등이 켜져 있을 뿐이었다.

자신도 이해할 수 없을 만큼 극도로 흥분 상태에 빠져 큐는 지붕 위를 낮은 포복으로 기었다. 큐의 머릿속에는 속옷 차림의 마리가 달라붙어 떨어질 줄을 몰랐다. 잠을 자려 해도 잘 수 없고 아무리 자위를 해도 욕망은 잠들지 않았다. 결국 큐는 마음을 굳혔다.

'교미는 자연스러운 일이다.'

다자키 유조의 말만이 그 행동을 정당화해주는 유일한 진리로 큐의 머릿속에서 크게 부풀어 올랐다.

13 잠입

지붕의 열기는 사라지고 오히려 서늘한 느낌마저 들었다. 그러나 두 곳만은 더 뜨겁게 달아오르고 있었다. 심장과 하반신. 심장이 온몸으로 보내는 피가 페니스에만 몰리는지 급속히 팽창하기 시작했다. 낮은 포복으로 전진하면서 큐는 정신이 아득해지는 어지럼증을 느꼈다. 통통하게 살이 오른 중학생의 체구에 표준의 두 배나 되는 페니스가 발기를 거쳐 그 몇 배로 더 부풀었다. 그 거대한 형상은 일찍이 부모와 외조부모의 눈을 동그랗게 만들었고 급우들 사이에도 화제를 불러일으켰는데, 큐 본인이 그것을 자각하게 된 것은 안마시술소의 여자에게 지적받았을 때였다. 큐는 주체하기 힘든 자신의 물건을 옆으로 위치를 옮긴 다음 앞으로 나아갔다.

눈앞에 보이는 것은 정확하게는 마리가 아닌 소이치로의 방이었지만 때로 마리가 그곳에서 잔다는 것을 큐는 알고 있었다. 소이치로의 영을 불러들이려는 듯 창을 활짝 열어두었다. 바람에 흔들리는 커튼이 마치 큐에게 손짓을 하는 듯했다. 바로 저기에 마리가 자고 있다. 큐의 심장이 뛰기 시작했다. 교미는 자연스러운 일이다.

흥분한 큐는 남의 집에 허락 없이 들어가는 게 범죄행위라는 상식적인 판단도 할 수 없었다.

심장도 페니스도 남의 물건인 듯 제멋대로 움직였다. 이웃집 양철 지붕을 건너서 바람에 흔들리는 커튼 틈으로 안을 엿보았다. 타월 홑이불을 감은 채 마리는 잠들어 있었다. 달빛은 아름답게 성장한 마리의 몸을 비추며 그 아우트라인을 선명하게 그려냈다. 큐의 머릿속에 마리와 하나가 되는 그림이 자동차 꼬리등처럼 깜빡였지만 정작 중요한 부분은 뿌옇게 흐려져 있었다.

큐는 그 뿌연 부분을 정확히 보기 위해 창 안으로 한 걸음 들어서려 한다. 두 다리 사이에서 팽창한 페니스 때문에 청바지 앞부분이 뒤틀려 있었다. 그게 창턱에 부딪치자 전류가 찌릿 흘러 절로 터져 나오는 비명을 참느라 눈을 질끈 감았다. 큐는 튀어나온 페니스를 손으로 잡고 크게 숨을 들이쉰 후 창틀을 넘었다. 방에는 소이치로의 기운과 마리의 냄새가 가득하면서도 동굴 속처럼 청량한 기운이 감돌았다. 가슴속에서 심장이 터질 듯 약동한다.

"어떻게 하는 거야."

큐는 자고 있는 마리를 내려다보며 스스로에게 물었다. 부모의 벌거숭이 씨름은 몇 번 본 적이 있지만 중요한 부분은 다리와 다리 사이에 감추어져 한 번도 본 적이 없었다. 도대체 여성의 중요한 그 부분이 어떻게 생겨먹었는지 큐는 모른다. 페니스를 받아들일 구멍이 다리와 다리 사이의 뿌리께에 있는 것만은 분명하다.

창으로 비쳐드는 달빛 속에서 마리는 너무 아름다웠다. 입과 코와 감긴 눈이 바로 눈앞에서 큐를 유혹한다.

"잘될 거야. 자연스러운 일이니까."

작게 중얼거리며 침대 위로 올라가 큐는 옷을 벗었다. 불끈 솟아오른 거대한 페니스는 마치 절구 공이 같았다. 마리 앞에서 옷을 벗기는 했지만 도무지 어떻게 해야 할지를 몰랐다.

큐는 쭈그리고 앉아 마리의 냄새를 맡아본다. 어렴풋한 비누 향기가 콧구멍을 자극한다. 마리짱, 소리 내 불러본다. 마리의 눈꺼풀이 까딱 움직인다.

큐는 마리 위로 올라갔다. 사타구니가 마리의 하반신에 닿자 전류가 흘렀다. 잠시 눈을 감은 채 감전된 듯한 감각이 잦아들기를 기다리지 않으면 안 될 정도로 강렬한 자극이었다.

교미를 하려면 마리를 벌거숭이로 만들어야 할 것 같아 큐는 잠옷 위를 더듬어 단추를 찾았다. 손이 너무 떨려 벗길 수가 없었다. 이윽고 맨 윗부분 단추를 하나 풀자 쇄골의 움푹 팬 부분이 드러났다. 단추를 또 하나 풀자 가슴의 삼분의 일 정도가 나타났다.

"마리짱."

그 이름이 목젖을 울리며 저절로 튀어나왔다. 어쩌면 좋을지를 몰라 뜨거운 시선으로 마리의 가슴을 내려다보며 다시 한 번 마리짱, 하고 불렀다.

"뭐 해?"

잠에서 깬 마리는 땡그랗게 눈을 뜨고 큐의 얼굴을 올려다보았다. 큐는 세 번째 단추를 더듬던 손을 떼고 몸을 조금 뒤로 끌어당겼다. 마리의 눈가에 험악한 기운이 감돌고 있었다.

"큐짱, 옷 벗었어?"

아직도 멍한 눈길이었지만 마리는 상황을 정확히 인식했다. 큐는 마리에게 웃어 보였다.

"우리도 할 수 있어. 이건 자연스러운 일이야."

큐는 세 번째 단추를 더듬으며 왜 자신이 이런 행동을 하는지 설명해야 한다고 생각했다. 아소 고원에서 본 사슴벌레나 나비의 교미가 머릿속에 떠올랐다.

"그러니까, 곤충이 말이야."

마리가 일어나 그만두지 못해, 하고 소리쳤다.

"그만둬, 비켜."

마리의 미간에 주름이 잡히고 검은 눈동자가 불을 뿜으며 큐를 노려보았다. 큐는 상황이 변했다는 것을 깨달았지만 하반신은 다른 생명체처럼 마리의 하반신 위를 비비고 있었다.

"그만둬, 빨리 내려오지 못해! 무서워."

마리가 진지한 표정으로 항의하자 큐는 뻣뻣하게 굳어버리고 말았다.

"비켜, 무서워."

마리의 얼굴이 귀신같아 보였다. 아까의 아름다운 얼굴은 간데없었다.

"미안, 다른 것 같아."

"다르다고?"

마리의 손바닥이 세차게 큐의 뺨을 쳤다.

"뭐가 달라, 큐짱!"

반대쪽 뺨에서 불이 번쩍 일었다. 이럴 리가 없었다. 심장이 오그라드는 것 같았다. 마리가 기뻐할 줄 알았다. 냉정하게 생각하면 이런 행동이 마리에 대한 모욕이라는 것은 충분히 알 수 있다.

"뭐가 다르다는 거야?"

큐가 떨며 말했다.

"사슴벌레나 나비가."

자신도 무슨 말을 하는지 알 수 없었다. 헛기침을 하고 다시 한 번 말해보았다.

"사마귀라든지 메뚜기가……."

이대로 물러났다가는 평생 말을 붙일 수 없게 될지 모른다. 그뿐 아니라 마리의 아버지나 나나에게 일러줄 가능성도 있다. 큐는 자신이 저지른 행동이 얼마나 엄청난 잘못인지를 깨닫는 순간 등골이 서늘해졌다.

"갈게. 미안. 갈 테니까 소리치지 마."

애원하듯 말하자 마리는 고개를 까딱했다. 두 사람은 서로를 마주 보고 팽팽한 긴장 속에서 습기 찬 공기를 들이켜고 있었다. 몇 초가 흐르고 마리의 눈빛에 얼마간의 냉정함이 돌아온 것을 확인한 다음 큐는 마음을 놓고 한숨을 내쉬었다.

"정말 미안해. 다시는 안 그럴게."

조용히 큐가 중얼거렸다. 마리에게서 몸을 떼고 슬그머니 일어섰다. 달빛이 큐의 사타구니를 비춘다. 올려다보는 마리의 얼굴이 시나브로 일그러지는 것이 보였다. 폭발 직전의 화산처럼. 큐는 마리의 시선을 따라가다가 거대하게 일어선 자신의 절구 공이를 발견했다.

"으아아아아……."

화산은 마침내 터지고 말았다. 그 목소리가 온 집안을 울렸다. 큐는 퍼뜩 제정신을 차리고 생각할 것도 없이 벗어던진 옷을 집어 들고 창밖으로 뛰쳐나갔다.

마리의 비명은 온 동네 사람이 깨어나는 것은 아닐까 싶을 정도로 컸다. 사다리를 미끄러지듯 내려와서 자신의 방으로 뛰어 들어온 다음에도 마리의 비명이 귓가에 맴돌았다.

큐의 페니스는 벌써 원래의 크기로 돌아왔지만 심장은 언제까지고 드세게 고동치고 있었다. 큐가 한 손으로 가슴을 누르며 어둠 속에 웅크리고 앉아 자신이 저지른 엄청난 일에 머리를 감싸며 떨고 있는데 갑자기 하얗고 푸른 섬광이 어둠을 가로질렀다.

"큐짱."

그리운 목소리였다. 얼굴을 들자 소이치로가 허공에 떠 있었다. 가만히 바라보고 있자니, 초조해하지 마, 하고 소이치로가 중얼거렸다. 큐가 손을 뻗으려 하자 소이치로는 고개를 끄덕이며 빙긋 미소 짓더니 벽 저편으로 사라졌다.

가슴을 졸이며 다음 날을 맞이했지만 아무 일도 없었다. 마리는 밤의 습격 건에 대해 아무에게도 말하지 않았던 것이다.

마리의 진의를 파악하지 못한 채 큐는 숨을 죽이고 하루하루를 지냈다. 집을 나설 때도 마리나 마리의 부모와 눈길이 마주치지 않도록 조심했다. 집으로 돌아올 때도 앞과 뒤를 살피다가 바람처럼 집 안으로 뛰어들었다.

밤이 되면 몸부림쳤다. 눈을 감으면 마리의 잠든 얼굴이 나타났다. 거의 매일 밤 왜 그때 제대로 못했을까, 하고 큐는 고뇌했다. 왜 거절당했을까를 생각했다. 아무리 생각해도 해답이 나오지 않았지만 큐는 그래도 생각하고 또 생각했다. 곤충이 아닌 인간적인 감정 때문일 것이라는 결론에 이르렀다. 사랑이라는 보이지 않는 끈으로 서로의 마음과 마음이 하나로 이어지지 않으면 육체적인 교접으로 나아갈 수 없다는 사실을 깨달았다. 그렇다면 남녀의 사랑이란 무엇인가. 부모나 조부모를 생각하는 마음도 사랑이지만 아무래도 그건 좀 다른 것 같았다.

사랑이라는 것의 불가사의한 본질을 탐구하기 위해 큐는 다시 도서관을 오가기 시작했다. 동서고금을 막론하고 구석구석 사랑에 관한 책을 뒤져 모조리 읽었다.

그 결과 사랑에 관한 지식은 산처럼 쌓였지만 큐는 자신에게 어울리는 사랑을 찾을 수 없었다. 모든 사람에게 사랑의 모습은 각각 다르다는 진리를 깨닫기에 큐에게는 경험이 부족했다.

큐가 마리를 다시 본 것은 그로부터 한 달 후의 일이었다.

마리는 나카스의 세이류 다리에서 훤칠한 미남과 손을 잡고 걷고 있었다. 남자는 포마드를 바르고 옷깃을 세우고 있었다. 나이는 거의 같아 보였지만 미남은 아주 어른스러워 보였다. 마리는 황홀한 눈길로 남자를 올려다보며 여태 본 적이 없는 얌전한 표정을 짓고 있었다. 남자는 멈춰 서서 난간에 팔을 걸치더니 강으로 껌을 퉤 뱉었다. 저녁 햇살을 받아 남자의 이마가 번들거렸다. 바람이 불어올 때마다 비단 깃발처럼 매끄럽게 날리는 마리의 머리칼에도 햇살이 부서졌다. 큐는 강가의 버드나무 뒤에 몸을 숨긴 채 엿보고 있었는데 갑자기 남자가 마리의 허리를 손으로 감는 바람에 큐는 저도 모르게 버드나무 둥치를 끌어안고 말았다.

남자는 사람들이 오가는 다리 위에서 마리를 끌어안으려 하고 있었다. 저항하리라 믿었던 마리가 황홀한 표정으로 남자의 가슴에 안기는 것을 보고 큐의 눈이 왕방울처럼 커졌다. 거부당한 자신과 거부당하지 않는 남자의 차이는 무엇일까. 큐는 어쩔 줄 몰라 했다.

마리는 남자의 품에 안긴 채 꼼짝도 하지 않았다. 남자가 마리의 귓가에 뭐라고 속삭인 다음 그녀에게서 떨어지더니 곧장 덴신 방향으로 걸어가 버렸다. 남은 마리는 언제까지고 남자의 등을 바라보며 서 있었다. 남자의 잔상을 붙잡으려는 듯 앞으로 뻗어나가던 팔이 그녀의 가슴 언저리에 다소곳이 모여 있다.

"마리짱."

큐는 중얼거렸다. 리젠트 헤어스타일의 핸섬 보이가 다리 저편으로 사라지자 이윽고 마리도 발길을 돌렸다. 남자의 온기를 놓치지 않으려는 듯 가슴을 두 손으로 끌어안고 걸어가던 마리는 그제야 버드나무 아래서 꼼짝도 하지 않고 서 있는 큐를 발견했다.

"큐짱?"

마리의 눈매가 돌변했다. 미간에 주름을 잡더니 가슴께에 있던 손을 불끈 거머쥐고 복서처럼 전투태세를 갖추었다.

"마리짱, 지난번에는……."

큐가 사과하려 하는데도 마리는 무시하고 지나가 버렸다. 큐는 황망히 뒤를 따라가, 잠깐만, 하고 불렀다. 멈춰 서는 마리 앞으로 달려가서 앞을 가로막았다.

"나는 마리짱이 좋아. 그래서 그랬던 것뿐이야."

돌아온 것은 차가운 시선뿐이었다.

"그딴 말, 변명도 아냐."

마리가 다시 걸으려 하자 큐는 당황하여 마리의 한쪽 팔을 잡았다.

"마리짱, 반드시 마리짱이 나를 사랑하게 만들고 말 거야. 기다릴 거야. 몇 십 년이라도 언젠가는 나를 좋아할 그날까지. 내가 얼마나 심각한지 알겠지?"

마리는 큐의 뺨을 쳤다. 아무 말없이 노려보았다. 큐가 손을 놓자 마리는 강변을 달려가 버렸다. 큐의 뺨과 가슴에서 아릿한 통증이 치달렸다.

저녁 해가 기울어지기까지 큐는 마리가 사라진 방향을 바라보고 있었다. 그때 불현듯 안마시술소의 간판이 큐의 시선에 박혔다.

"손님, 몇 살?"

나이 든 삐끼 여자의 말에 열여덟이라고 거짓말을 했다. 그렇게 보이기도 하네, 여자가 장단을 맞춰주었다. 나는 사랑을 몰라요, 큐가 하소연하자, 그렇다면 상냥하게 사랑을 가르쳐줄 여자면 되겠네, 라며 여자가 웃었다.

어두컴컴한 방에서 기다리고 있자 분홍색 네글리제 차림의 여자가 다가와서 큐를 힐끗 살펴보았다. 추스케와 처음으로 가보았던 안마시술소에서 큐를 상대해준 여자는 나나와 거의 동년배였는데 지금 여자는 스무 살 정도로 보였다.

"처음? 이겠지. 이렇게 어리니까."

여자는 그렇게 말하면서 서둘러 준비했다. 큐는 고개를 끄덕이고 여자가 하는 대로 내버려두었다. 젊은 아가씨는 큐의 페니스를 보더니 놀란 얼굴로 혼자 중얼거렸다.

"와 크네. 이런 물건이 들어가기나 할까."

페니스는 꼼짝도 하지 않고 축 늘어져 있었다. 큐는 여자가 옷 벗는 모습을 뚫어져라 지켜보았다. 여자가 벌거숭이가 되어도 아직 페니스는 움직이려 하지 않았다. 핸섬 보이에게 안겨 있던 마리의 행복해하는 표정이 뇌리에서 떠나지 않았다. 왜 마리는 나를 사랑해주지 않을까. 큐는 슬펐다. 큐가 눈물을 흘리자 여자는 왜 그러느냐면서 상냥한 얼굴로 물었다.

"차였어요."

큐는 방 안쪽의 욕조에 들어가서 지금까지의 과정을 간단히 이야기해주었다. 그러자 여자는 큿, 웃으며 그건 안 돼, 하고 말했다.

"여자는 세상에서 가장 부드러운 생물이거든. 몸도 마음도. 힘으로 열려해서는 안 되는 거야. 사랑이란 마음을 담아 감싸주는 것이니까."

여자는 그렇게 말하고 큐를 일어서게 했다.

"자, 이 누나가 가르쳐줄게."

큐는 여자가 이끄는 대로 욕조 옆에 깔린 매트에 누웠다. 젊은 여자는 큐의 몸을 세심하게 씻겼다. 손이 큐의 페니스를 매만지기 시작하자 눈 깜짝할 사이에 부풀어 올랐다.

"어머, 와, 뭐야 이거? 이런 건 처음 봐."

여자는 한숨인지 신음인지 모를 소리를 냈다. 큐의 페니스는 점점 더 커져갔다. 아가씨는 얼굴을 붉히며 마른침을 삼켰다. 큐는 어떤 과정을 거쳐 하나로 결합했는지 알 수 없었다. 눈을 뜨자 배 위에 여자가 널브러져 있었다.

"마리."

사정을 할 때마다 큐는 마리를 불렀다. 태어나서 처음 해보는 섹스였다. 사정을 하고 또 해도 큐의 정력은 고갈될 줄 몰랐다. 아가씨는 끝도 없이 신음했다. 자위에서는 얻을 수 없었던 격렬한 쾌락이 온몸을 치달리고 큐의 머릿속은 새하얗게 변해갔다. 사랑이 없어도 교미가 가능하다는 것을 큐는 깨달았지만, 그와 함께 이 행위에는 소중한 무언가가 빠져 있다는 것도 알았다.

"손님, 아주 좋아. 자신감을 가지도록 해."

큐는 힘껏 여자를 끌어안았다. 머릿속이 새하얗게 변했다. 그 뿌연 안개

깊숙한 곳에 동그마니 앉아 있는 마리의 뒷모습이 보였다. 큐의 페니스는 끝없이 하얀 눈물을 흘렸다.

제1장 1-1

내 가슴에는 유년기의 모습이 너무도 선명하게 그립고도 아름다우면서 또한 잔혹하게 새겨져 있습니다. 인생의 반을 훌쩍 살아온 지금에 이르러 뒤를 돌아보면 그야말로 인생이란 회전목마 같다는 생각이 듭니다. 돌아도돌아도 경치는 변하지 않는데, 그렇지만 돌고 있을 때가 가장 즐거웠던 것 같은, 그 허망함, 그것이 인생 자체라고 해도 지나치지 않을 듯 싶습니다. 이렇게 청춘의 끝자락에 이르고 보니 좋은 일 나쁜 일 들이 모두 그립고 소중한 기억으로 남아 있다는 것을 깨달아 새삼 놀라니, 이것 또한 참 신비로운 경험입니다. 추억이 있어 좋았다는 생각을 하게 됩니다. 나를 고통스럽게 했던 그런 슬픈 일들도 파르테논 신전을 지탱하고 있는 배흘림기둥이라고나 할까요, 인생을 바닥 쪽에서 지탱해주는 기둥이 아닐까 합니다. 그 무엇 하나 인생에 쓸모없는 것은 없었습니다. 그 시절에는 분노하고 탄식하고 고뇌하고 좌절하는 일뿐이었지만, 왜일까요? 지금은 그 모든 것이 사랑스러운 추억으로 남아 생생하게 뇌 속의 초원에서 꽃을 피우고 있습니다.

반세기 이상이나 살다 보면 시선의 저 앞에 죽음의 모습이 또렷이 보입니다. 영구치를 뽑지 않으면 안 될 때에서 시작하여 잔주름이 늘고, 머리카락이 빠지고, 등뼈가 휘어지면 그제야 우리는 인생의 마지막을 볼 수 있습니다. 앞으로 몇 년이나 살 수 있을까 생각하면서 비로소 인간이란 존재는 생명의 의미를 배울 수 있습니다. 나는 매일처럼 이쪽에서 저편을 바라보고, 우안에서 좌안을 바라보며 나에게 주어진 인생의 의미를 생각하는 것입니다.

요 몇 년은 모든 종교에 관한 책을 읽었습니다. 그런데도 특정한 신을 만나지 못한 것은 나의 부덕 때문일 것입니다. 신앙을 갖지는 못했지만 이 세상을 늘 지켜보는 엄청난 존재가 있다는 것만은 알게 되었습니다. 그러므로 나는 죄스럽게도 기회 있을 때마다 모든 종교의 신전이나 불상이나 교회나 시설 앞에서 손을 모았습니다. 내 속에 사교라는 말은 존재하지 않습니다. 사념이라는 것도 없습니다. 사악이라는 것도 지금은 없다고 해도 좋습니다. 적이라는 것도 없습니다. 그러므로 증오심도 질투도 후회도 없습니다. 오로지 감사하는 마음뿐입니다. 이렇게 하여 생명을 누릴 수 있다는 사실에 대한 감사뿐입니다.

앞으로 얼마나 더 살 수 있을지 모르겠지만 떠날 각오는 되어 있습니다. 충분히 이 세상에서 삶을 누렸습니다. 지금은 하늘을 올려다보고 꽃들을 바라보고 바람의 움직임을 눈으로 좇으며 그때를 조용히 기다리고 있습니다. 황혼에 접어들어서 그런지는 모르겠지만 모든 것을 아무 저항 없이 받아들일 수 있게 되었습니다. 생각건대 이것이 나의 가장 위대한 초능력이라 할 것입니다. 소후에 큐로 살아왔다는 것을 이렇게 두꺼운 노트에 기록하면서도 사실은 무엇 하나 제대로 쓴 게 없음을 알고 있습니다. 말로는 표현할 수 없는 것들만 나는 경험했기 때문입니다. 그렇지만 그것이 산다는 것임을 이렇게 글을 쓰면서 자각하고 있는 것 또한 사실입니다.

코로 숨을 들이쉬고 입으로 숨을 내뱉듯이 하루를 보냅니다. 아침 점심 저녁 하루 세 끼를 먹습니다. 자기 전과 일어난 후에 물 한 잔을 마십니다. 술은 그만둔 지 오래되었습니다. 피로할 때는 달콤한 사탕 하나를 입에 넣는 정도입니다. 때로 제자들이나 내 인생을 지탱해주는 동료를 생각합니다. 그들을 항아리에서 집어내듯 추억할 수 있다는 기쁨, 이것이 삶의 의미입니다. 자, 이야기가 옆길로 새고 말았습니다. 오늘은 여기까지 할까 합니다. ('소후에 큐의 묵시록'에서)

2장
서쪽, 세상의 끝으로

1 아버지의 눈물

열아홉 살이 된 소후에 큐는 나카스의 세이류 다리에 서서 초봄의 햇살 아래 찬란히 빛나는 강을 내려다보고 있었다. 키는 180센티미터를 넘었고 엔도 다쿠미의 아들답게 듬직한 몸매에 짙은 수염, 가슴에도 울창하게 털이 난 것이 어디를 보나 건장한 거한이었다. 머리카락은 아직 푸석푸석하지만 이마는 넓었다. 미인 나나와 미남이 아닌 엔도 다쿠미의 제각기 개성적인 요소를 이어받아 매력적이라면 매력적이라고 할 수도 있겠지만 결코 잘생긴 얼굴은 아니었다.

강물에 반사되는 햇빛이 눈부셨다. 강은 흐른다. 늘 같은 강인 듯싶지만 같은 물이 아니다. 일상과 비슷하다. 열아홉의 큐도 어린 시절의 큐와는 달랐다. 인생은 강과 비슷하다고 생각하면서 큐는 다리 난간을 잡고 끊임없이 흐르는 강을 내려다보고 있었다. 중학생 시절 마리가 핸섬 보이에게 안겨 있던 모습을 이 자리에서 보았었다. 밤에 잠입한 직후의 일이었다. 바로 어제 일 같다.

마리를 마지막으로 본 것은 2년도 훨씬 전의 일이다. 젊은이들이 붐비는 불효자 거리에서였다. 그녀의 옆에는 남자가 있었지만 세이류 다리의 남자는 아니었다. 마리는 남자의 어깨에 볼을 대고 친밀이라는 말을 그대로 그림으로 바꾼 듯한 풍경을 연출하고 있었다. 마리와 한순간 눈이 마주쳤다. 그때 그녀는 의미심장한 웃음을 입가에 떠올렸다. 우호적인 분위기와는 너무도 거리가 먼 도발적이며 적개심마저 배어 있는 듯한 냉소였다. 뭐야, 큐 짱은 아직도 옛날과 다름없는 어린아이네, 라고 말하는 듯이 툭 내던지는 웃음이었다.

그로부터 얼마 후, 마리가 남자와 가출했다는 말을 전해 듣고 큐는 그 웃음이 마리 나름의 작별 인사라는 것을 깨달았다. 그로부터 오늘까지 마리가 어디서 어떻게 살아가는지 큐로서는 알 길이 없었다.

마리가 가출한 후 남은 그녀의 아버지 데라우치 아라타의 낙담은 보기에도 안쓰러울 정도였다. 창백한 얼굴로 문 앞에 쪼그리고 앉은 모습에서 규슈대학의 교수다운 위엄이라고는 찾아볼 수 없었다. 마치 집 나간 개를 하염없이 기다리며 애달파하는 노인처럼 처량해 보였다.

아들 소이치로는 너무 조숙하여 일찍이 죽음을 선택했고 아내 기요는 몇 년 전에 바쁘기만 한 남편을 남겨두고 해외 유학을 결행했다. 거기다 딸 마리의 가출. 예전에는 다카미야에서 가장 행복해 보이는 가정의 주인이었던 그가 낙담하는 모습이란, 마치 기울어가는 나라의 피폐한 백성을 바라보는 늙은 국왕 같아 마음이 아팠다.

"큐짱, 많이 컸구나."

아라타는 큐에게서 세상을 떠난 장남 소이치로와 가출한 딸의 냄새를 맡으려 하는 것 같았다. 큐는 오누이를 대신해서 일요일 오후에는 같이 진한 커피를 마시기도 하고 아라타의 애차를 씻어주거나 정원을 가득 덮은 낙엽을 쓸기도 했다. 냉기가 감도는 이 시기의 데라우치가와 그 주인의 외로움을 지켜본 사람은 큐뿐이었다.

큐는 고등학교를 졸업한 작년 가을 아라타에게 술을 한잔 대접받았다. 아직 술맛을 알 리 없지만 큐는 아버지의 모습을 아라타에게서 찾으며 즐거운 한때를 같이했다.

"합격 축하해. 큐짱이랑 같은 캠퍼스를 다니게 되었구나."

큐는 규슈대학 문학부에 입학했다. 그러나 당장이라도 대학을 그만두고 싶은 심정이었다. 긴지와 같이 사는 나나에게 경제적 부담을 주기 싫었다. 또한 그가 고등학교 재학 중에 혼자가 되어 외로워하는 할머니 미츠 곁에 있고 싶었다. 그렇지만 그런 것들은 대학을 그만둘 동기라기보다는 자신에 대한 변명 같은 것이었다. 실제로는 교육에 대한 절망이 가장 큰 이유였다. 후쿠오카 시립 도서관의 장서를 독파하여 일반적인 선생보다 더 많은 지식을 소유한 큐에게 지식만을 주입하는 현대의 교육은 아무런 매력이 없었다. 지식보다 경험이야말로 자신에게 가장 필요한 것이라는 생각에 대학을 뛰쳐나갈 궁리만 하고 있었다.

"소이치로가 살아 있었더라면 하는 생각이 간절해."

평소에 별로 말이 없는 데라우치 아라타가 외로움에 젖어 하소연하는 듯한 모습이 큐의 눈에는 너무도 애절해 보였다. 이 이웃의 대학교수는 깡패들이 엔도 다쿠미를 잡으려고 집 주변을 어슬렁거릴 때 의연히 맞서 큐의 가족을 보호해주었다.

"나도 아버지가 살아 있으면 얼마나 좋을까 생각해요."

데라우치 아라타는 젖은 눈길로 살짝 고개를 끄덕였다. 엔도 다쿠미가 세상을 떠난 후 큐에게 아버지를 대신해준 사람은 긴지가 아니라 아라타였다. 아라타가 고개를 숙이고 찬술을 마시자 큐도 따라서 글라스의 술을 비웠다. 머리가 빙글빙글 돌고 두개골과 뇌가 분리되는 듯한 기묘한 감각이 일었다.

고등학교 시절부터 큐는 가끔 데라우치 아라타에게서 책을 빌렸다. 그가 전공하는 자연계 분야의 책이 아니라 신비적인 내용을 담은 책이 많았다. 예를 들면 태곳적 거석 문명의 수수께끼를 추적하는 미스터리도 있었고 20세기 초엽에 남미의 정글에 떨어진 거대 운석의 조사 기록도 있었고 지구 외 생명체와 인류가 이 태양계에서 조우할 확률에 대한 연구서도 있었다. 물론 큐가 흥미를 느낄 것이라고 아라타가 골라서 건네준 책들이었다. 큐는 그런 세계에는 그리 깊이 빠져들지 않았다. 어딘지 모르게 큐의 마음을 끌어보려는 계산이 어느 정도 깔린 듯한 책 선정이었다. 아들을 잃은 남자가 아들과 같은 연배의 젊은이와 마주할 때의 소도구로서 준비해둔 책이기도 했다.

"한 군데 더 들르지."

아라타는 드물게 행복한 웃음을 띠며 말했다. 다카미야의 술집에서 덴신으로 자리를 옮겼다. 마치 장성한 아들을 대하듯 스스럼없이 큐를 데리고 2차를 하러 가는 것이었다.

이와다야의 바로 뒤편에 있는 먹자골목에 다섯 평도 안 되는 작은 술집이 있었다. 카운터에 삼십대 중반으로 보이는 여자가 있었다. 여자와 얼굴을 마주치는 순간 아라타는 눈을 찡긋했다. 아무리 둔감한 큐라도 두 사람의 관계가 평범하지 않다는 것 정도는 알 수 있었다. 얼마만큼 친밀한 관계인지는 모른다. 나나와 긴지처럼 벽장에 숨어서 은밀히 벌거숭이 씨름을 하는 사이는 아닌 것 같았다. 마음과 마음이 부딪치며 서로의 존재를 아리도록 느끼는, 그러기에 고통스럽게 애절한 관계라는 느낌이 들었다.

아버지가 아들에게만 말하는 남자끼리의 비밀을 아라타는 큐와 공유하고 싶었는지도 모른다. 큐는 해적 선장에게서 남자로 인정받은 듯한 묘한 흥분에 사로잡혔다.

"배 안 고파요?"

마담이 슬쩍 던지는 눈길을 자연스럽게 받아들이며 아라타는 '아직'이라고 간단히 대답했다. 여자는 그 한마디로 모든 것을 알아버린 듯 등을 돌리더니 준비를 시작했다. 먼저 맥주가 나오고 잠시 후 안주가 하나씩 나오기 시작했다. 오랜 세월 같이 살아온 아내만이 알 수 있는 아라타의 취향을 하나에서 열까지 다 안다는 듯한 당당하고 자연스러운 태도였다. 큐는 가슴을 두근거리며 두 사람의 행동을 살폈지만 그들은 눈을 마주치지도 말에 감정을 실어 보내지도 않았다. 그러면서도 시선은 늘 주저하며 상대의 손이나 어깨 쪽을 슬쩍슬쩍 더듬었다. 그 시선은 눈에 보이지 않는 어떤 고리로 끈끈하게 이어져 있었다.

"마담, 이 친구는 우리 이웃의 큐짱."

아, 하고 여자는 얼굴을 붉히더니, 소문은 많이 들었어요, 이렇게 만나게 되어 영광이에요, 하며 스스럼없이 말했다. 어떤 소문인데요, 큐가 놀란 표정으로 물었다. 그녀는 후후, 웃으며, 아주 대단하다는 소문이죠, 라고 말했다. 그녀의 이름은 이마니시 리에였지만 아라타는 그녀를 마담이라고 불렀고 리에는 아라타를 '선생님'이라고 했다.

"큐짱은 어린 시절부터 잘 아는 사이야."

자랑하듯 마치 아들을 소개하는 느낌으로 웃으며 말한 다음, 아라타는 큐에 대한 추억을 이야기하기 시작했다. 큐가 새카맣게 잊고 있던 어린 시절의 에피소드가 고스란히 이웃집 아저씨의 기억에 간직되어 있었다. 큐는 그 말 속에서 푸근한 부성과 함께 이웃집 어른의 온정을 느끼고 그만 울음을 터뜨릴 뻔했다.

늦게까지 두 사람은 술을 마셨다. 돌아오는 길에 큐는 너무 취해버린 아라타를 업었다. 택시를 잡을 때까지 마담이 옆에 있어주었다.

"선생님은 가족이 그리운 거야."

마담이 던진 그 말이 큐의 가슴에 오래오래 머물렀다.

대학을 그만두기로 결심했을 때 큐는 맨 먼저 아라타에게 그 사실을 전했다. 아라타는 아주 중요한 문제라면서 큐를 '해적관'—가게의 정식 명칭은 '창(窓)'이지만 큐와 아라타는 둘만의 암호로 이렇게 불렀다—으로 불러 말렸다.

아라타는 아버지처럼 신랄한 어조로 생각을 바꾸라고 거듭 설득했다. 이마니시 리에는 어머니 같은 표정으로 남자라면 그 정도 박력은 있어야 한다고 웃으면서 두 사람의 대화를 듣고 있었다.

"많이 기다렸지."

뒤를 돌아보니 세이류 다리에 젊은 여자가 서 있었다. 곡선미가 또렷이 드러나는 화려한 원피스 차림에 활달한 분위기를 풍기는 여자였다. 큐가 처음으로 동정을 바친 기쿠마루였다. 중학생 시절부터 몇 번이나 욕망과 고독을 달래기 위해 나카스로 가서 기쿠마루와 관계를 맺었었다. 그러나 기쿠마루는 2년 전에 그 일을 그만두었다.

큐와 기쿠마루는 영화관으로 가서 할리우드 영화를 보았다. 큐는 기쿠마루를 위해 팝콘과 콜라를 샀다. 영화는 조잡한 할리우드 대작이었는데 기쿠마루는 몸을 비틀며 호쾌하게 웃고 즐겼다.

기쿠마루는 연인을 가져보지 못한 큐를 외부 세계로 이끌어주는 유일한 여자친구이기도 했다. 주변에 앉은 사람은 별로 없었다. 여자의 자극적인 향수 냄새를 맡으면서 큐는 기쿠마루의 나체를 떠올렸다. 큐보다 다섯 살

연상인 기쿠마루에게는 나카스에서 깡패 짓을 하는 남편이 있었지만 지금은 이혼 절차를 밟는 중이었다.

"정말 재미있었어."

두 사람은 영화관을 나와 덴신의 카페에 들어갔다. 큐가 응, 재미있었어, 하고 마지못해 맞장구를 쳤다. 기쿠마루는 재미있는 장면이 떠올랐는지 마구 웃었다. 기쿠마루는 안마시술소에서만 사용하는 예명이다. 큐는 여자의 본명과 주소, 전화번호도 몰랐다. 늘 기쿠마루가 전화를 걸었다. 나나가 수상쩍은 눈빛으로 누구냐고 물었지만 큐는 누구면 어때, 하고 내뱉듯이 대답했다. 일부러 걱정하게 만들고 싶은 것과 상대의 정체를 알면 슬퍼할 것이라는 상반되는 생각 속에서 갈등하며……

"그 이후에도 가게에 놀러 갔니?"

기쿠마루의 물음에 큐는 고개를 저었다.

"그럼, 그건 잘 있어?"

여자는 큐의 하반신으로 시선을 옮기며 웃었다. 기쿠마루와는 가게 밖에서 안은 적이 없었다. 가끔 데이트를 했지만 밖에서는 손도 잡지 않았다.

"어떻긴 그냥 그렇지."

"하고 싶어서 안달하지 않아?"

"매일 밤 괴로워. 그렇지만 이젠 거긴 안 가."

"왜?"

기쿠마루가 집요하게 물었다.

"네가 없으니까."

기쿠마루가 미소 지었다. 그렇지만 진짜 이유는 달리 있다. 마리를 배신하는 듯한 기분이 들어 견디기 힘들었다. 기쿠마루에게 사정을 할 때 큐는 마리와 기쿠마루 두 사람을 향해 머리를 숙였다.

기쿠마루가 얼굴을 들여다보며 혹시 좋아하는 사람이 생긴 건 아니냐고 물었다. 없어, 큐는 얼굴을 붉히며 대답했다. 흥, 기쿠마루는 얼굴을 찡그리며 미심쩍다는 표정을 지었다.

"큐짱이 원한다면 아무 데도 좋아."

기쿠마루의 도발적인 눈에 큐는 저도 모르게 목을 움츠렸다.

"아냐."

큐가 한참이나 고민하다 거절하자 기쿠마루는 다시 호쾌하게 웃었다. 기쿠마루의 빨간 입술이 흔들렸다. 건강한 하얀 이와 부드러운 혀가 보였다. 생생한 여자의 육체를 상상하고 큐의 페니스는 서서히 딱딱해지기 시작했다.

대학에 자퇴서를 낸 다음 큐는 데라우치 아라타의 부름을 받고 '해적관'으로 갔다.

이마니시 리에가, 신중하게 생각해서 한 일이겠지, 규슈대학을 차버리다니 정말 아까워, 하고 말했다. 어머니가 자식에게 하는 말투였다. 평소라면 몸을 앞으로 내밀고 열정적으로 설득할 아라타였지만 모든 것을 리에에게 맡겨둔 채 끼어들지 않았다. 게다가 평소와는 달리 표정이 굳어 있었다. 그 침묵이 큐의 마음에 걸렸다.

"큐짱, 대학을 그만두고 뭘 하려고?"

리에가 물었다. 아라타는 묵묵히 술잔만 기울였다.

"아직 생각한 건 없어요."

리에는 탄식을 내뱉고 아깝다는 말만 반복했다.

"그렇지만 대학에서만 배울 수 있는 건 아니니까요. 세상을 다녀볼 생각이에요. 더 넓고 큰 세계를 걸어 다니며 몸과 마음으로 배워보고 싶어요. 책으로만 배우는 건 이제 아무래도 좋아요. 그건 지금까지 혼자서 조금씩 해온걸요."

마음속에는 늘 소이치로가 있었다. 영계로 떠난 어린 시절 큐의 형. 지금은 어느 곳을 떠돌고 있을까. 그가 영계로 여행을 떠났을 때 그 안개에 싸인 듯한 마음을 이제 조금이나마 이해할 수 있을 것 같았다. 이 현실 세계의 거짓을 마음껏 찢어발기고 싶었을 그 마음을.

"여행은 대학을 졸업한 후에도 늦지 않잖아? 규슈대학은 아무나 갈 수 있는 곳이 아니지. 대학을 졸업해두면 앞으로 취직하는 데도 도움이 되지 않을까? 그리 서둘 필요는 없지. 이 세상이 갑자기 사라지는 것도 아니니까."

타당한 견해였지만 큐는 받아들일 수 없었다. 소이치로가 아무 미련 없이 이 세상을 버렸을 때 큐도 그런 생각을 했었다. 그렇게 급히 서둘 필요가 어디 있느냐고. 그렇지만 열아홉 살까지 산 큐는 그때 소이치로가 서두르지 않을 수 없었던 마음을 조금이나마 이해할 수 있었다. 시간이 없어, 세계는 너를 기다려주지 않아, 지금 당장 출발해야 해, 마음속에서 누군가가 명령을 내리는 것 같았다.

"아주머니, 그렇게 걱정해주시는 건 고맙지만 벌써 마음에 결론을 내렸어요."

큐는 더는 말하지 않았다. 아라타는 한 잔 더, 하고 글라스를 마담에게 내밀었다. 리에는 억지로 자기주장을 펴지는 않았다. 살짝 미소를 짓더니 큐에게서 등을 돌렸다. 달가락달가락 얼음 소리가 났다.

"큐짱."

큐는 아라타를 돌아보았다. 아라타는 정면을 바라보고 있었다.

"자네 스스로 정한 일이야. 난 더는 반대하지 않을게. 그것도 하나의 길이니까."

리에가 잡고 있는 아이스픽의 끝이 빛을 반사했다.

"소이치로를 잃은 이후로 큐짱을 내 아들처럼 생각했고 이제 같은 캠퍼스를 다닌다는 생각을 하며 가슴 두근거리고 있었지. 그렇지만 이런 학력주의가 판을 치는 세상에 자네처럼 반항할 수 있는 젊은 존재가 정말 소중하지 않을까 싶어. 소이치로가 살아 있었더라면, 그런 아이였으니 아마 큐짱이랑 같은 길을 걸었을지도 몰라."

아라타의 눈이 붉게 물들었다. 리에가 고개를 끄덕이며 술을 따른 글라스를 내밀었다. 아라타는 글라스를 기울이며 눈물을 삼키는 듯 신음했다.

"마리가 얼마 전에 돌아왔어."

갑자기 화제를 바꾸는 바람에 큐는 아라타가 대체 무슨 말을 하는지 알아들을 수 없었다.

"마리짱?"

"그래, 돌아왔어."

돌아왔다는 말이 오래오래 귓가에 맴돌았다. 방으로 침입한 그날 밤 마리의 비명이 귀에 쟁쟁했다.

"그렇지만 혼자가 아냐. 둘이서 왔지."

"둘이서?"

아라타는 다시 한 번 글라스의 술을 들이켠 후, 길게 숨을 내뱉었다. 리에는 아라타가 끌어안고 있는 가정 문제의 심각함을 아는지 입을 다문 채 안으로 이동하여 조용히 술과 안주를 준비했다.

"왜 그 애는……."

아라타는 거기서 입을 다물었다. 혼자가 아니라는 말의 울림이 큐의 가슴을 초조하게 했다. 큐는 마음을 가라앉히기 위해 글라스의 술을 단숨에 들이켰다. 숨을 멈추고 몇 초를 기다렸다. 취기가 온몸으로 퍼져가는 것이 느껴졌다.

"두 사람이라면, 그 상대는?"

아라타가 눈을 감고, 남자, 라고 대답했다.

"정체 모를 청년이야. 갑자기 나타난 데다 남자까지 데리고 와서 도무지 뭐가 뭔지 알 수가 있어야지. 학문만으로는 세상을 움직일 수 없는 모양이야."

아라타의 표정이 굳어 있던 또 하나의 이유가 드러났다. 큐는 어쩔 줄을 몰랐다. 어떤 표정으로 이 자리를 견뎌내야 할지를 몰라 멍하니 앞만 바라보고 있었다.

"돌아왔어."

아라타는 다시 한 번 말했다.

"다행이에요."

큐는 겨우 그렇게 대답했지만 아라타와 리에는 묵묵부답이었다.

큐가 마리를 본 것은 그로부터 일주일 후였다. 마리의 옆에는 처음 보는 남자가 붙어 있었다. 두 사람은 다카미야 역 앞에서 손을 잡고 걸어가고 있었다. 남자의 차림새와 몸짓에서 어딘지 모르게 세련된 도회적인 분위기가 감도는 것을 보고 큐는 직감적으로 그가 도쿄 사람이라는 것을 알았다. 그냥 겉만 세련된 여태까지의 핸섬 보이들과는 달리 어른스러운 분위기와 지적인 상냥함을 함께 갖춘, 자신과는 비교가 안 될 정도로 멋진 청년이었다.

큐는 밤을 뒤척였다. 정원으로 나와 데라우치가의 2층을 올려다보니 소이치로의 방에 불이 켜져 있었다. 두 사람은 거기서 밤의 한때를 보내고 있다. 큐는 격렬한 분노에 휩싸였다. 신성한 소이치로의 방에 남을 불러들이다니.

"마리짱!"

큐는 마음속으로 외쳤다. 커튼이 흔들리고 누군가가 얼굴을 내밀었다. 큐는 황망히 쭈그리고 앉아 눈을 크게 떴다. 마리였다. 큐가 부르려고 일어서는데 그 곁에서 남자가 얼굴을 내밀었다. 두 사람은 밤하늘을 올려다 봤다. 남자의 팔이 마리의 어깨 위에 올라간다. 큐는 저도 모르게 큰 소리를 지르고 말았다. 스스로도 놀랄 만큼 큰 소리를. 두 사람이 놀라서 아래를 내려다보았지만 큐는 벌써 집의 뒤편으로 뛰어든 다음이었다.

2 고양이 인형

어느 날 아침 큐는 이상한 체험을 했다.

어렴풋한 의식 속에서 자명종 시계가 울리는 소리를 들었다. 꿈이라고 생각하며 뿌연 의식으로 책상 위의 자명종 시계를 바라보았다. 눌러야 한다고 생각했지만 몸이 무거워서 움직일 수 없었다.

제멋대로 퇴학한 데다 집에서 뒹굴기만 하고 있는 큐였다. 매일 정오가 다 되도록 자고 있는 아들에게 긴장감을 주려고 나나가 일부러 시계를 만 져놓은 것이다.

오래된 자명종 시계라서 그런지 소리가 엄청 시끄러웠다. 게다가 책상까 지 같이 떨려서 소리가 몇 배는 더 세차게 울리는 것 같았다. 손을 뻗은들 닿을 거리가 아니었다. 큐는 눈의 중심에 힘을 넣고 시계를 노려보았다. 마 리와 도쿄 남자가 소이치로의 방 창가에 나란히 서 있는 모습이 떠올랐다.

"시끄러!"

큐가 큰 소리로 외치는 순간 자명종 시계가 책상 위에서 떨어져 바닥에 부딪치더니 산산조각이 나버렸다.

잠을 자건 눈을 뜨건 맥없이 늘어져 오로지 마리만을 생각하며 괴로워하 고 있었다. 같은 지붕 아래에서 마리가 젊은 남자와 같이 지낸다는 것이 큐 에게는 너무도 충격이었고 게다가 마리의 부모도 살고 있다. 아라타가 그 런 상태를 허락했다는 것은 다시 말해 두 사람이 언젠가는 결혼을 할 거라 는……

기쿠마루의 전화를 받고 큐는 덴신으로 나갔다. 떨떠름한 표정을 한 큐 에게 기쿠마루가 무슨 일이냐고 물었다. 누구에게도 말하지 못하고 고뇌하 던 큐는 마음속에 앙금처럼 깔린 고민을 모두 기쿠마루에게 토로했다.

"아이 귀여워."

이야기를 다 듣고 기쿠마루는 웃었다. 뭐가 이상해? 큐가 안달을 하며 물 었다. 이와다야 백화점의 커피 라운지에서 프루츠파르페를 먹으면서 기쿠 마루는, 큐짱은 정말 순수해, 하고 말했다.

"정말 좋아, 큐짱이 아직 어려서."

"무슨 말을 하는 거야, 기쿠마루도 아직 젊으면서."

기쿠마루는 사람 바보 취급하지 마, 라며 큐의 어깨를 쳤다. 기쿠마루의 웃음 띤 얼굴이 점점 굳어지더니 자기, 하고 입을 오므리며 갑자기 진지한 표정을 짓는 것이었다. 얼굴을 뚫어져라 바라보는 바람에 큐는 저도 모르게 턱을 안으로 끌어당겼다.

"큐짱, 나랑 마리라는 그 애랑 누가 더 좋아?"

"누구라니. 그거야 마리가 더 좋지."

기쿠마루는 얼굴을 찡그리며, 뭐야! 하고 버럭 화를 냈다.

"그건 비교할 수 없어. 마리짱은 어린 시절부터 아는 사이고 기쿠마루는 누나 같은 사람이니까."

"쳇, 누나라니. 사람 맥 빠지게."

기쿠마루는 다시 웃는 얼굴로 돌아와 프루츠파르페를 입안 가득 퍼 넣었다. 기쿠마루에게 큐를 어떻게 생각하는지 물어본 적이 없었다. 기쿠마루의 잦은 전화를 더는 거절하지 못하고 몇 번이나 육체관계를 맺고 말았지만 사랑이라는 말을 입에 담은 적은 없었다. 큐는 기쿠마루에게 연정을 품은 적이 없었고 기쿠마루가 자신을 어린아이로만 취급한다고 여겼다.

"만일 내가 큐짱을 좋아한다면 어떡할래?"

기쿠마루가 지그시 얼굴을 들여다보았다. 더는 웃지 않았다. 놀리는 걸까, 큐는 생각했다. 지금까지 기쿠마루는 이런 이야기를 단 한 번도 입에 담지 않았고 그런 눈치를 보인 적도 없었다.

"사람 놀리지 마."

기쿠마루는 너무해, 라며 입을 비죽 내밀었다.

"큐짱은 여자 마음을 몰라?"

"여태 이런 이야기는 한 번도 한 적이 없잖아."

기쿠마루의 입술이 앞으로 툭 튀어나온다. 눈초리가 치켜 올라갔다.

"기회가 없었을 뿐이야. 알잖아, 난 지금 이혼소송 중이거든. 다행히 이혼이 성립하면 고백할 생각이었어."

큐는 입안에 고인 침을 꿀꺽 삼켰다.

"나 말이야, 믿어줄지 모르겠지만 가게 밖에서 손님을 만난 건 큐가 처음이야. 내가 왜 큐를 자꾸 불러낸다고 생각해?"

글쎄, 큐는 고개를 갸웃했다. 기쿠마루는 한숨을 내쉬었다.

"큐짱이 마리짱에게 품는 생각을 나도 큐짱에게 품고 있단 말이야."

생각지도 않은 방향으로 이야기가 벗어나서 큐는 입을 다물 수밖에 없었다. 기쿠마루는 겔겔겔 웃더니, 이거, 농담이야, 하고 말했다.

두 사람은 카페를 나선 후 영화관으로 가서 기쿠마루가 너무 좋아하는 할리우드 영화를 보았다. 보는 동안 기쿠마루는 큐의 손을 잡고 놓으려 하지 않았다. 큐는 슬쩍 기쿠마루의 얼굴을 엿보았다. 스크린에 반사된 빛을 받아 스물네 살 기쿠마루의 얼굴이 빨갛고 파랗고 하얗게 변해가는 것이 참 아름답다고 생각했다.

중간에 스크린 속의 남녀가 하나로 얽히는 장면이 있었다. 기쿠마루의 손이 큐의 사타구니를 더듬었다. 놀라서 큐는 기쿠마루의 얼굴을 보았지만 여자는 등을 곧추세운 채 태연한 표정으로 영화를 보고 있었다. 어떤 자극이 큐의 뇌를 뒤흔들었다. 기쿠마루의 가늘고 하얀 손이 거침없이 사타구니를 주무른다. 큐는 영화를 볼 정신이 아니었다. 눈을 감고 자극을 참으려 애썼다.

영화관을 나서자마자 큐는 기쿠마루가 이끄는 대로 나카스의 러브호텔로 갔다. 벌써 해는 져 길가에는 포장마차가 몇 대 불을 밝히고 사람들이 길을 가득 메우고 있었다. 기쿠마루는 더는 웃지 않았다. 영화관을 나선 다음 러브호텔 방으로 들어가기까지 기쿠마루는 줄곧 말이 없었다.

그곳은 몇 번이나 이용한 적이 있는 호텔인데 강 쪽으로 조그만 창이 나 있어서 강 건너편 네온사인이 수면에 비치는 풍경을 볼 수 있었다. 불도 켜지 않고 바깥에서 비쳐드는 불빛 속에서 두 사람은 포옹했다. 방의 벽이 오렌지색 핑크색으로 변화하는 가운데 두 사람의 그림자가 흔들렸다.

침대에 쓰러진 후에도 큐는 저항했다. 마리가 돌아왔다. 말도 없고 웃음도 사라진 얼굴로. 기쿠마루는 억지로 큐의 옷을 벗기고는 드러난 맨살을 애무하기 시작했다. 그리고 이불 속으로 파고들어 아직은 축 늘어져 있는 큐의 페니스를 입으로 훑았다. 큐는 거세게 저항하지는 않았다. 큐의 페니스가 발기하는 것을 확인하자마자 기쿠마루는 위에 올라탔다. 격렬한 자극이 큐의 후두부를 뒤흔든다. 기쿠마루는 거침없이 고함을 질러댔다.

큐는 최후의 한 방울까지 쥐어짠 후 큰 대자로 누웠다. 기쿠마루의 얼굴이 큐의 가슴 위에 있었다. 어떻게 하면 좋을지 모른 채 큐의 팔은 침대 위에 축 늘어져 있었다. 큐의 젖꼭지 위에서 옆구리 아래쪽으로 땀방울 같은 것이 떨어졌다. 그 물방울은 용천수처럼 멈출 줄을 몰랐다. 의아한 생각이 들어 큐는 기쿠마루의 얼굴을 들여다보았다.

"왜 그래?"

기쿠마루는 얼굴을 감추었다. 코를 훌쩍이는 소리가 들렸다.

활짝 갠 하늘 아래 소후에 큐는 혼자 걷고 있었다. 자신의 인생에 대해 생각하며 정처 없이…….

니시다카미야 초등학교의 교정에서 아이들이 피구를 하며 놀고 있었다. 옛날에 같이 뛰어놀던 마리와 소이치로의 모습이 떠올랐다. 아이들의 웃음소리가 발랄하게 튀어 오르고 있다. 기억이 흔들린다. 그 시절, 무엇과도 바꿀 수 없는 행복한 시간. 그러나 아무리 애원해도 돌아갈 수 없다.

큐는 나무 울타리를 건너 교정 안으로 뛰어내렸다. 굴러오는 공을 주워 달려오는 아이에게 던져주었다. 고맙습니다, 라고 아이는 밝게 외쳤다.

교사를 둘러보니 왼편 구석에 십 년 전쯤에 소이치로가 목을 매단 장소가 보였다. 큐는 그 사건 이후로 그곳에 다가가지 않았다.

지금도 그때의 광경이 뇌리에 또렷이 새겨져 있다. 큐는 마음을 굳게 먹고 교정을 가로질러 체육관 옆 돌계단을 올랐다. 그날 소이치로는 도롱이벌레처럼 공중에 매달려 있었다. 햇빛이 등나무 잎 사이를 뚫고 체육관 옆 쉼터에 줄무늬를 그려내고 있었다. 불어오는 봄바람에 큐는 눈을 가늘게 떴다. 큐는 손을 모아 조용히 기도했다.

소이치로의 묘는 초등학교에서 걸어서 십 분 정도의 거리에 있는 히라오 공원묘지에 있었다. 꽃집에서 국화꽃을 몇 송이 사서 묘지로 갔더니 선객이 와 있었다. 마리와 도쿄에서 온 청년이었다. 그냥 돌아가야 할지 말을 걸어야 할지 망설이는데 인기척을 느낀 마리가 뒤를 돌아보고, 아, 큐, 하고 말했다.

도쿄 남자가 자신보다 연상이라는 건 한눈에 알 수 있었다. 유행하는 리젠트 헤어스타일이 아니라 화를 내기 직전의 고슴도치처럼 머리칼이 바늘처럼 사방으로 튀어나와 있었다. 혹시 이것이 영국을 중심으로 유행하는 펑크 패션인지도 모른다고 큐는 생각했다. 잡지에서 본 적 있는 단추 같은 매듭이 많이 달린 극단적인 스타일이 아니라 세련이라는 말이 잘 어울리는 스마트한 마무리였다.

청년을 의식하며 마리를 바라보았다. 마리도 한층 아름답게 성장하여 자신과는 비교할 수 없을 만큼 밝은 아우라가 두 젊은 남녀를 감쌌다. 청년이 제임스 딘이라면 마리는 나탈리 우드였다. 그리고 자신은 플라토. 얼간이 짓은 혼자서 다하는 불량 그룹의 골칫덩어리인 그 청년.

마리는 미소 지었지만 큐의 얼굴은 뻣뻣하게 굳어 있었다.

"큐짱, 잘 지내?"

큐는 눈만 깜빡일 뿐이었다.

"옛날 생각이 절로 나. 정말 건장한 사나이가 된 것 같아."

큐는 옆에 있는 도쿄 남자를 보았다. 남자는 미소 지으며 안녕하세요, 하고 가볍게 인사를 했다. 이 사람 야마베 씨, 마리가 행복한 웃음을 띠며 소개했다.

"야마벱니다."

"이웃집에 사는 어릴 적 친구 소후에 큐짱. 지난번에 말했잖아. 어릴 때 오빠랑 큐랑 셋이서 자주 놀았다고."

큐를 도쿄 남자에게 소개하는 마리가 마치 신혼의 황홀한 시간을 보내고 있는 젊은 색시처럼 보였다. 그리고 그 세련된 표준어를 들으며 큐는 자신과 마리 사이에 흐르는 보이지 않는 강을 느꼈다. 끊임없이 흐르는 대하, 넘쳐나는 물을 바다로 옮기는 한 줄기 거대한 흐름을……

이런 때 어떤 말로 대응하면 좋을지 큐는 알 수 없었다. 입을 다물고 있자 야마베라는 도쿄 남자가 웃으면서 소문은 많이 들었다고 했다.

소문? 많이 들어? 황망히 마리의 얼굴을 보았더니, 웃고 있었다. 밤에 잠입한 일을 남자에게 말했던 것일까. 갑자기 얼굴이 붉어졌다. 그날 밤 마리의 자는 얼굴을 떠올리고 큐는 더욱 뻣뻣해지고 말았다.

"이런 데서 만나다니, 마치 오빠가 이끌어준 것 같아."

큐는 양철 지붕 위를 기어 창틀을 넘고 방으로 들어서서, 옷을 벗고 벌거 숭이가 된 채 마리의 자는 얼굴을 내려다보았을 때의 흥분을 떠올리며 몸을 부르르 떨었다.

"왜 그러니, 큐짱?"

눈앞에 마리의 얼굴이 있었다. 저도 모르게 입이 움직였다.

"난 마리가 좋아. 정말정말 좋아해. 어린 시절부터 마리짱을 아내로 맞이하기로 마음먹었어. 그렇지만 헛된 꿈이 되고 말았어. 저 사람이랑 살 거지? 마리짱, 마리…… 행복해야 해."

흰 국화꽃이 허공으로 떠올랐다. 멍하니 입을 벌리고 있는 마리를 남겨두고 큐는 달려가 버렸다. 한적한 공원묘지를 가로질러 울며 큐는 달렸다. 큐는 슬펐다. 왜 이 세상은 생각대로 되어주지 않는지…….

다음 날 급한 용건이 있다는 기쿠마루의 전화를 받고 나카스로 나간 큐를 한 낯선 남자가 맞이했다. 이마가 넓고 눈이 푹 꺼졌으며 몸집은 작지만 묘하게 박력 있어 보였다. 한눈에 그녀와 이혼소송을 벌이고 있는 깡패라는 사실을 알 수 있었다. 기쿠마루의 얼굴은 두들겨 맞았는지 푸르뎅뎅하게 부어올라 있었다.

"미안해 큐짱, 이렇게 되고 말았어."

기쿠마루는 남자의 등 뒤에 숨어 사과했다. 어떻게 해야 좋을지 몰라 멍하니 있는데 남자가 갑자기 큐의 배를 걷어찼다.

격렬한 통증을 느끼며 큐는 바닥에 쓰러졌다. 남자는 그런 큐의 목덜미를 잡고 질질 끌었다.

뒷골목으로 들어서자 다시 몇 번 큐를 때렸다. 남자는 말리는 기쿠마루까지 때렸다.

"너, 이년이 내 여자라는 거 알면서도 했지?"

남자는 큐를 내려다보며 으름장을 놨다. 침이 얼굴에 튀었다. 험악한 표정이었다. 큐는 얌전하게 죄송하다고 사죄할 수밖에 없었다. 기쿠마루가 이혼소송 중이기는 하지만 남편이 있는 여자라는 사실을 알고 있었다.

남자는 싫다는 큐를 억지로 가까운 빌딩 안으로 끌고 들어갔다. 간판에는 오세회라고 적혀 있었다. 조직 사무실에는 젊은 남자들이 있었다. 그들에게는 참으로 지겨운 오후의 심심풀이 땅콩쯤 되는 장난감이 굴러들어 온 셈이었다.

기쿠마루의 남편은 의자에 묶인 큐를 사정없이 두들겨 팼다.

"남의 마누라를 함부로 건드리면 어떻게 되는지도 몰라? 잘 들어, 내일까지 백만 엔 가지고 와. 백만 엔, 좀 적긴 하네. 그럼 한 번에 백만 엔으로 할까."

"말도 안 되는 소리 하지 마. 이건 내 책임이야. 이 사람하고는 아무 관계 없어."

기쿠마루가 항의하자 남자는 그냥 걷어차 버렸다. 기쿠마루는 바닥에 굴렀다. 남자는 기쿠마루의 얼굴을 들여다보고 이 창녀, 하고 소리쳤다. 젊은 깡패들이 좀 떨어진 곳에서 엷은 웃음을 띠고 구경했다. 개중에는 환성을 지르는 놈도 있었다.

기쿠마루의 남편은 흥분해 있었다. 이대로 가다가는 기쿠마루가 죽을지도 모른다. 큐는 도와주려 했지만 묶여서 꼼짝도 할 수 없었다. 철썩, 철썩, 뺨을 치는 소리가 울렸다. 그때마다 기쿠마루는 비명을 질렀다.

"돈 안 되는 놈하고는 자지 말라고 했지!"

남자가 기쿠마루의 목덜미를 잡고 주먹을 높이 치켜드는 순간 큐의 전두엽에 뜨거운 기운이 솟구쳤다. 문 옆에 놓인 도자기로 된 고양이가 날아올라 남자의 머리에 부딪치더니 박살이 났다. 기쿠마루의 비명이 터졌다. 남자는 피를 흘리며 바닥에 쓰러졌다.

"뭐야, 왜 이래?"

거의 동시에 문이 열리면서 오세회 두목으로 보이는 인물이 들어왔다.

"큐짱!"

목소리가 들렸다. 큐는 몽롱한 의식 속에서 얼굴을 들었다. 두목으로 보이는 남자의 곁에 긴지가 서 있었다.

눈을 뜨자 큐는 오세회 두목의 방 소파에 누워 있었다. 무슨 일이 일어났는지 알 수 없었다. 도자기 고양이가 기쿠마루의 남편 머리를 치는 순간 이후로는 기억이 없었다.

"아, 정신이 들었구나."

긴지가 내려다보고 있었다. 아무래도 위기에서 벗어난 것 같았다. 왜 여기 있느냐고 큐가 물었다. 긴지는 젊은 시절에 신세를 진 적이 있는 조직인데, 여기 대장이 놀러 오라고 해서 와보니 큐짱이 묶여 있어서 깜짝 놀랐다고 웃으면서 답했다.

두목이 큐의 얼굴을 들여다보며 말했다.

"옛날에 엔도 씨가 내 목숨을 구해준 적이 있지. 은인이라고 할까. 그 은인의 아들에게 이런 실례를 범하다니. 어이, 사죄하지 못할까! 꿇어앉아서 용서를 빌어, 짜식아!"

마지막은 화난 목소리였다. 입구에서 기쿠마루와 그 남편이 꿇어 앉아 있었다. 남자는 머리에 붕대를 감고 있었다. 큐와 눈이 마주치자, 아무것도 모르고 정말 죄송합니다, 금방이라도 울음을 터뜨릴 것 같은 목소리로 사과했다. 옆으로 시선을 돌리고 있는 기쿠마루의 얼굴은 퉁퉁 부어 눈동자가 보이지 않을 정도였다.

3 방생회

마리가 도쿄에서 데리고 온 야마베라는 남자는 아직도 마리의 방에 머물고 있었다. 남편과 이혼이 성립한 기쿠마루에게서는 매일처럼 전화가 왔다. 기쿠마루와의 일을 오세회 두목에게서 전해 들은 긴지가 나나에게 일러바치는 바람에 나나는 큐를 볼 때마다 생활 태도가 좋지 않다고 잔소리를 하고 나무랐다. 모든 게 귀찮고 짜증스러워 여름 동안 큐는 집을 나가서 아르바이트를 했다.

시카 섬의 바닷가 집에서 해수욕을 온 손님들을 상대로 일을 하며 큐는 마리만 생각했다. 마리에 대한 마음이 더는 견딜 수 없을 만큼 강해졌을 때 집으로 돌아왔다. 돌아와서도 집에 가만히 있을 수 없었다.

괴로운 마음으로 전봇대 뒤에 숨어서 불이 켜진 마리의 방을 올려다보았다. 때로 창가에서 저녁 바람을 쐬고 있는 도쿄 남자와 눈이 마주쳤다. 노려보는 것도 미소를 주고받는 것도 아니었다. 두 사람은 조용히 서로를 바라보다가 어느 쪽이 먼저랄 것도 없이 시선을 돌려버리는 것이었다.

가을이 되자 소후에와 데라우치, 두 집의 정원에는 꽃들이 흐드러지게 피어 서로 아름다움을 다투었다. 마리의 어머니 기요가 정원에서 식물들을 손질하고 있었다. 전봇대 옆에 서 있는 큐를 알아보고, 큐짱, 왜 그러고 서 있니?하고 말을 걸었다.

"아줌마, 마리짱은요?"

"마리는 외출했지."

"어디로요?"

"오늘 방생회가 있잖니."

하코자키궁에서는 매년 방생회를 연다. 어린 시절 조부모를 따라 그때마다 가던 곳이었다. 길 양쪽에 1킬로미터나 늘어선 노점상이 어린 큐에게는 너무나 매력적이었다. 떼를 써서 과자나 장난감을 가지는 것이 너무 즐거웠다.

"누구랑?"

"아, 친구하고."

그 남자가 분명하다. 큐는 간발의 틈도 없이 마리짱의 약혼자 말인가요?하고 물었다. 말을 하면서 자신의 목소리가 떨린다는 것을 알았다. 기요는 허리를 펴고 천천히 일어나, 조금 불쾌한 듯한 표정으로 말했다.

"약혼자가 아냐."

"그렇지만 몇 달이나 같은 집에 사는데."

기요는 다시 쭈그리고 앉더니 다른 방이 없으니까 잠시 마리의 방을 빌려 쓰는 거야, 하고 말했다. 더 묻지 말라는 강한 거부의 몸짓이었다. 그러나 그것은 큐에게 희망의 빛이기도 했다.

큐는 하코자키궁으로 가기 위해 옷을 갈아입었다. 어디 가느냐고 집에 빈둥거리고 있던 긴지가 물었다. 어딜 가든, 큐는 가볍게 되받았다. 마리와 도쿄 남자가 각방을 쓰고 있다면 희망이 있다고 생각했다.

집을 뛰쳐나와 언덕길을 달려 올라가자 정면에 낯익은 얼굴이 보였다. 기쿠마루라고 확인했을 때는 벌써 늦고 말았다. 그녀는 큐의 앞을 가로막더니 팔짱을 꼈다.

"왜 연락 안 해? 겨우 이혼도 했고 두목이 허락해줬으니까 이제는 당당하게 만날 수 있단 말이야."

"미안, 급한 용건이 있어서 내가 연락할게."

기쿠마루의 팔에 힘이 들어갔다.

"어디 가는데?"

"방생회."

말을 하고는 아차, 후회했지만 때는 늦고 말았다. 기쿠마루의 얼굴이 환해지더니, 나도 갈래, 외치는 것이었다. 큐는 기쿠마루의 팔을 힘껏 뿌리치려 했지만 그녀는 주위의 시선은 아랑곳하지 않고 무작정 큐에게 매달리며 소리쳤다.

"나를 내버려두고 가면 이대로 현해탄에 몸을 던지고 말 거야."

지나가던 사람들이 뒤를 돌아보며 쿳쿳 웃는 바람에 큐는 단념하지 않을 수 없었다.

버스 정류장에서 기다리는 동안에도 하코자키궁으로 향하는 버스에서도 큐는 기쿠마루에게 자신의 마음을 전했다.

"이제야 내 마음을 알았어. 무슨 일이 있어도 난 마리짱과 같이 살지 않으면 안 돼."

"그런 식으로 인생을 결정하면 안 되는 거야. 서둘지 말고 천천히 인생을 바라보아야지. 나도 지난번 사건으로 큐짱이 내게 얼마나 소중한 사람인가를 알았어. 그걸 확인하기 위해서라도 큐짱이랑 오래오래 대화를 나눠야겠다고 생각했어."

기쿠마루는 무슨 생각을 하는지 풋, 웃었다.

"큐짱에게는 내가 딱이야, 그렇지? 이쪽도 꼭 들어맞잖아."

기쿠마루는 바지 위를 더듬어 큐의 페니스를 거머쥐었다. 큐는 황망히 몸을 틀어 왜 이래, 소리치며 화를 냈다.

저녁나절 하코자키궁 앞길에는 사람들이 넘쳐나고 있었다. 마침 바다 저편에서 해가 잠기려 하고 도리이, 본전, 노점상의 지붕은 물론이고 사람들의 얼굴까지 불그레하니 물들어 있었다.

온통 사람의 머리였다. 몇 천 명, 또는 몇 만의 참배객이 몰려들었다. 손님을 부르는 소리와 음악이 사위를 휜소하게 감싸는 가운데 연희를 벌이는 공간이 펼쳐져 있고 노점상들이 늘어서 있었다. 바나나 세일에서 프랑크푸르트 소시지 꼬치, 금붕어 낚시 등 노점의 모습도 다양했다.

큐는 인파 속으로 파고들었다. 그 사람들을 이용하여 기쿠마루를 떼어놓으려 했다.

기쿠마루는 팔에 매달려 있었다. 이런 꼴로 마리를 만나면 큰일이다. 큐는 조심스럽게 앞으로 나아갔다.

"봐, 구슬이야."

기쿠마루가 '하카타 쨤뽕'이라고 부르는 유리 공예품 앞에서 소리쳤다. 온갖 색깔의 유리 공예품이 진열되어 있었다. 큐는 기쿠마루를 안심시킬 양으로 어깨에 가볍게 손을 올리고, 참 예쁘다, 하고 상냥한 목소리로 말했다. 큐짱, 같이 보자, 라며 기쿠마루가 큐의 얼굴을 올려다보았다.

"마음에 드는 게 있으면 말해, 사줄게."

마음은 불편했지만 다른 방법이 없었다. 기쿠마루는 마음이 놓이는지 큐의 팔을 놓았다. 유리 공예품을 손가락으로 가리키며, 이거 불어봐도 돼? 하고 점원에게 물었다.

나이 든 점원이 말했다.

"그렇게 해. 언니, 부는 방법 알아?"

"알지."

그러면서 기쿠마루는 미소 지었다.

기쿠마루는 유리 제품의 아름다움에 정신이 팔려 있었다. 어떻게 할까, 망설인다. 도망치려면 지금이 기회다. 같이 살펴보는 척하면서 사람들 틈에 섞여버리면 그만이다. 타이밍을 노리면서 천천히 몸을 틀었다. 그다음 순간 큐의 시선이 한 곳에 멈추었다.

반대편 노점 앞에 마리가 보였다. 옆에는 도쿄 남자가 있었다. 남자가 험악한 표정으로 마리에게 뭐라고 하는 중이었다. 아무래도 다투는 것 같았다.

마리, 큐는 마음속으로 외쳤다. 그러자 갑자기 도저히 자신의 의지로는 제어할 수 없는 그리움이 솟구쳐 올랐다. 폭발하고 말았다.

"마리!"

주위 사람들이 모두 놀랄 만큼 큰 소리로 불렀다. 목소리는 축제의 훤소보다 더 큰 울림으로 퍼져나갔다. 놀라며 기쿠마루가 돌아보았다.

"마리쨩! 마리!"

마리도 큐를 보았다. 도쿄 남자도 마리의 시선을 따라 눈길을 돌렸다. 기쿠마루가 큐의 팔을 잡았다. 물에 빠진 사람을 끌어당기는 듯한 강렬한 힘이었지만 큐는 억지로 뿌리치고 앞으로 나아갔다. 큐의 눈에는 마리뿐이었다. 건장한 큐의 몸은 흘러가는 인파보다 머리 하나가 높았다.

"마리쨩, 나랑 사귀자! 나는 어릴 때부터 마리만 사랑했어!"

있는 힘을 다해 외쳤다. 그러자 예상하지 못한 일이 벌어졌다. 마리가 몇 걸음 앞으로 다가오더니, 좋아, 하고 외치는 것이었다. 참으로 명쾌한 대답이었다.

기쿠마루는 유리 공예품을 집은 채 얼이 빠져 있었다. 사람들은 멈춰 서고 서로에게 다가가는 두 사람 주위에만 구멍이 뻥 뚫렸다. 도쿄 남자도 기쿠마루도 꼼짝하지 않았다. 둘러싼 인파의 중심에서 서로를 바라보는 두 사람을 멀리서 씁쓸한 표정으로 지켜만 보고 있었다.

큐는 마리에게 바싹 다가가고 마리도 큐에게 다가갔다.

"사랑해."

큐가 중얼거리자 마리가 고개를 끄덕였다.

"좋아해, 큐쨩."

참배객 중 누군가가, 축하해, 두 사람! 하고 외치자 여기저기서 웃음이 터져 나왔다. 큐는 조금도 긴장을 풀지 않고 힘차게 마리의 손을 꼭 잡았다.

큐는 마리를 데리고 하카타의 거리를 걷고 있었다. 머릿속이 혼란스러워 방향감각도 없이 무작정 앞으로 나아갔다.

두 사람은 대화다운 대화도 나누지 않고 오로지 걷고 있을 뿐이었다. 큐의 머릿속은 하얀 백지가 되어 생각이란 것이 일어나지 않았다. 마리는 몇 번이나 큐에게 말을 걸려 했지만 표정이 너무 굳어 있어서 대화를 시도할 수도 없었다.

철이 들고부터 큐는 마리만을 좋아했다. 그리고 마침내 생각지도 않게 그 바람이 이루어졌다. 큐의 뇌와 가슴은 지금 무슨 일이 벌어지고 있는지조차 인식하지 못하는 상태였다.

불현듯 정신을 차려보니 두 사람은 하루요시 다리 위에 서 있었다. 마리의 손을 잡은 큐의 손이 땀에 젖어 있었다. 큐는 나카 강을 내려다보며 몇 번이나 마른침을 삼켰다. 지금 이 순간 오랜 세월 그렇게 바라던 마리의 손을 잡고 있다.

"어떡하려고?"

마리가 말했다. 나카 강 수면은 건너편에 늘어선 러브호텔의 네온사인을 밝게 비추며 흔들리고 있었다. 러브호텔 가운데는 기쿠마루와 몇 번 이용했던 호텔이 있었다.

큐가 갑자기 내뱉었다.

"내게 맡겨."

1980년 9월 15일. 두 사람은 태어나서 처음으로 입을 맞추었다. 나카 강변 러브호텔의 어두컴컴한 방 안에서. 마리를 꼭 끌어안고 살짝 입술을 포갰다. 키스 그 자체보다도 마리와 키스한다는 사실이 큐를 흥분시켰다.

큐의 머릿속에는 아소 고원에서 보았던 사슴벌레의 교미 그림이 떠오르고 있었다. 교미는 자연스러운 일이라는 다자키 유조의 말이 되살아났다. 밤에 침입하여 실패한 것은 마리의 마음을 확인하지 못한 탓이다. 그렇지만 지금은 다르다. 마리도 동의했다. 큐에게는 확신이 있었다. 이것이 자연스러운 일이라는. 사랑하는 사이에서 교미란 너무도 자연스러운 일이라는……

그러나 인생이란 잔혹했다. 그날 밤 큐는 인생에서 가장 처절한 장면을 맞이해야 했다.

페니스가 너무 컸다. 건장하게 성장한 큐……. 페니스도 거기에 맞추어 성장했다.

아무리 애를 써도 마리는 큐의 페니스를 받아들이지 못했다. 그뿐이었지만 큐에게는 치명적인 일이었다. 너무 커서 들어가지 않는다. 누가 그런 죄 많은 삶을 큐에게 주었단 말인가. 너무 커서 들어가지 않는다니.

너무 아파서 그때마다 마리는 큐에게서 도망쳤다.

"잠깐, 큐짱, 서둘지 마."

결국 새벽까지 함께 노력했지만 다자키 유조가 가르쳐주었던 자연스러운 행위여야 할 교미는 이루어지지 않았다.

큐는 그렇게 동경하던 마리의 온기를 피부로 느끼면서도 그 앞으로 나아가지 못한다는 현실에 절망했다. 기쿠마루와는 가능했는데 왜 마리와는 안 된단 말인가. 큐는 마리가 피로에 절어 잠에 빠져든 후에도 열심히 생각하고 또 생각했다. 그러나 아무리 생각해도 해답의 실마리를 찾을 수 없었다.

마리는 지금 큐의 팔에 안겨 잠들어 있다. 그리고 그 잠든 얼굴은 큐가 아는 한 이 자연계에서 가장 아름답고 고귀한 모습이었다.

다음 날 아침, 두 사람은 호텔을 나서자마자 말도 없이 각자의 집으로 향했다. 두 사람은 더는 손을 잡지 않았다. 어떻게 하면 좋을지를 몰랐다. 마침내 서로의 마음이 하나로 통했는데 찰나의 행복으로 끝나고 말다니. 다카미야 역을 지났을 때 갑자기 마리가 말했다.

"옛날에 풀 스키를 자주 했잖아."

두 사람이 나아가는 주택가 저 너머로 텔레비전 송신탑이 보였다. 응, 하고 큐가 고개를 끄덕였다.

"가볼래?"

마리가 제안했다. 큐는 가볍게 고개를 끄덕이는 것이 고작이었다.

정수장으로 이어지는 언덕길에 펼쳐진 급사면은 옛날 모습 그대로였다. 위에서 아래까지 풀이 빼곡했다. 큐는 마리의 손을 잡고 급사면을 올라가기 시작했다.

"큐짱."

마리가 약간 당황스러운 기색으로 불렀다.

큐는 돌아보지도 않고 묵묵히 사면을 올라갔다. 마리를 제대로 안지 못했다는 후회와 수치심이 큐의 마음을 마구 헤집었다. 그 고통을 조금이라도 약화시켜보려는 듯 큐는 마리를 힘껏 이끌고 있었다.

시원한 바람이 불어오고 그와 동시에 그리운 기억이 되살아났다. 가파른 사면에서 종이 박스 조각을 엉덩이에 대고 그냥 미끄러져 내리는 아이들의 모습. 그 가운데는 소이치로가 있었다. 큐와 마리도 있었다. 모두 무작정 웃으며 탄성을 지르고 있었다.

정상에 오르자 마리가 잔디 위에 앉았다. 큐도 그 곁에 앉았다. 구구구구, 땅을 울리는 소리가 나더니 검은 그림자가 두 사람을 휘감았다. 마리가 얼굴을 들고 외쳤다.

"와, 비행기다!"

두 사람의 머리 위로 커다란 제트여객기가 가로질렀다. 모든 것이 옛날 그대로였다. 시선 끝에 하카타 집들의 지붕이 보인다. 그리고 저 먼 곳에는 현해탄의 푸른 바다가 얼굴을 내밀고 있었다. 바람이 두 사람 사이를 불어 간다. 급사의 풀 스키, 색깔 바랜 그 말의 울림이 마음을 스친다. 큐는 눈을 감고 조용히 추억을 곱씹었다.

"너무 그리워."

마리가 말했다.

"응, 그리워."

두 사람의 대화는 이어지지 않았다. 그 침묵이 큐에게는 고통스러웠다. 큐는 어두운 표정 그대로 오그라들어 무릎을 끌어안은 채 꼼짝도 하지 않 았다. 이 사랑은 끝났다고 생각하며 침울해했다. 교미가 실패하고 말았다. 자기 물건으로는 마리와 교미를 할 수 없었다. 몇 번을 생각해도 열아홉의 큐에게 그 사건은 절망이었다.

"미안."

큐는 마리의 옆얼굴을 향해 그렇게 중얼거렸다. 마리는 멀뚱한 표정으로 큐를 돌아보았다.

"어제는 내가 잘 이끌지 못한 것 같아."

솔직하게 사과하자 마리는 웃으면서 잠시 주저하더니 입을 열었다.

"큐짱, 정말 대단하더라."

폭탄과도 같은 강렬한 충격이 큐의 가슴을 할켰다. 마리의 말을 큐는 페 니스가 너무 커서 관계를 맺을 수 없었다는 뜻으로 받아들인 것이다.

큐는 비틀거리며 일어섰다. 큐는 절망의 절벽 위를 걷고 있었다. 큐짱, 하 고 마리가 불렀지만 그때는 벌써 사면에서 굴러떨어지고 있었다. 떼굴떼굴

떼굴, 빙글빙글빙글, 세상이 돌았다. 하늘과 땅이 번갈아 눈앞에 나타났다. 풀 스키를 하는 소이치로가 보였다. 여객기가 보였다. 주홍색과 하양의 텔레비전 송신탑이 보였다. 마리의 아름다운 몸이 보였다 .

입술의 부드러운 감촉이 떠올랐다.

4 누런 할망

그다음 주에 소후에 미츠가 세상을 떠났다. 미츠의 죽음을 큐에게 알려준 사람은 긴지였다. 큐는 온통 마리를 생각하느라 평소의 예지능력으로 미츠의 죽음을 알아차리지 못했다. 미츠는 입원하고 있던 병원 침대에서 굴러떨어져 목뼈가 부러졌다. 왜 떨어졌느냐고 큐가 긴지에게 물었다.

"병실에 날아 들어온 보라색 나비 때문에."

긴지는 그렇게 말했다. 병실의 다른 환자의 말에 따르면, 훌쩍 날아든 보라색 나비를 바깥으로 내보내려고 미츠가 창 쪽으로 손을 내밀다가 그만 떨어지고 말았다는 것이다. 보라색 나비라는 말에 큐는 고개를 끄덕였다. 할아버지 간로쿠가 데리러 온 것이 분명했다.

큐는 소후에 미츠의 장례식에 참석하지 않았다. 상주인 나나를 긴지가 지켜주었다. 소후에 간로쿠의 장례식에 비하면 너무도 조촐한 장례식이었다. 절의 주지가 독경을 하는 동안 나나는 큐는 어디 갔느냐고 긴지에게 물었다.

"그게 좀."

긴지는 새벽녘에 큐가 집을 나서는 것을 보고 불러 세웠다.

"여행을 갈 거야. 어머니를 잘 부탁해."

"여행? 장례식은 어떡하고?"

"할머니한테는 개인적으로 인사했어. 이제 가야 해."

큐는 긴지에게 머리 숙여 인사하고 집을 나갔다.

큐는 오키나와 본도의 모토부에 있었다. 눈앞에 펼쳐진 바다는 어릴 적부터 눈이 시리도록 바라보던 현해탄보다 더 아름다웠다. 에메랄드그린이라는 말이 꼭 들어맞는 잔잔한 바다였다.

문득 정신을 차려보니 오키나와의 공항에 서 있었다. 무작정 땅의 끝으로 가자고 공항버스를 타고 북쪽을 향했다.

잔잔한 파도가 밀려왔다가는 물러갔다. 큐는 희미하게나마 죽음을 생각하고 있었다. 그러나 그곳은 죽음과는 너무도 어울리지 않는 장소였다. 왜 이런 곳에 오고 말았는지, 쓴웃음을 지을 수밖에 없었다.

죽으리라 생각했지만 소이치로처럼 바로 행동으로 옮기지 못했다. 죽는다는 것이 생각보다 아주 힘든 행동이라는 것을 알았다. 죽고 싶다는 생각과 실제로 죽는다는 것에는 커다란 차이가 있었다. 자신의 어리석은 생각에 큐는 쓸쓸히 웃음 지을 수밖에 없었다.

이러지도 저러지도 못하고 멍하니 해변가에 앉아 있는데 저녁나절에 한 노파가 말을 걸었다. 목소리에 놀라 뒤를 돌아보니 꼬불꼬불한 머리칼에 얼굴색이 누런 할머니가 큐를 내려다보고 있었다. 걸어온 것 같지도 않았다. 갑자기 이 자리에 불쑥 나타난 것 같은 느낌이었다. 기묘하게도 백사장에는 발자국도 없었다. 댕그란 눈이 심한 사시 때문에 한쪽은 하늘을 다른 한쪽은 땅을 보고 있는데 그것과는 달리 세 번째 눈이라고 해야 할 보이지 않는 시선이 큐를 지그시 바라보고 있었다.

"아직 죽을 수는 없지."

노파는 그 한마디만을 했다.

큐는, 예, 하고 얌전하게 대답했다.

노파가 따라오라는 말은 하지 않았지만 큐는 무의식적으로 반드시 따라가야 한다는 것을 알고 발길을 돌려 나아가는 노파의 뒤를 따랐다. 허리 높이 정도의 관목이 이어지는 해변의 구릉 지대로 뻗은 한 줄기 길을 노파는 말없이 늙은 소처럼 천천히 올라갔다.

구불구불한 언덕길을 올라서자 거기에 오래된 단층집이 있었다.

"난 누런 할망이야. 여기 사람들이 나를 그렇게 불러."

누런 할망이라는 노파는 말없이 집 안의 어둠 속으로 들어갔다.

그날 밤부터 큐는 그것이 마치 오래전에 예정된 일이라도 되는 듯 할망의 집에 머물렀다. 여기저기 파파야가 마구 자라고 있어 먹을 것은 걱정할 필요가 없었다. 할망은 혼자 산다고 했다. 마을 사람들이 우르르 몰려와서는 병을 치료하는 방법이나 혼인 날짜, 인생 상담, 또는 조상 모시는 일에 이르기까지 묻고 그 해답을 얻어 돌아갔다. 이윽고 큐는 할망이 오키나와에서 유타라 불리는 무당이라는 것을 알았다. 그녀에게는 가족이 없었다. 몸가짐이나 얼굴 생김새, 키 같은 게 할머니 미츠를 연상시켰다. 미츠의 장례식을 보지 않고 먼 오키나와의 모퉁이에 이르러 미츠와 닮은 노파를 만났다. 그것이 무엇을 의미하는지 큐로서는 알 길이 없었다. 그렇지만 기묘한 운명의 끈을 느끼지 않을 수 없었다.

누런 할망의 집 지붕에는 도자기로 만든 사자상이 앉아서 침입자를 노려보았다. 마당의 용수나무 아래에 간소한 기도 장소가 마련되어 있었다. 빨간 천이 용수나무에 감겨 있고 돌을 쌓아 올린 제단 같은 것이 뿌리께에 있었다.

"함부로 다가가면 안 돼."

할망은 그런 충고를 했다. 큐는 그 땅의 관습에 익숙해질 때까지 할망이 시키는 대로 용수나무에는 다가가지 않았다.

큐가 거기서 생활한 지 일주일째 되는 날 거의 숨이 다 넘어간 어린 환자가 실려 왔다. 할망은 아이를 돌무더기 제단 앞의 나무 침대에 눕히게 했다. 마을 사람들은 큐에게 수상쩍은 눈길을 보냈지만 누런 할망이 설명했다.

"이 사람은 머지않아 신의 사자가 될 것이야."

이틀 밤낮으로 할망은 담요를 두르고 있는 어린아이 앞에서 주문을 외웠다. 사흘째 아침, 아이는 자리에서 벌떡 일어나더니 배가 고프다고 해 어른들을 놀라게 했다. 큐는 할망을 안고 실내로 돌아와 안방에 이불을 깔았다. 저녁이 되자 마을 사람들이 물고기와 채소를 들고 와 할망에게 주라고 큐에게 건넸다.

이상한 날들이 시작되었다. 할망은 큐에게 아무 말도 하지 않았다. 그래서 큐는 스스로 생각해서 행동할 수밖에 없었다. 식사 준비도 마당 청소도 정리정돈도 모두 스스로의 의지로 행했다. 때로 마리를 생각했지만 조용한 시간의 흐름이 그 슬픔을 조금씩 치유해주었다. 그러던 어느 날, 큐는 다시 숟가락을 휠 수 있게 되었다. 식사를 하는 중에 쥐고 있던 숟가락이 저절로 휘어버렸다. 할망은 힐끗 바라보고는 이렇게 말했다.

"역시. 그렇지만 큐, 넌 그런 게 아냐."

"그런 게 아니라는 게 무슨 뜻인가요?"

"더 대단한 능력을 갖추고 있다는 거야. 그렇지만 그 힘 때문에 너는 고통받아왔어. 앞으로도 그 힘 때문에 고통받을 것이고. 고통받는 것이 인생이니까. 그 인생을 통해 배우고 얻는 것이 소중해."

큐는 자신의 운명이 결정되어 있다는 것이 슬펐다.

"나는 이 힘에 휘둘리며 살았거든요. 그렇지만 초능력이 사라져서 마음이 좀 놓였었는데."

누런 할망은 고개를 저었다.

"넌 그 힘에 어울릴 만한 인간적인 그릇을 갖추어야 해. 여행은 앞으로도 계속될 거야. 그 여행 가운데서 너는 진리를 만나게 돼."

큐는 매일 밤 마리를 생각했다. 처음 떠오른 기억은 방생회의 장면이었다. 많은 사람이 지켜보는 가운데 마리와 큐는 사랑을 확인했다. 왜 그때 마리는 자신의 구애를 그 자리에서 받아들였을까. 큐는 그게 너무 이상했다. 마리의 곁에는 도쿄 남자가 있었고 큐의 곁에는 기쿠마루가 있었음에도. 그 순간 마리가 자신의 마음을 받아들여 준 것은 젊은이다운 과오이며 착각이고 오기였을까. 그리고 더욱 이해하기 힘든 일은 그 단 한 번의 실패로 이렇게 낙담하여 마리의 곁을 떠나버린 자신의 나약함이었다. 물론 자신의 물건이 마리의 몸속으로 들어가지 못했다. 자연의 섭리인 사랑이 성취되지 않는다는 것이 큐에게는 하나의 충격이었다. 기쿠마루와는 가능한데 마리와는 안 된다. 그것이 열아홉 청년에게는 죽음에 버금가는 비극이었다. 급사면을 구르면서 큐는 신이 그 사랑을 저지했다는 것을 깨달았다. 그리고 그것은 큐의 마음 깊은 곳에 수치심을 심어주었다. 자신은 결코 마리를 사랑할 수 없다는 극단적인 결론을 내리고 만 것이다. 열아홉 살의 큐에게는 아직 성급한 결론이었지만 그는 운명으로 받아들여 후쿠오카를 떠났다. 여행과 시간이 그의 마음을 치유해줄 유일한 친구였다.

봄이 지나고 여름이 지나고 가을이 지나고 다시 겨울이 지났다. 큐는 누런 할망의 집에서 조용히 지냈다. 할망은 큐에게 특별한 것을 가르쳐주지 않았다. 할망이 큐에게 가르친 것은 조상을 모시는 법, 조상의 혼, 또는 영과 통신하는 방법이었다. 나머지는 아무것도 가르쳐주지 않았지만 그날들이 큐의 마음을 치유해주었다. 상처가 낫듯이 피로에 절은 큐의 정신은 원래의 자리로 돌아왔다. 그리고 큐의 신비로운 힘은 그가 바라건 바라지 않건 저절로 회복되어 예전보다 훨씬 강렬해졌다. 할망은 그냥 큐를 지켜볼 따름이었다. 그러나 할망이 지켜보는 것만으로 큐의 잠재력은 성장했다. 누런 할망의 집에서 지내는 동안 큐의 초능력은 오래된 우물에서 다시 물이 샘솟듯 되살아났다. 예전에는 불안정했던 능력을 한 단계 끌어올렸다. 숟가락 휘기는 서론에 지나지 않았다. 그는 할망이 지켜보는 가운데 몇 가지 능력을 더 꽃피웠다. 그 하나는 의지만으로 물체를 들어 올리고 이동시키는 능력이었다. 도자기 인형 고양이가 하늘을 날아 기쿠마루의 남편을 친 것도 그 능력이었다. 숟가락이 아니라 철판이나 철봉 같은 것을 굽힐 수 있게 되었다. 그리고 어느 날 큐는 유리를 굽히는 데 성공했다. 굽은 유리를 보고 할망은 때가 왔다고 말했다.

"무슨 때가요?"

"이곳을 떠날 때가."

할망은 어디선지 작은 돌을 가지고 돌아와서 그것을 큐에게 건네주었다.

"이것은 암시석이라고 해. 너에게 줄게."

별다른 특징도 없이 그냥 회색에 지나지 않는 작은 돌……. 그러나 큐의 손바닥 위에서 강한 존재감을 드러내고 있었다.

"어디 사용하는 건데요?"

"이 돌이 너를 이끌어줄 거야. 어디선지 모르게 다가오는 불안이나 슬픔이나 위험을 너에게 미리 알려줄 것이야. 마음의 준비를 위해서 필요해. 그리고 미래가 불안할 때 어떻게 하면 좋을지 모를 때 누군가를 구하고 싶을 때 이 돌을 가만히 쥐면 돼. 네 안에 잠들어 있는 커다란 힘을 불러낼 수 있을 거야. 그리고 거기에 너의 의지가 있어. 자, 이걸 가지고 떠나라."

5 새로운 강변

소후에 큐는 갠지스 강변에 서서 지난 5년여의 세월을 돌이켜보았다. 오른손에 누런 할망이 준 암시석을 쥔 채.

스물다섯이 되려 하는 큐의 눈에 바다처럼 거대한 강이 비치고 있었다. 갈색의 흐름이 이동하는 용의 등지느러미처럼 파도치며 벵골 만을 향하고 있었다. 머리 위에서 내리쬐는 햇빛을 받아 강물은 눈부시게 반짝이며 큐를 어지럽게 했다.

상하이에서는 한의학과 태극권을 배웠다. 그 후 양쯔 강을 따라 서쪽으로 나아가 국경을 넘어 네팔로 들어갔다. 히말라야 산맥의 카트만두에 잠시 머물렀다가 이번에는 남하하여 방글라데시의 항만도시 다카에 도착했다. 그 후 인도의 힌두스탄 평원으로 들어갔다.

큐는 왼손에 종이 한 장을 쥐고 있었다. 그것은 방금 쓴 데라우치 마리에게 보내는 편지였다. 일본에 있는 사람들에게는 갑작스럽게 날아온 이 종잇조각 하나가 큐의 생존을 증명하는 유일한 단서가 될 것이다.

일본을 떠난 지도 2년이 지났다. 그동안 큐는 여행지에서 마리에게 편지를 보냈다. 연애편지가 아닌 여행 일기였다. 그 땅에서 만난 사람들과의 교류나 진귀한 경치에 대해 그냥 휘갈겨 쓴 시 같은 글이었다.

사랑하는 여자와 하나가 될 수 없는 슬픔이 그를 방랑자로 만들었다. 큐는 갠지스 강 위를 불어오는 미지근한 바람에 얼굴을 맡기면서 마리에게 보내는 편지를 다시 읽었다. 투함하기 전에는 반드시 마음을 담아 음독하는 습관이 붙었다.

데라우치 마리 님

겨우 갠지스 강에 도착했습니다. 과거에 보았던 그 어떤 강보다 힘차고 장엄하게 흐릅니다. 사람들은 이 강에서 빨래를 하고 목욕을 하고 또 시신을 떠내려 보냅니다. 양쯔 강 유역에서는 기(氣) 에너지의 중요성을 배웠습니다. 그리고 방글라데시부터 이곳 인도에 걸친 몇 군데의 성지에서 인간의 본질에 대해 많은 것을 배웠습니다. 인간은 흐름입니다. 인간의 몸 안에는 많은 흐름이 존재합니다. 피의 흐름, 기의 흐름, 정신의 흐름 등. 그 어떤 흐름도 막아서는 안 됩니다. 댐 건설이 하류 지역의 생태계를 바꾸는 것은 당연한 결과입니다. 나는 허리띠를 버렸습니다. 그런 다음 손목시계도 버렸습니다. 카트만두의 거리에서 작은 자명종 시계와 바꾸었습니다.

여기서는 시간이 수평으로 흐릅니다. 중력에 저항하며 살아가는 인간은 늘 시간이나 계급에 고통받습니다. 중력적인 사념에서 해방되었을 때 인간은 수평으로 살아가는 일이 얼마나 위대한지를 알게 될 것입니다. 생명체에 위아래는 필요 없습니다. 위나 아래라는 기준이 얼마나 하찮은 것인지. 빛은 내리비치는 것이 아닙니다. 빛은 그냥 존재합니다.

콜카타에 2주일 정도 머물고 있습니다. 한 달 정도 지나면 나는 이 대하의 상류를 거슬러 올라갈 생각입니다. 당신을 생각하면서 이 거대한 강을 건넙니다.

콜카타에서 소후에 큐

큐는 강변의 돌다리 중간에 앉아 갠지스 강의 저 먼 상류를 바라보고 있었다. 해변처럼 그 강변에는 수천수만이 밀려들어 제각기 빨래를 하거나 기도를 올리거나 목욕을 한다. 강변을 따라 끝도 없이 사람들이 있다. 햇빛에 그을린 강인한 피부의 큐가 눈을 가늘게 뜬 채 그 장대한 사람들의 연쇄를 바라보고 있었다.

소후에 큐는 콜카타의 대지에 서 있지만 그의 정신에는 언제나 할망의 그림자가 깔려 있었다. 눈앞에는 외국 자본이 세운 호텔이 있고 그 주변에도 호텔이나 빌딩이 촘촘히 모여 있었다. 큐는 사람들로 넘쳐흐르는 길모퉁이에서 공연을 하여 생활비를 벌었다. 상하이에 들어간 지 두 달 만에 여비가 바닥나자 그 이후로 늘 길거리 공연을 통해 여비를 마련했다. 간단한 마술 같은 것이지만 어떤 장치도 없었다. 작은 테이블 위에 숟가락이 진열되어 있을 뿐이다. 사람들이 어느 정도 모이면 큐는 숟가락을 그들에게 주고 가짜가 아닌지를 확인하게 했다. 그리고 누런 할망에 의해 한층 강렬해진 초능력으로 그것을 휘어버렸다. 특별히 수행을 한 것도 아니었다. 할망의 충고를 받아들여 마음에 새기며 생활했을 뿐인데 큐의 능력은 예전보다 더 확실하고 밝고 힘차게 되살아났다.

테이블 옆에는 현지 말로 '초능력'이라 적은 종잇조각을 붙여놓았을 뿐이었다. 어느 길모퉁이에서도 사람들은 환성을 지르며 큐에게 박수를 보냈다. 거의 모든 장소에서 큐는 경찰의 눈을 피해 공연해야 했다. 난징 교외에서는 경찰에 체포되어 며칠간 구류를 살기도 했다.

늘 같은 시간대에 노상에 서 있었기에 매번 큐의 공연을 보러 오는 사람도 있었다. 그중 한 사람이 사하니였다. 인도의 카스트 가운데서도 가장 낮은 계급 출신이었다. 그는 가난했기에 늘 멀리서 공연을 보았는데 큐와 얼굴을 익힌 다음에는 서로 인사를 나누는 사이가 되었고, 나중에는 큐의 공연을 돕기 시작했다. 어느 때부터 사하니는 손님을 불러들이는 조수 역할을 했다.

"일본에서 온 엄청 대단한 초능력자입니다. 자, 자, 이리 와서 놀라운 광경을 한번 눈으로 확인해보세요!"

영어는 알았지만 인도 말을 모르는 큐에게 사하니는 믿음직스러운 매니저 같은 존재였다. 돈을 많이 번 날에는 사하니에게 일당을 주기도 했다.

사하니는 큐를 집으로 초대했다. 식사를 하고 가라, 자고 가라, 정말 시끄러운 젊은이였다. 큐는 사하니라는 남자가 아름다운 마음의 소유자라는 사실을 알았다. 그렇지만 왠지 그의 집에 가기가 망설여졌다. 거기 가면 귀찮은 일에 휘말려들 것 같은 예감이 들었다.

"큐, 너는 여행을 하면서 많은 사람을 만나게 될 것이야. 그러나 수행이라 생각해야 해. 진실의 힘을 알고 진정한 사랑을 만나기 위해서 그 사람들 속으로 걸어 들어가야 하는 거야."

누런 할망은 입버릇처럼 그렇게 말했다. 그렇지만 설교는 아니었다. 스스로를 향해 말하듯이 또는 노래하듯이 툭 던지는 말이었다. 그래서인지 그 말이 큐의 가슴 가장 깊은 곳에 새겨져 있었다.

사하니의 집은 슬럼가에 있었다. 양돈장 바로 옆이었고 흙벽에 구멍이 뚫려 돼지 똥 냄새가 바람을 타고 마음껏 날아드는 어두컴컴한 그 공간은 집이라 부르기에도 민망할 정도였다. 유일하게 눈에 띄는 것은 양돈장과 집 사이에 서 있는 커다란 보리수였다. 할망 집 마당에 있던 용수나무와 비슷하다는 생각이 들었다.

태양은 슬럼가의 서쪽으로 기울어가고 있었다. 사하니의 아버지와 어머니가 나오고 형제들이 나왔다. 그리 넓지도 않은 집에 이렇게 많은 사람이 있다니⋯⋯. 그리고 마지막으로 야미라는 소녀가 나타났다.

야미가 어둠 속에서 나오는 순간 큐는 저도 모르게 뒤로 반걸음 물러났다. 피부색은 사하니와 같이 갈색이었다. 아직 십대 후반 정도로 보이는데도 육체에는 노쇠 현상이 나타나고 있었다. 온몸에 종기 같은 것이 가득 나 있었다.

"신의 사자가 오셨어."

사하니는 가족을 향해 외쳤다. 아버지가 다가와 무릎을 꿇고 손등에 입을 맞추었다. 이어서 어머니가 무릎을 꿇었다. 이웃 사람들이 얼굴을 내밀고 엿보았다. 이윽고 사하니의 집 앞에 사람들이 모여들었다. 사람들은 호기심 가득한 눈길로, 구원을 갈구하는 애절한 눈길로 큐에게 손을 내밀었다.

부모는 야미를 가리키며 뭔가를 하소연했다. 형제들도 이웃 사람들도 모두 야미를 바라보고 있었다. 사하니가 미안한 표정으로 다가와 짧은 영어로 말했다.

"불치병이야."

피부 아래서 위로 솟구쳐 오른 종기 때문에 야미는 똑바로 서 있을 수도 없었다. 젊은 나이에도 불구하고 피부는 축 늘어졌고 얼굴은 노파처럼 주름져 있었다.

"야미는 아직 열여섯 살. 그렇지만 움직일 수가 없어. 의사도 손을 들고 말았어."

사하니는 애절하게 하소연했다.

야미는 죽음을 앞에 둔 얼굴이었다. 열여섯 살 소녀인데 슬플 정도로 인생을 달관한 눈빛이었다. 할망은 말했다.

"잘 들어라 큐야. 네게 왜 그런 힘이 주어졌는지를 생각해봐. 네 스스로 할 수 있는 일이라고 생각되면 뭐든 시도해보도록 해라."

큐는 야미의 몸에 손을 댔다. 만져서는 안 될 음침한 탄력, 흐물흐물 썩은 과일을 만지는 듯한 감촉이었다. 그 물컹한 과육 속에 아보카드 씨만 한 혹이 들어 있었다. 원인불명의 종양이 야미의 몸을 갉아먹고 있었다.

그건 분명 병이 아니었다. 큐에게는 보였다. 몇 세대 앞에 고통받으며 숨을 거둔 조상의 모습이. 그 인물이 누구인지 어떤 사정으로 죽었는지는 알수 없었다. 다만 너무도 억울하고 슬프게 죽은 그 원령이 야미의 몸에 달라붙어 있었다.

힘든 상대라는 것을 알고 큐는 일단 손을 떼고 자신이 그 원령을 영계로 보낼 수 있는지 스스로에게 물어보았다.

하룻밤 동안 큐는 누워 있는 야미를 내려다보며 생각했다. 용수나무 아래서 죽음의 세계로 한 걸음 들어선 어린아이를 살렸던 누런 할망을 떠올렸다. 촛불 아래 야미의 얼굴 윤곽이 떠올랐다. 창밖에서 시끄럽게 울어대는 벌레들. 오로지 그 소리뿐이었다. 돼지도 사람도 조용히 잠들었다. 슬럼가는 그렇게 조용히 기적을 기다리고 있었다.

큐는 할망에게서 받은 돌을 꺼냈다. 여행하는 동안 몇 번이나 이 돌이 큐를 어려움에서 구해주었다. 돌을 꼭 쥐자 이상하게도 용기가 솟구쳐 올랐다.

다음 날 아침, 큐는 보리수 뿌리께에 제단을 만들었다. 할망이 만들었던 제단과 비슷하게. 즉석으로 만든 제단이었다. 사하니는 채석장에서 일한 경험을 살려 큐가 원하는 대로 조그만 돌들을 모아서 보리수 아래 늘어놓았다. 큐는 할망에게서 배운 것을 떠올렸다. 할망에게 배운 조상의 혼과 영을 불러오는 방법, 해서는 안 될 일, 영들과 올바르게 접하고 모시는 일들을.

긴 치료의 시작이었다. 제단 위에는 담요를 감고 야미가 누워 있었다. 큐는 손을 모아 기도하기 시작했다. 오로지 한마음으로 기도했다.

이윽고 기묘한 일이 벌어졌다. 발아래 작은 돌이 튀어 올랐다. 마치 살아있는 작은 동물처럼, 앉아 있던 벌이 갑자기 날아올라 허공을 날아다니듯

돌이 움직였다. 이튿날에는 짝, 짝, 랩을 펴는 듯한 소리가 들렸다.

큐는 할망의 제령 방법을 흉내 내며 오로지 기도했다. 참기름을 야미에게 뿌리고 할망에게 배운 고대 오키나와의 주문을 외웠다. 사하니가 채취해온 각성 작용을 일으키는 식물의 뿌리를 씹으면서 큐의 몸은 깊은 트랜스 상태로 들어갔다. 환각에 휩싸였지만 큐는 있는 힘을 다해 의식을 유지하려 애썼다. 어느새 야미의 영육과 하나가 되었다.

오랜 싸움이었다. 제령 의식은 꼬박 사흘이나 걸렸다. 걱정스러운 눈빛으로 마을 사람들이 멀리서 지켜보고 있었다. 격렬한 환각이 큐를 덮쳤다. 하늘은 맑았지만 큐의 의식은 폭풍이 몰아치고 있었다. 비가 아닌 작은 돌들이 쏟아져 내렸다. 바람 대신에 화살이 날아왔다. 빛을 대신해 불지옥이 발아래를 녹였다.

큐에게는 보였다. 무서운 형상의 악마가 소녀를 덮치고 있었다. 악마는 얼굴만 큐에게로 향한 채 이빨을 드러내고 있었다. 큐는 오로지 주문을 외웠다. 몽롱한 의식을 타고 마리의 목소리가 들렸다.

"큐짱, 큐짱, 어디 있어?"

마리가 어둠 속에 서 있다.

"큐짱, 무리하면 안 돼. 몸을 소중히 여겨야 해."

사흘째 아침, 큐는 마침내 쓰러지고 말았다. 언제 어떻게 의식이 사라졌는지 알 수 없었다. 눈을 떴을 때, 누군가가 큐를 내려다보고 있었다.

"마리짱……."

큐는 야미를 마리로 착각했다. 무리도 아니었다. 야미는 다른 사람인가 싶을 정도로 달라져 있었다.

아침 햇살에 떠오르는 야미의 피부는 생생한 탄력을 되찾아 윤기가 자르르 흘렀다. 종기는 거의 모두 사라지고 등도 꼿꼿하게 펴고 있었다. 처음 만났을 때와는 완전히 다른 사람이었다. 아름다운 소녀의 모습을 되찾은 것이다.

큐는 원령에게 이겼다.

"고마워요. 정말 믿을 수 없어요. 정말 감사드려요."

야미는 울며 큐에게 감사의 말을 건넸다.

"당신은 브라흐마의 환생이십니다."

사하니는 그렇게 말했다.

"그렇지 않아. 난 그냥 세상을 떠도는 나그네일 뿐이야."

고개를 젓고는 또 의식을 잃고 말았다.

큐는 여행을 계속하면서 자신과 마리의 관계에 대해 생각했다. 결론을 찾을 수 없었다. 이 긴 여행 가운데서 해답을 찾을 수 있을 것이라고 생각했다. 그렇지만 그 해답을 찾기까지 결코 쉽지 않으리라는 예감을 가질 때마다 큐는 마리에게 편지를 보냈다. 많은 편지가 온갖 우체통 속으로 들어갔다. 이런 편지였다.

친애하는 마리에게

갠지스 강변에서 지내는 나의 뇌리에 소이치로가 나타났어. 나는 예전에 소이치로의 자살 직후, 그가 꿈속에 나타났을 때 왜 자살을 했느냐고 물었지. 큐짱은 설명을 해도 이해할 수 없을 거라고 말했어. 이 강은 사자를 떠올리게 해. 지금 내 눈앞에는 죽은 자가 흘러가고 있어.

아침 안개에 덮인 물 위를 천천히 벵골 만을 향하여 흘러가는 시체. 뻣뻣하게 굳은 손이 마치 안녕이라 손짓하는 것 같아. 소이치로는 마지막으로 이렇게 말했어. 큐짱, 죽음을 무서운 것이라고 생각해선 안 돼. 죽음이란 이 세상에 태어나는 것만큼이나 멋진 세계야. 내가 죽는 바람에 죽음을 무서운 것이라고 생각했을 테지. 그렇지만 죽음은 삶에 필적할 만큼 정말 멋져. 나는 지금부터 죽음의 세계를 여행할 거야. 거짓으로 가득한 현세를 떠나 죽음의 세계를 모험해볼 생각이야. 소이치로는 분명히 내게 그렇게 말했어. 그때 나는 같이 가겠다고 했더랬어. 그렇지만 소짱은 거부했어. 안 된다고, 혼자서 여행해보고 싶었다고. 부모나 친구, 학교나 사회 그런 속박을 완전히 떨쳐버리고 혼 하나만으로 여행을 하고 싶었다고 했어. 이제 동쪽에서 해가 떠올랐어. 나는 이제부터 더 서쪽으로 갈 거야. 서쪽으로, 서쪽으로. 가능한 한 멀리. 마리, 언젠가는 만날 수 있을 것 같아.

갠지스 강을 바라보며 소후에 큐

데라우치 마리 님

나는 지금 바그다드에 있습니다. 정말 덥습니다. 가만있어도 땀이 줄줄 흘러내립니다. 딜이라는 영국 청년과 함께 여행을 하고 있습니다. 그는 어딘지 모르게 소이치로를 연상시키는 에너지 넘치는 총명한 청년입니다. 분위기가 비슷하다는 것입니다. 서양인이라 그의 머리카락은 황금색으로 굽어 흐르고 눈은 파랗습니다. 어떤 점이 비슷하냐 하면 소이치로가 가졌던 안정감 같은 것입니다. 소이치로를 조금 더 천진난만한 소년으로 바꾸어놓은 듯한 느낌이라고나 할까요. 어쨌든 나는 그와 여행하면 마음이 푸근합니다. 지금까지 또래의 친구를 가져보지 못한 탓인지 다른 사람과 함께 여행한다는 것에 처음에는 약간의 당혹감도 있었지만 티그리스 강을 건널 즈음부터 솔직하게 남을 받아들일 수 있게 되었습니다. 내가 친구를 만들 수 없었던 것도 소이치로의 자살이 큰 영향을 끼쳤기 때문인지도 모릅니다. 그렇지만 나는 이 여행을 통하여 딜에게서 많은 정신적인 영향을 받았습니다. 그와는 잘 될 것 같은 느낌입니다.

소이치로가 살아 있었다면 보나 마나 둘이 여행했을 거라고 생각합니다. 전 세계를 돌아다녔을 겁니다. 그리고 많은 대화를 나누었을 겁니다. 정치, 문화, 종교, 연애, 인생에 대해. 세상의 모든 이야기를 했을 것입니다. 왜 소이치로는 그렇게 어이없이 우리를 버렸을까요? 그가 죽은 후 한동안은 소이치로의 영혼과 자주 만났습니다. 그런데 요즘은 나타나지 않는군요. 환영처럼, 마치 허망한 꿈처럼, 가끔가다 슬쩍 얼굴을 비치는 정도입니다. 그의 혼은 이제 다른 여행을 하고 있을지도 모릅니다. 윤회라는 놈 말입니다. 외롭지만 어쩔 수 없는 일입니다. 그래서 소이치로를 대신하여 내 인생에 딜이 나타난 것인지도 모릅니다. 마리, 당신의 인생에도 아마 새로운 인물이 나타날 것입니다. 몇 십 억이나 되는 인간이 이 지구에 살고 있으니 다양한 만남이 있는 게 마땅합니다. 딜이 내 앞에 나타난 것도 아마 의미 있는 일이 아닐까요. 그 의미도 곧 드러날 테지요. 마리와의 인연은 그것으로 끝이 난 것일까요. 그런 슬픈 상상을 하는 밤이면 잠도 자지 못하고 뒤척이고 맙니다.

딜의 누나가 파리의 오데옹에 있는 작은 레스토랑에서 일을 한다고 하는데 가게 이름은 '센 강변', 그가 반드시 그곳의 에스카르고를 맛보여주겠다고 큰소리를 칩니다. 여행은 같이 하라는 말이 있더군요. 거기까지 같이 갈 생각입니다. 이후, 요르단, 사우디아라비아를 거쳐 이집트로 들어가 거기서 배를 타고 그리스로 갔다가 체코슬로바키아를 경유하여 내년 초 파리에 들어갈 생각입니다.

바그다드에서 소후에 큐

마리에게

나는 터키공화국의 카파도키아에 있습니다. 그로부터 여러 가지 일들을 겪기도 하면서 중동 지역을 여행했습니다. 이곳은 해발 천 미터 정도의 고지대이지만 화산의 분화나 비바람 등 자연의 힘으로 상상할 수도 없는 절경이 형성되어 있습니다.

기원전 1700년경에는 여기 아나톨리아 최초의 통일국가 히타이트 왕국이 탄생합니다. 그 후 이곳은 페르시아제국의 지배를 받고 이어서 알렉산더 대왕에게 그리고 로마제국의 지배를 받게 됩니다.

정신이 아득할 정도로 긴 시간의 흐름입니다. 그야말로 이곳은 신의 나라입니다. 또는 세상이 끝나는 땅입니다. 인간의 존재 따위 여기서는 너무도 허망한 것이라······.

어제 나는 여기서 아름다운 종교화를 보았습니다. 멋들어진 프레스코화였습니다. 4세기경, 이 고지대의 깊은 동굴에 그리스도교의 수도사들이 도망쳐 들어와 훌륭한 벽화를 남겼습니다. 초기 그리스도교는 로마제국에서는 이단 취급을 받아 탄압의 대상이었습니다. 신앙의 강인함이 무엇인지를 알 것 같습니다. 그들은 무엇을 믿었을까요. 지금 이렇게 미망에 빠져 있는 나로서는 알 길이 없습니다.

그 가운데는 아직도 색이 바래지 않고 찬란한 빛을 발하며 전해진 것도 있습니다. 역사를 여행해온 이런 그림들을 마주할 때, 나 자신이 얼마나 작은 존재인가를 깨닫습니다.

나는 조금 더 여행을 할 것입니다. 이것이 무엇을 의미하는 여행인지, 어디로 나를 이끄는 여행인지, 아직 아무것도 모릅니다. 나도 모르는 채 떠돌고 있습니다.

조국에서 멀리 떨어져 있다 보니 마리를 잃어버릴 것 같습니다. 아니, 이런 때일수록 당신을 철저하게 잃어버려야 할지도 모르겠습니다. 마리, 당신의 환영에서 벗어나지 못하는 한 나는 그 고통으로 아무것도 할 수 없을 것 같습니다. 앞으로 무엇을 해야 할지, 어디에 머물러야 할지, 도무지 알 수 없어집니다. 카파도키아는 서양과 동양을 연결하는 요충지였습니다. 이민족의 지배를 받는 가운데 다양한 문화 교류의 장이 되었습니다. 여기서 나는 하나의 결단을 내릴지도 모른다는 생각이 듭니다. 그 결단이 옳은지는 모르겠지만 인생에는 그런 분기점 같은 것이 필요하리라 생각합니다. 안녕, 친구여. 나는 앞으로 나아갑니다.

소후에 큐

6 파리의 우안

1987년, 큐는 스물일곱 살 생일을 파리의 우안 마레 지구의 오래된 아파트 옥탑방에서 맞이했다. 고작 네 평밖에 안 되는 아파트에는 소믈리에가 되려는 하야시다 히데키와 디자이너를 지향하는 나카가와 류지가 살고 있다. 히데키와는 예루살렘에서 만나 서로 의기투합하여 같이 파리로 왔다. 히데키의 대학 시절 친구이자 복식 디자이너를 목표로 공부하는 나카가와 류지가 살고 있는 옥탑방에 두 사람이 굴러들어 와 기묘한 동거 생활이 시작되었다.

"왜 그러고 있니, 큐짱."

옥탑방에는 액자 같은 자그만 창이 하나 달려 있었다. 큐는 그곳을 통해 정면에 있는 교회의 첨탑을 바라보고 있었다. 몇 십 분이나 꼼짝도 하지 않는 큐를 향해 히데키가 물었다.

"나는 오늘 태어났어, 이 세상에."

애석하게도 큐의 외모는 세월이 흐름에 따라 점점 아버지와 닮아갔다. 프랑스인에도 지지 않을 만큼 거구에다 당당한 골격과 곱슬머리, 툭 튀어나온 이마, 매부리코, 쑥 들어간 눈, 날카롭고 뾰족한 턱을 가지고 있었다. 일본인이라기보다는 중남미에서 이민 온 사람 같았다. 비자 신청을 하러 갔다가 경찰에게 몇 번이나 밀입국자가 아닌지 조사를 당해야 했다.

"그럼 생일이잖아. 좋잖아."

좁은 부엌에서 음식을 만들고 있던 나카가와 류지가 큰 소리로 말했다. 류지는 습관적으로 아무 데나 '좋잖아'를 갖다 붙인다.

"와, 몰랐네, 축하해, 큐짱."

히데키는 큐에게 다가와 좁은 창 옆에 서서 같이 바깥을 바라보았다. 교회 지붕에 비둘기 떼가 앉아 있었다.

"살아만 있으면 매년 생일은 찾아오는 거야. 너의 아버지 어머니, 그리고 조상님께 감사해야지."

큐는 갑자기 생일 이야기를 꺼냈지만 마음속으로는 마리를 생각하고 있었다. 젊은 기분에 일본을 떠나왔지만 혹시 그대로 일본에 남았더라면 마리와 결혼할 수 있었을지도 모른다고, 막연히 후회하고 있었다. 하나가 되지 못했다는 슬픔이 성급한 결론을 이끌어냈지만 시간을 들여 사랑을 나누다 보면 언젠가는 하나가 될 수 있을 것이었다. 그런데도 젊었기에 극단적으로 비관하여 여행을 떠나고 말았다. 마치 잠깐 다른 세계를 보고 오겠다고 목을 매단 소이치로처럼.

"그럼 큐짱의 생일 파티라도 할까?"

"좋잖아. 일요일이니까 다들 불러야지, 하자."

또래의 젊은이들은 돈이나 지위는 없지만 다들 꿈을 간직하고 있다.

류지가 아는 여성이 오페라 거리 모퉁이의 일본인 거리에 있는 술집에서 일하고 있었다. 일본인 회사원들을 상대로 한 일본식 술집으로 그 여자는 약간의 경제적인 여유가 있었다. 게다가 류지에게 반한 상태라 무슨 일이 있을 때마다 돈을 잘 쓴다.

나카가와 류지에게 홀딱 반한 센도 마치코는 같은 술집에서 일하는 네네 미야라는 튀기 여자를 데리고 왔다. 오페라 거리에 면한 카페에서 다섯 명의 젊은이는 파티를 열었다. 레드 와인을 몇 병이나 비우면서 글라스를 들어 건배도 했다. 축하해, 축하해, 그때마다 그들은 외쳤다. 큐에게는 예상도 하지 못한 생일이 되었다.

마치코도 귀여운 여자였지만 네네는 이목구비가 선명한 정말로 아름다운 아가씨였다. 평소 여자를 두고 늘 경쟁하는 히데키와 류지가 이런 좋은 기회를 놓칠 리 없었다. 네네는 솔직하고 밝은 성격으로 누구에게도 스스럼없이 대했고 몸가짐도 올발랐다. 그래서 두 사람은 더더욱 마음에 드는지 몸을 기울인 채 네네를 꼬드기느라 여념이 없었다. 마치코가 기분 좋을 리 없었다. 류지가 침을 흘리며 노골적으로 네네에게 접근하는 것을 보고 기분이 상한 것이다.

"큐짱, 내가 그렇게도 매력이 없어 보여? 류지를 위해 내가 얼마나 노력했는데."

같은 후쿠오카 출신인 마치코는 큐 앞에서만 하카타 사투리를 쓴다.

"마치코 씨, 그렇지 않아. 마치코는 정말 예쁜 여자야."

"고마워, 큐짱. 그럼 나 오늘부터 큐짱의 여자가 될까 봐."

와, 히데키가 박수를 쳤다. 큐는 기쿠마루의 일을 떠올렸다. 마치코는 큐의 팔에 자신의 팔을 휘감았지만, 그것은 류지에 대한 불만의 표시였다.

자정 가까운 시간에 이르자 다들 술에 취해버렸다. 취한 류지가 스물일곱 살의 고백을 해보라고 했다. 전원이 박수를 쳤다. 큐는 할 수 없이 마리와의 일을 이야기하기 시작했다. 오히려 이런 자리에서 이야기하는 게 편할 것 같았다. 그래서 만나서 헤어질 때까지 기억에 남은 중요한 장면을 모두 이야기했다.

"큐짱, 그렇게 커?"

마치코가 말했다.

"응. 그래서 아무리 애를 써도 한 몸이 될 수 없었어. 소원을 이루지 못한 거야."

"그렇지만 이건 어떨까? 나도 프랑스인 애인이 있었는데 처음에는 못했어. 그 사람 그게 너무 컸거든. 그렇지만 참 이상해, 점점 그게 되더라니까."

큐는 놀랐다.

"그런 거야?"

"그럼, 큐짱. 시간을 들여 사랑하면 되는 거야. 여자의 그곳은 남자의 사이즈에 맞출 수 있게 되어 있으니까."

"정말이야?"

"정말이라니까. 그래서 나도 몇 번째에 이르러서야 비로소 그를 만족시켜줄 수 있었어."

"그러니까 그렇게 헐렁헐렁하지."

류지가 작은 소리로 말했다. 마치코가 들고 있던 글라스의 와인을 류지에게 끼얹었다.

"무슨 짓이야, 자식이."

"자식이라니. 류짱, 나도 약한 여자야. 해서 될 말이 있고 안 될 말이 있는 거야."

히데키가 달려드는 류지를 등 뒤에서 잡았다.

"어이어이, 오늘은 큐짱의 생일이니까 다투지 마, 두 사람."

마치코는 고개를 휙 돌려버렸다. 류지는 웃고 있다. 네네는 대화에 낄 수 없는 것이 부끄럽다는 표정이었다. 그렇지만 이런 식으로라도 오랜 세월 가슴에 품어왔던 고민거리를 내뱉을 수 있어 큐는 마음이 편안해졌다. 그리고 마치코의 말이 사실이라면 다급하게 후쿠오카를 떠나온 자신의 행동이 부끄러웠다.

"지금이라도 늦지 않을 거야."

마치코가 큐의 옆얼굴을 보며 말했다.

"뭐라고?"

"그 사람 아직 큐짱을 기다리고 있는 건 아닐까?"

"그로부터 7년이나 지났어. 무리야. 요전에 비자 서류 때문에 집에 전화를 했어. 어머니가 받기에 그 애 소식을 물었더니 행복해 보이더라고 했어."

"어떤 행복?"

네네가 끼어들었다.

"몰라. 더는 너무 무서워서 묻지 못했거든. 그렇지만 여자가 행복하다는 건 상대가 있다는 말이 아니겠어."

다들 고개를 끄덕였다. 취한 류지는 스트로를 입에 물고 울적한 얼굴로, 헐렁헐렁하단 말이야, 하고 중얼거렸다.

큐는 마치코의 소개로 그녀가 일하는 술집에서 일자리를 얻었다. 체구가 어울리는 경비원으로. 그렇지만 관광 비자라서 불법 취업이었다. 경찰이 왔을 때를 대비해 언제든 손님으로 변신할 수 있게 재킷과 가방을 카운터 뒤에 두었다.

술집 '론'의 마담 세키네 마이코는 화장이 짙은 삼십대 후반의 여장부였다. 가게 인테리어는 그곳이 파리라는 생각이 들지 않을 정도로 긴자의 클럽 분위기를 띠고 있었고 손님도 거의가 일본인 회사원들이었다. 가장 인기가 있는 네네 미야리를 노리고 오는 손님들에 일본 여자를 좋아하는 프랑스 남자들이 섞여 있었다.

"큐짱, 거기가 특대라면서?"

어느 날 세키네 마이코가 문 열 준비를 하는 큐에게 다가와서 말했다. 이른 시간이라 다른 종업원은 없었다.

"마치코 씨가 말하던가요?"

"그럼, 마치코에게 들었지."

마이코는 큐의 앞을 가로막듯이 서 있었다. 큐는 조심스럽게 들고 있던 의자를 내렸다.

"왜 그러세요?"

"사실은 큐짱에게 부탁할 일이 있어서."

마이코가 다가왔다. 큐는 살짝 뒤로 물러났다.

"왜 그러세요?"

"비밀 아르바이트를 부탁하고 싶어. 아무도 모르게 하는 아르바이트야."

마이코는 더 앞으로 다가왔다. 큐의 등이 벽에 닿고 말았다.

"나에게는 일본인 남편이 있어. 그렇지만 그와는 서류상의 관계에 지나지 않아. 그 사람에게는 애인이 있고, 그 애인 사이에 자식도 두었어. 나도 그걸 인정했고. 이런 이야기는 듣고 싶지도 않겠지만 이걸 전부 고백하지 않으면 아르바이트를 의뢰할 수도 없고 나를 색에 미친 여자라고 할 것 같아서 미리 설명해두는 거야. 그 사람 물건은 너무 평범한 반면에 나의 그곳은 너무 깊고 넓어. 그래서 그를 만족시키지도 못하고 나도 여태 한 번도 만족해본 적이 없어. 프랑스로 온 것은 이쪽 남자들이 여자를 잘 꼬드기는 데다 물건도 대단하다고 해서였는데, 그런 남자는 아직 만나보지 못했어. 오해하지 말아줘. 나는 색골이 아냐. 그냥 만족해보고 싶은 것뿐이야. 이 외로움을 달래고 싶을 뿐이야. 지금까지 누구 한 사람 나를 만족시켜주지 못했거든. 태평양에서 헤엄치는 것 같다고, 섹스를 하면서 남편이 말하곤 했어. 그 말에 상처를 입고 난 먼 이곳 이국땅으로 오고 말았어. 진실한 사랑을 찾아서. 그렇지만 그런 사람을 아직 만나지 못했어. 이제는 거의 포기한 상태야. 나이도 있잖아. 이제 다시 사랑을 꽃피워 한 남자와 결혼하는 것도 무리가 아닐까 싶어. 그런데 지난번에 마치코가 네 이야기를 하는 게 아니겠니. 그게 너무 커서 여자와 관계를 맺을 수 없다고. 그래서 내 부탁은 나와 관계를 가져달라는 것이야. 내 몸과 마음을 만족시켜달라는 거야. 감정은 없이, 물론 금전적으로 보답은 할게. 네가 원한다면 취업 비자 갱신도 도와줄게. 부탁이야, 한 번이라도 여자로서 만족해보고 싶어. 누가 뭐래도 이건 나에게 아주 절실한 문제야. 네가 얼마나 성실한 청년이라는 것은 요 한 달 일하는 것을 보고 잘 알아. 그래서 네게 부탁하고 싶은 거야. 네가 아니라면 절대로 이런 부탁은 하지 않을 거야. 날 좀 도와줘, 큐짱."

큐는 놀란 나머지 다가오는 마이코에게서 도망치려 했다. 마이코가 큐의 손을 잡았다.

"잠깐, 오해하지 말아줘. 조금만 더 내 말 들어줄래."

마이코가 큐를 진지한 눈길로 바라보았다. 화장은 짙었지만 미인이었다.

"열쇠가 있어. 여자의 몸에는. 누구라도 다 좋은 건 아니야. 그 열쇠를 가진 사람만이 여자의 몸을 열 수 있는 거야. 보통 여자라면 열쇠를 가진 남자를 찾는 건 그리 어렵지 않아. 열쇠란 바로 그거야. 그것으로 그곳을 여는 거야. 즉 엑스터시 말이야. 그렇지만 내 몸은 좀 특별해서 내 몸에 맞는 열쇠를 가진 남자가 너무 드물어. 그래서 지금까지 진짜 엑스터시를 경험해보지 못한 거야. 여러 번에 걸쳐 몇 사람에게 시도해보았지만 아무도 나의 몸과 마음의 문을 열어주지 못했어. 나도 기쁨을 알 권리가 있잖아. 한 번이라도 좋아. 딱 한 번이면 돼, 응. 살아 있다는 의미를, 여자의 기쁨을 느껴보고 싶어. 부탁이야, 큐짱, 나를 안아줘."

큐는 마이코의 부탁을 딱 한 번만 들어주기로 했다. 그녀의 태도가 너무도 진지했고, 자신 또한 같은 고통을 맛보았기에……. 돈은 받지 않기로 했다. 그 대신에 취업 비자를 얻는 데 도움을 받기로 했다.

세키네 마이코의 아파트는 좌안에 있는 생제르맹데프레 교회 바로 뒤편이었다. 아주 세련된 카페레스토랑의 위였다. 두 사람은 거기서 식사를 한 다음 위층으로 올라갔다. 마이코의 방은 독신 여자의 공간답게 화사하게 장식되어 있었다. 프랑스 왕조 시대의 가구나 그림으로 가득한 약간 악취미가 보이는 화려함의 극치를 달리는 방이었다. 침실에는 커다란 침대가 두둥 자리를 잡고 있고 덮개에서 내려온 레이스 커튼이 침대를 휘감고 있었다.

"큐짱, 옷 벗고 여기 누워. 나 샤워하고 올게."

식사를 하면서부터 마이코는 흥분 상태였다. 음식이 잘 넘어가지 않는 양 한숨만 내쉬었다. 손이 떨리고, 그 긴장이 고스란히 큐에게 전해졌다. 몇 번이나 그만두자고 생각했다. 그렇지만 결국 그녀의 아파트 문을 들어서고 말았다. 행복해진 마리와의 과거를 끊기 위해서라도 자신의 몸을 더럽히지 않으면 안 된다고 생각했다. 다른 여자와 관계를 가져 마리에 대해 미안한 마음을 가질 수 있다면 마리를 잊을지도 모른다. 얼마간은 이 고통을 완화시킬지도 모른다고.

큐는 팬티 차림으로 침대에 누워 기다렸다. 아득히 샤워하는 소리가 들렸다. 모든 것을 물로 씻어내야 한다고 생각했다. 마이코가 나타났다. 큐의 발아래서 가운을 벗었다. 풍만한 나체가 눈앞에 나타났다. 어머니의 나체를 보는 듯한 죄책감에 사로잡혀 큐는 눈을 감았다. 일이 끝날 때까지 줄곧 눈을 감고 있자고 생각했다.

"큐짱, 괜찮아? 침대에 올라가도."

"예, 괜찮습니다."

침대가 삐걱거렸다. 아래쪽에서 마이코가 다가왔다. 큐는 마음을 다잡았다.

"관계를 가지기 전에 확인하고 싶은 게 있어요."

"뭔데?"

"관계는 한 번뿐입니다. 그리고 나에 대해서 절대로 아무에게도 말해서는 안 됩니다. 마치코에게도, 그리고 누구에게도, 아시겠습니까?"

"응, 물론이야. 난 입이 무거워."

그때 한순간 큐의 마음속에 검은 구름이 피어올랐다. 덫이 아닌가 하는 불안을 느꼈지만 그때는 벌써 늦고 말았다. 마이코는 큐의 팬티에 손을 댔다. 그리고 끌어내렸다.

"와, 정말이네. 굉장해."

마이코의 목소리가 떨렸다.

"어쩜 좋아, 큐짱, 너무 대단해."

큐는 질끈 눈을 감았다. 이를 꽉 깨물고, 미안, 하고 마음속으로 마리에게 사죄했다. 마이코는 큐의 물건을 두 손으로 잡더니 주저 없이 마구 흔들기 시작했다. 큐의 페니스는 점점 팽창하면서 위로 솟구쳤지만 흥분해서가 아니었다. 어쩔 수 없이 일어선 듯한……

"믿을 수 없어, 정말 대단해, 얼마나 커지는 거야 이거?"

큐는 그때 격렬한 후회의 감정에 사로잡혔지만 때는 늦고 말았다. 마이코는 큐의 물건이 딱딱하게 서는 것을 확인한 다음 갑자기 입에 넣더니 빨기 시작했다. 큐는 놀라서 소리를 지르려다 입술을 꼭 깨물었다. 마이코는 일 초라도 빨리 세우려고 안달이었다. 너무도 천박하고 칙칙한 소리가 들렸다. 마이코의 두 손이 큐의 발기한 페니스를 더 거칠게 다루기 시작했다. 완전히 일어서자 마이코는 어깨를 들썩이며 큐 위에 주저앉아 그 물건을 고스란히 받아들였다. 농도 짙은 물속에 잠기는 듯한 느낌으로 큐는 마이코 안으로 푹 잠겨들었다.

"아아아아……."

큐는 눈을 질끈 감았다. 봐서는 안 될 무엇이 자신의 배 위에 있었다. 마이코는 사람이 달라진 듯 마치 악마의 영을 뒤집어쓴 듯 큐의 배 위에서 몸을 뒤틀었다. 마치 어떤 심각한 사태가 벌어지기라도 한 듯 섬뜩한 느낌을 주는 거친 몸짓이었다. 처음에는 아아아, 단조로운 신음소리가 이윽고 음아아아로 변하더니, 조금 지나자 음캬캬캬캬, 도로공사 현장 같은 격렬한 진동을 동반한 기계적인 소리로 변해갔다. 마이코의 육체의 문은 열쇠 따위 없어도 그냥 열려버렸다. 그러나 큐는 욕망이나 흥분을 느낄 수 없었다. 느끼기는 했지만 마지막까지 냉정한 기분이었다. 한순간의 방심이 평생을 망치는 결과를 초래하지 않았는가라는 강렬한 후회에 사로잡힌 채 침대 끄트머리를 허망하게 부여잡고 있었다.

마이코는 큐의 몸에 푹 꼬꾸라진 채 하늘 끝까지 올라갔다. 전기에 감전된 사람처럼 단속적으로 푸드득푸드득 떨었다. 경련을 일으킨 사람처럼 큐의 배 위에서 몇 번이나 튀어 올랐다. 도저히 평범한 인간으로 보이지 않았다. 낚싯바늘을 문 채 갑판 위로 올라온 연어, 상어 또는 참치. 그래도 큐는 눈을 감은 채 견뎌냈다. 이제는 마리를 바라볼 수 없다고 생각했다. 그 대신에 다른 인생을 살아가자고 굳게 마음먹었다.

며칠 후 마이코와 섹스를 했다는 소문이 류지와 히데키의 귀에 흘러들었다.

"너, 골 때리는 여자에게 물렸어. 그년, 너랑 잤다고 온 오페라 거리에 소문을 퍼뜨리고 있어."

류지가 빙긋 웃으면서 말했다.

"아무리 굶었어도 그렇지. 그런 천박한 잡년이랑 자다니 실수한 거야."

큐의 눈이 동그래졌다.

"어떻게 너를 꼬드겼는지는 모르겠지만, 그 여자 오페라 거리의 일본인 남자라면 모두 잡아먹었어. 그래서 별명이 이무기야."

"왜?"

히데키가 쓰게 웃으며 말했다.

"비단뱀처럼 뭐든 머리부터 통째로 먹어치우니까 그렇지."

"정말 대단하지 않아? 한 번 노린 먹이는 절대로 놓치지 않으니까. 나도 잡아먹힌 적 있어."

류지가 덧붙였다.

"가난한 학생을 노리는 거야. 그런데 아주 교묘해, 설득하는 화술이. 예술의 본질을 이해하는 너의 몸과 하나가 되고 싶어, 내 몸을 캔버스 삼아 사랑의 그림을 그려주세요, 그런 식으로 말이야. 그렇지만 그거, 캔버스가 아니라 시궁창이지 뭐. 시끄럽기는 또 얼마나 시끄러운데. 끝나고 나면 초특

급으로 코를 골며 잠들어버려, 아, 넌 경험자라서 잘 알겠구나."

"어떻게 하면 좋아?"

"소나기를 맞은 셈치고 다시는 접근하지 말 것. 학업을 중단하고 일본으로 돌아간 학생이 몇이나 되는지 몰라. 그 잡년은 오페라 거리의 이무기야."

7 오페라 거리의 이무기

그러나 큐는 그 이후에도 마이코와 관계를 계속했다. 큐는 그들의 충고를 듣기는커녕 류지의 옥탑방을 나와 아예 마이코의 아파트로 거처를 옮겼다. 류지의 옥탑방은 도저히 세 사람이 지낼 정도가 아니었다. 류지는 밤늦게까지 방 안의 작은 책상에서 디자인을 했고 히데키가 와인 가게를 돌며 사온 와인이 벽을 가득 메워 발 디딜 틈도 없었다. 목표가 없는 큐는 그들의 짐이나 다름없었다. 더는 피해를 줄 수 없다고 생각했다.

"정말 괜찮아? 큐짱, 너 정말 바보 아냐?"

류지가 웃었다.

"응, 아마 바보일 거야."

큐는 머리를 숙였다.

"그런데 큐짱 정말 진지하게 생각하고 결정한 일이야? 그년한테 갔다가는 골수까지 다 빨려 말라죽어."

"아, 히데키, 충고는 고마워. 그렇지만 잠깐이니까. 아파트만 마련하고 자립할 수 있으면 바로 나올 거야."

"그렇지만 마이코의 애인이라고 오페라 거리에 온통 소문이 퍼질걸. 그런 거 짜증나지 않아?"

"귀찮고 짜증스러운 일이겠지만, 여긴 파리야. 일본인만 만나는 것도 아니니까."

큐는 다시 한 번 머리를 숙였다.

"어쨌든 더는 류지에게 신세를 질 수 없어. 류지에게는 목표가 있잖아. 내가 여기서 방해할 수는 없어. 열심히 작품을 만들어 빨리 일류 디자이너가 되기를 소망할게. 거구의 내가 있으면 좁은 방이 더 좁아지니까. 게다가 나는 원래 히데키를 따라 들어온 몸이잖아. 빈대 붙은 거지 뭐. 너무 오래 신세 지는 것도 마음이 불편해."

"바보, 그런 문제가 아냐. 우리는 아직 젊어."

입이 거친 류지가 이렇게 진심으로 걱정해주는 것이 고마웠다. 그렇지만 큐는 그곳을 나가기로 했다. 마이코의 아파트 살롱에 있는 소파가 큐의 침대가 되었다. 자고 있으면 매일 밤 마이코는 큐를 습격했다. 두세 번 안고 난 이후로 두 사람은 서로의 육체를 알게 되었다. 처음에는 어색하고 힘들기만 한 섹스였지만 몇 번을 하는 사이에 상대의 공략 포인트가 저절로 드러났다. 어떤 각도에서 어떤 식으로 공략하면 여자가 느낀다는 것을 큐는 마이코에게 배웠다. 모든 쾌락의 방법을 큐는 마이코에게 배웠다고 해도 지나친 말이 아니었다. 기쿠마루가 큐를 이끌어주었을 때처럼 애정은 없었다. 차라리 노예처럼 취급당했다고 해야 할 것이다. 그래도 큐는 마이코 안에서 마이코 나름의 상냥함을 찾아냈다. 그리고 고독도……. 마이코는 절정에 오르면 반드시 울었다. 어릴 적, 피가 다른 삼촌에게 성적인 학대를 받았어, 그런 고백도 했다.

"그래서 나는 음란해지고 만 거야."

도쿄에 남편이 있다는 것도 사실인 듯했다. 그 남편에게 애인이 있다는 것도, 또한 그 사이에 자식이 있다는 것도. 마이코는 그 아이들의 존재를 알고 있었다. 괜찮아, 그냥 해, 링을 넣었으니까, 마이코는 말했다. 콘돔을 하고 싶다는 큐의 말에 그렇게 대답했다. 이 사람 또한 나름의 외로움을 이기지 못해 고뇌하고 있다는 것을 큐는 꿰뚫어보았다. 그래서 저도 모르게 상냥하게 대해주는 때도 있다. 마이코가 울면 큐는 꼭 끌어안아주었다.

"큐짱, 넌 섬세하지는 못하지만 몸 하나는 정말 끝내줘. 몸에 반했어. 복근 운동을 열심히 해서 군살이 안 붙게 신경 좀 써. 나는 조각 같은 남자의 육체가 좋아. 흐물흐물 삼겹살을 덜렁거리는 살찐 돼지는 정말 싫어. 알았지? 아침에 일어나면 복근 운동 천 번."

마이코의 요구 사항은 어처구니가 없을 정도였다. 말도 안 되는 요구를 하는 때도 있었다. 연속 다섯 번을 해달라고 한 적도 있었다. 해도해도 놓아주려 하지 않았다.

"뭐야, 왜 이래. 젊은 놈이 비실비실하긴. 복근 운동하고 있어? 앞으로는 하기 전에 천 번."

큐는 그곳을 사용하는 대신에 방 청소와 식사 준비, 시장 보는 일까지 해야 했다. 밤이면 섹스기계가 되어야 했다. 자면서 마이코의 욕구에 응해주기도 했다. 느끼고 즐길 여유 따위 없었다. 오줌을 싸거나 똥을 누는 것과 같은 의무 사항이었다. 그러나 그 가혹한 행위 속에서 신기루의 사막이 펼쳐지고 멀어지는 마리의 뒷모습이 보였다. 마리짱, 큐는 사정하는 순간에 허한 눈길로 신기루를 바라보고 있었다.

손님이 거의 다 빠져나갔을 때 마치코가 침울한 표정으로 큐의 생활을 걱정했다. 마이코는 가게의 손님과 마들렌의 별 달린 레스토랑에 식사를 하러 나가고 없었다. 가게에는 큐와 마치코, 네네 셋뿐이었다.

"걱정 끼쳐 미안해."

"큐짱, 안색이 정말 안 좋아. 창백해."

"괜찮아, 젊으니까. 이 정도는 아무것도 아냐."

"사장이 좋아?"

"설마, 그럴 리가."

"그럼 왜?"

왜일까, 큐는 새삼 생각해보았다.

"사장에게 심하게 당한다는 소문이야."

"어떤?"

"채찍에 맞고 오줌을 받아 마시기도 하고."

큐는 웃으면서 소문을 흘리는 게 혹시 마치코 네가 아니냐고 되물었다. 마치코는 입술을 비틀며, 우헤헤, 하고 얼버무렸다.

"큐짱, 혹시 아파트 찾고 있다면 게이 친구가 마레에서 사는데 룸메이트를 구해달래."

네네가 끼어들었다.

"어때, 그렇게 할래?"

"고마워. 그렇지만 괜찮아. 돈이 모일 때까지 조금만 참으면 돼."

큐는 접시를 씻었다. 생각보다 피로했다. 왜 이런 생활을 참으며 하느냐고 자신에게 물었다. 매일 밤 떠오르는 마리의 환영에서 도망치기 위해 서……. 자신이 더러워지면 더러워질수록 그 눈부신 마리에게로 돌아갈 수 없다고 생각했다. 점점 더 더러워져서 그 더러움으로 아름다운 마리에 대한 미련을 지우고 다시 시작하자고 생각했다.

그날 밤, 가게는 손님으로 붐볐다. 금요일 밤이라 단골들에다 도쿄에서 온 경영자 그룹까지 모여들었기 때문이다. 가게의 여자들은 혼자서 몇 명을 상대로 술을 따랐다. 열한 시가 지났는데 갑자기 부르는 소리가 들렸다. 네네가 상대하고 있던 회사원들이 갑자기 소동을 부리기 시작한 것이다. 네네의 접객 태도가 좋지 않다고 화를 냈다. 마이코가 중재했지만 한 사람이 마이코를 떠밀어버렸다. 거칠고 천박한 놈들이었다. 큐는 그들이 양복 차림이지만 들어오는 순간부터 나카스 주변을 어슬렁거리던 깡패와 똑같은 냄새를 풍긴다는 것을 느꼈다. 경비 역할도 해야 하는 큐였기에 그들에게로 다가갔다.

"뭐야, 너는."

사내들 가운데 하나가 소리 질렀다.

"여기 종업원입니다. 손님, 조용히 좀 해주세요. 다른 손님들에게 피해를 줄 수 있습니다."

"짜식, 이 여자가 건방지게 구니까 그렇지. 무릎 꿇고 사과하게 해."

"그건 안 됩니다. 이 아가씨 손가락 하나라도 건드리면 안 됩니다. 이 아가씨는 가게에서 나를 포함해 모두에게 소중한 사람입니다."

"웃기고 있어. 넌 뭐 하는 놈이야?"

바닥에 쓰러진 마이코를 큐가 안아 일으켰다. 마이코는 큐의 팔을 잡기는 했지만 일어서지도 못하는 지경이었다. 큐는 소파에 마이코를 눕힌 다음 다시 남자들 앞으로 나아갔다. 큐가 노려보자 남자들의 눈길에 변화가 일어났다. 한 사람이 아이스픽을 집었다. 단골들은 심상치 않은 공기를 느끼고 꼼짝도 하지 않았다. 큐는 네네의 팔을 잡고 자신의 등 뒤로 숨게 했다. 큐짱, 멀리서 마치코가 불렀다. 경찰, 경찰을 불러, 마이코가 요란을 떨었다. 그러자 눈앞의 남자가 마이코의 배를 걷어찼다. 아이스픽을 든 남자가 큐를 덮치려 했다. 큐는 남자가 찌르는 아이스픽 끝을 잡았다. 큐의 눈에서 빛이 뿜어져 나왔다. 큐가 손을 떼자 아이스픽이 휘어져 있었다. 남자들은 심상치 않은 기운을 느꼈다. 큐는 더 강하게 염을 했다. 눈앞에서 폼을 재던 남자가 쓰러졌다. 남은 세 사람이 쓰러진 남자를 안아 일으키려 했지만 남자는 꼼짝도 하지 못했다.

"조용히 물러나주시겠습니까?"

큐가 냉정한 어투로 말했다.

"무슨 짓을 했어, 너."

한 사람이 말했다.

"합기도입니다. 난 합기도의 달인입니다."

임기응변으로 내뱉은 큐의 말을 모두가 믿는 눈치였다. 남자들은 휘어진 아이스픽을 바라보다가 테이블 위에 내동댕이치더니, 가자, 하고 말했다. 커다란 낚싯바늘처럼 변한 아이스픽이 깡, 소리를 냈다. 남자들은 한마디씩 마지막 말을 남기고는 사라졌다. 단골 가운데 한 사람인 초밥집 주방장 와다 다모츠가 박수를 쳤다. 오페라 거리의 고객들이 와 대장, 하고 성원을 보냈다. 큐는 마이코를 안아 일으켰다.

"응급실로 가야겠습니다. 뒤를 부탁합니다."

나가려는 큐에게 네네가 달려왔다.

"큐짱."

뒤를 돌아보는데 네네가 큐의 볼에 입을 맞추었다.

마이코는 갈비뼈가 두 대 부러지는 중상을 입었고 그 가운데 하나가 폐를 찔렀다. 퇴원할 때까지 가게는 마치코와 둘이서 봐달라고 마이코는 큐에게 부탁했다. 병원과 가게를 오가는 큐의 새로운 생활이 시작되었다. 마이코가 없는 생활이 얼마나 편한지 몰랐다. 마이코가 퇴원할 때까지 3개월이 걸렸고 퇴원하고 난 뒤에도 얼마간은 섹스를 할 수 없었다.

하룻밤 사이에 큐의 무용담은 오페라 거리의 일본인 사회에 퍼져나갔다. 소후에 큐라는 합기도의 달인이 있다는 소문이었다. 일본에서 온 야쿠자를 손도 대지 않고 던져버렸다는 다소 과장된 이야기이기도 했다. 일본 식당이나 기업 오너들이 일부러 큐를 만나러 오기도 했다. 개중에는 합기도를 가르쳐달라고 애원하는 사람도 있었다.

"정말 대단했어, 큐짱. 눈에 보이지 않을 정도로 빨리 상대를 제압해버리다니."

"아니, 정말 손을 사용한 거야? 한순간이었어. 남자가 그냥 쓰러진 것처럼 보였는데."

라면집 주인이 흥분하며 그때를 되살려냈다.

"그렇지만 아이스픽, 그건 손으로 했잖아? 어이, 그거 어딨어? 휘어진 아이스픽 말이야."

마치코가 소중히 간직하고 있던 그때의 아이스픽을 가지고 나와 사람들 앞에 내려놓았다. 날카로운 쇠가 굽어 있었다. 와다 다모츠가 그것을 되돌리려 했지만 꼼짝도 하지 않았다.

"대단한 힘이야. 어떻게 하는 거야?"

큐는 합기도니까요, 힘으로 하는 게 아닙니다, 기합이지요, 하고 대답했다.

"기합이라니, 정말 대단해. 기합만으로 이렇게 할 수 있다니. 정말 굉장한 실력이야 이건. 큐짱, 합기도 몇 단?"

큐는 쓴웃음을 지으면서, 개인적으로 조금 했을 뿐이에요, 단은 없어요, 하고 얼버무렸다.

가게가 끝나고 돌아가는 길에 큐는 류지와 히데키랑 합류했다. 그들 귀에도 큐의 무용담이 전해졌다. 오페라 거리 옆의 낯익은 카페에서 히데키가 와인을 땄다. 네네와 마치코도 합류했다.

모두가 취했다. 말이 많아졌다. 이야기는 오로지 큐의 무용담에 집중되었지만 그 이야기가 끝나자 이번에는 젊은이다운 자신의 꿈에 대해 이야기하기 시작했다.

"그건 그렇다고 해, 보지는 않았지만 큐짱이 합기도의 달인이라고 하잖 말이야. 그런데 고수님, 넌 앞으로 어떡할 생각이야?"

류지는 기묘한 차림새였다. 화려한 원색 천을 마음껏 구사한 패션이었다.

"글쎄 어떡할까. 마이코 씨가 나올 때까지 기다렸다가 행동해야 할 텐데, 아마 어딘가에 방을 하나 구하는 게 순서겠지."

"그런 편이 좋아. 이대로 가다가는 마이코 씨한테 골수까지 다 빨려버릴 거야. 평생 그 가게에서 경비나 서고 성노예가 되고 말지."

"그건 안 돼."

큐가 그렇게 말하자 모두 웃었다. 문득 네네와 눈이 마주쳤다. 네네는 웃고 있었지만 눈빛은 진지했다. 강렬한 눈길을 보내고 있었다.

"큐짱은 꿈이 없니?"

마치코가 물었다.

"꿈, 딱히."

"류짱 말이야, 다음 주부터 에마니노레 엔리케의 아틀리에에서 일을 하게 됐대."

"와, 정말? 세계적인 디자이너잖아."

류지가 웃으면서 고개를 끄덕였다.

"디자인한 그림을 직접 들고 갔어. 그랬더니 내일부터 당장 나오라는 거야. 그래서 취직 성공."

"정말 대단하지 않아?"

히데키가 류지의 말투를 흉내 냈다. 다 같이 웃었다.

"그리고 히데키 말이야, 트레로 다르장이라는 레스토랑 알아? 별 세 개. 거기 카비스트로 일하게 되었다고 해."

"카비스트가 뭔데?"

네네가 물었다.

"지하에 있는 와인 저장고를 관리하는 일이야. 그곳 카비는 세계 최고래. 와인이 무려 50만 병이나 저장되어 있다는 거야. 카비스트 세 명이 그곳을 관리하면서 위에서 지시가 내려오면 와인을 찾아서 홀로 올려주는 일이야. 아직 소믈리에는 아니지만 소믈리에의 첫걸음이라고 할까."

"와, 둘 다 대단하잖아."

큐가 놀라자 류지가 큐의 머리를 콩 찔렀다.

"파리까지 와서 우물쭈물해선 안 되는 거야. 공격적으로 나가야지. 마이코의 성노예, 그거 귀찮지 않아? 그만둬 당장, 남자 체면도 좀 생각해야지."

"그렇지만 큐짱, 정말 멋졌어."

네네가 끼어들었다. 류지와 히데키, 마치코가 동시에 네네 미야리를 돌아보았다. 영국인 아버지와 오키나와 출신의 어머니 사이에 태어난 네네는 이국적인 분위기와 앵글로색슨의 피가 동거하고 있었다. 눈부신 사랑의 아우라를 뿜어내며 네네는 큐를 똑바로 바라보고 수줍게 웃었다.

"뭐야뭐야, 이거 이상한 전개잖아. 어이 네네짱, 나, 파리 컬렉션의 스타가 될 몸이야. 이런 성노예에게 눈길 주지 마."

"그래, 네네짱은 더 가능성이 있는 남자와 사귀어야 해. 예를 들면 나 같은 미래의 소믈리에라든지."

마치코가 웃었다.

"참 믿을 수 없어. 이렇게 예쁜 애한테 아직 남자가 없어서 레즈비언이 아닌가 했는데. 파리에서는 게이가 정상적인 남자니까."

그러자 네네 미야리가 대답했다.

"운명을 느꼈어. 그것 말고는 할 말이 없어. 내가 찾고 있던 사람이 바로 이 사람이라고, 그때, 나를 지켜주던 그 순간에 알아버렸어."

쳇, 류지가 혀를 찼다.

"운명이라니, 귀찮지 않아?"

모두 웃었다.

"그렇지만 애석해. 나도 네네짱을 좋아했는데."

"잠깐, 이건 축하할 일이야. 파리에서 새로운 커플이 탄생하는 순간이야, 그렇지 큐짱!"

"저, 나는……."

"뭐야, 이렇게 예쁜 애가 운명을 느낀다고 하는데, 무슨 불만이라도 있어?"

큐는 네네를 힐끗 바라보았다.

"그렇지만 나는 마이코 씨한테."

그 순간 네네의 표정이 흐려졌다.

"어느 쪽을 선택할 거야. 설마 마이코를 선택하는 건 아니겠지. 빨리 그런 곳에서 나와. 가만 내버려둬도 절대 죽을 여자는 아니니까. 남자라면 쓸어 담을 정도로 많은 여자야."

"그렇지만 저, 나에게는 잊지 못하는 사람도 있고 해서……."

큐는 마리의 영상이 완전히 지워지지 않았다는 것을 말하려 했다.

"큐짱, 만일 큐만 좋다면 내 아파트로 와도 좋아."

네네는 흔들리지 않았다. 히데키와 류지가 와, 좋겠다, 라며 놀렸다. 마치코가 박수를 쳤다.

"그렇지만……."

큐는 네네의 진지한 눈길을 바라보았다. 혹시 이 사람이 나를 구원해줄지 모른다는 생각을 하면서. 그리고 큐는 어렴풋이나마 어떤 운명적인 것을 느꼈다.

"정말?……들어가도 좋아?"

큐가 되묻자 네네는 미소 지었다.

"그럼 가게를 그만두어야겠네. 마치코 씨한테 맡겨도 될까?"

마치코는 내게 맡기라며 가슴을 탁 쳤다.

"와, 고마워. 그럼 나도 그만둘 거야. 다른 일을 찾아볼게."

"쳇, 샘이 나서 봐줄 수가 없군."

류지가 웃었다. 히데키는 거의 울상을 짓고 있었다.

"나, 네네를 정말 좋아했는데."

마치코가 히데키의 어깨를 끌어안으며, 내가 있잖아, 하고 위로했다.

8 네네

바로 옆에 있었는데도 큐는 여태 네네를 사랑의 대상으로 보지 않았다. 네네는 어릴 적부터 접근하는 남자가 많았지만 하나같이 존재감이 희박한 사람들이라 오히려 그녀로 하여금 이성을 멀리하는 결과를 낳았다. 두 사람은 서로에게 의외의 상대, 류지의 말로는 미녀와 야수였지만 그 의외성이 네네의 마음을 움직였다. 큐는 마리를 완전히 잊지는 못했지만 네네를 통해 마이코와 사는 동안에 쌓인 먼지를 털어내고 정신을 정화하게 된다. 지금을 그대로 받아들이자고 큐는 생각했다.

큐는 바로 짐정리를 해서 오데옹에 있는 네네의 아파트로 옮겼다. 번화가에서 한 블록 들어간 1층에 빵집이 있는 건물 5층으로 마이코의 아파트보다 좁았지만 안정된 분위기를 띤 방이었다. 창을 열면 푸른 하늘을 찌를 듯한 생쉴피스 교회의 첨탑이 보였다. 큐는 마이코를 문병하러 가서 가게를 그만두고 집을 나간다고 선언했다.

"매정한 놈."

마이코는 울부짖었다.

"너같이 별 볼일 없는 놈을 지금까지 돌봐주었는데 은혜도 모르다니, 그래서 네놈이 편할 줄 알아! 그렇게 잘해줬는데 무슨 불만이란 거야! 넌 나의 미운 오리새끼잖아, 내가 그리워도 앞으로는 절대로 못할 줄 알아, 젖을 빨고 싶어도 어리광을 부리고 싶어도 절대로 안 돼. 그래도 좋아?"

마이코는 아픈 가슴을 억누르며 발악을 했다. 프랑스인 간호사는 말뜻을 몰라 침대에서 발버둥치며 고함을 질러대는 마이코를 보고 웃음을 터뜨렸다. 큐는 머리를 깊이 조아리고 병실을 나섰다.

가게를 그만둔 두 사람은 일거리를 찾으면서 앞으로의 일을 하나씩 생각해보기로 했다. 같이 살기로 했지만 아직 손 한 번 잡아보지 못했다. 큐는 네네가 대체 자신의 어디가 좋다는 건지 알 수 없었다. 착각했다고 하면 어떡하나, 그런 생각을 하면서 네네의 집으로 들어갔다. 그렇지만 운명론까지 들먹인 네네의 마음이 변할 리는 없었다. 오히려 바깥에서는 드러내지 않았던 밝은 기질을 마음껏 발산했다. 마리와도 기쿠마루와도 완전히 다른 타입의 여성이었다.

"난 조금 특이해. 다들 그런 말을 해. B형이라서 그런지 몰라."

네네는 밝은 표정으로 말했다.

"한 번 좋아하면 그것밖에 보지를 않아. 그래서 지금은 큐짱 생각으로 가득해. 알겠어?"

"나 같은 사람 어디가 좋아? 얼굴도 우락부락하고 덩치만 크고 재주도 없고, 마이코랑 놀아난 쓸모없는 남자인데."

네네의 얼굴이 어두워졌다. 그렇지만 금방 웃음을 되찾았다.

"괜찮아, 나도 헤매던 시기가 있었으니까."

그런 의미심장한 말을 했다. 큐는 자신의 배낭에서 암시석을 꺼내 꼭 쥐었다. 이 사람을 사랑할 수 있게 힘을 달라고 기도했다.

  "뭔데, 그거?"

  네네가 큐의 손을 바라보며 물었다. 큐는 돌을 네네의 손에 쥐어주었다. 잡자마자, 아아아, 하고 네네가 소리쳤다.

  "어때?"

  "응, 눈앞이 확 열리는 것 같은 이상한 느낌이 들어."

  "뭔가를 느꼈어?"

  "잠깐만."

  그렇게 말하고 네네 미야리는 눈을 감았다.

  "응, 느껴. 정말정말 느껴. 이 돌 뭐야?"

  "암시석. 이 돌이 미래를 열어줄 거야."

  "그럼 기도해야지. 평생 큐짱 곁에 머물게 해주세요. 자, 큐짱도 기도해."

  큐는 네네에게서 암시석을 받아 들었다. 그러나 돌이 몇 배는 더 무거워진 것 같아 큐는 깜짝 놀랐다.

  밤이 왔다. 큐는 네네를 안기가 겁이 났다. 만일 마리 때처럼 그녀 속에 들어갈 수 없다면 이 관계는 어떻게 될까, 두려웠다. 마이코에게서 뛰쳐나와 이제 막 새로운 생활을 시작했는데, 잘못되면 어떡하나 큐는 고민했다. 식사를 하고 가볍게 와인을 마시면서 서로의 눈치를 살피다 보니 자연스럽게 안고 싶은 기분이 들었다. 네네는 큐의 옆에 착 붙어서 떨어지려 하지 않았다.

  "나의 어디가 좋아?"

  큐가 묻자, 또 그 말, 하고 네네는 지겹다는 듯이 말했다.

"여기저기 다."

"너처럼 아름다운 사람이 이렇게 좋아해주니까 괜히 불안해."

"아름다운가가 자기의 기준이야?"

큐는 그냥 웃었다.

"나는 나야. 진짜 나를 사랑해줄 때까지 싸우며 기다릴 거야."

말이 너무 이상해서 큐는 저도 모르게 웃음을 터뜨리고 말았다.

"안을까?"

큐는 용기를 내 시도해보았다.

"안기 전에 하는 게 있지?"

그렇게 말하고 네네는 큐를 향해 눈을 감았다.

큐는 마이코와 관계할 동안 키스만은 하지 않았다. 네네의 순수한 기분에 응하고 싶었다. 큐는 눈을 감았다. 그러자 마리의 얼굴이 뇌리에 떠올랐다. 저도 모르게 몸을 뒤로 빼며, 와, 하고 외치고 말았다.

"큐짱, 왜 그래?"

"아니, 아무것도 아냐."

아잉, 하며 네네는 큐의 몸에 올라타고 키스했다. 살아 있는 사람의 부드러운 입술이었다. 네네라는 인간의 온기와 상냥함이 입술을 통해 큐의 마음에 닿았다. 네네는 성심으로 입을 맞추었다. 그 마음이 전해져와 큐의 마음속에 외롭게 떠 있던 빙산을 녹이기 시작했다. 완고한 마음의 벽을 부수기 시작했다. 한결같은 마음이 큐의 비뚤어진 마음을 치유해주었다.

"큐짱."

순간 마리의 잔상이 마음속에서 반짝였다가 금방 사라졌다.

"네네."

"큐짱."

"네네."

"큐……."

"네……."

"큐……."

"응응응……."

"……."

"……."

"……."

두 사람은 서로를 끌어안았다. 큐의 머릿속에서 여자를 안아야 한다는 사명감도, 몸이 하나가 되지 않으면 사랑이 이루어지지 않는다는 부정적인 사고도 사라져버렸다. 마리에 대한 의리나 사죄나 수치나 미안한 마음도 사라졌다. 큐는 한 마리 수컷으로서 자연스럽게 암컷 네네를 안을 수 있었다.

네네는 다리를 벌리고 큐를 기다렸다. 큐는 네네의 가느다란 다리 사이로 파고들어 우뚝 선 그것을 입구에 갖다댔다. 한 번에 들어가지는 않았다. 네네는 마치 아기를 낳는 듯한 표정으로 숨을 내쉬고 들이마시기를 반복했다.

"괜찮아?"

"응, 괜찮아. 천천히 들어와."

"어때? 들어가?"

"됐어, 조금씩, 들어와. 고마워. 큐짱, 됐어."

그리고 한 시간의 격투 끝에 큐는 네네 속에 들어갈 수 있었다. 두 사람은 꼭 끌어안고 꼼짝도 하지 않았다.

"이대로, 아침까지 이대로 있어줘."

네네가 애원했다. 큐는 고개를 끄덕이고 네네에게 입을 맞추었다.

유쾌하고 밝은 여자였다. 가게에서는 그런 표정을 지은 적이 없었는데 늘 활짝 웃는 얼굴로 큐를 바라보았다. 남에게 가벼이 속내를 드러내지 않는 사람이었다는 생각이 들었다. 네네는 입을 크게 벌리고 얼굴 전체로 웃었다. 그래서 큐도 마음으로 웃을 수 있었다. 생각해보면 소이치로의 죽음, 엔도 다쿠미의 죽음, 간로쿠와 미츠의 죽음을 거쳐왔다. 어머니와 긴지의 섹스를 목격하고 슬픔과 증오심을 가졌다. 그리고 마리와 하나가 될 수 없었다는 것이 큐를 절망하게 했다. 그러나 지금 큐는 네네라는 존재에 의해 한때나마 슬픔과 증오와 절망에서 벗어날 수 있었다.

"나, 어디가 좋아?"

"또 물어?"

"알고 싶으니까."

"사람을 의심하는 취미라도 있어?"

"지금까지 서로 사랑하는 사람을 갖지 못했으니까."

"마리 씨는 연인이 아니었어?"

방생회 때 큐는 마리에게 좋아한다고 말했다. 마리도 큐에게 좋아한다고 말했다. 큐가 기억하는 가장 아름다운 순간이었다. 그렇지만 달콤한 말은 그것뿐이었다. 큐는 고뇌했다. 한순간이지만 서로 마음이 통했으니 연인이라고 해야 할지도 모른다. 그렇지만 세상의 상식으로 볼 때는 연인 관계라

할 수 없다.

"뭐라고 해야 할까. 연인 사이는 아니었다고 봐야 하지 않을까."

"그럼 마이코 씨는? 서로 밀착되어 있었잖아."

"그건 어쩔 수 없이. 그, 있잖아."

"변명하지 않아도 돼, 마음에 두지 않을 테니까."

"그럼 넌? 네네에게는 연인이 없었어?"

"있었어."

당연한 대답이었지만 자신에 대해서는 별로 말이 없는 네네의 과거를 들여다본 것 같아 큐는 가슴이 쿵, 했다.

"있었다고?"

"있었어."

"어떤 사람?"

"어처구니없는 사람."

큐는 미소 지었지만 입술 끝이 뻣뻣하게 굳어버렸다.

"어떤 식으로 어처구니없는 놈이었는데?"

"아무럼 어때. 벌써 지난 일인데."

"지난 일?"

"응, 아마 과거에……."

네네는 말꼬리를 흐렸다. 큐는 마음에 걸렸지만 더는 묻지 않기로 했다.

세키네 마이코의 가게를 그만둔 지 2주일 후, 소후에 큐는 '론'의 단골이었던 와다 다모츠의 식당 '도쿠가와'에서 견습생으로 일하게 되었다. 큐가 야쿠자를 물리치는 현장을 목격한 와다 다모츠가 베트남 사람인 오너에게 말해서 경험도 없는 큐를 채용한 것이다.

"우선 워킹홀리데이 비자를 취득하는 거야. 그런 다음 취업 비자를 신청해. 네네짱을 위해서라도 열심히 일해야지."

감사합니다, 큐는 머리를 숙였다.

큐는 가게가 문을 닫은 다음 와다에게 초밥 쥐는 법을 배웠다.

"잘 들어, 큐. 일본의 진짜 초밥집이라면 이런 식으로 신참을 고용하지는 않아. 그렇지만 여기는 파리. 약간 서툰 초밥이라도 프랑스 손님에게는 통하니까. 일본인 단골손님에게는 내가 쥐면 돼. 프랑스 사람이 오면 너나 긴야가 하는 거야."

긴야는 일찍이 와다 밑에서 배운 요리사이다. 나이는 큐보다 열 살이나 위이고 과자를 배우려고 파리에 왔다가 어쩌다 보니 초밥 요리사가 되고 말았다. 웨이트리스나 주방에서 요리하는 사람들도 목적을 가지고 왔다가 뜻을 이루지 못한 젊은이들이었다.

"잘 들어, 큐. 일본이라면 작고 예쁜 초밥이 인기지만 여기는 파리야. 밥과 생선의 차이도 모르는 놈들을 상대해야 해. 물론 개중에는 꽤 일본에 대해 잘 아는 작자도 있지. 그런 손님이 앉으면 바로 나에게 말해. 내가 대신 만들 테니까. 그렇지 않은 프랑스 손님이라면 주먹밥 만드는 감각으로 하면 충분해. 놈들도 와사비를 좋아하지만 너무 세면 안 돼. 그래서 중국인 거리에서 사온 약한 와사비를 사용해. 이거 잘못 넣으면 문제가 생기니까 조심해, 알았지. 코를 찌르지 않는 중국제 와사비 말이야. 놈들은 절인 생강을 샐러드로 착각해서 마구 집어 먹으니까 처음에는 조금만 내. 더 달라고 하면 웃으면서 다시 조금 집어주면 돼, 알았지. 왕창 내주면 공짜라고 마구 집어 먹어."

큐는 에이, 하고 초밥 요리사의 어투로 대답했다.

"그리고 생선이 달라. 동해의 거친 파도를 헤치며 살이 단단해진 그런 생선이 아니란 말이야. 이 주변의 생선은 지중해에서 아주 곱게 헤엄치며 어슬렁어슬렁 자란 놈들이라 살이 늘어진 고무 같아. 그렇다고 나쁘지는 않지만 동해의 생선살하고는 애당초 질이 달라. 여기는 파리의 초밥집. 도쿄의 전통 있는 초밥집하고는 상대가 안 돼. 그렇지만 이건 이것대로 멋들어진 초밥 역할을 한다는 걸 명심해둬. 잘 알아들었어? 프랑스인의 입에 맞는 초밥을 개발하는 것이 우리의 사명이라는 거지, 알았어 큐?"

"예이!"

큐의 손은 초밥을 만들기에는 너무 컸다. 평범한 크기의 주먹밥 정도는 쉽게 만들 수 있었다.

"어이 큐짱, 아무리 주먹밥이라고는 하지만 이건 일본식이잖아. 여긴 프랑스, 이 반 정도로 해."

"예이."

"그리고 칼을 쥐는 방법 말인데, 너 사람 찌를 일이라도 있어? 봐, 이렇게."

와다는 하나하나 큐에게 기술을 전수해주었다. 힘들지만 제대로 된 장소에서 일해본 경험이 없는 큐에게 그곳은 인생을 배우는 좋은 수행지이기도 했다.

"파리의 초밥 요리사 가운데 진짜는 별로 없어. 나처럼 조금 일해본 경험이 있는 정도야. 이런 나도 원래는 플라멩코 기타 주자였어. 스페인까지 간 건 좋았지만 현지의 프로 세계에서 버텨내지 못하고 흐르고 흘러 여기에 이르게 된 것이야. 젊은 시절에 호텔의 일본 식당에서 잠시 일한 경험이 있어서 베트남 부자가 초밥집을 한 번 열어보지 않겠느냐고 하기에 시작한 건데, 다행히 제대로 하는 곳이 없어서 그럭저럭 버텨왔다고 할 수 있지. 이런 식으로 하다가는 절대로 일본에서는 살아남을 수 없지. 오페라 거리의 일본 식당에서 일하는 일본인들은 모두 다 그래. 꿈을 가지고 파리에 온 것까지는 좋았지만 모두 꿈을 잃어버리고 흘러가는 거지. 디자이너, 파티셰, 요리사, 샹송가수, 모델, 영화감독, 화가, 모두 그런 놈들이지. 그래서 말인데, 꽤 문화 수준이 높아. 프랑스어도 꽤 잘하고 영어도 해. 하버드, 도쿄대학 출신도 있어. 그런데 말이야, 파리 같은 데서 살고 있는 일본인, 아주 특이한 사람이 많아. 너도 그중 하나지. 합기도의 고수가 오페라 거리에서 초밥이나 만들고 있으니 말이야."

"예이."

와다는 웃었다.

"예이, 그거밖에 모르냐? 이 멍청이."

"예이."

큐는 그래도 열심히 네네와의 생활을 위해 초밥을 만들었다. 주먹밥처럼 못생긴 초밥을 만들면서 왜 내가 여기 있는가라고 의문을 가졌다. 그렇지만 이게 인생인지 모른다고 금방 고개를 끄덕이는 큐였다.

큐와 네네는 매일 밤 사랑을 나누었다. 점차 네네의 그곳은 큐의 물건을 자연스럽게 받아들일 수 있을 만큼 넓어졌다. 큐의 페니스는 네네에게 꼭 들어맞았다. 멋들어진 결합. 처음에는 좁고 **빡빡**했던 네네의 동굴도 몇 번 사랑을 나누는 사이에 딱 알맞을 만큼 넓어져 기분이 좋았다. 아직 기쿠마루와 마이코 정도밖에 경험해보지 못했지만 네네와 가장 잘 맞는다는 것을 알았다. 허리를 조금만 움직여도 자극이 두 사람의 등허리를 치달렸다.

"꼭 맞잖아, 큐짱."

네네가 몽롱한 눈길로 말했다.

"어쩐지 육체를 벗어난 기분이야."

큐는 행복에 잠겼다. 사랑스러운 존재가 지금 팔에 안겨 있다. 생각해보면 이렇게 편안한 기분으로 남을 대하는 것은 태어나서 처음인 것 같았다. 만족스러웠다. 정신도 육체도, 욕망과 생각에 그치지 않고 두 사람은 꼭 알맞은 관계와 질로 하나가 되었다. 마리와는 애석하게도 하나가 되지 못했고 사랑을 나눌 수 없었다. 이제야 큐는 마리의 주술에서 벗어날 수 있을 것 같았다.

"큐짱."

"네네."

두 사람은 새벽녘까지 몇 번이나 사랑을 나누었다.

그 멤버들이 오랜만에 오페라 거리 옆의 카페에 모였다. 나름의 패션으로 젊은이들은 카페의 길가 테이블에 앉았다. 창 너머로 프랑스인들과 외국인 관광객들이 걸어간다. 노란 피부의 젊은이들이 테이블을 메우고 와인을 마시는 모습은 사람들의 눈길을 끌었다. 이웃 테이블의 남자 손님이 어디서 왔느냐고 영어로 물었다. 프랑스어는 마치코가 가장 잘했다. 우리는 관광객이 아니에요, 라고 프랑스어로 대답했다.

"우리는 파리장과 파리젠느거든요."

"아, 실례."

남자는 웃었다.

"일본인이야?"

"응, 일본인. 그렇지만 평범한 일본인이 아닌 최신형."

같이 웃었다. 류지의 기묘한 차림새를 보고 참 재미있는 스타일이라고 말했다. 주위 프랑스 사람들도 마음에 드는 듯 힐끗힐끗 눈길을 던졌다. 류지가 일어서서 허리를 흔들었다.

"어이, 여기 봐. 이거 내가 디자인한 거야. 조금만 있으면 난 파리 컬렉션의 스타가 될 거야."

누군가가 박수를 쳤다. 히데키가 브라보, 하고 놀리듯 외쳤다. 말을 걸었던 프랑스 사람은 나이스, 하고 영어로 외쳤다. 큐는 아무 거리낌 없는 류지와 히데키의 태도에 감탄했다. 그들은 목표를 가지고 파리에 왔다. 자신에게는 아무런 목표가 없었다.

돌아오는 길에 큐와 네네는 퐁네프 다리 앞에서 돌담에 나란히 앉아 천천히 흘러가는 센 강에 마음을 실었다.

"저 애들, 꿈이 있어서 부러워."

"큐짱은 뭘 하고 싶은데?"

"나는 뭐가 되고 싶은 걸까."

"합기도의 고수니까 그걸 더 갈고닦든지."

"아, 그거."

큐는 말문이 막혔다. 네네에게 해야 할 이야기가 산처럼 쌓여 있다. 그런데도 아직 마리에 대한 것 말고는 한마디도 하지 않았다. 초능력에 대해서도 소이치로의 자살에 대해서도 아버지가 개를 구하려다 발을 잃은 아름다운 에피소드나 야쿠자였다는 것도 누런 할망에게서 배운 많은 주술에 대해서도……. 가능하다면 숟가락을 휘고 싶지 않았다. 특별한 힘에 대해 설명하지 않고 넘어갈 수 있다면 설명하지 않은 채 그냥 사귀고 싶었다.

큐는 강을 바라보았다. 하야츠에 강의 수면과는 너무도 달랐다. 유럽의 오랜 권력투쟁과 혁명의 역사를 지켜본 위엄을 풍기는 수면이다. 바토무슈라는 관광객을 태운 유람선이 건너편에서 비치는 조명을 받으며 지나간다. 관광객들이 불빛 아래 모습을 드러낸 큐와 네네에게 손을 흔들었다. 천진난만하게 웃으며 네네도 손짓으로 화답했다.

네네의 아파트로 돌아와보니 현관의 불이 켜져 있었다. 어, 불을 끄지 않았던가, 하고 큐가 말하자 네네가 당혹스러운 표정으로 큐 앞을 가로막고 섰다.

"왜? 무슨 일이야?"

여태 보인 적이 없는 당황하는 모습이었다. 이윽고 그 의미를 알았다. 살롱에서 남자가 얼굴을 내밀었다. 그 남자가 열쇠를 가지고 있다는 것이 무엇을 의미하는지를 아무리 둔감한 큐도 알 수 있었다. 큐는 입을 멍하니 벌리고 눈앞에 나타난 중년 남자를 올려다보았다.

"이런 거였어, 네네……."

그 남자가 말했다.

"곤도 씨, 미안해요. 물러나주세요."

"그렇지만 여기는 내 집인데."

큐는 남자가 무슨 말을 하는지 알아듣기 위해 애를 썼다. 네네는 큐의 셔츠를 잡고 끌어당겼다.

"잠시만 자리를 좀 피해줘. 금방 끝낼게."

"간단히 끝날 수 있을까? 자네는 내 애인이고 나는 집세를 내고 있어. 그게 자네가 나를 만날 때의 약속이 아니었던가? 여기에는 다른 남자를 절대로 데리고 오지 않는다는 약속이었을 텐데."

"곤도 씨, 그렇지만 당신하고 관계는 벌써 끝났다고 말했잖아요."

큐는 네네의 등을 바라보고 있었다. 이런 경우에는 어떻게 하는 게 좋을까 생각했다. 마이코와의 관계를 알면서도 자신을 받아들인 이유를 알 것도 같았다.

"그럼, 좀 나가줘야겠어."

"내일 아침까지 나가겠습니다."

"지금 당장."

"네네, 나가자. 이런 데 있을 필요 없어. 내가 있잖아."

큐는 말을 하고 자신의 말에 취했다. 남자를 밀쳐내고 큐는 자신의 짐을 챙겼다.

"자, 빨리 짐 챙겨."

"그렇지만 큐짱."

"여기서는 우리가 행복해질 수 없어."

남자가 갑자기 네네의 팔을 잡았다. 큐는 그 남자의 팔을 잡았다.

"왜 그래, 폭력을 쓸 생각인가, 젊은이."

"아니오. 그런 건 좋아하지 않습니다. 당신 정도는 손을 대지 않아도 쓰러뜨릴 수 있어요. 그렇지만 폭력은 안 됩니다. 당신도 얌전하게 나가주세요. 열쇠는 바로 돌려드릴 테니까."

"이 여자가 어떤 여잔지 알아? 돈이라면 누구하고도 자는 창녀야. 매춘부. 볼로뉴 숲에서 손님을 끄는 것을 내가 주운 거야."

큐는 남자의 뺨을 쳤다. 큐의 험악한 표정을 보고 남자는 놀라서 뒤로 물러났다. 엔도 다쿠미의 피를 이어받은 얼굴이었다. 분노로 이마의 혈관이 툭 불거졌다. 큐는 힘을 잔뜩 넣고 주먹으로 벽을 쳤다. 하얀 벽에 큐의 주먹 흔적을 남겼다.

"뭐야 이 자식은."

옷걸이가 저절로 남자의 발아래로 넘어졌다. 남자는 황망히 뒤로 물러나 재킷을 들고 방 안으로 뛰어들었다.

"큐짱, 미안해. 숨길 생각은 아니었지만 저 사람에게 도움을 받았어. 그렇지만 이제 끝낼 생각이었어. 그런 타이밍에."

"괜찮아, 아무 말하지 마."

큐는 자신의 분노를 억누를 길이 없었다. 주먹으로 몇 번 벽을 쳤다. 하얀 벽에 큐의 피가 묻었다.

다음 날부터 두 사람은 잠시 떨어져 지내기로 했다. 큐는 류지의 옥탑방으로 네네는 마치코의 방에 신세를 졌다.

"뭐야, 벌써 헤어졌어?"

류지가 말이 없는 큐에게 물었다.

"그렇지 않아. 방을 찾을 때까지 신세 좀 질게. 여러 가지 일이 있어서."

큐의 말에 여러 가지 일, 하고 류지가 따라했다.

"류짱, 가만 내버려둬. 아직 젊으니까 여러 가지 일이 있을 만도 하지."

하야시다 히데키의 얼굴에는 반창고가 붙어 있었다.

"히데키짱도 직장에서 따돌림을 당했어. 일본인 주제에 와인을 어떻게 아느냐고 바보 취급당했대. 와인 저장고는 지하의 밀실이잖아. 멍석말이를 한들 알 리 없고, 하소연할 데도 없지 뭐."

"난 아무렇지도 않아. 와인 공부를 하는 거니까 이 정도는 참을 수 있어."

"그렇지만 인격까지 무시당하고 싶지는 않잖아. 우리는 프랑스를 사랑해서 이 땅에 온 거라고."

"류짱, 이런 일은 일본에서도 있잖아. 세계 어디든 있어. 노란 피부를 가진 우리가 와인의 본고장을 헤집는 것도 사실이니까. 일본인 손님이 돈의 힘으로 에셰조 59년산 같은 걸 주문해봐. 기분이 지랄 같을 거라는 건 이해가 가잖아."

"그렇지만 그럴 때마다 두들겨 패면 몸이 남아나지를 않지."

쳇, 하고 류지가 혀를 찼다.

"짜증 안 나?"

"괜찮아. 짜증나도. 그곳이 내가 사는 세상이니까. 내버려둬."

류지가 웃었다. 히데키는 고개를 돌렸다. 큐는 네네에 대해 생각했다. 마리가 아니라.

큐는 그날 밤 누런 할멍에게 편지를 썼다. 일본을 나선 지 4년이 지나고 있었다.

할멍

파리에서 살고 있습니다. 친구도 연인도 생겼습니다. 인간다운 모습을 찾을 수 있었습니다. 물론 여러 가지 일이 있었습니다. 정말 온갖 일이. 할멍이 말한 정신 수양을 할 여유가 없습니다. 내게 사명이 있다고 했는데, 그런 게 있을 것 같지도 않습니다. 죄송합니다. 일본어가 조금 이상해졌지요. 할멍과 같이 지냈던 평온한 날들을 가끔 생각합니다. 인간을 더 갈고닦지 않으면 아마 나에게 주어진 힘도 사라지고 말 테지요. 그렇지만 그래도 좋다는 생각이 듭니다. 잘못된 인간이 되기보다는 평범하게 살고 싶습니다.

소후에 큐

9 큐의 청춘

일요일, 류지와 히데키가 쑥덕거리고 있었다.

"오늘 너, 네네랑 데이트지."

류지가 말했다.

"아니, 오늘은 만날 약속 하지 않았어. 둘이서 왜 쑥덕거리고 있어?"

애인의 출현으로 큐와 네네 사이가 조금 어색해졌다. 큐는 마음에 두지 않았지만 네네는 심리적으로 움츠러들고 말았다. 천진난만한 웃음도 점점 사그라들었다. 일요일인데 약속은 없었다. 네네는 일을 찾으려고 마치코의 연줄을 훑고 있을 것이다.

"뭐야, 왜 이리 침울해. 역시 네네하고 무슨 일이 있었구나. 파트롱이 나타난 거 아냐? 그렇게 귀여운 애니까 부자 아저씨가 가만 내버려둘 리 없지."

정곡을 찌르는 말이라 큐의 표정이 더 어두워졌다.

"어, 맞힌 모양이네. 짜증나지 않아?"

"응, 애인이 있었어."

"그랬어, 그거 참 곤란한데."

히데키가 그렇게 중얼거렸다.

"저, 그렇지만 문제는 해결됐어. 이젠 마음을 가라앉히기만 하면 돼."

"그까짓 것 어때서, 남자 한둘 정도. 너한테도 마이코가 있었으니까."

큐는 고개를 끄덕였다. 히데키가 웃었다.

"잘 어울렸잖아. 그런데 뭐야, 고등학생도 아니고, 괜찮아, 아무것도 아냐아무것도."

류지가 큐의 옷깃을 잡았다.

"어이, 우리 지금부터 금발이랑 한 번 하러 피가르에 가는데, 같이 갈 용기 있어?"

"금발? 네네가 알면 화를 낼 텐데."

"여긴 프랑스야. 거리낄 것 하나도 없어. 기분 전환."

큐는 두 사람이 아침부터 쑥덕대던 이유를 알았다. 히데키가 빙긋빙긋 웃으면서 큐의 어깨를 툭 쳤다.

"이런 때일수록 서로 맞추면 마음이 편해져. 미안해, 네네짱, 사랑을 위해서, 그렇게 외치며 금발을 안고 다 털어버려."

류지와 히데키가 웃었다.

"위험하지 않아?"

"위험할 리가. 전 세계의 여행객이 모이는 곳이야. 세계에서 가장 안전한 곳. 나에게 맡겨. 난 피가르의 제왕이니까."

기분 전환하러 가는 류지와 히데키를 따라 큐는 피가르로 향했다. 괴이쩍은 기운을 풍기는 장소였다. 메인 거리는 한낮인데도 화려한 네온사인이 번쩍였다. 골목길이란 골목길에는 손님을 부르는 삐끼가 서서 섹스, 섹스, 하고 손뼉을 치고 있었다. 나카스와 똑같다고 큐는 생각했다.

"어디로 갈 생각이야, 류짱."

히데키가 류지의 팔을 잡으며 물었다.

"뭐든 다해주는 최고의 가게가 있어, 거기 가는 거야. 큐는 그곳 살롱에서 스트립쇼라도 보면 돼. 우리는 안쪽 개인실에서 금발이랑 즐기고."

류지가 히데키의 귀에 입김을 불었다. 아아아, 하고 히데키는 몸부림치는 시늉을 한다.

"금발이야, 큐짱, 퍼킹."

삐끼는 류지의 얼굴을 아는 듯 서로 마주 보고 빙긋빙긋 웃으며 어깨를 툭툭 쳤다. 1층은 포르노비디오 숍이었다. 계단을 내려가자 살롱이 나오고 괴상쩍은 얼굴을 한 남자가 서 있었다. 류지는 남자와 교섭을 시작했다. 얼음도 넣지 않은 위스키를 섞은 콜라가 나왔다. 큐는 입을 대보았지만 달콤하고 미지근한 게 입안에 쩍쩍 달라붙었다. 이윽고 어디선지 여자가 불쑥 나타나 구석의 무대에서 춤을 추기 시작했다. 오오, 하고 히데키가 외쳤다. 금발은 아니지만 동쪽 출신인 듯한 이민족풍의 가무잡잡한 피부와 커다란 가슴을 가진 여자였다. 류지는 흥분했는지 무대로 뛰어올라 여자와 같이 춤을 추기 시작했다.

"이름이 뭐야?"

류지가 프랑스어로 물었다.

"아니스."

"오, 아니스, 베리 나이스."

아니스는 웃었다. 히데키도 허리를 흔들며 춤을 추었다. 큐는 지겨운 표정으로 발랄하게 노는 류지를 바라보고 있었다. 여자는 속옷 차림이었다. 철봉을 잡고 빙글빙글 돌기도 하고 다리를 벌려 보여주는 것뿐이었다. 하카타의 안마시술소가 더 색정적이라고 큐는 생각했다. 십 분 정도 지나자 음악이 멈추었다. 여자는 춤을 추는 류지를 남겨두고 무대에서 내려와 나가버렸다. 미소도 어디론지 사라지고 없었다.

"아니스, 컴백!"

류지가 손을 벌리고 외쳤다. 그러나 돌아온 것은 아까의 그 괴상망측한 얼굴의 소유자이고 그 곁에는 키 큰 흑인이 둘 서 있었다. 괴상한 얼굴의 남자가 큐에게 계산서를 건넸다. 거기에는 말도 안 되는 금액이 적혀 있었다. 큐는 히데키의 등을 툭 치고 그 종잇조각을 보여주었다.

"우와, 바가지네. 어쩜 좋아용?"

아직 류지의 어투를 흉내 낼 여유는 있었다. 류지는 허리를 돌리면서 무대 위에서 아니스가 돌아오기를 기다렸다.

"류짱, 엄청난 청구서야. 이거 뭐지?"

히데키가 류지에게 청구서를 보여주었다.

"엄청난 청구? 어디어디."

류지가 달려왔다. 도중에 남자들에게 사바, 하고 말을 걸었지만 남자들은 응해주지 않았다. 청구서를 보고 류지의 얼굴이 새파랗게 질렸다.

"걸려든 거 아냐?"

평소보다 낮은 목소리였다.

"어이, 곤란하잖아. 여기 지난번에 왔던 곳 아냐?"

히데키가 주위를 둘러보며 말했다. 류지도 확인했다.

"잘못 들어왔나? 그때의 가게가 아닌지도……."

"그렇지만 류짱, 입구의 삐끼와 친한 것 같더니."

"그냥 시간을 좀 물었을 뿐이야. 그런 놈을 내가 어떻게 알아."

류지는 금액이 부당하다고 하소연했다. 그러자 뒤에 서 있는 키 큰 흑인 두 명이 류지의 어깨를 툭 치며, 어디서 왔느냐고 으름장을 놨다.

"일본. 우리는 화가 지망생이라 돈이 없어. 어머니는 암에 걸렸고 송금도 끊어지고 여기서 벌어 보내줘야 할 형편이야. 거짓말이 아냐. 정말이라니까. 캔버스를 살 돈도 없는데 이런 금액은 도저히 못 내. 플리스, 부탁이야. 아버지는 자살해버렸고 동생이 열이나 돼서 힘들어. 당신들도 미국에 두고 온 가족이 있으니까 이런 기분 잘 알잖아, 가난한 세계를 살아가는 사람들끼리……."

남자들이 류지의 호주머니를 뒤지기 시작했다. 프랑스어를 잘 모르는 큐는 그제야 사태의 심각성을 알아차렸다. 히데키가 큐에게 귓속말을 했다.

"이대로 가다가는 전부 털리고 말아."

"뭘."

"전부, 가지고 있는 돈."

"안 돼. 이건 새 아파트에 들어갈 계약금인데."

거구의 흑인이 큐에게 다가와 호주머니를 뒤지기 시작했다. 큐는 어떻게 하면 이 곤란한 상황에서 벗어날 수 있을까를 생각했다.

"아통!"

잠깐, 알고 있는 프랑스어로 외쳤다. 그리고 큐는 무대 위로 뛰어 올라갔다. 무희가 잡고 빙글빙글 도는 철봉의 가운데쯤에 손을 댔다. 뭐 하는 거야, 류지가 외쳤다. 히데키는 어이가 없다는 표정을 지었다. 큐는 정신을 집중했다. 철봉의 직경은 5센티미터 정도였다. 두 군데를 잡고 오른손에서 왼손으로 빠져나가는 에너지를 이미지하며 돌렸다. 집중해야 해, 자신을 향해 외쳤다. 더 집중해. 숟가락을 휠 때보다 더 집중할 필요가 있었다. 이것은 철봉이 아니라고 중얼거렸다. 유리를 굽힌 적도 있다. 큐는 철판의 입자를 머릿속에 이미지했다. 둥그렇고 작은 입자가 빼곡히 모여 있는 형상을 상상했다. 그것을 이미지 속에서 조금씩 움직였다. 굽어라, 파도처럼 굽어라, 마음속으로 외쳤다. 이윽고 눈 저 안쪽에 열기가 모여들었다. 왔다, 하고 큐는 생각했다. 눈 안쪽이 하얗게 변했다. 큐는 마음속으로 외쳤다. 굽어라, 굽어라, 굽어라, 굽어라. 두 군데가 천천히 뒤틀렸다.

"어이, 뭐야?"

류지가 외쳤다. 지켜보는 남자들의 입에서 비명 같은 소리가 터져 나왔다. 다음 순간, 철봉이 엿가락처럼 흐물거리더니 꽈배기처럼 묘하게 뒤틀렸다. 큐가 손을 떼자 철봉이 허공에 구불구불한 곡선을 그리며 떠 있었다.

가게의 남자들이 무대 위로 올라가 휘어진 철봉을 만져보기 시작했다. 그들은 이것도 아니고 저것도 아니고 어떻게 한 것인지 요리조리 만지며 살펴보았다. 그 틈을 타서 큐는 류지와 히데키를 데리고 바깥으로 나왔다. 도망치면서 류지가 흥분한 목소리로 물었다.

"어떻게 한 거야?"

히데키도 숨을 헐떡거리며 외쳤다.

"그게 합기도야?"

"그런 거지 뭐." 큐는 얼버무렸다.

제3장 4-3

초능력에 대해 간단히 기술해보겠는데, 사람들은 많은 관심을 기울이지만 나는 애당초 대단한 일이라고 생각하지 않았습니다. 결론부터 말하자면 어쨌든 '믿는 힘'이라고 단언할 수 있습니다. 그래서 초능력이란 것은 어린아이들에게 더 많습니다. 어른이 될수록 그리고 사회적인 관점에서 살아갈수록, 예를 들면 과학자라든지 정치가라든지 관료 같은 위치에 있는 사람은 애석하게도 결코 습득할 수 없는 능력입니다. 습득이라는 말을 했는데, 이건 좀 잘못된 말일 것입니다. 차라리 자각이라고 할까요. 유치원생은 내가 아는 한 백 퍼센트 숟가락을 가볍게 휘어버릴 수 있습니다. 두자석이라는 초능력이 있습니다. 이건 숟가락을 이마에 붙이는 것인데, 자신의 머리가 자석이라고 생각해보라고 말하면 모든 어린이가 숟가락을 이마에 붙이고 나서 재미있다고 웃습니다. 그들은 아직 의심이라는 것을 모릅니다. 알루미늄 숟가락을 이마에 붙이고 뛰어다니는 아이를 보면 잘 알 수 있습니다. 고정관념이란 것이 인간을 얼마나 속박하고 얼마나 형식적으로 만들고 또 얼마나 무한의 능력을 빼앗아버리는지 알 수 있습니다. 오늘은 기분이 좋으니까 여기에 간단히 그림을 그려보겠습니다. 그러는 편이 알기 쉬울 테니까요. 모르는 사람은 어떻게 한들 모르는 세계입니다.

(주: 신기하게도 나는 이 서툰 문장을 언젠가 누가 읽으리란 것을 알고 쓰고 있다는 것입니다. 그렇지만 오늘 현재 나는 이 노트의 존재를 아무에게도 말하지 않았고 앞으로도 그럴 생각입니다. 그렇다면 도대체 누구를 향해 나는 이런 말을 하는지…….)

우선 내가 평소 들여다보는 우주라는 것을 여기에 그려봅니다. 그건 이런 것입니다.

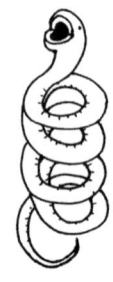

 그리고 다음으로 내가 숟가락을 휠 때 머릿속에 떠올리는
이미지를 그려봅니다. 만일 당신이 숟가락을 휘고 싶다면 이
그림을 머릿속에 그려보기 바랍니다. 참고가 될 것입니다.

초능력 전체를 도식화하면 이렇습니다.

 덧붙여서 나는 예전에 사랑이란 것을 본 적이 있습니다.
그것을 제자들에게 이야기했더니 그게 어떤 형상인지 알고
싶다는 것입니다. 그래서 그 사랑을 여기 그려보도록 하겠
습니다. 그건 이런 형상입니다.

자, 내 친구의 아들 녀석이 실제로 나의 조언을 받아 숟가락을 이마에 붙인 순간의 사진을 여기 실어둡니다. 어떤 장치도 없습니다. 평범한 아이입니다. 다만 솔직하고 상냥한 어린아이기에 가능한 일이었습니다.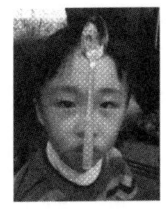

물론 믿을 필요는 없습니다. 그렇지만 일견 터무니없어 보이는 이 사진이나 그림도 어린아이들에게는 그냥 웃으면서 믿을 수 있는 세계입니다. 내가 하고 싶은 말은 그것뿐입니다. 당신의 머리를 딱딱하게 만들고 있는 고정관념이라는 것을 버리세요. 애당초 누구에게도 그런 것은 없었습니다. 좋고 나쁘고를 떠나서 그런 것을 심어주는 것이 바로 교육입니다. ('소후에 큐의 묵시록'에서)

3장
사랑과 죽음

1 처음에는 모두 타인

큐가 '도쿠가와'에서 일을 시작한 지 얼마 안 되어 한 남자가 찾아왔다. 남자는 서슴없이 큐 앞의 자리에 앉더니 지그시 얼굴을 올려다보았다. 비교적 자리가 비어 있었고 조금 이른 시간이기도 해서 와다 다모츠는 안쪽에서 쉬고 있었다. 뭘 드시겠습니까, 큐가 물었다. 그러자 이런 대답이 돌아왔다.

"소후에 큐 씨 맞죠?"

큐는 놀랐다.

"누구십니까?"

잔뜩 긴장한 목소리로 큐가 되물었다.

"당신의 팬입니다. 사실은 당신의 행방을 찾고 있었습니다."

"팬?"

"당신이 초능력자로 활약하던 시절, 나는 대학생으로 초자연과학에 대해 공부하고 있었습니다. 나의 졸업논문은 '소후에 큐는 진짜 초능력자인가 아니면 마술사인가'였습니다."

큐는 그 자리에서 뻣뻣하게 굳어버렸다.

"당신이 출연한 텔레비전 프로그램을 분석하여 그게 진정한 당신의 힘이라는 것을 실증하려고 노력했습니다. 당신이 다니던 학교 친구들이나 선생도 취재했습니다. 애석하게도 나의 졸업논문은 평가를 받지 못하고 그만 낙제를 하고 말았습니다. 아니, 당신 탓이 아닙니다. 나를 낙제시킨 교수들에게 진실을 보는 눈이 없었기 때문이니까요."

어투는 정중했지만 뭔지 모를 강렬한 집념과 편집광적인 기운이 묻어났다.

"나는 졸업 후 미국의 대학 등지에서 공부를 하고 현재는 프랑스 초자연 과학연구소에 적을 두고 있습니다. 거기서 초능력을 주제로 계속 연구를 하고 있습니다. 그런데 얼마 전에 이것도 우연이지만 '론'이라는 술집에서 당신으로 보이는 사람을 보게 되었습니다. 그 인물은 합기도의 고수라 칭하면서 몇 명의 야쿠자를 멋들어지게 물리쳤습니다. 그날은 술에 취해서 그냥 집으로 돌아갔습니다만 아무래도 그 인물이 소후에 큐가 아닌가 하는 생각을 하게 되었습니다. 마음에 걸려서 며칠 후에 '론'으로 가보았습니다. 당신은 없더군요. 당신이 휘어놓은 아이스픽이 있었습니다. 힘으로 휜 것이 아니라는 것을 한눈에 알아볼 수 있었습니다. 그리고 당신의 이름을 듣고는 놀라고 말았습니다. 이런 인연을 당신은 그냥 우연이라고 하겠습니까?"

큐는 죄송하지만, 하고 이렇게 말했다.

"이제는 텔레비전 같은 데 나가서 힘을 내보이는 일은 그만두었습니다. 내가 그것을 보여주면 사람들 보는 눈이 달라져서 결국 내 인생이 이상해지고 말기 때문입니다. 그즈음 내가 텔레비전에 나간 것 때문에 아버지가 살해당하고 말았습니다. 다시는 미디어에 나갈 생각이 없습니다."

"그건 저도 잘 알고 있습니다. 정말 고통스러운 경험을 하셨지요. 그러나 나는 미디어 인간이 아닙니다. 연구자입니다. 당신의 힘이 어느 정도인지를 조사하고 싶을 뿐입니다. 순수한 마음으로 부탁드립니다. 이렇게 파리에서 만난 것도 인연이 아니겠습니까. 제발 잠시만 시간 좀 내주실 수 없겠습니까."

큐는 고개를 저었다. 안쪽에서 와다가 나타났다.

"아, 어서 오세요."

손님이 큐를 뚫어져라 바라보고 있자,

"어이, 큐, 아는 사람이야?" 하고 물었다.

"아닙니다. 손님입니다."

"그런가, 손님이시군. 뭘 드시겠습니까."

남자는 초밥을 주문했다. 일본인 손님이라 와다 다모츠가 초밥을 쥐었다. 큐는 가볍게 고개를 숙이고 안으로 들어가 버렸다.

좋은 아파트가 나왔지만 계약이 잘 이루어지지 않았다. 하나는 비자 문제였다. 관광 비자로는 빌려줄 수 없다고 대부분의 부동산이 고개를 저었다. 취업 비자를 신청 중이라고 매달려도 보았지만 응해주지 않았다. 류지의 옥탑방에 언제까지고 신세를 질 수는 없었다. 그러던 어느 날 네네가 갑자기 물건이 나왔다고 했다. 같이 가서 보니 침실이 몇 개나 되는 커다란 아파트였다.

"우리 아버지의 동생이 소유한 거야."

"그럼 왜 처음부터 여기로 오지 않았어?"

큐가 의구심 섞인 눈길로 물었다.

"그런 눈으로 보지 마."

"이런 게 있는데 왜 그런 중년 남자와 원조교제를 한 거야?"

"원조가 아냐. 그 사람이 그런 식으로 말했지만 우리는 정식으로 사귀는 사이였어. 그 사람한테는 처자식이 있어서……."

큐의 표정이 어두워졌다.

"네네, 말하고 싶지는 않지만 그런 걸 원조교제라고 하는 거야."

네네가 울상을 지었다. 큐는 너무 심한 말을 했다는 생각이 들어 네네를 상냥하게 안아주었다.

"잘 모르겠어. 왜 처음부터 여기에 살지 않았는지."

"삼촌에게 사용해도 좋다는 허락과 함께 열쇠를 받았지만⋯⋯그렇지만."

마레 지구의 한가운데 보주 광장에 면한 일등지였다. 부동산을 돌아본 경험으로 이 아파트가 어느 정도의 물건인지를 큐는 알 수 있었다. 백 평은 족히 됨직한 공간에 넓은 살롱이 둘, 침실이 다섯 개나 되었다. 부엌도 두 개, 대리석 욕실이 셋, 그리고 화장실도 셋이나 달렸다. 게다가 듀플렉스로 되어 있어 위층에는 파리를 한눈에 내려다볼 수 있는 넓은 발코니도 있었다. 큐는 한숨을 내쉬었다.

"대단해. 이런 데서는 살 수 없을 것 같아."

"그렇지? 살 수 없겠지? 그래서 나도 여기에 살지 않았던 거야."

"어떻게 네 삼촌은 이런 곳에 이런 물건을 가지고 있어?"

"삼촌은 영국의 자산가인데 회사도 몇 개나 가지고 있어. 아마도 투자 목적으로⋯⋯."

"그렇구나. 네네의 아버지는 영국인이라고 했지."

"그렇지만 나는 그 아버지에게 자식으로 인정받지 못하고 있어. 에드워드 삼촌만이 잘해줘⋯⋯."

큐가 태어나서 자란 후쿠오카와는 멀리 떨어진 세계의 이야기였다. 상상을 하려 해도 이미지가 떠오르지 않았다. 영국인이 프랑스인과 근본적으로 어떻게 다른지 큐에게는 그것조차 구별할 수 없었다.

다른 선택지도 없어서 잠시 마레의 아파트에서 지내기로 했다. 발코니에서 가까운 계단 바로 위의 가장 작은 방을 사용하기로 했다. 그래도 15평이나 되는 넓이였다. 짐이 거의 없는 두 사람에게는 충분한 공간이었다. 이 아파트에는 서양 문명의 요체가 거의 다 갖추어져 있었다. 벽에는 나폴레옹이 등장하는 그림이 걸려 있고, 조명 기구도 모두 금빛이 번쩍이는 역사적인 것들이었다. 천장에는 눈부신 샹들리에가 걸려 있고 가장 넓은 살롱에는 그랜드 피아노가 갖추어져 있었다. 두 사람은 미술관에서 지내는 듯, 가능한 한 모든 물건에 손을 대지 않고 그냥 쳐다만 보았다.

"매주 화요일과 금요일에 가정부가 와서 세탁과 청소를 해."

그 말대로 화요일과 금요일에 까무잡잡한 피부의 알제리인 가정부가 와서 묵묵히 청소를 했다. 관리인은 두 사람에게 유창한 영어로 인사를 했다. 나이 든 관리인은 젊은 큐에게, 주인님, 하고 불렀다.

"빨리 여기를 벗어나지 못하면 평범한 생활이 불가능해질 거야. 인간을 망치고 말지도 몰라."

큐는 어깨를 으쓱하며 말했다. 네네는 미안한 표정으로 미소 지었다. 그래도 일주일, 이주일 생활을 하는 사이에 점점 익숙해졌다. 큐와 네네는 밤이 깊어지면 발코니로 나가서 아름다운 파리의 야경을 감상했다. 눈 아래 펼쳐지는 보주 광장은 마치 빛의 상자를 들여다보는 듯이 아름다웠다. 오렌지색 가로등 불빛이 나무들의 그림자를 짙게 그려냈다. 돌 회랑은 마치 고급 화랑에 걸린 그림 액자의 테두리 같았다. 두 사람은 어깨를 나란히 하고 관광객처럼 먼 곳을 바라보았다. 지붕이 몇 겹으로 이어지는 회화적인 풍경은 아래쪽을 걸어가는 상황에서는 결코 알 수 없는 또 다른 파리의 얼굴이었다.

"예뻐."

큐가 흥분하며 말하자 네네가 천진난만하게 웃는다.

"무서울 정도야."

"정말 무서워……. 다다미 한 장 위에서도 살 수 있는데 왜 이렇게 멋진 곳에서 사는 사람이 있는 거야. 게다가 이 아파트는 평소에는 사용하지 않잖아? 신이란 정말 불공평해."

네네가 큐의 팔을 잡고 끌어당겼다. 문득 온기가 전해온다. 영국인의 피가 반은 섞여 있다. 피부색은 투명하고 하얗다. 그래서인지 실제로는 따스한데도 대리석으로 만든 조각 같은 느낌을 준다.

"큐짱……."

"응."

"나, 자기가 너무 좋아."

큐가 웃자 네네도 따라 웃었다.

"기뻐. ……고마워."

"저, 큐짱. 나 하루에 열 번 정도 큐짱이 너무 좋아서 견딜 수 없어. 알아?"

"열 번이나?"

"응, 그때마다 가슴을 손바닥으로 누르며 참는 거야. 그냥 두면 폭발할 것 같아서."

큐는 웃었다. 네네는 더는 웃지 않았다.

"나 같은 인간 어디가 그리 좋아?"

"또 물어? 왜 그렇게 자신이 없어?"

"자신 같은 게 있을 리 없잖아."

"아, 그 얼굴, 서글프게 웃는 그 얼굴이 좋아."

큐는 웃고 싶어도 웃을 수 없었다.

"그리고 큐짱이 말하는 하카타 사투리도 좋아."

"하카타 사투리는 후쿠오카에서 태어난 사람이라면 누구나 할 수 있어."

"그렇지 않아. 큐짱이 말하는 하카타 사투리가 좋다니까."

"말이 안 돼요, 아가씨. 그럼 내가 오사카 사투리 하면 싫어할 거야?"

네네는 큐를 똑바로 올려다보며 스르륵 눈을 감았다. 큐는 마른침을 삼키고 입을 맞추었다. 그때 큐는 파리의 밤하늘을 둘로 가르듯 스쳐가는 너무도 가늘고 애절한 별똥 한 줄기를 보았다. 무슨 기도를 올릴까 망설이는 사이에 별똥은 흔적도 없이 사라졌다.

큐도 네네가 좋았다. 그건 의심할 수 없는 사실이지만 얼마나 좋은지는 잘 알 수 없었다. 아직 마리의 일이 머리 한구석에 남아 있었다. 네네를 사랑하게 되었다 해도 마리를 싫어할 필요가 없다는 것을 깨달았다. 어릴 적부터 아는 사이고 두 사람 사이에는 많은 추억이 강변의 자갈처럼 헤아릴 수 없을 만큼 깔려 있었다. 네네에 대한 생각이 마리를 넘어선 지금도 마리와는 끊이지 않는 인연이 이어지고 있다는 것을 알았다. 뭐야, 그런 거였잖아, 큐는 네네의 잠든 얼굴을 바라보며 고개를 끄덕였다. 아마도 평생 마리와는 이런 관계가 계속될 것이다. 그대로 좋은 게 아닌가, 하고 스스로에게 말한다. 네네의 다리가 큐를 찾는다. 자고 있는데도 다리만이 무의식적으로 큐를 갈구하고 있다. 큐는 네네의 다리에 자신의 다리를 꼬았다. 발바닥으로 네네의 발을 문지르자 안심한 듯 움직이지 않았다. 매일 밤이 그랬다.

네네는 침대에 파고들더니 자신의 출생이나 부모에 대한 비밀스러운 개

인사를 이야기했다. 특히 잠들기 전에는 마치 혼잣말을 하는 듯했다. 늘 침대 속에서만 말했다.

"오늘은 무슨 이야기?"

"오늘 밤은 부모 이야기를 하려고…… 어느 쪽부터 듣고 싶어?"

"양쪽 다, 그렇지만 엄마 쪽부터."

"오케이. 이름 미야리 시나코. 오키나와 출신이야. 도쿄의 대학을 졸업한 후 일본의 변호사 사무실에서 일을 했는데 순조롭지는 않았던 것 같아. 영국의 로스쿨에 다시 들어가서 이십대 중반에 영국의 법률을 배우기 시작한 거야. 공부도 열심히 하고 머리가 좋은 사람이었어. 어머니의 아버지, 즉 외할아버지는 대만 사람이라고 하니까 내 몸속에는 실질적으로 일본인 피는 흐르지 않아. 오키나와와 대만과 영국. 그렇지만 아버지의 조상에는 게르만인도 있다고 하니까 정말 여러 줄기라고 할 수 있어. 나, 어느 나라 사람?"

네네는 웃으면서 큐의 두터운 가슴에 얼굴을 눌렀다.

"엄마는 스물다섯 살 때 영국에 유학을 가. 거기서 우리 아빠를 만나게 돼. 사실은 엄마를 처음 좋아한 것은 아빠의 동생, 이 집의 주인이었는데……. 내가 태어나자 아버지보다도 삼촌이 더 나를 귀여워해주었다고 해. 아빠에게는 처자식이 있었으니까 간단히 말해 엄마는 애인이었던 셈이야. 불손한 말은 사용하고 싶지 않지만 세상에서는 그렇게 말하잖아. 그래서 당시 독신이었던 아빠의 동생이 나를 거두어서 자신의 자식으로 삼겠다고, 출산 직전까지 말이 많았다고 해. 그렇지만 결국 엄마는 혼자서 나를 낳아 혼자서 기르는 길을 택했어. 런던에서 태어나 잠시 삼촌의 보호 아래 자랐지만 엄마는 내가 고등학생 때 자궁암 선고를 받고 말아. 마지막을 지켜본 사람은 아빠가 아니라 에드워드 삼촌이었어."

네네가 큐의 가슴에 귀를 댄다. 큐의 심장 고동을 듣는 것 같았다. 네네의 이야기는 슬펐지만 자장가라도 부르는 듯 달콤한 목소리라 큐는 때로 꾸벅 졸고 만다.

"아빠는 지금 뭘 하고 있어?"

"몰라. 잘 살고 있을 거야."

"만나지 않았어?"

"응. 만나고 싶지 않아. 그쪽도 만날 생각이 없는 것 같고. 나에게는 에드워드 삼촌만이 유일한 친척이야. 어머니는 오키나와 출신이지만 그쪽 친척들과는 한 번도 만난 적이 없거든. 몇 번 만나러 가볼까 했지만 결국 파리로 건너와 우물쭈물하는 사이에 기회를……."

"누구 아는 사람이라도 있어?"

"안면 있는 사람은 없지만 엄마의 이모라는 분이 있다는 것은 알아. 오키나와의 모토부라는 곳에……."

"모토부라면?"

"알아? 큐짱 가본 적 있어?"

큐는 누런 할망을 떠올렸다.

"어떤 곳이야?"

"깨끗한 바다가 있는 곳. 다들 아침부터 노래를 부르고 술을 마시고, 거기 있노라면 영혼이 상냥하게 흔들리는 듯한……. 아름다운 백사장도 있어. 남국 특유의 기묘한 나무도 있고, 나는 그 뿌리께에서 자주 낮잠을 잤지."

기묘한 나무라면 어떤 나무일까, 보고 싶어, 네네가 꿈꾸듯 말했다.

"큐짱은 거기서 뭘 했어?"

"수행을 했지. 인생 수행⋯⋯."

"수행? 대단해. 선생은 있었어?"

"선생이라, 응, 스승이 있었지. 누런 할망이라고, 나의 은인이야. 그 사람이 내 목숨을 구해주었거든."

네네는 입을 다물었다. 큐는 혹시, 하고 생각했다. 혹시 누런 할망이 그 사람인지도 모른다. 상상을 하면서도 입 밖에 내지 않았다.

"그럼 언제 한 번 같이 가자."

큐가 미소 지었다.

"정말? 큐짱, 같이 이모를 찾으러 가줄 거야?"

네네가 큐를 꼭 끌어안았다. 큐는 상냥하게 네네를 안아주었다. 한순간, 모토부의 푸른 바다가 큐의 뇌리를 스쳤다. 미지근한 해풍, 바다 냄새, 사미센의 신비로운 음계, 기묘한 나무들, 그리고 할망의 댕그란 눈이 떠올랐다.

"에드워드 삼촌은 엄마를 사랑했어. 그래서 이 집도 빌려준 거야. 삼촌에게는 자식이 없어. 그래서 양자로 오지 않겠느냐고, 몇 번이나 나를 불렀어. 지금도 때로 그런 편지가 와. 부인도 정말 좋은 사람이야. 그렇지만 나는 결국 혼자 사는 길을 택했어."

"이제는 혼자가 아냐."

"큐짱, 정말? 믿어도 돼?"

"네네, 가족이란 처음에는 모두 타인이었어."

"무슨 뜻?"

"가족의 최소 단위는 부부거든. 부부는 원래 타인이잖아."

"아, 맞아."

네네가 큐에게 키스했다. 강아지처럼 네네가 열심히 꼬리를 흔드는 것 같았다. 정신을 똑바로 차려야 한다고 큐는 생각했다. 이 사람이 의지할 수 있는 인간이 되어야 한다고 스스로에게 다짐했다.

마이코가 퇴원하고 건강한 모습으로 가게에서 일을 하고 있다는 소문이 큐의 귀에도 들려왔다. 같은 오페라 거리에 있는 가게라서 큐가 '도쿠가와'에서 일한다는 것을 마이코가 모를 리 없었다. 그런데도 퇴원 후 연락을 하지 않았다.

그러던 겨울의 어느 날, 갑자기 마이코가 '도쿠가와'에 나타나 큐 앞에 앉았다. 마이코와 큐의 관계를 모르는 사람은 없었다. 그 후 큐가 네네와 사귄다는 것은 오페라 거리의 일본 사람이라면 모두 알고 있었다. 와다 다모츠가 큐를 밀쳐내고 마이코 앞에 웃으며 섰다.

"오랜만입니다. 뭘 드시겠습니까."

와다 다모츠는 큐의 엉덩이를 툭 쳐서 안으로 도망치게 했다. 그러나 마이코가 험악한 표정으로 선수를 쳤다.

"다모츠짱, 난 큐가 만들어주면 좋겠어."

큐는 예이, 하고 마음을 단단히 먹었다.

"뭘로 할까요?"

"만들어."

"뭘로 할까요?"

"만들라니까."

"……"

"만들어봐."

마이코는 큐를 똑바로 쳐다보았다.

"그럼 적당히 만들어 올리지요."

큐는 초밥을 만들기 시작했다. 팽팽한 공기가 가게 안을 감쌌다. 종업원들은 가게 구석에서 두 사람을 지켜보았다. 큐는 다 만든 초밥을 마이코 앞에 내려놓았다. 평소 실력대로 주먹밥 사이즈였다. 광어, 참치, 오징어, 고등어, 연어, 성게 알. 마이코는 손을 뻗어 특대 사이즈의 초밥을 입안에 넣었다. 와다 다모츠는 마이코의 눈에 눈물이 고인 것을 보았다.

"계산."

다 먹은 다음 마이코는 그렇게 말했다. 카운터 담당이 서둘러 계산대로 달려가서 계산서와 녹차를 들고 왔다. 마이코는 적당히 현금을 내려놓고 잔돈은 필요 없다 하고는 일어섰다. 그런 자세로 잠시 큐를 바라보았다. 큐는 가볍게 인사를 했다.

"몸은 다 나으셨습니까?"

"응, 덕분에 건강해졌어."

"아, 그렇군요. 다행입니다. 날씨도 추워졌으니 건강에 조심하십시오."

"큐짱!"

마이코가 울먹이는 목소리로 불렀다. 큐는 고개를 숙이고 작업에 열중했다.

"큐짱……."

큐는 고개를 들지 않았다.

"또 올게. 만나러. 홀대하지 마."

그렇게 말하고 마이코는 가게를 나갔다. 문이 닫히자 와다 다모츠가,

"너 같은 사내의 어디가 그렇게 좋다는 건지 모르겠네. 난 도무지 모르겠어." 하고 중얼거리더니 무릎으로 큐를 툭 쳤다.

2 깃드는 것

류지의 디자인이 채택되었다. 그것도 하나둘이 아니라 에마니노레 엔리케의 봄여름 신제품 거의 다를 장악했다. 다섯 명은 그 카페의 길가 테이블을 차지하고 축배를 들었다. 큐는 자기 일처럼 기분이 좋았다. 평소보다 더 자신에 찬 목소리로 자랑하는 류지를 자랑스러운 눈길로 바라보았다. 다섯 명은 젊은이답게 글라스를 높이 들고 건배를 거듭했다.

"축하해, 류짱. 정말 축하할 일이야."

마치코는 아들을 칭찬하는 어머니 같은 어투로 말했다. 그 모습을 보고 네네도 큐도 얼굴을 구기며 웃었다. 그런데 한 시간 후, 류지가 금발의 여자를 불러들였다. 그와 동시에 마치코의 얼굴에 그늘이 졌다.

"모델 스테파니짱, 불가리아 출신이야. 아직 프랑스어를 모르니까 영어로 부탁해."

"누구야, 류짱."

"당연히 걸프렌드지."

류지가 빙긋빙긋 웃으며 대답했다.

"와, 좋겠다. 애인도 다 만들고."

히데키가 눈을 동그랗게 뜨고 말했다. 비쩍 말랐던 히데키는 일을 시작하고부터 갑자기 살이 붙었다. 지금은 얼굴이 둥그렇다. 수염을 길러 마치 바쿠스 신 같아 보였다.

"정말 대단해, 큐, 진짜 퀸카야. 저 눈길 좀 봐, 나에게 홀딱 반했어. 그렇지 스테파니."

마치코는 도중에 자리를 박차고 일어나버렸다. 네네가 걱정하며 뒤를 따라갔다.

"류쨩, 기분 내다가는 큰일을 당할 수도 있어, 조심해, 너."

"바보 같은 소리. 내년 봄여름 신제품 전부를 내가 디자인하는 거야. 물론 에마니노레 엔리케의 이름으로 나가긴 하지만 첫 아이디어는 모두 내가 낸 거야, 내가. 패션계에 혜성처럼 등장한 젊은 천재 디자이너 나카가와 류지 님. 월급, 올려야지."

"그 전에 이사해야지. 그 좁은 옥탑방을 나와서 좀 더 넓은 곳으로 옮기자고."

"벌써 찾아두었어. 아베뉴 몽테뉴의 바로 뒷길. 아테네플라자, 거기서 에펠탑이 보여. 그리고 말이야, 미안하지만 난 스테파니와 같이 살 거야. 이제 슬슬 나가줄 수 있겠지?"

히데키는 겸연쩍게 웃었다.

"알고 있어, 나도 월급 받으니까 슬슬 나갈 생각이었어."

스테파니가 류지의 옆얼굴을 바라보며 건장한 팔에 자신의 가느다란 팔을 감더니 슬쩍 끌어당겼다. 류지가 눈초리에 주름을 잡으며 미소를 보낸다.

"류지의 어디가 그리 좋아?"

큐가 영어로 스테파니에게 물었다. 대답이 없었다.

"사실은 영어도 별로야."

"그럼 어떻게 의사 교환을 해?"

히데키가 물었다.

"수컷과 암컷이니까 바디 랭귀지가 있잖아."

류지는 천진난만하게 떠들며 웃었다. 히데키도 큐도 웃음을 터뜨렸다. 많이 마시지 않는 스테파니를 중심에 두고 세 사람은 와인을 목구멍 속으로 들이부었다. 병이 하나둘 비어갔다. 새벽녘, 취한 큐는 그들을 이끌고 자신의 아파트로 돌아갔다. 네네가 잠옷 차림으로 기다리고 있었다. 큐의 등 뒤에 스테파니와 류지, 히데키가 있었다.

"데리고 왔어."

데리고 온 것까지는 좋았지만 네네의 일그러진 얼굴을 본 순간 큐는 술기운이 확 달아나는 것 같았다. 환성을 지르면서 살롱 안까지 들어온 악동들이 마구 떠들어대는 소리에 할 말을 잃고 말았다.

"이게 정말 현실이야, 어떻게 이런 데서 살 수 있어, 너희들."

"뭐야, 이 고급 아파트는……. 말도 안 돼!"

뚱하니 서 있는 네네에게 큐가 사과했다.

"괜찮아, 와인 가져올게."

네네는 계단을 뛰어 올라갔다.

"뭐야뭐야, 2층도 있어? 와우, 이거 정말 대단해, 이제부터 매일 밤 여기서 마시자."

류지는 큐를 끌어안고 담배 냄새를 풍기며 떠들어댔다.

다음 날 아침, 벨 소리에 모두 잠에서 깨어났다. 네네가 달려와서 큰일 났다고 외쳤다. 큐는 소파에서 자고 있었다. 반쯤 몸을 일으키고 돌아보았더니 히데키는 바닥에서 자고 있었다. 류지와 스테파니의 모습은 보이지 않았다.

"어떻게 된 거야?"

머리가 깨질 듯이 아팠다. 테이블 위에는 빈 와인 병이 몇 개나 구르고 있었다.

"삼촌 비서가 보러 온 모양이야."

"왜?"

"몰라. 우연히 파리에 출장을 왔다가 들렀을 테지."

큐는 일어서려 했지만 다리가 꼬였다. 아직 취기가 가시지 않았다. 네네가 히데키를 흔들어 깨우는 바로 그때 삼촌의 여비서가 살롱에 얼굴을 들이밀었다. 큐는 봉주르, 하고 영국인을 향해 뚱하게 인사했다. 히데키는 바닥에 퍼질러 앉아 머리를 감싼 채 끙끙거렸다. 네네가 영어로 변명을 시작하는 순간에 팬티 차림의 류지가 얼굴을 내미는 바람에 큐도 네네도 할 말을 잃고 말았다. 류지의 뒤에는 스테파니가 있었다. 벌거벗지는 않았지만 남자 셔츠만을 걸치고 아래쪽은 맨살이었다. 아마 게스트 룸에서 잔 듯하다. 비서는 네네에게 뭐라고 귓속말을 하더니 가볍게 고개를 숙이고는 방을 나가버렸다.

"뭐래?"

큐는 고개를 숙이는 네네에게 물었다.

"적당히 좀 하래……."

네네는 풀 죽은 목소리로 그렇게 말했다.

네네는 큐가 너무 좋았다. 그래서 때와 장소를 가리지 않고 사랑해를 연발했다. 아침부터 밤까지 큐의 뒤를 졸졸 따라다녔다. 어디가 그리 좋으냐고 큐가 물으면, 모든 게 다, 라고 대답했다. 바람을 피우지 않는지 가게까지 살펴보러 오기도 했다. 점점 강도가 더해가는 네네의 애정 표현에 큐는 때로 당혹감을 느꼈다. 마치 질투 심한 개를 기르는 것 같다는 생각도 들었다. 마리는 아무리 뒤를 쫓아가도 돌아보지 않았다. 그래서 큐는 더 빠져들었다. 네네는 그 반대로 하루 종일 큐를 졸졸 따라다녔다. 네네가 말하는 사랑이라는 것이 어느 정도인지 큐는 알 수 없었다. 떠오르는 대로 무작정 내뱉는 바람에 때로 너무 경박하다는 느낌이 들기도 했다.

"……네네."

네네는 큐에게 매달리듯 잠들어 있다. 침대에 누운 지도 벌써 삼십 분이 지나고 있었다.

"응?"

"이렇게 사랑받아서 정말 기쁘긴 한데, 지금까지도 이랬어?"

"지금까지? 한번 좋아하면 있는 힘을 다하는 타입이지만, 그래도 지금과는 달랐어. 큐짱은 특별해."

"그렇지만 아침부터 밤까지 이렇게 들러붙어 있다 보니 어쩐지 미래가 없을 것 같아 무서워."

"싫어? 사랑받는 거."

"그게 아냐. 기쁘긴 하지만 어쩐지, 너무 무거워, 뭐라고 할까, 절실한 뭔가를, 네네의 말에서 느낄 수 없어."

갑자기 네네가 벌떡 일어났다.

"왜? 내가 이렇게나 큐짱을 사랑하는데 그게 마음에 안 닿는다는 거야?"

"아냐, 그런 말이 아니라니까. 가슴에 닿아와. 그렇지만 사랑의 표현이라든지 태도라든지, 그 모든 것이 너무 과하지 않나 하는……."

"과하지 않아. 이래도 부족하단 말이야. 더욱 더욱더 큐짱을 사랑하고 싶어. 더욱더 가까이 다가가고 싶어. 살도 뼈도 전부 먹어버리고 싶을 정도야. 하나가 되어 녹아버리고 싶어. 나는 형제도 없고 엄마는 병을 앓아 일찍……, 그래서 그런지 모르겠지만 누군가와 하나가 되어 평화롭게 살고 싶어. 누구보다 뜨겁게 사랑받고 싶어. 너무 순수하고, 너무 간절하고, 너무 진지하고 깊어, 그게 싫다는 거야?"

"설마, 나도 아버지를 일찍 여의고……. 가정환경은 복잡하지만 그 기분은 잘 알아. 제대로 된 가족을 가지고 싶은 심정은 마찬가지야."

"그럼 됐잖아. 무슨 말을 하든 좋잖아. 이래도 더 말하고 싶어 견딜 수 없어. 더, 더 많이 말하고 싶어. 부탁이야, 그래도 돼지?"

큐는 압도당하고 말았다. 네네는 큐의 품에 안겼다.

"아기를 만들자. 응, 큐짱, 우리 아기 만들자."

"아기?"

"큐짱에게는 부성이 있으니까 멋진 아버지가 될 거야. 지금 바로 아기 만들자."

"잠깐만. 아직 그럴 여유가 없어. 각오를 단단히 해야 해. 아기를 낳아서 기를 돈도 없잖아."

네네는 큐를 덮치더니 조르기로 들어갔다.

"각오는 하지 않아도 돼. 아기가 태어나면 자연히 각오는 생기게 되거든. 돈은 걱정하지 마. 나도 일하고 삼촌에게도 부탁할 거야."

"이건 마구잡이야."

"마구잡이가 아냐. 사랑이 뜨거울 때 이상적인 가족의 꼴을 만들어두고 싶어. 빠른 게 좋아, 뭐든. 큐짱이 꼬리를 빼기 전에, 쓸데없는 생각을 하기 전에 가족, 만들어야 해. 빨리 시작하지 않으면 오래 같이 있지 못할 거야. 아기를 만들어야 해. 지금 당장 우리 사랑하자."

네네가 어둠 속에서 웃었다. 귀여운 사람이라고 큐는 생각했다.

"어쩔 수 없군. 그렇지만 조금만 기다려. 마음의 정리를 할 테니까."

큐는 열기에 사로잡힌 네네를 끌어안았다. 결혼하고 아기를 기를 자신이 없었다. 자신과 똑같은 아이가 태어나면 어쩌나, 두려웠다. 자신에게 주어진 능력에 대한 두려움이 걸림돌이었다.

'아기, 아기'를 외치던 네네가 잠들자 실내는 정적에 휩싸였다. 잠을 잘때도 네네의 팔은 큐를 꼭 붙들고 놓으려 하지 않았다. 큐는 네네가 깨지 않게 조심하며 매달린 넝쿨을 잘라내듯 그 팔을 풀고 침대에서 벗어났다. 암시석을 들고 발코니로 나갔다. 정면에 달이 떠 있었다. 달빛이 큐의 마음을 비춘다. 속내가 다 드러나는 것 같은 느낌이 들었다. 저렇게 귀여운 아이에게 사랑받는데 무슨 불만인가, 달빛이 그런 말을 하는 듯한 느낌이 들었다. 불만 따위 없어요, 마음속으로 큐는 속삭였다.

"그냥 두려워요. 행복해지는 것이 두려워요."

달무리가 늘어나기도 하고 줄어들기도 했다. 웃고 있다. 큐는 암시석을 잡은 채 눈을 감았다. 그러자 암시석을 잡은 손이 뜨거워졌다. 그리고 마음속에 귀여운 남자아이가 나타나 큐를 향해 미소 지었다. 황망히 눈을 뜨고, 설마, 하고 중얼거렸다. 이것이 무엇을 암시하는지 명료했다. 기뻐해야 마땅한데 솔직히 웃을 수 없었다.

마리에게

오랫동안 편지를 쓰지 못했네요. 그동안 몇 번 쓰려고 했지만 쓸 수 없었어요. 미안해요. 그렇지만 최근에 우리의 관계에 대해 조금 정리가 되는 것 같고, 지금은 이대로가 좋다는 생각이 들기 시작했어요. 그러고 보니 당신의 대답을 기다리고 있었는데 답장이 없더군요. 물론 답신을 기대하는 것이 오히려 이상한 일이라는 것을 최근 들어서야 비로소 깨달았지만요. 내가 당신에게 일방적으로 보내는 편지로 그만 만족해야 하는데 말이죠. 읽어봐 주는 것만으로 나는 기뻐요. 마침내 그것을 깨닫고 다시 이렇게 펜을 들게 되었습니다.

지난번 가게의 명함을 동봉한 초밥집 '도쿠가와'는 샹젤리제에 면한 세련된 지역에 자리 잡고 있어요. 거기서 나는 요리사로 일해요. 제대로 된 초밥을 만들 솜씨는 아니지만 고향을 그리워하는 주재원을 상대로 대화를 나누는 것이 지금 나에게 가장 중요한 일이 되었어요. 초밥을 만드는 주방장을 돕는 게 고작이지요.

혹시 파리에 올 일이 있으면 가게에 들러주세요. 그때는 내가 초밥을 만들어줄게요. 사람들은 다들 주먹밥 같은 초밥이라고 웃지만 내가 만드는 초밥은 양이 많아서 배가 고플 때는 안성맞춤이거든요. 프랑스의 젊은 회사원들 사이에서는 인기가 있지만 일본 기업에 근무하는 아저씨들은 혹평을 해요.

때로 마리는 지금 뭘 하고 있을까 생각해봅니다. 나는 스물여덟 살이 되었어요. 지금 당신이 어디서 어떻게 살고 있는지 모르지만 행복한 길을 걸어가고 있기를 바랍니다. 혹시 벌써 결혼해서 아이가 있을지도 모르겠네요. 아, 나도 곧 아버지가 될지 몰라요.

소후에 큐

초밥집 '도쿠가와'는 아홉 시가 넘으면 카운터에 손님이 가득하다. 파리에서 지내는 일본인이 7할쯤 된다. 매일 밤 반드시 찾아오는 단골도 있었다. 센바 히로코는 지압사로 6구에 가게를 가지고 있다.

"큐짱, 오늘은 카트린느 드뇌브가 왔어. 알아? 프랑스의 국민 여배우. 여배우는 어깨가 굳기 쉽잖아. 늘 사람들 눈을 의식하니까. 정말 어깨가 너무 심하게 뭉쳤더라. 그래서 열심히 문질러줬지. 덕분에 내 어깨가 결려, 지금은."

손님들이 일제히 웃었다. 큐는 예이, 하고 고개를 끄덕이며 웃었다.

"자기, 정말 좋은 손이야. 커다란 손. 지압하는 게 더 낫지 않을까? 여기 급료 두 배 줄게, 우리 집에서 일 안 할래. 내 조수를 하는 편이 다모츠짱한테 잔소리 듣는 것보다는 훨씬 나을 텐데."

센바 히로코가 그렇게 말하자 항공사에 근무하는 남자 손님이, 그런 말 해놓고 어디를 만져달라고 할지 모르니까 그만두라고 했다. 폭소가 터졌다. 그 소리에 카운터 한 자리를 점하고 있던 프랑스 손님들이 미간을 찌푸렸다.

큐가 센바의 지명으로 만든 초밥이 또 사람들을 웃겼다.

"뭐야, 큐짱, 이 초밥. 전부 크기가 다르잖아. 양복에 비해 몸집이 너무 커."

"괜찮아. 나는 큐짱이 만든 초밥이 좋으니까 간섭하지 마!"

센바 히로코는 웃으면서 큐를 감싸주었다. 큐는 죄송합니다, 하고 고개를 숙였다.

카운터 안에서는 와다 다모츠와 나카니시 긴야가 좌우에서 주문을 맞추느라 바쁘게 움직이고 있다. 큐는 그 중간쯤에 자리를 잡고 두 사람을 도우면서 때로 센바처럼 자신을 지명하는 손님을 위해 초밥을 만들었다. 그럴 때마다 다모츠는 다 먹은 후에 돈을 못 내겠다고 하면 안 돼요, 하고 반드시 확인을 했다.

네네가 가게에 얼굴을 내밀었다. 맛있는 걸 줄 테니까 가끔 애인을 데리고 오라는 와다의 말에 문을 닫기 조금 전에 오라고 해두었다. 단골손님들이 물러난 후 프랑스 손님 몇이 구석 자리에서 술을 마시고 있었다.

"큐, 자네 연습 상대가 왔어."

예이, 하고 큐는 평소의 어투로 대답했다. 말투가 이상하다면서 네네가 웃음을 터뜨렸다. 일하는 큐의 모습을 가까이서 지켜보는 것은 처음이었다.

"폼 나, 큐짱."

와다가 쳇, 하고 혀를 찼다.

"아가씨, 이 남자 아직 반푼이야. 폼 나는 수준하고는 한참 멀었어. 어이, 큐, 그렇지?"

예이, 하고 큐는 아랫배에 힘을 넣고 대답했다. 네네가 흉내를 냈다.

"예이."

긴야가 웃었다.

"어이 큐, 너 같은 우둔한 목석에게 어떻게 저런 미인께서 반한 건지 몰라. 세상 참 모를 일이야."

예이, 하고 큐는 빙긋 웃으면서 머리를 숙였다.

"이 사람의 멋은 나밖에 모르거든요. 그래서 우리는 연인인 거예요."

네네가 가슴을 활짝 펴고 말하자 와다 다모츠가 얼굴을 들고 네네를 뚫어져라 바라보았다.

"아가씨, 아주 멋진 말을 했어."

"인간에게 소중한 건 외모가 아니잖아요? 분명 큐짱은 덩치가 무지 크고 제대로 하는 일도 없고 퉁명스러운 느낌을 주지만, 그 마음은 너무 깨끗하고 순수해서 남쪽 섬의 해안선 같단 말이에요."

예이, 하고 큐는 목을 돌리면서 끄덕였다. 와다가 놀랐다.

"뭐야, 끼리끼리 자기 자랑이 너무 심하잖아 이거. 좋아, 뭐든 좋아. 성게 알이건 참치 뱃살이건 연어 알이건 사랑에 살고 사랑에 죽는 아가씨만 좋다면 마음껏 드려."

그러자 네네가 등을 쭉 펴며 말했다.

"난 김밥 하나 줘요."

"아가씨, 주방장의 호의를 무시하지 마요. 성게 알이나 뱃살 먹으세요."

긴야가 끼어들었다.

"아니에요, 김밥 주세요. 이 사람의 아내가 될 거니까 사치는 안 돼요."

와다가 신음했다.

"정말 대단해. 요즘 세상에 이런 여자가 있다니. 아가씨는 언뜻 보기에 일본인이 아닌 것 같은데, 튀기?"

"아버지가 영국 사람이에요. 어머니는 오키나와 사람이고."

"아, 과연. 그러니까 이국적인 분위기에 앵글로색슨의 얼굴이었어. 와, 촌놈 냄새가 물씬 풍기는 큐하고는 너무 안 어울려. 미녀와 뭐라고 하잖아, 그거."

"야수."

긴야가 웃으면서 말했다. 네네도 웃었다. 그림으로 그린 듯한 행복한 웃음이었다. 큐는 암시석으로 바라본 미래의 아이 얼굴을 떠올려보았다. 그 얼굴이 네네와 닮은 듯했다.

"좋겠다, 큐에게는 연인이 있어서……. 왜 나는 없는 거야. 내가 더 잘생겼는데."

긴야가 김밥을 열심히 만드는 큐의 손을 바라보며 투덜거렸다.

네네 미야리는 큐에게는 첫 연인이었다. 오랜 세월 마리에게 연심을 품어왔지만 마리와는 마음도 몸도 하나로 맺어지지 못했다. 기쿠마루라는 연상의 여성에게 섹스를 배웠지만 그녀를 연인이라고 할 수는 없었다. 네네와는 잠자리를 같이하며 서로 안고 사랑을 속삭인다. 사랑의 속삭임에 관해서는 네네의 일방통행이지만 큐는 헌신적인 네네의 말과 행동에 때로 가슴이 애절해지기도 했다. 그런 때 무의식적으로 '사랑해'라는 말이 목을 타고 나왔다. 네네는 누구보다 큐를 존경하고 그 무엇보다 큐를 걱정하며 자신의 모든 것을 바쳤다.

"큐짱."

네네는 일부러 와다에게 들리게 불렀다.

"영국에 가야 하는데 다음 휴일에 같이 가주지 않을래? 어딘가로 한 번은 나갔다 와야 하잖아."

취업 비자를 신청해두었지만 이 시점에서는 아직 관광 비자였다. 이른바 불법 취업을 하고 있는 셈인데, 비자를 갱신하려면 3개월에 한 번은 프랑스 밖으로 나갈 필요가 있다. 지금까지는 네덜란드, 스위스, 스페인 등으로 나갔다.

"삼촌 집에 맡겨둔 엄마 짐을 정리하러 가야 해. 반나절이면 충분해. 그런 다음 런던을 구경하는 거야."

큐가 마는 김밥은 아주 굵었다. 긴야는 네네 앞에 놓인 검은 덩어리를 바라보고 어깨를 으쓱하며 쓴웃음을 지었다.

"이제 곧 크리스마스잖아. 그 시기에 런던에서 같이 지내고 싶어."

네네가 와다 다모츠의 얼굴을 힐끗 쳐다보며 말했다. 와다는 작업을 하면서 헤벌쭉 웃었다.

"주방장의 허락이 떨어져야지."

큐가 그렇게 말하자 네네는 자리에서 일어나 와다 다모츠를 향해 깊이 머리를 숙였다.

"주방장님. 이 미숙한 초밥 요리사에게 이틀만 크리스마스 휴가를 줄 수 없나요? 우리 곧 결혼할 거라서 친척에게 보고하러 가야 하거든요."

와다의 손길이 뚝 멈추었다.

"정말이야!"

긴야가 외쳤다.

"어이, 큐! 너 정말 결혼해?"

와다가 놀란 표정을 지었다. 엿듣고 있던 종업원들이 모두 바깥으로 튀어나왔다.

"아니, 아직 결정된 건 아니에요."

"결정했잖아!"

네네가 외쳤다.

"결정하지 않았다니까!"

"사나이답게 결정해, 큐짱!"

네네의 억지에 모두 웃었다. 어쩔 수 없이 큐는 고개를 숙이고, 예이, 하고 동의했다.

네네가 김밥을 다 먹었을 때 아키모토 카즈토가 프랑스 여자를 데리고 들어왔다. 주렴을 걷으려고 하던 종업원이 끝났습니다, 하고 말했지만 두 사람은 그냥 안으로 밀고 들어왔다. 아키모토 카즈토는 명함을 큐 앞으로 내밀었다. 네네와 긴야가 명함을 엿보았다.

"초자연과학연구소?"

긴야가 일본어로 번역했다.

"잠깐 말씀 좀 드리고 싶은데요."

안쪽에서 와다가 나왔다.

"손님, 문 닫을 시간인데 무슨 용건이신지?"

아키모토 카즈토는 가볍게 고개를 숙이고 말했다.

"바쁘신 중에 죄송합니다. 소후에 씨에 대해 동료들에게 소개했더니 다들 관심을 보였습니다. 상드린 파세 상급위원도 자리를 같이했습니다. 부탁입니다. 저희 연구를 좀 도와주십시오."

무슨 연구를 하는데요, 와다 다모츠가 명함을 들여다보며 조금 끈적한 목소리로 물었다. 남자는 예, 하고 공손하게 대답했다. 큐는 도구를 정리하고 있었다.

"간단히 말씀드리면 초능력에 관한 연구입니다."

긴야가 이에스피(ESP), 라고 하며 휘파람을 불었다.

"그렇습니다. 사실 저도 조금은 숟가락을 휠 수 있습니다. 숟가락 휘기 자체는 특별한 능력이 아니라는 것이 최근 몇 년 사이에 실증되었습니다. 여기 계신 소후에 큐 씨는 아마 그것을 뛰어넘는 능력을 가진 것으로 우리는 추측하고 있습니다."

나카니시 긴야가 웃음을 터뜨리더니 큐와 아키모토의 얼굴을 번갈아 바라보며 말참견을 했다.

"숟가락 휘기? 외람되지만, 이 친구 초밥 하나 제대로 만들지 못해요."

"그럼. 그 정도로 대단한 초능력자라면 다른 사람처럼 초밥을 만들 필요 없잖아. 애당초 초능력을 사용하면 될 테니까."

이번에는 와다 다모츠가 놀리듯 말했다. 네네는 진지한 눈길로 고개를 숙인 채 작업을 하고 있는 큐를 바라보았다.

"지금으로부터 16, 7년 전의 일입니다. 규슈에 대단한 초능력 소년이 있었습니다. 서커스에 적을 둔 소년은 텔레비전 카메라 앞에서 간단히 숟가락을 휘어버렸습니다. 큰 화제를 불러일으켰는데 어느 날 갑자기 모습을 감추어버렸습니다. 그리고 지금까지 그 행방을 모릅니다. 소년의 이름은 소후에 큐입니다."

와다와 나카니시가 묘한 표정을 지으며 큐를 돌아보았다. 네네는 눈도 깜짝할 수 없었다. 큐는 죄송합니다, 그만 하세요, 하고 손을 내려다보며 말했다. 아키모토 카즈토는 말을 이었다.

"나는 그 당시 초능력의 존재에 관심을 가지고 학문적으로 연구를 시작했는데, 일본의 과학계에서는 이단 취급을 받았습니다. 그래서 일본을 떠나게 되었습니다. 프랑스와 소련, 또는 미국은 초능력 연구에 국가 예산을 투입하고 있습니다. 나는 여기 프랑스의 연구소에 들어오게 되었습니다."

으음, 하고 와다 다모츠는 고개를 끄덕였다.

"그럼 지난번에 그 야쿠자들을 쓰러뜨린 거, 합기도가 아니라 초능력이었다는 건가?"

그렇습니다, 아키모토가 대답했다.

"그 자리에 나도 있었습니다. 놀랐습니다. 잘못 보지 않았습니다. 절대로. 그 초능력 소년이 어른이 되었지만 특징은 옛날 그대로⋯⋯."

모두가 큐를 돌아보았다. 큐는 말없이 작업을 계속하고 있다.

"하긴 큐짱은 누가 보아도 알 수 있는 몸매와 얼굴이니까."

긴야가 끼어들었다.

"나는 지금도 소후에 큐에 관한 기사나 비디오테이프 등의 자료를 가지고 있습니다. 몇 백 번 눈에 박힐 정도로 보았으니까 분명합니다. 당신이 휜 숟가락을 우리는 서커스단에서 양도받았습니다. 뭐라고 했더라, 아, 그렇지, 아카누만차 서커스……."

와다 다모츠가 아, 들은 적이 있다고 말했다. 오, 등골이 서늘해졌어, 긴야가 큰 소리로 외치자 안쪽에서 귀를 쫑긋 세우고 있던 종업원들이 주르르 홀로 몰려나왔다.

"그곳의 단장에게 양도받은 숟가락을 나는 연구소에 가지고 가서 다양한 기계로 검사해보았지요. 그냥 휜 정도가 아니라 하나같이 기계로 단숨에 짓누른 듯이 구불구불하게 휘어 있었어요. 완전히 반으로 겹쳐버린 숟가락을 본 적이 있고, 아까 말씀드린 대로 나도 조금은 휠 수 있습니다. 아니, 누구든 어느 정도 훈련만 하면 휠 수 있어요. 그렇지만 새끼를 꼬듯 변해버린 숟가락이나 둥글게 말려버린 숟가락은 처음 보았습니다."

뭐야, 아주 무서운 이야기잖아 이거, 와다 다모츠가 중얼거렸다. 어이, 한 번 해봐, 긴야가 숟가락을 큐 앞으로 내밀었다. 종업원들이 카운터 주위에 모여들어 눈을 반짝이며 큐를 바라보았다. 네네는 눈을 동그랗게 뜨고 사랑하는 남자의 정체를 알아내려 했다.

"……옛날이야깁니다. 젊은 시절 이야기예요. 이젠 할 수 없어요."

큐는 쓴웃음을 지으며, 이제 문을 닫아야 합니다, 손님, 식사 안 하실 거면 돌아가주세요, 라고 아키모토에게 말했다. 그러자 이번에는 곁에 있던 여성이 억양 없는 프랑스어로 말하기 시작했다.

"세계는 지금 다양한 문제를 끌어안고 있습니다. 군사적인 문제뿐만 아니라 이 지구가 앞으로 진정한 의미에서 사람이 살 수 있는 기능을 다할 수 있을까, 그런 심각한 문제를 끌어안고 있습니다. 우리는 초자연과학을 연구하며 인간의 새로운 가능성과 이 별의 미래를 가늠하려 하고 있습니다. 결코 수상쩍은 연구 기관이 아닙니다. 소후에 큐 씨, 가능하다면 당신의 능력을 연구할 수 있게 해주세요. 이것은 세계의 빈곤이나 질병이나 기아나 전쟁을 예방하는 데 효과적인 방법을 세우기 위함이기도 하고 지구 외 생물과의 접촉 등 앞으로 지구가 어떻게 존재하는가에 관련된 중요한 연구입니다."

큐는 완전히 이해한 것은 아니지만 프랑스 여성의 진지한 태도에 마음이 흔들렸다.

"당신 곁에서 직접 그 힘을 보고 싶습니다. 연구자로서만이 아니라 초능력이라는 현상에 매혹당한 한 인간의 진심 어린 부탁입니다."

아키모토 카즈토가 머리를 숙였다. 상드린 파셰는 조용히 큐를 바라보았다. 상드린은 입을 다물고 있었지만 그녀의 목소리가 일본어로 귀 저 안쪽에서 울렸다.

"소후에 큐, 당신의 힘을 빌리고 싶어요. 당신의 내면에 잠든 능력을 연구하게 해주세요."

큐는 놀라서 얼굴을 들었다. 상드린이라는 여성이 의미심장한 미소를 띠고 있었다.

"큐짱, 아까 그 이야기 정말이야?"

네네는 침대에 누워 아키모토 카즈토가 큐에게 건네준 명함을 바라보며 말했다. 큐는 잠옷으로 갈아입고 침대로 들어와 네네에게 등을 돌렸다.

"정말이야? 그럼 왜 지금까지 숨겼어?"

"자랑할 만한 게 아니니까."

"그렇지만 부부잖아. 큐짱에 대해서는 뭐든 알고 싶어."

"부부가 되는 건 아직 결정하지 않았어."

"결정했어."

네네는 하카타 사투리로 말했다. 큐는 일어나서 네네의 얼굴을 들여다보았다. 그 눈이 진지하여 네네는 저도 모르게 턱을 끌어당기고 마른침을 삼켰다.

"이 힘 때문에 많은 사람을 불행하게 만들었어. 가능하다면 다시는 사용하고 싶지 않아."

"무슨 일이 있었는지는 모르겠지만, 됐어, 사용하고 싶지 않으면 하지 마. 나는 큐짱이 그냥 이대로 있어주기만 하면 돼. 그렇지만 거짓말은 안 돼. 숨기는 일이 있어서도 안 되고."

"그럼 이야기할게. 나, 진짜 초능력자야."

큐의 표준어 발음이 너무 이상해서 네네가 웃음을 터뜨렸다.

"사실은 난 슈퍼맨이라고 고백하는 것 같아. 너무 멋져."

네네의 눈이 상냥하게 곡선을 그렸다. 이 사람을 불행에 빠뜨려서는 안 된다고 큐는 다짐했다. 자신이 초능력을 사용하게 되면 또 어떤 불행이 닥쳐올지 몰라 두려웠다.

"초능력을 드러내고 싶지 않아. 알았지?"

"일부러 드러낼 필요는 없지만 언젠가 자연스럽게 그걸 사용해야 한다면 한 번 보고 싶어."

"언젠가는."

"응, 언젠가……."

네네는 어쩔 수 없이 그렇게 대답했지만 사실은 큐가 숟가락을 휘는 모습을 당장이라도 보고 싶었다. 큐는 네네를 끌어안았다. 그리고 그 이마에 입을 맞추었다. 네네는 눈을 감고 망토를 휘날리며 날아가는 슈퍼맨으로 변신한 소후에 큐를 상상하며 미소 지었다.

3 빛이 보입니다

크리스마스 전날 큐와 네네는 영국으로 갔다. 코벤트가든의 싸구려 호텔에 짐을 풀고 오후에 외출했다. 거리는 크리스마스 장식으로 넘쳐나 마치 동화 나라에 들어온 것 같았다. 네네와 큐는 팔짱을 끼고 걸었다. 사람들의 행복한 얼굴을 보고 마음이 푸근해졌다.

예쁜 티 살롱의 창가 자리에 앉아 주문한 홍차와 스콘을 기다리고 있자니 창 너머로 낯익은 얼굴이 지나갔다. 마리의 어머니 기요였다. 데라우치 기요는 키가 크지는 않지만 다부진 체격의 서양 남자와 손을 잡고 걸어가고 있었다. 연인으로 보였다. 두 사람은 티 살롱으로 들어와서 기둥 구석 자리에 앉았다. 데라우치 기요와 남자는 마주 보고 앉아 테이블 위에서 손을 잡았다.

"누구? 아는 사람?"

"응……."

"큐짱, 표정이 심각해, 어떤 관계?"

큐는 고민하다가 솔직하게 대답하기로 했다.

"마리의 어머니. ……기요 씨."

네네는 놀랐지만 애써 침착하게 그렇구나, 하고 대답했다.

"우연치고는 정말 대단하네. 인사하는 게 좋지 않을까?"

"설마, 안 돼."

"왜?"

그건, 하고 큐는 턱으로 구석 자리를 가리켰다.

"기요 씨랑 같이 있는 사람, 남편이 아니야."

"그렇다면, 저거, 아무리 봐도 연인 관계야."

"그러니까 안 보이게 해야지. 들키면 저쪽이 얼마나 불편하겠니."

네네가 고개를 숙였다. 큐는 소리 죽여 말하며 웃었다.

"네네랑은 관계없잖아."

"우연히 온 런던에서 우연히 큐짱이 좋아했던 사람의 어머니를 만나다니, 이걸 그냥 우연이라 할 수 있을지……. 무슨 의미가 있는 걸까. 나, 큐짱이 그 사람을 아직 잊지 못하는 것 같아 걱정스러워. 그래서 저 사람을 이곳으로 불러들인 게 아닌가 하는……."

큐는 웃으려 하다가 입이 딱딱하게 굳어버리는 것을 알았다.

큐와 네네는 크리스마스 분위기에 취한 런던 시내를 구경했다. 네네의 어머니가 남긴 짐을 정리해야 하기에 우선 두 사람은 네네의 생가인 런던 교외에 있는 에드워드 카의 집으로 향했다. 문을 들어서서 저택 현관에 이르기까지 차로 오 분이나 달렸다. 드넓은 부지 속에 자리 잡은 저택…….

"와, 이렇게 대단한 집에서 자랐어? 여기, 성이야?"

큐는 유서 깊은 건물을 올려다보며 한숨 섞인 목소리로 물었다.

"엄밀하게 말해 성은 아니지만 저택이라고 하나……. 내 집은 아니야. 다만 여기서 자랐다는 것뿐. 고등학교를 졸업하고 삼촌의 지원을 받지 않았으니까. 아르바이트를 하며 학비를 벌어서 대학을 졸업한 거야."

돌계단 중간쯤에 키 큰 남자가 서 있었다. 그 사람이 네네의 삼촌이라는 것은 그 웃음 띤 얼굴과 풍모로 알 수 있었다. 금발이지만 어딘지 모르게 네네와 닮은 분위기였다. 신사는 계단을 내려와서 네네를 끌어안았다. 상냥한 얼굴이었다. 이윽고 삼촌의 아내로 보이는 여자도 나와서 네네에게 키스했다.

"나의 피앙세예요."

네네가 큐를 소개했다. 큐는 두 사람과 악수를 나누었다. 네 사람은 시종 화기애애한 분위기 속에서 웃으며 대화를 나누었다.

밤에 큐와 네네는 식사에 초대를 받았다. 화제는 오로지 비서가 파리의 아파트에서 목격한 벌거벗은 일본인에 대해서였다. 류지였다. 큐는 얼굴을 붉혔다. 네네의 삼촌은 자신도 학생 시절에 기숙사에서 똑같은 행동을 했다며 웃었다. 자신의 아버지와는 완전히 다르다고 생각했다. 여기에 엔도 다쿠미와 나나가 있었더라면 어땠을까. 상상을 하며 큐는 혼자서 쓴웃음을 지었다. 네네는 여태 본 적이 없는 상냥한 표정을 짓고 있었다. 너무 행복해 보여서 큐는 보기만 해도 만족스럽고 기뻤다.

짐 정리에는 그리 시간이 걸리지 않았다. 남은 것은 잠시 창고에 보관하기로 했다. 머무는 동안 네네의 아버지에 관해서는 한 번도 이야기가 없었다. 아무도 말하지 않았다. 네네도 입을 열지 않았다.

"자네들이 사용하는 아파트 말이야, 어차피 팔 생각이라네. 그런데 불경기라서 잘 팔리지 않으니까 그냥 사용하도록 해. 신혼 생활은 조금 넓은 집이 좋거든."

돌아올 때 에드워드 카는 네네와 큐를 향해 그렇게 말했다.

"고마워 삼촌. 그렇지만 적당한 방만 찾으면 바로 나갈 생각이에요. 우리에게 맞는 집에서 살지 않으면 앞으로 세상을 헤쳐나가기 어려울 것 같아서요."

네네는 웃으며 그렇게 답례했다. 카 부인은 고개를 끄덕이며 네네의 손을 잡았다.

"너는 늘 성실하고 거짓을 몰라. 지금은 네가 원하는 대로 살도록 해라. 우리가 할 수 있는 일이라면 뭐든 해줄게. 무슨 일이 생기면 삼촌과 숙모가 든든하게 뒤를 받쳐주고 있다는 것을 생각해. 힘 내, 네네."

네네는 눈물을 글썽이며 카 부처와 포옹을 하며 이별을 아쉬워했다. 큐는 네네의 남편이 된 듯한 기분이었다. 사랑하는 아내를 그냥 끌어안고 싶어 몸이 근질거리고 안달이 났다. 이 기분을 뭐라고 해야 하나. 네네를 누구보다 행복하게 해주고 싶다고, 그 순간, 큐는 진지하게 생각하고 결심했다.

에드워드 카가 말했다.

"아무리 돈이 많아도 우리는 늘 부족한 게 있었어. 그건 자식이야. 네네는 이런 우리의 결핍을 채워주는 유일한 빛이란다. 앞으로 우리는 네 부모처럼 응원할 거야. 때로 부탁도 하고 그러려무나. 하고 싶은 말은 그것뿐이야."

큐는 네네의 어깨를 감쌌다. 가슴 저 안쪽에서 사랑의 기운이 솟구쳐 올랐다. 갑자기 어른이 된 듯한 책임감이 밀려왔다.

"나, 이 사람이랑 곧 결혼해요. 그리고 가능한 한 빨리 아기를 가질 거예요. 그러면 파리까지 손자 얼굴 보러 꼭 와주세요."

네네가 말하자 두 사람은 환하게 웃었다. 에드워드 카가 큐에게 말했다.

"잘 부탁하네."

큐는 저도 모르게 턱을 끌어당기고 힘차게 고개를 끄덕였다.

네네는 잠깐 쇼핑을 갔다 오겠다며 점심 후에 밖으로 나갔다. 비가 내려서 걱정했지만 그녀는 목적지를 말하지 않았다. 큐는 호텔 침대에 누워 유리창 너머 런던의 뿌연 경치를 바라보고 있었다. 비가 유리창을 세차게 치며 때로 깡마른 소리를 냈다.

아침 식사 트레이가 창가에 있다. 그 안에 실내등 불빛을 받아 납색으로 빛나는 찻숟가락이 있었다. 태어나서 처음으로 숟가락을 휘었을 때의 그 기묘하고 이상하면서도 그리운 감각이 되살아났다. 손 안에서 흐느적거리며 휘어버리던 숟가락…… 그래, 그게 시작이었어…….

찻숟가락을 노려보았다. 의식을 맑게 하고 집중했다. 염을 하자 이마 중간쯤이 뜨거워지기 시작했다. 더 강하게 숟가락이 떠오르는 이미지를 머릿속에 그렸다. 그 순간, 깡, 메마른 소리를 내며 찻숟가락이 거의 1센티미터 정도 트레이 안에서 이동했다. 숟가락은 트레이의 끝에 부딪쳐 멈추었다.

이번에는 세워보자고 생각했다. 미간에 힘을 넣고 의식을 숟가락에 직접 부딪치지 않고 정수리에서 위로 빠져나가는 듯한 감각으로 뾰족한 이미지로 만들어 움직여보았다. 이윽고 숟가락 손잡이가 위로 올라가기 시작했다. 천천히 마치 스스로의 의지로 일어서는 듯이 숟가락은 섰다.

언제부터 자신에게 이러한 능력이 생겼을까, 큐는 생각해보았다. 숟가락은 유리창 중간쯤까지 떠올라 거기서 뚝 멈추었다. 빛을 받아 둥그런 부분이 반짝였다. 천장에 매달린 것 같았다. 숟가락을 공중에 멈추게 해놓고 이번에는 사이드테이블 위에 놓인 재떨이를 들어 올리려 해보았다. 재떨이가 떠오르기 시작했을 때 숟가락이 갑자기 내려가서 의식의 힘을 양쪽으로 나누었다. 숟가락과 재떨이는 거의 같은 높이에서 뚝 멈추었다.

큐는 방문 옆에 있는 네네의 하이힐을 들어 올리려 해보았다. 그것도 숟가락과 재떨이처럼 천천히 떠오르기 시작했다. 큐는 실내의 물건을 차례대로 떠오르게 했다. 글라스, 볼펜, 물이 반쯤 들어 있는 페트병, 런던의 지도, 만년필, 그리고 의자……

의자는 크기가 작은 다른 물건처럼 쉽게 떠오르지는 않았다. 미간에 힘을 넣었다. 그리고 정신을 통일하고 의식을 집중했다. 의자가 보이지 않는 실에 매달리기라도 한 듯 조금씩 올라가자 큐는 머리가 무거워지는 느낌을 받았다.

실내의 거의 모든 물건이 공중에 떠오른 상태였다. 큐는 모든 물체에 의식을 똑같이 배분해보았다. 노크 소리가 났다. 팽팽하게 긴장해 있던 의식이 갑자기 흩어지자 마치 끈이 끊어지기라도 한 듯 떠 있던 물체들이 모두 바닥에 떨어졌다.

"뭐, 뭐야 이 소리는? 왜 이렇게 흩어져 있어?"

큐는 설명할 수 없어 그냥 어깨를 으쓱해 보였다. 볼펜이 아직도 바닥을 구르고 있다가 벽에 부딪쳐 멈추었다.

"대체 어디를 갔다 온 거니?"

"병원에 갔다 오는 길에 샴페인과 케이크를 사왔지."

네네는 즐거운 표정으로 말했다.

"병원?"

네네는 재킷과 구두를 벗고 침대에 올라가 누웠다. 그리고 손을 크게 벌리더니 푸근한 미소를 떠올리며 와, 하고 외쳤다. 큐는 멀뚱한 표정으로 네네를 안았다. 달콤한 키스를 했다. 힘이 들어간 진한 키스였다. 큐의 그쪽이 반응하기 시작했다. 참을 수 없어 네네를 끌어당기자, 안 돼, 하고 밀쳤다. 평소에는 제가 요구하던 네네였다. 네네는 입가에 미소를 머금은 채 안 돼, 왜 안 되는지 알아? 하고 속삭였다.

"무슨 일이야?"

큐가 애절한 눈길로 네네를 바라보았다. 네네는 부끄러운 듯 몸을 뒤틀더니,

"아기가 생겼는지도 모르니까." 라고 말했다. 큐는 놀라서 어, 하고 외치고는 잠시 꼼짝이지도 못했다.

"병원에서 검사를 했어. 아직 확실하지는 않지만 그런 예감이 들어서……."

"임신?"

"응, 아마."

어떻게 대답해야 좋을지 몰랐다. 피임을 하지 않을 때가 많았다. 네네가 오늘은 괜찮다고 할 때는 그 말을 믿고 콘돔을 하지 않았다. 그런데도 임신했다는 말을 들으니 놀라고 만다. 마음의 준비가 아직 안 되어 있었기 때문이다.

"아이가 생기면 기뻐해줄 거지?"

네네가 큐의 이마에 자신의 이마를 대며 말했다.

"기쁘긴 하지만……. 기쁘지 않을 리 없잖아. 그렇지만 너무 갑작스러운

일이라……."

"만일 임신이라면 여러 가지 일을 하나씩 차근차근 해나가야 할 거야."

네네는 말이 끝나자마자 큐의 위로 뛰어올라 입을 맞추었다.

파리로 돌아와서 네네는 신뢰할 수 있는 의사에게 가 임신 사실을 확인했다. 네네의 성화에 못 이겨 큐는 먼저 후쿠오카의 어머니에게 소식을 전했다. 일본을 떠난 이후로 필요한 서류를 요청하는 것 말고 몇 번 전화를 걸었을 뿐이고, 그것도 국제전화비 때문에 용건만 간단히 전했다. 나머지는 모두 편지였다.

"지금 어디 있어? 살아 있다니 다행이야."

나나는 흥분한 듯했다. 무엇을 어떻게 설명하면 좋을지 큐는 알 수 없었다. 나나가 진정하기를 기다렸다가 말문을 열었다.

"아기가 생겼어."

네네는 조금 떨어진 곳에서 얌전한 표정으로 지켜보고 있었다. 큐의 어머니가 어떤 사람인지 그녀로서는 알 길이 없었다. 큐는 네네에게 약간 등을 돌린 채 이야기하고 있었다. 네네는 걱정하는 눈치였다. 눈을 동그랗게 뜨고 큐의 등만 바라보았다.

"갑자기 전화 걸어서 아기가 생겼다니. 이런 불효자식."

나나가 눈물 어린 목소리로 외쳤다.

"그래, 상대는? 상대는 어떤 아가씨야?"

"네네, 좋은 애야."

"마음씨가 가장 중요해. 그러고 보니 마리짱도 엄마가 되었다고 하더라."

큐는 어머니가 된 마리의 모습을 상상해보았다. 행복하게 살아갈 마리를 생각했다. 나카스의 러브호텔에서 두 사람은 하나가 되지 못했다. 그때의 후회스러운 마음까지 기억에 떠올랐다.

"세월이 흐르긴 했어."

큐가 말하자, 참 많이도 흘렀지, 하고 나나가 대답했다. 마리의 어머니 기요를 런던에서 보았다는 말을 하려다가 큐는 입을 다물었다. 그것은 또 다른 시간의 흐름이고 다른 인생의 문제였다.

"결혼식은 올렸어?"

"아니, 아직."

큐가 네네를 힐끗 바라보았다. 네네의 시선이 큐를 찌를 듯이 바라보고 있다.

"할 거지?"

"아마."

나나가 흥분한 어투로 말했다.

"일본 사람 아닐지도 모르겠네. 거긴 프랑스니까. 상대는 어느 쪽 사람?"

큐는 네네에 대해 간단히 설명했다. 네네 미야리, 나나가 중얼거리고는, 연예인 같은 이름이네, 하며 웃었다. 오랜만에 연락했는데도 화를 내기는커녕 웃기만 하는 옛날 그대로의 나나였다.

"긴지와 둘이서 놀러 가도 되지?"

긴지라는 말이 큐의 가슴에 파문을 일으켰다. 그렇지만 곧 마음은 호수처럼 잔잔해졌다. 벌써 용서한 일이지만 도저히 지울 수 없는 뭔가가 있었다.

"......응."

나나가 흥분한 어투로 말했다.

"그럼 바로 갈게. 네가 찾은 아가씨를 엄마한테 소개해줘야지."

큐가 전화를 끊자 네네는 일어서서, 뭐라서? 하고 물었다.

"아, 좋아하셨어."

네네의 얼굴이 환해졌다.

어느 겨울의 추운 아침, 네네는 아직 침대에 누워 있고 큐는 화장실에 가려고 일어났다. 그때 사이드보드 위에서 빨간 물체가 둔탁한 빛을 발하는 것이 보였다. 불길한 예감이 번개처럼 큐의 몸을 꿰뚫었다. 가까이 다가가서 들여다보니 그것은 누런 할망이 준 암시석이었다.

암시석을 만지려 하는데 정전기 같은 강렬한 자극이 큐의 손가락 끝을 치달렸다. 강렬한 거부였다. 서둘러 손을 빼고 가만히 돌을 들여다보았다. 정체를 알 수 없는 뭔가가 그 돌을 빨갛게 빛나게 하고 있었다. 마치 살아 있는 생명체처럼 빛을 뿜어내기도 하고 빨아들이기도 했다. 무엇을 경고하는 것일까……

"무슨 일이 일어납니까?"

큐가 말했다. 돌은 말이 없었다.

아키모토 카즈토가 소속된 프랑스 초자연과학연구소는 파리 좌안 15구의 주택가 안에 자리 잡고 있었다. 오래되고 평범한 건물 입구에 'FSL'이라는 간판이 매달려 있었다. 그것만으로는 무슨 시설인지 알 수 없었다. 아키모토 카즈토와 파셰 여사가 마중을 나왔다. 큐는 두 사람의 등을 바라보며 긴 복도를 걸었다. 자기 자신을 똑바로 들여다보고 싶어 이 연구에 참가하기로 결정했다.

처음에 큐는 연구원들이 보는 앞에서 숟가락 휘기를 했다. 연속으로 휘어버리는 숟가락을 보고 연구원들은 눈을 동그랗게 떴다. 삼십 분도 안 되어 미리 준비해둔 숟가락 15개를 모두 휘어버렸다. 개중에는 꽈배기처럼 꼬인 숟가락도 있었다. 연구원들은 흥분했다. 큐의 초능력 시범은 모두 녹화되었다. 그리고 그곳의 다양한 기계를 활용한 과학적인 검증이 시작되었다.

"대단합니다. 상상한 것 이상의 성과입니다."

아키모토 카즈토는 실험을 마친 뒤에 그렇게 말했다.

"초능력을 사용하려고 할 때 당신은 어떤 생각을 합니까."

파셰 여사가 몇 가지 질문을 했다. 큐는 그들이 던지는 질문에 가능한 한 정직하게 대답했다. 연구에 참가함으로써 자신에 대한 수수께끼를 밝혀보고 싶었다.

"빛이 보입니다. 나를 이끄는 듯한 빛이……."

상드린 파셰가 앞으로도 실험에 참가해주기를 바란다고 말했다. 큐는 일이 있어서 자주는 어렵다고 대답했다. 그러자 그들은 몇 가지 조건을 제시했다. 프랑스 정부가 큐의 체류를 허가하는 새로운 비자 발행을 약속했을 뿐만 아니라 연구비 명목으로 얼마간의 보수도 지급한다는 것이었다. 그것은 '도쿠가와'에서 받는 급료보다 훨씬 많은 금액이었다.

"일주일에 한두 번 몇 시간, 저희에게 시간을 내주시면 됩니다. 연구에 참가하는 동안 우리가 모든 것을 보장하겠습니다. 와다 씨에게는 정부 쪽에서 설명을 할 것이니 안심하셔도 됩니다."

큐는 그 제안을 거절할 이유가 없었다. 애당초 초밥집 요리사가 될 생각이 없었고 지금은 흐름에 몸을 맡기는 것이 최선이라는 판단이 섰기 때문이다.

큐의 몸 여기저기에 전극이 매달려 있었다. 큐가 숟가락을 휠 때마다 데이터가 컴퓨터에 기록되었다. 어떤 에너지가 몸의 어느 부분에서 일어나 숟가락을 휘게 하는가를 밝히는 실험이었다.

"어떤 기분? 숟가락을 휘는 순간 무슨 생각을 해요?"

상드린의 목소리가 스피커를 통해 들려온다.

어떤 기분? 큐는 생각했다.

"그럼 이번에는 휘는 순간 마음속에 무엇이 보이는지를 말해주세요."

상드린이 알아듣기 쉬운 프랑스어로 말했다.

큐는 숟가락이 휘는 순간, 어린 시절에 보았던 여러 가지 풍경을 떠올렸다. 소이치로와 풀 스키를 하는 광경, 정원에서 거리낌 없이 춤을 추던 마리의 실루엣, 텔레비전 송신탑 상공을 선회하는 여객기의 그림자, 니시다카미야 초등학교 교정에서 피구를 하는 아이들, 기사실에서 차를 마시는 할아버지 할머니, 수업 중에 보았던 교정의 모래바람, 노란 우산을 들고 하교하는 아이들, 아소 산의 고원에서 보았던 보라색 나비 등등…….

"숟가락이 휘는 순간, 뭐라고 할까, 그리운 옛날 기억이 떠올라요."

"어떤?"

"흠, 신기루 같다고나 할까요, 멀어져가는 기억들. 어린 시절의 플래시백, 한순간에 섬광처럼 나타났다가 사라져버립니다."

프랑스어다. 하카타 사투리가 아니다. 그래서 말을 하면서도 마치 남이 말하는 듯한 묘한 감각에 사로잡혔다.

"피곤해요? 지금 피곤해요?"

"글쎄요, 그게 좀. 피로할지도…….".

"오늘 벌써 50개나 휘었는데, 피곤할 텐데요?"

"그럴지도 모르지만, 확실하지는 않아요. 이렇게 많이 휜 적이 없으니까. 그렇지만 아마 피곤할 겁니다."

아키모토 카즈토가 두꺼운 문을 열고 들어왔다.

"오늘은 여기까지 하지요. 네네 씨가 와 있어요."

아키모토는 큐의 몸에 붙어 있는 전극을 떼냈다. 네네가 문 저편에서 안을 들여다보고 있었다. 실험실에 온 것은 연구가 시작된 이래로 처음이었다. 걱정스러운 눈길로 바라보는 네네를 향해 큐는 미소를 보냈다. 네네는 사람 낯을 가리는 어린아이처럼 살짝 입가에 미소를 머금었다.

4 파리 관광

네네는 바닥에 떨어진 숟가락을 집어 들고 살짝 테이블 위에 올려놓았다.

"큐짱, 한번 보여줘."

들뜬 목소리로 말했다. 큐는 고개를 끄덕이고 몇 걸음 창가로 걸어갔다. 미간에 주름을 잡고 정신을 집중했다. 네네는 턱을 끌어당기고 지켜보았다. 이윽고 숟가락 끝이 움직였다. 손잡이 쪽이 위로 향한 채 일정한 속도로 천천히 떠오르기 시작했다. 네네가 와, 하고 소리쳤다. 숟가락은 두 사람의 눈높이에서 멈춘 채 빙글빙글 돌면서 비쳐드는 햇빛을 받아 반짝였다.

"어떻게 하면 이런 게 돼?"

"몰라. 해보니까 되었을 뿐이야……."

큐는 런던의 호텔에서 했듯 방 안의 모든 물건을 공중에 띄웠다. 테이블 위의 프랑스어 사전이나 접시, 볼펜, 텔레비전 리모컨이 연달아 허공에 떠올랐다.

네네는 텔레비전에서 보았던 우주 스테이션의 영상을 떠올렸다. 천장에 보이지 않는 줄이 달려 있는 것처럼 물체들은 떠 있었다. 숟가락을 잡고 구멍이 나지 않을까 싶을 정도로 노려보았다. 뒤로 돌렸다가 다시 표면을 보았다가 다시 한 번 뒤로 돌리고 원래의 장소에 내려놓았다. 숟가락은 큰 소리를 내며 테이블 위에 떨어졌다가 바닥에 굴렀다.

"이런 일을 눈으로 직접 보니까 지금까지 경험한 세계가 완전히 달라 보여."

네네는 큐를 돌아보며 말했다.

"놀라는 것을 넘어서 새로운 가치관이 눈앞에 나타난 듯한, 뭐라고 할까, 일종의 혁명이 내 속에서 일어난 듯한 충격이야."

숟가락은 다시 떠올라 네네의 눈높이에서 멈추었다. 그에 호응이라도 하듯 기타가 의자가 시계가 곰 인형이 쿠션이 허공으로 떠올랐다. 네네는 빙글 몸을 돌리며 그 기묘한 광경에 놀라 한숨을 내쉬었다.

"이거 현실?아니면 꿈?"

네네의 눈동자가 빛났다.

"믿을 수 없는 일이지만, 나, 믿을 수 있어……."

큐도 볼을 구기며 웃었다.

"태어나서 처음으로 숟가락을 휜 건 초등학교 때였어."

두 사람은 침대에서 서로를 꼭 끌어안고 가만히 하얀 벽에서 흔들리는 촛불을 바라보며 이야기를 나누었다. 네네는 큐의 팔에 안겨 있었다.

"그 당시 나는 초등학교 기사실에서 조부모와 같이 살고 있었어."

"기사실?"

"응, 할아버지는 니시다카미야 초등학교에서 기사 일을 하고 있었거든. 나는 그곳 학생이기도 했지만 일을 돕기도 했어. 아침에는 학교 문을 열고 학생들이 다 나간 저녁에는 문을 잠그고. 그즈음 나는 하루 종일 학교에서 살았던 거야."

네네는 흠, 하고 고개를 끄덕였다.

"식사를 하면서 텔레비전을 보고 있는데 초능력자가 숟가락을 휘려 하고 있었지. 그런데 그 사람의 숟가락은 휘지 않고 내 숟가락이 휜 거야. 마치 꽃이 시들듯이……."

"시들듯이……."

네네는 눈을 감고 가만히 되뇌었다. 큐는 등 뒤에서 네네를 부드럽게 끌어안았다.

"숟가락이 휘어질 때마다 간로쿠 할아버지가 놀랐어. 무슨 짓을 하느냐고, 이건 식사 때 쓰는 소중한 도구라고 하면서. 그러는 사이에 나의 초능력이 진짜라는 것을 알게 되자 모두 놀랐고, 그래서 소문이 퍼진 거야."

"힘들었어?"

"여러 가지 일이 있었지. 정말 여러 일이……. 그렇지만 누군가가 미리 나의 운명을 결정해놓은 듯한 느낌이 들어……."

응 알아, 네네는 대답했지만 그 목소리는 가늘고 낮았다.

"도대체 이 힘이 무엇인지……."

큐는 담요를 네네의 어깨 위로 끌어올렸다.

"텔레비전에 나가게 되고 나중에는 서커스단에서 숟가락 휘기 쇼를 했어. 그때부터 내 힘을 의심하지 않게 되었어."

네네는 조용히 듣고 있다가 스르르 잠이 들었다. 온갖 기억이, 숟가락이 휘는 순간에 나타나던 기억의 단편들이 주마등처럼 흘러갔다. 도대체 나는 어디로 가고 있는 것일까. 큐는 네네의 배를 쓰다듬었다. 여기에 새로운 생명이 숨을 쉬고 있다. 네네의 배에 얼굴을 갖다댄 채 큐도 스르르 잠이 들었다.

꿈속에 소이치로가 나타났다. 오랜만이야, 어린 소이치로가 속삭였다. 큐는 너무 반가워서 눈물을 흘리고 말았다. 소이치로는 웃었다.

"조금만 더 있으면 난 다음 단계로 나아가. 영계의 다른 장소로 옮기게 됐어."

"다음 단계?"

"응, 다음 단계. 그래서 작별 인사를 하러 왔어. 저승 세계의 모험은 거의 다했어. 죽음과 삶의 모든 것을 살펴보고 이제는 그 본질을 알게 됐지. 새로운 출발을 하려고 해. 그렇지만 먼 세계로 나가는 것은 아니야. 세상을 주의 깊게 살펴볼 생각이야. 다시 태어난 나는, 다시 말해 새로운 육체를 얻은 나는 아마도 너의 곁에 머물 거야."

"무슨 말이야? 세상을 주의 깊게 살펴본다는 게 무슨 뜻인데?"

"또 봐……."

소이치로의 눈은 빛나고 있었다. 큐는 그 파란 눈 속에 빨려들 것만 같았다.

"소짱!"

"큐, 세계를 주의 깊게 바라보아야 해."

소이치로는 생명을 다한 촛불처럼 소리 없이 사라졌다.

나나와 긴지가 파리에 도착한 것은 2월 말, 추위도 한풀 꺾이고 봄을 예감케 하는 화창한 날이었다. 샤를 드골 공항의 도착 게이트 앞에 큐와 네네는 마중을 나갔다. 나나의 아름다운 자태는 예나 지금이나 변함이 없었지만 마지막으로 보았을 때보다 조금 여윈 듯한 느낌이 들었다. 긴지는 오히려 살이 올랐고 등은 더 굽어 보였지만 그런 만큼 연륜이 느껴졌다. 나나는 큐와 마주 선 채 잠시 아무 말도 못하고 충혈된 눈으로 멍하니 바라만 보았다. 그 대신에 긴지가, 오래 못 본 사이에 건장한 어른이 되었구나, 라며 분위기를 바꾸어보려는 듯 말했다. 큐는 복잡한 심정으로, 오랜만입니다, 하고 머리를 숙였다. 네네는 큐 옆에서 혼자 방긋 웃고 있었다.

두 사람은 큐와 네네가 생활하는 아파트에 들어서더니 입을 쩍 벌렸다. 현관홀에 멍하니 서서 호화찬란한 샹들리에를 올려다보며 눈을 깜빡이는 것도 잊을 정도였다. 큐는 이 아파트가 네네의 삼촌 소유임을 알려주고 그의 호의로 잠시 머물고 있다고 말했다. 그사이 두 사람은 멍하니 듣고만 있었다. 오 분 정도 지나서야 비로소 긴지가, 너무 놀랐어, 하고 말했다. 나나는 게스트 룸의 창을 열고 있는 네네를 엿보며 큐에게 다가와 말했다.

"너 괜찮니? 저 애, 이런 데서 산다는데 어떻게 된 거야? 귀족이나 자산가의 영애일 텐데, 집안의 차이 때문에 기죽지 않았어?"

"그렇지 않아. 네네는 귀족도 아니고 자산가도 아냐."

놀란 나나에게는 어떤 설명도 통하지 않았다. 긴지가 잘된 일인데 뭐, 하고 말했다.

"처가 덕을 보는 것도 좋지 뭐. 좋은 아가씨를 만났구나, 큐. 평생 여기서 사는 게 좋아. 그러면 매년 여름 우리도 파리에 놀러 올 수 있을 테고."

"큐짱, 준비됐어!"

네네의 목소리가 들렸다. 큐는 트렁크를 게스트 룸으로 옮겼다. 실내는 징크화이트 한 색으로 통일되어 있었다. 천장에는 귀여운 천사의 장식화가 그려져 있다. 크고 장중한 난로가 벽 한가운데 자리 잡고 있었다. 와, 대단해 이 방, 체육관 같잖아, 이런 데서 자도 되는 거야, 나나가 외쳤다. 덮개가 달린 침대를 둘러싼 시폰 커튼을 걷으면서,

"꿈만 같아. 왕이 된 기분이야." 라고 긴지는 류지와 똑같은 말을 했다.

짐을 방에 내려두고 네 명은 보주 광장에 면한 카페레스토랑으로 나갔다. 광장을 한눈에 바라볼 수 있는 테라스 자리에 앉았다. 길거리 연주가가 보였다. 그가 연주하는 가냘픈 바이올린 선율이 회랑에 메아리치며 네 사람의 귀를 사로잡았다.

긴지의 까무잡잡하고 광택이 나는 이마에 언제 생겼는지 조각칼로 그은 듯한 깊은 주름이 세 줄이나 잡혀 있었다. 큐는 그것을 보고 긴 세월을 절감하지 않을 수 없었다. 나나는 옛날 그대로의 아름다운 모습을 간직하고 있지만 역시 눈가의 잔주름만은 어쩔 수 없는 듯했다. 네네가 엄마가 참 예뻐, 라고 귓속말을 했다. 간지러운 울림이었다. 어린 시절에는 그런 말을 들으면 얼마나 자랑스러웠는지 모른다. 그렇지만 지금은 좀 다르다. 왠지 부끄럽다.

나나는 음식에 손을 대지 않고 지극한 눈길로 큐만 바라보고 있었다. 긴지는 씩씩하게 잘 먹었다. 마치 아버지처럼 관대한 표정으로 나나의 옆에 앉아 있는 긴지의 존재가 큐에게는 불쾌했다. 복잡한 심정으로 큐는 두 사

람을 바라보았다. 아버지 엔도 다쿠미를 생각하지 않을 수 없었다.

"네네, 언제쯤 태어나?"

나나가 네네에게 상냥하게 웃으며 물었다. 네네는 슬쩍 큐의 얼굴을 살핀 다음 말했다.

"10월입니다."

"금방이네." 긴지가 말했다.

"남자애냐 여자애냐."

"큐짱은 아마 남자애일 거라고 했어요. 그렇지만 어느 쪽이든 좋아요."

"그럼, 어느 쪽이든 좋지. 건강하게 태어나기만 하면 돼. 그렇지, 큐?"

긴지가 웃었지만 큐는 고개를 숙인 채 입을 다물어버렸다. 괴이쩍게 붉은색으로 빛나던 암시석이 마음에 걸렸다.

네네는 파리 시내 지도를 펼쳐 들고 볼 만한 곳에 표시를 하고 있었다.

"에펠탑은 반드시 가야 하잖아. 그런 다음 이층버스를 타고 시내 관광. 샹젤리제에서 쇼핑을 하고 밤에는 바토무슈를 타고 센 강을 유람하는 게 좋겠어."

"하루에 그렇게 다녀도 돼?"

"이렇게 멀리 오셨는데 볼 건 다 봐야지. 나, 가이드할 거야."

"그렇지만 어머니는 관광하러 온 게 아냐. 너랑 나를 보러 온 거야."

"그렇긴 하지만 그냥 앉아서 얼굴만 봐서는 아무것도 모르잖아. 대화가 없으면 쓸쓸해. 관광을 하다 보면 서로 마음이 통할 거야. 에펠탑에 올라 파리를 내려다보는 사이에 마음이 저절로 통하게 될 거야. 저절로 그렇게 된다는 게 중요해. 자연스럽게 시간과 거리를 넘어서는 거야…… 알아?"

아, 하고 큐는 미소 지었다.

"큐와 결혼하면 나의 어머니셔. 나도 이런 기회에 조금이라도 마음을 주고받고 싶어."

에펠탑 전망대에서 네 사람은 파리를 내려다보았다.

큐가 북동쪽을 가리켰다. 아침에는 비가 조금 내렸는데 바람이 구름을 몰고 가버린 낮부터는 맑게 갰다. 아직 조금 남은 구름에 태양이 얼굴을 숨기기도 한다. 태양이 구름 사이로 얼굴을 내밀 때마다 센 강이 반짝반짝 빛난다. 오전 중에는 미술관을 돌고 오후에는 하늘이 개는 것을 보고 예정을 바꾸어 에펠탑에 오른 것이다. 바람은 차가웠지만 그런 만큼 네 사람은 마음을 팽팽하게 조였다.

"그런데 무슨 일을 하니?"

긴지가 묻자 큐는 일에 관해서는 아직 아무 말도 하지 않았다는 것을 깨달았다.

"아, 아직 말하지 않았네요. 초밥집에서 일해요."

"설마, 초밥? 큐짱이?"

큐는 오페라 거리에서, 라고 대답했다. 저쪽이에요, 네네가 손가락으로 방향을 가리켰다. 나나가 큐가 만들어주는 초밥을 먹고 싶다고 했다.

"그만두는 게 좋을 거예요."

네네가 소리 죽여 웃으면서 말했다. 긴지가 무슨 뜻이냐고 물었다.

"그건 먹어보면 알아요."

다음 날 밤, 네네가 나나와 긴지를 데리고 '도쿠가와'에 나타났다. 단골

손님인 센바 히로코가 멀리서 잘 오셨다며 반갑게 맞이해주었다. 카운터 손님들이 조금씩 자리를 좁혀 세 사람의 자리를 만들어주었다. 나나와 긴지가 큐의 정면에 앉았다.

"큐, 어떡하지? 어머님, 배고프실 텐데, 마침 잘됐네, 만들어?"

와다 다모츠가 큐를 놀렸다. 센바 히로코가,

"큐짱의 초밥을 주먹초밥이라고 하는데, 이 부근의 젊은 일본인들이나 주재원들 사이에 얼마나 인기가 좋은지 몰라요." 하고 덧붙이자 단골들 사이에서 웃음이 터졌다.

"만들어도 될까요?"

큐가 만들기 시작했다. 평소보다 더 진지해서 나카니시 긴야도 와다도 더는 놀리지 않았다. 긴지가 혼자서 빙그레 웃었다. 단골들도 가만히 큐의 손놀림을 지켜보고 있다. 개중에는 몸을 반쯤 일으키고 들여다보는 사람도 있었다. 센바 히로코가 한마디 하고 싶어 안달하는 것을 보고 긴야가 눈짓으로 제지했다. 큐는 손수 만든 초밥을 나나와 긴지 앞에 놓았다.

"어, 뭐야, 큐짱. 잘하잖아. 평소에는 왜 이렇게 하지 않았어?"

끝자리에 앉은 손님이 농을 걸었다. 와다 다모츠는 팔짱을 낀 채 지그시 큐의 옆얼굴을 바라보았다. 긴지가 하나를 집어 입에 넣었다.

"오, 맛이 좋아."

이번에는 나나가 맛을 보았다. 나나의 얼굴이 환해졌다. 가지런히 놓인 초밥은 윤기를 띠고 감미로운 광채를 뿜어내고 있었다.

"초능력이야, 이건."

센바 히로코가 말참견을 했다. 사람들 얼굴에 호기심이 넘쳐흐른다. 그들 일본인 사이에서는 큐가 한때 일본에서 화제가 되었던 초능력 소년이냐

아나냐를 두고 꽤 말이 많았다. 취한 손님 하나가 더는 참지 못하고,

"어머니, 큐짱이 옛날에 텔레비전에 나오던 숟가락 휘는 소년 맞습니까?"

하고 물었다. 누군가가 말리려 했지만 때는 늦었다. 시선이 나나에게 모였다. 큐는 말없이 초밥을 만들고 있다. 나나는 큐의 얼굴을 똑바로 바라보며 대답했다.

"초능력자라면 우리 생활이 더 풍족해졌을 테지요."

사람들 사이에서 낮은 웃음이 일었다.

나나와 긴지는 예술교 중간쯤에 서서 센 강변을 바라보고 있었다. 큐와 네네가 다가오자 긴지가 먼저 알아보고 미소를 보냈다. 큐의 기억 속에서 어린 시절에 자주 놀아주던 그 상냥한 아저씨 긴지의 얼굴이 떠올랐다. 모든 것을 받아들이고 싶은 기분과 도저히 용서할 수 없다는 생각이 가슴속에서 갈등을 일으켰다.

네 명은 루브르 박물관 부지 안에 있었다. 회랑을 이용한 카페레스토랑의 한구석에 자리를 잡았다. 오가는 관광객들이 잘 보였다. 사람들이 정말 많이 오네, 하고 나나가 한숨을 내쉬었다. 응, 전 세계에서 모여드니까 돈도 많이 벌겠어, 하고 긴지가 웃었다. 웨이터가 술과 함께 바게트가 든 바구니를 들고 왔다. 그것을 보고 긴지가 말했다.

"큐짱, 네 어머니가 정말 재미있는 말을 하더라."

"안 돼, 말하지 마."

나나가 긴지의 입을 막으려 했다. 테이블 모서리에 나나의 팔꿈치가 부딪쳐 귀에 거슬리는 소리가 났다.

"이 사람, 프랑스 빵을 먹어본 적이 없다고 해. 그래서 이걸 씹는 순간."

"긴짱, 그만두라니까."

두 사람은 마치 젊은 연인처럼 다투었다. 그 모습이 큐의 가슴에 다시 파문을 일으켰다. 아직 두 사람을 용서하지 않은 것이다. 끌어안은 두 사람을 보았을 때의 기억이 오래된 상처처럼 큐의 가슴에 새겨져 있었던 것이다.

"이 빵 조금 오래된 것 같다고 웨이터 불러 항의하라는 거야."

네네가 무슨 말인지를 몰라 눈만 동그랗게 뜨고 있다.

"그러니까 일본에서는 말이야, 아니 어머니 나이의 일본인에게는 바게트가 낯설어. 빵이라면 무조건 식빵. 즉 영국식의 부드러운 빵을 생각하고 말지. 어머니는 바게트의 딱딱한 껍질을 보고 오래돼서 그런 거라고 생각한 거지."

큐가 네네에게 설명했다. 이윽고 네네도 이해하고 웃었다.

"그래서 먹어도 그 맛을 잘 몰라. 이래서 촌놈은 곤란하다고 하는 거지."

어이, 긴지, 그만두지 못해, 나나가 화를 냈다. 긴지는 혀를 쏙 내밀고, 예, 누님, 하고 사과했다. 누님이라는 말의 울림에 큐의 신경이 곤두섰다. 긴지는 나나를 누님이라고 부른다.

"너희 결혼할 거지?"

나나가 물었다. 네네는 황망히 자세를 고쳐 앉았다.

"물론 그럴 생각이야."

먼저 큐가 말했다.

"그렇게 해야지. 그런 일은 정확히 처리해야지. 아기도 생겼으니까 가능한 한 정확히 해두는 게 좋아."

큐는 강요하는 듯한 그 어투가 거슬렸다. 당신들이나 잘해, 하고 속으로 투덜거리면서 솟구쳐 오르는 분노를 억누르고 있었다.

"알고 있어."

탄식을 섞어 내뱉듯이 말했다.

"언제 결혼할 거니? 아기가 태어나기 전에 해야 할 텐데. 그렇다면 봄에 해야 하지 않을까? 결혼식을 올릴 생각이지? 그럼 여기서? 네네의 삼촌 부부도 오시겠지? 그럼 런던에서? 지금 성에서 살고 있잖아? 우리는 평민이야. 괜찮을지 모르겠네. 집안이 너무 차이 난다고 반대하지 않을까?"

긴지가 그런 말을 쏟아냈다. 네네가 옆구리를 쿡 찌르자 큐가 대답했다.

"아직 아무것도 정해지지 않았어. 이제부터 모든 걸 하나하나 정해야겠지. 결정되면 연락할게. 엄마가 걱정할 그런 일은 없을 테니 안심해. 만일 정식으로 결혼 날짜가 잡히면 반드시 연락할 테니까, 기다리고 있어."

나나가 웃으면서 다행이라고 고개를 끄덕였다.

"넌 바람 같은 아이니까. 집을 나간 지 몇 년이 지나도록 연락 한 번 없으니 걱정할밖에."

음식이 테이블 위에 놓였다. 긴지가 어, 이거 다른데, 하고 말했다. 어이, 보이. 긴지는 일본어로 웨이터를 불러 세웠다.

"왜 그러세요?"

네네가 긴지의 얼굴을 바라보며 물었다.

"샌드위치 시켰는데 또 오래된 빵이 나왔잖아."

"긴지 아저씨, 이걸 샌드위치라고 해요, 프랑스에서는."

네네가 설명하자 이번에는 나나가 웃었다. 큐는 선 채 뭔가 하고 내려다보는 웨이터에게 아무 문제없다고 프랑스어로 전해주었다.

"이게? 이게 샌드위치?"

"그래요. 영국식 샌드위치와는 달라요."

"뭐야, 이거. 어이가 없군."

긴지가 투덜거렸다. 나나는 계속 웃어댄다.

"그렇지만 긴지 아저씨, 이거 맛있어요."

네네가 말하자 옆에 있던 나나가 이래서 촌놈은 곤란하다니까, 하고 나무랐다. 모두 웃었다. 긴지는 샌드위치를 씹었다. 잠시 오물오물 입을 움직이더니 갑자기 얼굴을 들고, 이거 맛있잖아, 하고 중얼거렸다.

"그야말로 프랑스 맛이야. 이거 맛들어버릴 것 같아."

큐는 천진난만하게 웃는 나나의 얼굴을 훔쳐보았다.

식사가 끝나고 자리에서 일어나려 할 때 갑자기 나나가 입을 열었다.

"정식으로 결혼하는 게 좋을 거야."

웃고 있던 네네의 표정이 딱딱하게 굳어버린다. 나나는 큐를 똑바로 바라보며 말했다.

"사실은 몇 년 전에 우리도 관계를 정리했어."

"정리?"

큐가 묻자 나나가 긴지를 바라보았다. 긴지는 루브르의 푸른 하늘을 올려다보고 있었다.

"형식적이긴 하지만, 정확히 한 거지. 그 사람도 허락해줄 거라고 믿어. 너도 알아두어야 할 것 같아서."

네네가 큐를 돌아보았다. 큐는 가만히 나나의 얼굴을 바라보고 있었다.

5 불길한 예감

여름이 끝나고 네네의 배도 많이 불러서 누가 봐도 임신한 사실을 알 수 있을 정도가 되었다. 결혼 방법에 대해 두 사람은 많은 대화를 나누었다. 네네는 모두 파리로 불러서 센 강의 관광선을 빌려 하고 싶다고 했다. 큐는 구청의 홀을 빌려 가능한 한 간소하게 치르고 싶어 했다. 그 일로 매일 밤 다투었다. 그렇지만 의견은 하나로 모이지 않았다. 그러는 사이에 아기가 먼저 태어나는 것이 아닌가 하고 네네가 불안한 목소리를 내기 시작했다. 결혼식은 아기가 태어난 후에 제대로 치르기로 결론을 내리고 일단 두 사람은 법적인 절차만 밟았다. 큐는 정체 모를 불안을 느끼면서도 아버지가 된다는 것을 실감하고 성실하게 살리라 마음속으로 다짐했다. 네네는 법적으로 부부가 된 이후로 더욱 밝아진 표정으로 아기가 태어나기만을 기다렸다. 큐가 출근한 후 방 청소를 하고 시장을 보고 아기를 위해 뜨개질을 했다. 그러나 예정일이 다가옴에 따라 뭔지 모를 불안감에 사로잡혀 고민하기 시작했다. 거울 속 자신의 얼굴이나 길에 깔린 자신의 그림자를 보았을 때, 태동을 느꼈을 때, 촛불이 갑자기 꺼졌을 때, 창가에 낯선 검은 새가 앉았을 때, 문이 닫히면서 벽에 걸린 액자가 기울어졌을 때, 왠지 네네는 불안해서 안절부절못했다. 거기에다 큐도 늦게 돌아오자 더욱 불안해했다. 처음에는 임신을 기뻐하는 날들이었다가 그 흥분이 식자 이번에는 자신이 과연 어머니가 될 수 있을지를 의심하면서 두려워했다. 곁에 있어주었으면 하는 큐는 늦은 시간에야 돌아왔다. 머터니티 블루일 것이라고 마치코가 전화로 말했다. 그렇지만 우울해질 이유가 없었다. 너무 행복해서 두려운 거야, 라는 마치코의 말이 네네를 더 불안하게 했다.

어떻게 된다는 거야? 대체 무슨 일이 일어나는 거지?

불안이 또 다른 불안을 불러왔다. 갑자기 태어난 아이가 죽지는 않을까 하는 불길한 상상도 했다. 왜 그런 상상을 하는지 알 수 없었다. 사이드보드 위에 큐가 소중히 여기는 암시석이 놓여 있었다. 그런데 그 돌이 피를 머금은 것처럼 빨갛게 변색되어 있었다. 원래 이런 색깔이었던가? 네네는 눈을 동그랗게 뜨고 바라보았다. 음침한 색깔이었다. 소리 하나 없이 횅뎅그렁하니 넓기만 한 실내에 앉아 네네는 악령이라도 본 사람처럼 두려움에 떨었다.

"괜찮아. 첫 임신이라 너무 긴장해서 그래."

큐는 매일 밤 그렇게 네네를 달랬다.

"정말 무서운 꿈을 꿨어. 배 속 아이를 도둑맞는 꿈이었어. 태어나는 순간 검은 옷을 입은 도적들이 훔쳐갔어……"

큐가 놀라며 네네를 바라보았다.

"말도 안 되는 소리 하지 마. 괜찮아, 내가 있잖아."

네네가 천천히 숨을 들이쉬며 말했다.

"큐짱, 뭔지는 모르겠지만 너무 불안해. 그렇지만 이건 머터니티 블루가 아냐. 여자의 직감이야. 무작정 불길한 예감이 밀려와……"

큐는 두려움에 떠는 네네를 안았다.

"앞으로는 지금보다 더 너를 소중하게 여길 거야. 아버지가 될 자신이 없다는 말은 앞으로 절대로 하지 않을게."

네네는 큐의 말에 마음이 놓이는지 이마의 땀을 닦고 살짝 고개를 끄덕였다.

가을 기운이 가득한 10월, 큐와 네네는 보주 광장의 벤치에 앉아 푸른 하늘을 올려다보고 있었다. 큐는 일이 끝나자마자 집으로 돌아와 출산 준비에 여념이 없는 네네를 지켰다.

"아기가 태어나는 그날부터 2주일 휴가를 받았어."

큐가 네네의 배를 쓰다듬으며 말했다.

"괜찮아? 그렇게 오래 쉬어도."

"응, 대장이 내가 없는 편이 더 낫대. 농담인지 진담인지는 잘 모르겠지만."

네네가 살짝 웃더니 고개를 숙였다. 아기의 목소리가 들렸다. 걸음마를 시작한 아기가 어머니의 손을 놓고 달려간다.

"아기가 건강하게 태어날까?"

큐는 물론이라고 대답했다. 달리던 아기가 두 사람 앞에서 넘어진다. 큐는 일어서서 그 아기를 안는다. 아기의 눈에 햇빛이 가득하다. 입술을 굳게 다물고 울음을 참고 있다. 아기의 어머니가 달려와서 큐에게 아기를 받아든다.

"고마워요!"

"천만에요."

네네는 큐를 올려다보았다.

"자기, 아무 데도 안 가는 거지?"

강한 바람이 광장을 휘감자 낙엽이 휘날린다. 낙엽이 햇빛의 파도 속을 헤엄친다.

"네 곁에서 아이와 같이 평화롭게 살아가는 것이 내 꿈이야."

"……고마워."

큐는 네네의 몸을 부드럽게 끌어안았다. 네네의 눈이 빨갛게 물든다.

"이 순간을 잊지 마, 지금 이 순간을."

"잊지 않을 거야."

"이 순간을 기억해줘. 너무 행복해서 두렵기만 한 지금 이 순간을."

큐는 네네의 눈을 들여다보았다. 검은 눈동자가 있는 힘을 다해 뭔가를 하소연하고 있다. 네네는 큐의 목에 팔을 감고 세차게 끌어당기며 입을 맞추었다. 큐는 네네와 만났을 때를 생각했다.

"잊지 마. 지금 이 순간을 평생."

"네네, 절대로 잊지 않아, 마음 놓아도 좋아."

"그게 아니라니까. 나를 위로하지 마. 그게 아니라 이 순간을 자기 속에 영원히, 그러면 난 거기 살아 있을 테니까."

네네의 말을 큐는 이해하려 하지 않았다. 그런데도 마음 한구석에서는 그 의미를 알고 있었다. 잊지 마. 지금 이 순간을 평생……. 네네의 목소리가 귀에 찰싹 달라붙어 사라지지 않았다. 큐의 마음속에도 불안의 그림자가 성큼성큼 다가오고 있었다.

"내가 눈을 깜빡일 테니 그다음 순간을 자기 마음에 새겨봐."

그리고 네네는 눈을 깜빡였다. 어쩐지 시공이 뒤틀리는 듯한, 시간의 잔물결 같은 흔들림이 큐의 시야를 가로질렀다. 입을 맞추지 않았는데도 네네의 부드러운 입술 감촉이 전해져왔다. 보주 광장의 빛, 흩날리는 낙엽, 차가운 바람, 그리고 네네의 눈, 입술, 존재…….

"기억했어?"

"응, 했지."

"내가 언젠가 이 세상에서 사라진 후에도 난 큐 곁에 머물 거야. 만일 어디선가 내 목소리가 들리면 지금 마음에 새긴 것을 기억해줘……."

주방에서 식재료를 다듬고 있는데 큐짱, 전화, 하고 불렀다. 홀로 나가자 카운터의 여자가 네네라고 했다. 나카니시 긴야가 산기가 있는 게 아냐, 하고 카운터 안에서 몸을 앞으로 내밀며 말했다. 가게 사람들이 모여들었다. 큐는 수화기를 들고 귀에 갖다댔다.

"……큐, 나올 것 같아."

지금 바로 갈게, 하고 큐는 전화를 끊었다. 종업원들이 웃음으로 축복해 주었다. '도쿠가와'에서 지하철 역까지 큐는 달렸다. 달리는데 아버지 엔 도 다쿠미의 웃는 얼굴이 떠올랐다. 할아버지 간로쿠, 할머니 미츠의 얼굴 도……. 세 사람의 혼이 어딘가 높은 곳에서 큐를 내려다보고 있는 것 같 았다.

지하철에 올라탔다. 호흡이 거칠다. 땀을 닦은 다음 유리창에 비치는 자 신의 얼굴을 들여다보았다. 어른이 되어버린 자신의 모습을 바라보았다. 아빠가 되는 거야, 하고 유리창을 향해 중얼거렸다. 옆에 있던 노파와 눈이 마주쳤다. 누런 할망 생각이 났다.

"아버지가 됩니다. 곧 태어날 겁니다."

들뜬 목소리로 말하는 큐에게서 노파는 시선을 돌려버렸다. 그 대신에 뒤에 서 있던 중년 남자가 축하해, 하고 웃으며 말했다.

상폴 역에서 내려 계단을 뛰어 올라갔다. 차를 피하며 사람을 피하며 큐 는 전력으로 달렸다.

"아기가 태어나! 난 아빠가 되는 거야!"

소리를 지르며 큐는 전속력으로 마레 지구로 달려갔다. 그 순간, 큐의 육체와 정신은 파리의 햇살과 하나가 되었다. 그의 일생에서 가장 적극적인 에너지가 넘쳐나던 순간이었다.

그날 네네는 마레 지구에 있는 산부인과에서 남자아이를 낳았다. 복슬복슬한 머리칼을 지닌 건강한 남자아이였다. 네네가 걱정하던 그런 일은 일어나지 않았다. 산모도 건강했다. 의사는 모든 게 순조롭다고 말했다.

"봐, 내 말대로잖아. 아무 문제없어."

큐는 네네의 귓가에 속삭였다. 네네는 기뻐, 하고 중얼거리며 배 위의 아기를 상냥하게 보듬었다.

6 이름을 짓다

소후에 큐는 아들 이름을 생각했다.

"소후에 니주고(二十五) 어때? 프랑스어로는 뱅생캉."

큐는 진지하게 말했는데 네네는 격렬하게 거부했다.

"그거 숫자 25 말이야? 왜?"

"나를 길러준 할아버지 이름이 간로쿠, 할머니는 미츠. 숫자 6과 3이야. 그리고 어머니는 7, 나는 9. 이 숫자를 전부 더하면 25가 되거든. 괜찮은 이름이야. 인생은 스물다섯 살이 하나의 단락이 되니까. 25세, 50세, 75세, 100세, 그 단락에 이르러 지나온 삶을 돌이켜볼 수 있잖아."

"안 돼. 뱅생이라면 또 모를까, 뱅생캉은 절대로 싫어. 말도 안 돼. 진심으로 하는 말이야?"

큐는 25라는 이름을 포기했다.

"그럼 유럽호는 어때? 전 유럽을 휘젓고 다니며 살라는 의미에서."

네네는 개도 아니고, 하면서 고개를 가로저었다.

"그럼, 예수는 어때?"

네네가 얼굴을 붉히며 항의했다.

"안 돼, 너무 건방져. 예수라는 이름으로는 이 지구에서 살아갈 수 없어. 조금만 생각해도 알 수 있잖아? 큐, 좀 진지하게 생각해줘."

큐는 나름대로 진지하게 생각했다. 그리고 세계에서 하나뿐인 이름을 생각하는 사이에 아기가 태어나고 말았다.

"정했어?"

네네는 출산 당일도 다음 날도, 또 그다음 날도 큐를 압박했다. 그사이 아기는 '소후에가의 아기'라는 이름표를 달고 있었다.

"사흘 안에 출생증명서를 구청에 내야 해. 이 아이에게 빨리 이름을 만들어줘."

큐는 온갖 아이디어를 짜 이름을 제시했지만 네네는 그때마다 거부했다. 그러는 사이에 사흘이 지나 이제 시간도 없었다. 큐는 구청 창구에서 용지를 앞에 두고 있었다.

"여기에 이름을 적어주세요."

담당자가 공란을 손가락으로 가리키며 말했다. 큐는 볼펜을 잡은 채 고민했다. 왜 그러세요, 남자가 물었다. 아닙니다, 아무것도. 큐는 눈을 감았다. 숟가락 휘기의 요령으로 펜을 잡고 정신을 집중했다. 손이 제멋대로 움직였다. 눈을 뜨자 공란에는 글자가 적혀 있었다.

담당 직원이 서류를 보며 소리 내어 읽었다.

"kami."

남자는 다시 한 번 읽었다. 큐는 아차, 하고 생각했다.

"아주 예쁜 이름이네요. 이거 일본식 이름입니까?"

담당 직원이 상냥한 목소리로 물었다. 큐는 아, 예, 하고 얼버무렸다. 이 건 정말 곤란한 이름이야.

"그거, 한 글자가 많아요. 착각했어요."

큐는 담당자에게 수정을 요청했다. 새 종이가 나왔다. 머리글자 k를 빼고 프랑스어로 '친구'를 의미하는 아미로 바꾸었다.

"ami?"

"oui."

큐는 고개를 끄덕였다.

"아미고(친구)의 아미짱."

네네는 그렇게 말하고 웃었다.

"그렇지만 일본 대사관에서는 일본어로 표기해야 하잖아? 어떤 한자를 쓰려고?"

큐는 쓴웃음을 지으며 거기까지는 생각 못했어, 하고 대답했다.

"아미타불의 아미, 안 되겠어?"

나쁘지 않아, 네네가 고개를 끄덕였다. 예수는 안 되지만 아미타불은 괜 찮을까, 큐는 정신을 집중해서 생각했다.

"프랑스는 가톨릭 국가니까 예수는 절대로 안 돼. 그렇지만 아미타불이 라면 괜찮아. 오히려 아시아적인 뉘앙스가 있어서 어감이 좋아. 게다가 아미만 사용하니까 울림도 좋고 귀여워. 일본인들도 좋아할 것 같지 않아? 나는 찬성."

이번에는 큐가 받아들이기 힘들었다. 아미라는 이름이 일본인에게 친숙해질 수 있을 것 같지는 않았다. 그렇지만 네네가 마음에 들어 하니 어쩔 수 없었다.

"소후에 아미, 이걸로 결정."

네네가 만족스럽게 웃으며 말했다.

아기는 여성적인 울림을 가진 이름을 얻었지만 피부는 약간 까무잡잡하고 콧날이 우뚝 선 남성적인 외모였다.

일주일 후, 아기와 네네는 퇴원하여 집으로 돌아왔다. 때로 아기는 깊은 사색에 잠긴 듯한 모습을 보여 젊은 부모를 놀라게 했다.

네네가 자는 동안 큐가 아미를 돌보았다. 아미는 별로 울지도 않고 한 곳을 응시하는 등 마치 길가에 선 장승같았다. 소후에 큐는 아들을 지극한 눈길로 내려다보았다. 자신의 유전자를 이어받은 것이다. 그런 생각을 하니 기분이 이상했다.

"아미."

큐가 아미의 귓가에 속삭였다.

"아미짱, 안녕."

아기가 움직였다. 약간 열린 눈꺼풀 속의 안구는 짙은 녹색이었다. 밀림 깊이 잠들어 있는 신비로운 호수처럼 깊었다. 누군가와 닮았다는 생각이 들었다. 큐는 얼굴을 가까이 대고 아미의 얼굴을 들여다보았다. 누구일까……. 아버지 엔도 다쿠미일까. 아니면 어머니 나나? 아냐, 그렇지 않아,

다른 사람이야. 누군가와 닮았는데…….

큐는 누군지 떠오르지 않아 안달했다. 잔잔하던 마음속에 짙은 구름이 끼기 시작했다. 이 불안은 어디서 오는 것일까. 아들의 얼굴을 내려다보며 큐는 끝도 없이 자신을 향해 질문을 던지는 것이었다.

네네의 몸이 회복되어 움직일 수 있게 되자 큐와 네네는 아미를 '도쿠가 와'에 데리고 갔다.

문을 열기 전의 '도쿠가와'는 아미의 탄생 축하 연회장으로 변했다. 와다 다모츠가 선물한 유모차 안에서 아미는 새록새록 잠들어 있었다. 종업원들 이 아기를 들여다보고 나름의 감상을 이야기했다. 네네와 닮았다는 의견이 나 큐를 닮았다는 의견보다 누구도 닮지 않았다는 의견이 많았다.

"듣고 보니 어느 쪽도 닮지 않은 것 같긴 해."

나카니시 긴야가 말했다.

"눈은 큐짱을 닮은 것 같고, 입은 네네?"

"그럴까, 눈은 네네 씨를 닮은 것 같고, 그렇지만 닮지 않았다고 할 수도 있을 것 같아."

네네는 누구를 닮았건 닮지 않았건 아무래도 좋다고, 아이가 건강하게 태어난 것만으로 만족한다며 웃었다.

"축하해, 큐짱. 내 일처럼 기뻐. 마치 손자를 본 기분이야."

와다 다모츠의 축하를 받으면서도 큐의 마음은 활짝 개지 않았다. 큐는 아미가 누구를 닮았는지, 서서히 깨닫기 시작했다.

'도쿠가와'에서 얼굴을 선보인 다음 자리를 옮겨 이번에는 늘 모이는 카

폐였다.

"다행이야. 이렇게 해서 큐짱은 아빠가 되었구나."

류지가 샴페인을 단숨에 들이켠 후 말했다. 스테파니도 히데키도 그리고 마치코도 있었다. 모두가 푸근한 미소를 머금고 있다. 아기를 중심으로 다들 기뻐하는 모습을 보고 젊은 부부는 행복했다.

"나, 곧 결혼할 생각이야."

한창 분위기가 무르익을 즈음 갑자기 마치코가 말했다.

"정말? 축하해."

류지가 웃는 얼굴로 글라스를 높이 들며 말했다.

"히데키 씨랑 같이 지내고 있어."

류지에게 들으란 듯이 말하고는 히데키의 팔을 꼭 잡았다.

"정말?"

네네가 웃는 얼굴로 물었다.

"응, 그렇게 됐어."

히데키가 쓴웃음을 지으며 말했다.

"뭐야, 그건 좋은 일이긴 하지만 좀 그래. 정말 결혼하는 거야?" 류지가 놀리듯 말했다.

"해. 그리고 네네에게 배운 대로 곧 엄마가 될 거야."

히데키가 당혹스러운 표정을 지었다.

"일을 저지르고 말았구나, 히데키짱."

류지가 슬쩍 찔러본다. 히데키는 웃으며 얼버무린다.

"아냐, 우리는 서로 사랑해."

"거짓말, 이 자식 방세 절약하려고 너한테 굴러들어 간 거지."

"아니지? 히데키짱."

아니라고 말하면서 히데키는 고개를 숙였다.

"히데키짱, 우리 곧 결혼하는 거지? 하는 거지?"

"응."

히데키가 고개를 숙인 채 대답했다. 류지가 웃음을 터뜨렸다.

"너 바보 아냐?"

"바보 아니라니까, 류짱. 나의 히데키를 바보 취급하지 마."

마치코가 고함을 지르는 바람에 아기가 울음을 터뜨렸다. 까꿍, 까꿍하면서 히데키가 아기를 달랬다.

그때 큐의 눈이 아기의 눈과 마주쳤다. 누군가와 닮았다. 그다음 순간 그것이 소이치로라는 것을 깨달았다.

해가 바뀌어 정월, 아미의 백일에 맞추어 일본에서 다시 소후에 나나와 긴지가 왔다. 두 사람은 진공 팩에 포장한 신선한 도미와 팥밥을 꺼냈다. 50센티미터나 되는 거대한 도미였다.

"일본에서는 생후 백일을 축하하는 관습이 있거든. 자, 이건 백일 밥그릇."

나나가 여행 가방에서 옻칠한 그릇을 꺼내 네네에게 보여주었다. 그릇에는 거북과 학이 그려져 있었다. 네네는 그것을 받아 들고 예쁘다며 기뻐했다.

"내가 아기를 위해 이걸 구워줄게."

긴지가 생선을 끌어안고 부엌으로 들어갔다.

"아직 아미는 어려요. 먹지 못해요."

네네가 긴지의 등을 향해 말했다. 나나가 웃는다.

"그런 말이 아니란다. 먹이는 것이 아니라 먹는 시늉을 하게 하는 거야. 지방에 따라서 관습이 다르지만 우리 시골에서는 생선은 머리와 꼬리가 달린 도미, 그리고 팥밥, 탕, 향기 나는 음식, 국 같은 것을 차려두고 먹는 시늉을 하게 해."

네네는 예, 하고 고개를 끄덕였다.

"백일에 음식을 먹으면 평생 먹을 것에 곤란을 겪지 않아."

이번에는 큐가 와, 그건 몰랐네, 하고 말했다.

"아차."

나나가 가방 안을 뒤지면서 혀를 찼다.

"왜?"

긴지가 다가와서 같이 가방 안을 뒤졌다.

"작은 돌을 잊어버렸어."

"내가 일부러 주워왔는데 그걸 잊었어?"

"작은 돌이라서 그만 깜빡하고 말았지."

네네가 작은 돌도 백일에 필요하냐고 물었다. 나나가 대답했다.

"먹는 시늉을 하는 거야. 이가 돌처럼 튼튼해지라는 바람으로 작은 돌을 올려놓는 거야."

큐는 와, 하고 큰 소리를 냈다. 그 소리에 놀라 아미가 울었다. 네네가 서둘러 달랜다.

"아아, 있다. 꼭 맞는 게 있잖아."

사이드보드 위에 놓인 암시석이었다. 긴지가 그것을 집어 들었다.

"딱 됐네. 이거 어디 쓰는 거야?"

긴지가 야구공처럼 공중으로 몇 번을 던져 올리면서 물었다.

"그거 큐짱 거예요." 네네가 말했다.

"이거 써도 돼?" 긴지가 물었다. 큐는 가볍게 고개를 끄덕였다.

"그런데 애, 누구랑 닮은 것 같은데."

갑자기 나나가 중얼거렸다. 큐는 너무 놀라 꼼짝도 할 수 없었다.

"누구랑 닮았어?"

긴지가 멀뚱한 표정으로 물었다.

"누군지 잘 생각이 안 나지만 잘 아는 사람이 분명해."

긴지는 던져 올린 돌을 받지 못하고 그만 바닥에 떨어뜨리고 말았다. 돌이 큐의 발아래에 멈추었다. 손을 뻗었다. 그렇지만 그 작은 돌을 들어 올릴 수 없었다.

"누구랑 닮았어. 누구더라. 잘 아는 사람이 분명한데."

나나가 중얼거렸다.

아무리 힘을 주어도 돌은 꼼짝도 하지 않았다.

소후에 아미는 무럭무럭 자랐다. 석 달이 지나자 체중이 7킬로그램을 넘었다. 잘 울고 잘 웃었다. 잘 먹고 배설도 잘했다. 네네는 아침부터 밤까지 아미를 돌보느라 여념이 없었다.

큐는 열심히 일했다. 처자식을 먹여 살려야 한다는 생각만으로도 저절로 힘이 솟았다. 초밥도 점점 꼴을 갖추어갔다. 관록이 붙었어, 라고 센바 히로코가 칭찬했다.

"아기가 생기고부터 큐짱도 많이 변했어."

"감사합니다."

아미의 사진을 보고 싶다고 단골들이 닦달을 했다. 큐는 가슴에 품은 사진을 보여주었다.

"와, 귀엽잖아."

"예, 세상에서 제일 귀여워요."

큐가 자랑을 하자 손님들 사이에서 웃음이 터졌다.

"부모는 이렇게 바보라니까. 자기 자식이 세상에서 제일 예쁘다고 착각 하니까 말이야."

센바 히로코가 비꼬듯이 말했다. 평소의 부드러운 어투가 아니었다.

"내게도 아들이 있었지. 그렇지만 태어나자마자 죽고 말았어."

큐의 손이 우뚝 멈추었다.

"벌써 30년 전의 일이야. 일본에 있으면 자꾸 생각이 나니까 그냥 파리로 와버렸지."

센바 히로코의 눈에 눈물이 맺혔다. 웃는 얼굴이지만 마음은 30년 전의 절망적인 슬픔에서 헤어나지 못하고 있었다.

7 착각 같은 재회

소후에 큐는 아침부터 기분이 좋지 않고 몸이 무거워 침대에서 늘어져 있다가 아미의 울음소리에 벌떡 일어났다. 네네가 침실로 들어가 아기 침 대에서 아미를 안아 올렸다.

"미안, 깼어? 그렇지만 지금 일어나지 않으면 지각할지도 몰라."

으응, 큐는 맥없이 대답했다.

"왜? 어디 안 좋아?"

네네가 침대에 앉아 있는 큐의 부은 얼굴을 바라보았다. 큐가 손바닥으로 얼굴을 문질렀다.

"아니, 괜찮아. 안 좋은 꿈을 꾼 것 같아. 그렇지만 무슨 꿈인지 생각 안 나."

아미는 큐와 눈이 마주치자 울음을 그치고 방긋 웃었다.

"정말 이 애는 아빠를 좋아하는 것 같아. 울다가도 아빠만 보면 웃어. 어이, 아미, 아빠. 네가 좋아하는 아빠."

큐는 손을 뻗어 아미에게 자신의 검지를 쥐게 했다. 아미는 만면에 웃음을 그려냈다. 미소로 화답하면서도 큐는 꿈이 마음에 걸려 어쩔 줄을 몰랐다. 생생한 영상이었지만 그게 뭔지를 알 수 없었다.

"아침 준비는 되어 있어. 먹을 시간 있어?"

큐는 고개를 끄덕이며 일어나서 옷을 갈아입었다. 네네가 아미에게 젖을 먹인다. 큐의 눈에서 눈물이 흘렀다. 왜 눈물이 나는지 몰랐다. 슬퍼서 우는 것인지 너무 행복해서 우는 것인지 영문을 알 수 없었다. 온갖 감정과 기억이 마구 섞여 마음이 혼란스러웠다. 도대체 왜 마음이 이래? 큐는 스스로에게 물었다. 등을 둥그렇게 말고 젖을 먹이는 네네. 아기를 꼭 끌어안고 있는 네네. 사랑스러운 눈길로 자식을 바라보는 네네……. 너무도 사랑스럽고 너무도 슬픈 풍경이었다.

큐는 서둘러 샤워실로 가서 얼굴을 씻었다. 슬픔이 봇물 터진 듯 밀려왔다. 네네가 듣지 못하게 소리를 죽여 울었다. 그렇지만 그게 어떤 슬픔인지, 그 이유를 알 수 없었다. 꿈 때문이다. 기억나지 않는 꿈 때문이다. 어떤 꿈이었을까, 거울에 비친 자신의 얼굴을 빤히 들여다보며 큐는 기억을 더듬었다.

'도쿠가와'로 향하는 동안에도 큐는 생각의 끈을 놓지 않았다. 기억이 나려 하다가도 정작 붙잡으려 하면 신기루처럼 사라져버린다. 색채의 잔상만이 뇌리에 남아 있었지만 구체적으로 그게 무슨 색깔인지는 알 수 없었다. 빨강인지 파랑인지, 아니면 녹색인지……

샹젤리제 거리에서 어떤 사고를 목격했다. 달려온 차가 횡단보도를 건너려는 여자를 치었다. 교통정리를 하던 경찰관도 너무나 강렬한 충돌에 무엇을 어떻게 해야 할지를 몰라 멍하니 서 있기만 했다. 여자는 차체를 넘어서 길바닥에 널브러졌다. 차는 핸들을 꺾지 못하고 신호등에 충돌한 뒤 멈추어 섰다. 여자가 밀던 유모차가 길 한가운데 서 있었다. 길 가던 사람들이 모여들었다. 보닛에서 하얀 연기가 피어올랐다.

유모차의 프레임이 휘어져 있었다. 큐는 주저하며 다가갔다. 그렇다, 꿈에서 본 것도 이런 장면이다. 녹색의 유모차, 그리고 파란 하늘. 여자가 흘리는 붉은 피……

큐는 유모차 안을 들여다보았다. 아기와 시선이 마주쳤다. 아기는 큐의 얼굴을 보고 웃었다. 누가 다가와서 아기를 안았다. 거구의 남녀였다. 큐는 어디로 데려가느냐고 물었다. 그러자 남자가 안전한 장소라고 말했다. 큐는 눈물 때문에 그들의 얼굴을 제대로 보지 못했다. 달무리가 진 듯, 햇빛 속에서 남녀의 흐릿한 윤곽만이 큐의 기억에 남았다.

초밥집 '도쿠가와'의 점심시간은 바쁘다. 사람들이 끝도 없이 주렴을 건고 안으로 들어온다.

"오늘은 평소보다 더 바쁜 것 같아."

나카니시 긴야가 초밥을 만들며 말했다. 홀 담당이 마침 휴가를 내는 바람에 큐는 카운터 바깥과 안을 오가면서 바쁘게 움직였다.

"큐짱, 아기는 잘 크고 있어?"

큐는 테이블 자리의 남자 손님 앞에 덮밥을 내려놓았다.

"예, 무럭무럭 잘 자라고 있습니다."

"다음에 사진 좀 보여줘."

미소로 화답하고 큐가 덮밥의 뚜껑을 들어 올리는데, 어서 오세요, 하는 나카니시 긴야의 목소리가 뒤에서 들렸다. 시원스러운 바람이 가게 안으로 불어오고…….

큐는 어떤 시선을 느꼈다. 뒤를 돌아보니 거기에 한 여자가 서 있었다. 작은 몸집이지만 당당하고 쭉 뻗은 몸매……. 남자처럼 머리를 짧게 자른 여자였다.

"안녕."

오랜 기억이 진동을 시작했다. 생각하기도 전에 큐의 목에서 말이 먼저 튀어나왔다.

"마리?"

옷과 머리 스타일은 기억과 달랐지만 분명히 마리였다.

"마리?"

말이 이어지지 않았다. 마리는 그립던 미소를 띤 채 거기 서 있었다.

"어떻게 된 거야? 혼자? 언제 온 거야?"

큐는 접시를 든 채 마리 쪽으로 걸어갔다. 마리는 장난꾸러기같이 웃으면서 앞치마를 두르고 있는 큐를 아래위로 훑어보았다. 갑작스러운 만남에 무슨 말을 어떻게 해야 할지 몰라 얼빠진 목소리로 카운터의 중간 자리를 권했다. 뭐야. 사람 놀라게. 심장이 튀어나올 것 같잖아, 큐는 마음속으로 외치고 있었다.

"큐짱이 여기 있다고 아주머니가 가르쳐주셔서……"

와다 다모츠가 친구?하고 물었다. 큐는 어릴 적 친구라고 설명해주었다.

"어서 오세요."

카운터 안으로 돌아온 큐는 마리에게 물수건을 건네주었다. 마리는 평온한 표정으로 가게 안을 둘러보았다. 입가에 미소가 걸려 있다. 무슨 말인가를 하고 싶어 하면서도 넘쳐나는 생각 때문에 말이 나오지 않는 것 같았다. 큐는 갑자기 부끄러워졌다. 마리는 앞치마 차림의 큐를 바라보며 다시 한번 상냥한 미소를 지었다.

"손님이 참 많네요."

마리는 누구에게랄 것도 없이 말했다. 큐를 대신하여 나카니시 긴야가 말했다.

"다들 이 친구가 만드는 초밥을 좋아하거든요."

평소 놀리는 그 어투였다.

"큐짱이 초밥을 만든다니 믿기지 않아."

그러자 옆에 있던 단골손님이 말을 받았다.

"주먹밥 같은 초밥을 만드는 요리사로 유명하지요."

카운터 자리에서 웃음이 터졌다. 큐는 마리와 더 이야기를 나누고 싶었지만 가장 바쁜 시간대라 천천히 대화할 여유가 없었다. 말을 하려 할 때마다 주문이 들어왔다. 손님이 나갈 때마다 카운터 위를 정리하는 것도 큐의 일이었다.

"큐짱에게 부탁해도 될까? 이렇게 바쁜데."

마리는 뭘로 하겠느냐는 큐의 물음에 그렇게 대답했다. 와다 다모츠가 배가 많이 고픈 모양이로군요, 하고 말했다. 단골들이 웃으며 박수를 쳤다.

큐는 마리를 위해 초밥을 쥐었다. 멋들어진 초밥을 만들어보자고 힘을 잔뜩 넣었다. 완성된 초밥을 보고 큐는 풀이 죽고 말았다.

"와."

마리는 얼굴 가득 웃음을 띠며 즐거워했다.

"와, 대단해."

단골들이 초밥을 들여다보며 빙긋 웃었다.

"정말 초밥을 만들 줄 아네."

초밥을 가만히 들여다보며 내뱉는 마리의 목소리가 가늘게 떨리고 있었다. 곁에 서 있던 와다 다모츠가 이게 자네 실력이잖아, 하고 귓속말을 건넸다.

마리에게 할 말이 산처럼 쌓여 있었다. 말을 하고 싶지만 손님들이 끝도 없이 밀려왔다.

"파리에는 무슨 일로?"

큐는 마리 앞을 오가는 한순간의 틈을 타서 묻는다.

"화가가 모델 일을 부탁해서."

"화가? 모델?"

그 순간 주문이 들어온다.

"어이, 혼다 씨 앞에 가자미 튀김."

와다 다모츠의 지시가 날아왔다. 큐는 서둘러 안으로 들어가 준비한다.

다 된 요리를 마리 옆의 남자 앞에 내려놓는다.

"어떤 화가?"

"아오야마 시즈오."

"한자로는?"

"푸른 산에, 뜻 지, 나루터 진에 남편 부."

나카니시 긴야가 큰 소리로, 어이, 김마끼 준비해, 하고 지시한다. 마리가 눈앞에 있는데 손 놓을 틈이 없다.

"미안, 바쁜데 와서. 그 화가가 머리를 좀 자르고 오라고 해서."

"잘 어울려."

"고마워. 예정보다 빨리 끝났거든. 갑자기 큐짱 생각이 나서 아주머니에게 받은 주소도 있고 해서. 그렇지만 이런 데서 초밥을 만들고 있으리라고는 상상도 못했어."

큐는 마리 앞에 초절임 해초와 달걀두부와 삶은 채소를 내놓았다.

"이거 서비스."

"아, 고마워. 그렇지만 배가 불러."

큐는 마리의 오른쪽 자리를 정리하며 물었다.

"아기 있다며? 엄마가 그러더라. 지금 일본에 있어?"

마리는 응, 하고 중얼거리더니 고개를 저었다.

"데리고 왔어. 모녀 둘만의 여행이야."

고개를 숙인 마리의 모습이 마음에 걸렸다. 어떤 사정이 있는지 몰라 함부로 물을 수도 없었다.

"딸, 몇 살이야?"

"올해 네 살."

"네 살 적 마리의 모습이 생각나."

마리가 천천히 고개를 들었다. 침울한 분위기는 사라지고 입가에 미소가 걸렸다. 시선이 마주친다. 큐는 그제야 마리의 얼굴을 똑바로 볼 수 있었다. 마리도 시선을 피하지 않았다.

"큐짱은? 남자애가 태어났다고 하던데."

"응, 작년에. 10월에 태어났어."

마리의 눈이 이런 색이었던가. 기억을 더듬었다. 깊은 녹색으로 보인다. 조명 탓인지도 모른다. 눈동자가 물기에 젖은 듯 빛나고 있다. 마리와 같이 놀던 장면이 뇌리에 떠오른다. 그런 다음 마리의 방에 침입했을 때의 그 씁쓸한 경험도……. 큐의 얼굴이 붉어졌다.

"아저씨는? 잘 지내셔?"

"응, 건강하게 잘 지내."

이번에는 데라우치 아라타를 떠올렸다. 나카스의 술집에서 술잔을 기울이며 인생에 대해 마치 아버지처럼 이야기를 해주던 상냥한 데라우치 아라타……

"나이를 먹었지만 아직 대학에 계셔. 내년에 정년퇴직이야."

그리운 추억에 젖어 있을 시간이 없었다.

"큐짱, 초밥. 구석 자리 손님."

드물게 초밥을 만들라는 지시가 내려왔다. 마리 앞에 반찬을 하나 더 내주고 큐는 초밥을 만들기 시작했다. 마리는 가만히 큐가 일하는 모습을 지켜보았다. 초밥을 만들며 대화를 할 수 있을 만큼 큐는 아직 숙련되지 않았다. 그걸 알았는지 마리가 말을 걸지 않았다. 시선에는 따스한 정이 담겨 있었다. 부끄러웠지만 점차 익숙해졌다. 아니, 옛날을 떠올렸다고 하는 게 맞는 말인 것 같았다. 마리의 그 상냥한 시선, 신비로운 강인함, 그리고 애절한 기억……

"잘 먹었어요."

큐가 한숨 돌리는 것을 보고 마리가 말했다. 큐가 초밥을 만드는 동안 마리는 계산을 마쳤다.

"돈 안 내도 되는데."

"안 돼. 큐짱은 아직 수업 중이잖아."

마리가 그렇게 말하자 단골들이 웃었다.

"맛있었어. 큐, 만나서 정말 반가웠어. 앞으로도 큐짱 잘 부탁해요!"

마리가 여동생 같은 투로 말하고는 와다와 나카니시를 향해 깊이 머리를 조아리고 자리에서 일어섰다. 큐는 와다 다모츠에게, 잠깐만요, 하고 허락을 받은 다음 마리를 문까지 배웅했다. 저 바람둥이, 한 손님이 농담을 했다.

가게 바깥으로 나온 마리는 가볍게 등을 펴더니 파리는 정말 아름다워, 하고 중얼거렸다.

"아름답고 눈부시고 더워."

마리의 어투가 옛날과 하나도 달라진 게 없다는 것이 큐에게는 정말 신기했다.

"요즘 날씨가 좋으니까."

마리는 활짝 갠 파리의 하늘을 바라보았다. 그렇지만 그 시선은 어딘지 모르게 슬퍼 보였다.

"어디 머물고 있어?"

큐는 마리가 머무는 동안 만날 수 있는지, 그리고 머무는 곳의 전화번호를 알고 싶었다. 그러나 어딘지 모르게 쓸쓸해 보이는 마리의 표정 때문에 입이 떨어지지 않았다.

"저편에."

마리는 좌안을 가리켰다.

"주소는 나도 잘 모르겠어. 3층 아파트의 3층. 그 화가의 집이야. 뤽상부르 공원 바로 옆, 빵집 가까운 곳이야."

"거리 이름도 몰라?"

마리는 어깨를 으쓱했다.

"옛날이랑 변하지 않았구나."

"아무럼 어때. 무사히 왔으니까 돌아가는 것도 별 문제 없을 거야."

아, 하고 큐는 고개를 끄덕였다.

"파리는 좁아. 열심히 걸으면 어느새 도착해 있어."

마리는 몸을 빙글 돌리더니 웃음 띤 얼굴을 보여주었다. 연락처, 큐는 말을 하려 했지만 입이 떨어지지 않았다. 그 대신에 다시 만날 수 있겠느냐는 말이 튀어나왔다. 그때 마리는 벌써 발걸음을 옮기고 있었다.

할 이야기가 산처럼 쌓여 있었다. 세계 각지에서 보고 들은 일들, 런던에서 본 마리의 어머니, 그리고 마리의 딸과 그 아버지에 대해서도 듣고 싶었다.

너무도 갑작스러운 방문이기에 그것은 마치 착각과도 같은 재회였다.

큐는 네네에게 새삼 마리 이야기를 했다. 네네는 즐거운 표정으로 큐를 바라보고 있었다.

"말로는 설명하기 힘들어, 뭐라고 해야 하나, 정신적으로 연결이 된 듯한 사람."

"소울 메이트?"

큐는 네네의 어투가 이상해서 웃었다.

"소울 메이트가 뭔데?"

"우주가 만들어졌을 때부터 운명적으로 정해진 사람을 두고 하는 말이야."

"혼의 친구로군. 그거라면 네네도 마찬가지지."

그럴지도, 네네는 시큰둥하게 대답했다.

"설마 질투하는 건 아니지?"

"아냐, 그런 건 아냐."

불퉁한 표정으로 시치미를 떼는 네네의 몸을 끌어당겨 꼭 끌어안았다. 옆방에서 아미의 울음소리가 들린다.

"봐, 자기 목소리가 너무 크니까 그렇지."

두 사람은 귀를 기울였다. 아미는 다시 잠들었다. 큐는 목소리를 죽여 말했다.

"지난번에도 말했던 것 같은데 옛날에는 정말 좋아했었어. 그렇지만 지금은 그쪽에도 아기가 있고 나도 소중한 가족이 있어. 그런 관계는 될 수 없으니까 마음 놔."

"응."

큐는 쓸데없는 말을 한 것 같아 후회했다.

"소울 메이트니까?"

큐가 쓴웃음을 지으며 어깨를 으쓱하자 네네는 입을 비죽 내밀었다.

네네는 그날 밤 큐에게 말을 걸지 않았다. 네네, 하고 큐가 속삭여도 대답하지 않았다. 사고를 목격했다고 말하려 했지만 기회를 잡지 못하고 그냥 잠들어버렸다. 그리고 그날 밤, 큐는 다시 사고 꿈을 꾸었다.

한밤중에 눈을 떠보니 옆에 네네가 없었다.

"네네……."

불렀지만 대답이 없었다. 큐는 서둘러 일어나 침실을 나섰다. 네네는 어두운 살롱의 한구석에서 아기에게 젖을 물리고 있었다. 잠에서 깨어난 큐를 보고 네네는 미소 지었다.

"아, 깼어?"

"깜짝 놀랐잖아, 옆에 없어서."

"아미가 젖을 달라고 보채서."

네네는 잠든 아기를 안아 침실로 돌아왔다. 아기 침대 속에서 아기는 새록새록 잠들었다.

"세 시간마다 힘들지."

"어쩔 수 없지 뭐, 아긴데."

네네는 그렇게 말하더니 큐에게 안겼다. 그 손이 큐의 몸을 더듬는다.

"큐짱."

코맹맹이 소리…… 갈구하는 목소리…….

"안아줘, 오랜만에."

큐는 망설였다.

"괜찮아? 몸이 벌써?"

"괜찮아, 아픈 것도 아닌데 뭐. 사랑해줘."

"그렇지만 아직 닫히지 않았을 텐데."

"닫힐 리 없잖아. 원래 열려 있는 건데."

네네는 풋, 웃었다. 그리고 큐에게 키스를 원했다. 아기를 낳은 네네에게서 어머니 나나가 느껴져 도무지 욕망이 일어나지 않았다.

"왜 그래? 피로해?"

"아, 몸이 좀 나른해서."

네네는 큐를 소파로 이끌었다. 위에 올라탄 채 네네는 웃었다.

"그럼, 내가 마사지해줄게."

네네는 네글리제를 벗어던졌다. 엎드린 큐의 등에 올라타고 앉아 지압을
하기 시작했다. 처음에는 열심히 지압을 했지만 곧 엎드리더니 큐를 끌어
안았다. 네네의 풍만한 가슴이 큐의 등을 따스하게 감쌌다.

"사랑해."

"응."

큐의 목소리는 어쩐지 설렁했다.

8 다시, 마이코

소후에 큐는 하루 종일 마리만 생각했다. 일을 하는 중에도 저절로 마리
가 앉았던 카운터 자리에 눈길이 가고 그녀가 한 말이나 몸짓이나 표정이
떠올랐다.

하고 싶은 말이 너무 많았다. 바쁜 시간대였고 갑작스러운 방문이었기에
너무 당황해서 제대로 이야기를 나누지도 못했다. 가장 큰 실수는 연락처
를 알아두지 않은 것이다. 전화번호 정도는 물었어야 했는데, 후회했다. 잠

시 파리에 머문다고 했으니 서둘지 않아도 곧 만날 수 있으리라 생각했다. 네네와 아미가 가슴속을 스쳐갔다. 큐는 후회하며 일을 하고 있었다. 문이 열릴 때마다 혹시 마리가 아닌가 싶어 고개를 들어 확인했다.

3층 아파트의 3층. 그 화가의 집이야. 뤽상부르 공원 바로 옆, 빵집 가까운 곳⋯⋯.

그 공원은 넓다. 주변에 빵집이라면 얼마든지 있다. 그러나 3층 건물은 별로 없다. 거의가 6, 7층이다. 만일 3층이 맞는다면 찾기는 쉬울 것이다. 뤽상부르 공원 주변을 샅샅이 뒤져서 우선 3층 건물을 찾으면 된다. 그리고 그 옆에 빵집이 있으면 가능성이 높다. 큐의 얼굴에 웃음이 떠올랐다.

소르본 대학로 주변부터 걷기 시작해서 북쪽으로는 오데옹, 생쉴피스 교회 주변 구석구석을 걷고 서쪽으로 갔다. 교차하는 라스파이유 대로를 남하하여 그 주변을 샅샅이 뒤지면서 몽파르나스타워 가까이까지 왔지만 그럴듯한 건물은 보이지 않았다. 15구, 14구 경계까지 나아가 마지막으로는 공원을 따라 동쪽으로 다시 돌아와 팡테옹 주변을 조사했다. 그렇지만 3층 건물은 찾을 수 없었다. 큐는 퍼뜩 어떤 생각이 떠올라 왔던 길을 되돌아갔다. 혹시 마리가 말하는 3층이란 프랑스식 3층, 즉 4층 건물을 말하는 건지도 모른다. 저도 모르게 탄식이 터져 나왔다.

샌드위치를 사서 공원에 갔다. 외국인 관광객이나 일광욕을 하러 모여든 근처의 회사원 또는 학생들로 붐비고 있었다. 사람들을 둘러보며 큐는 빵을 씹었다. 마리가 있을지도 모른다는 생각에서였다. 마리는 왜 지금 눈앞에 나타났을까. 왜 아무런 예고도 없이 갑자기 나타난 것일까.

햇빛이 눈부셔 눈을 감았다. 그 자세로 몇 분 동안 꼼짝도 하지 않고 있는데 어디선가 큐, 라는 목소리가 들렸다. 현실적인 목소리가 아니었다. 뭔지 모를 먼 기억의 심연에서 들려오는 목소리였다.

"큐."

이번에는 바로 옆에서 목소리가 들렸다. 생생하고 힘찬 목소리였다. 소후에 큐는 꿈에서 깬 듯한 느낌으로 천천히 눈을 떴다.

"큐짱."

눈을 가늘게 뜬 채 눈앞에 선 인물의 얼굴을 바라보았다. 실루엣 뒤에 태양이 있었다. 빛에 눈이 익으면서 인물의 윤곽이 뚜렷이 드러났다. 마이코였다. 큐는 일어서서 덮칠 듯한 기세로 서 있는 마이코를 바라보았다. 여기서 있은 지 백 년째라는 듯한 눈길로 연상의 여인은 큐를 노려보고 있었다.

"왜 연락하지 않았어? 나에게 돌아오리라 믿었는데."

죄송해요, 큐는 머리를 숙였다.

"싫어. 절대로 안 돼. 네네랑 결혼해서 아기를 낳았다면서? 내 가게에서 일하던 아이야. 내 체면이 말이 아냐."

마이코는 큐를 끌어안았다. 도망치려 했지만 팔에 휘감겨 꼼짝도 할 수 없었다. 마이코가 큐의 가슴에 볼을 댔다. 이런 모습을 마리가 본다면, 큐는 초조했다.

"잠깐. 부탁이 있어."

"뭔데요?"

"나는 겨우 너를 잊을 수가 있게 됐어. 그렇지만 이건 못 잊겠어."

마이코는 큐의 손을 잡고 자신의 사타구니에 갖다댔다. 큐는 놀라서 손을 빼냈다.

"큐짱 때문이야. 네가 아니면 난 못 느껴. 다른 남자한테서는 도저히 느낄 수가 없단 말이야. 큐짱 게 좋아. 네네에게는 비밀로 나를 만나줘."

"그건 곤란합니다."

"곤란한 건 나야. 내 몸을 이렇게 만든 건 큐야, 책임져."

"그런 말도 안 되는……."

"아잉."

마이코는 몸을 좌우로 흔들며 코맹맹이 소리를 냈다.

"큐짱을 가지고 싶어."

"안 됩니다."

"괜찮아, 내가 비밀로 할 테니까. 용돈도 줄게. 아기 때문에 드는 데가 많잖니."

"말도 안 되는 소리 하지 마세요."

"말이 안 되다니!"

"어쨌든 싫습니다."

"정말 차갑네. 돈을 주겠다고 하잖아."

큐는 마이코의 손을 뿌리치려 했다.

"돈은 필요 없어요. 나는 마이코 씨에게 좋은 인상을 가지고 싶습니다. 앞으로 계속 좋은 이미지를 간직하고 싶어요. 정말 좋아해요."

"좋아한다고? 바보, 거짓말하지 마!"

주위 사람까지 들을 정도로 큰 목소리였다. 마이코가 미간에 주름을 잡고 큐를 노려본다. 그러더니 큐의 머리 뒤로 팔을 감고 어이없어하는 큐를 끌어당겨 입을 맞추었다. 도망치려 했지만 팔 힘이 보통이 아니었다. 마이코의 혀가 큐의 입안으로 파고들었다.

"좋아해!"

큐는 힘껏 마이코의 팔을 뿌리치고 걸음아 날 살려라 하고 내뺐다.

"큐짱! 나 포기하지 않을 거야. 꼭 너를 되찾고 말겠어! 기억해둬, 알았지! 큐, 이 자식아!"

큐는 입술을 닦으면서 달렸다. 빨간 신호도 무시하고 교차로를 건너 그대로 큰길로 나가 버스와 나란히 달렸다. 마이코의 혀가 들어오는 바람에 입안이 끈적끈적했다. 침을 뱉으면서 큐는 달렸다. 몸의 오른쪽에 어떤 기운을 느끼고 고개를 돌려보니 버스 문 입구에 마리가 서 있었다. 옆으로 향하고 있어서 마리는 큐를 보지 못했다.

"마리짱!"

큐는 저도 모르게 소리쳤다.

"마리짱, 도와줘. 마리!"

큰 소리로 외쳤지만 버스는 속도를 올려 교차로를 지나가 버렸다.

"마리, 어디 가는 거야? 내가 여기 있는데, 마리!"

빛이 버스 유리창에 반사되어 반짝거렸다. 마리가 먼 기억의 저편으로 가버리고 말 것 같았다. 마리의 옆에 선 흑인 남자가 웃는 얼굴로 큐에게 손을 흔들었다. 큐는 마리를 손가락으로 가리켰지만 흑인은 무슨 착각을 했는지 윙크를 했다.

"아냐, 아냐. 너 말고 옆에 있는 일본인. 마리짱 말이야!"

교차로에서 큐는 차에 치일 뻔했다. 차의 보닛으로 뛰어 올라가 위기를 모면했다. 통행인이 큐를 피하면서 험악한 표정을 지었다. 클랙슨이 울린다.

"마리, 보고 싶었어! 정말 지금도 좋아해. 그렇지만 어쩔 수 없어. 난 아버지가 되어버렸어. 난 네네를 사랑해. 그렇지만 마리! 마리! 마리! 잊지 않아. 잊을 수 없어. 오래오래 너를 사랑할 거야. 어쩌면 좋을지 모르겠어."

큐는 넘어졌다. 마침 종이 상자가 쌓여 있어서 겨우 상처를 입지 않았다.

그렇지만 낙하 장소에 있던 개똥을 뒤집어쓰는 바람에 큐의 얼굴은 똥으로 범벅이 되었다.

9 영원한 이별

"옛날 애인이 파리에 있어?"

네네의 질투는 날이 갈수록 심해졌다.

"제발 그만둬. 말도 안 되는 소리 좀 하지 마. 피로에 절어 돌아온 사람한테 매일 그런 표정을 지으면 내가 어떻게 견딜 수 있겠어."

"가게에 찾아오지? 큐짱이 만들어주는 초밥 먹으러."

"오지 않아."

"거짓말. 지난번 나카니시 씨한테 전화로 물어봤어. 큐가 만들어주는 초밥을 맛있게 먹더라고. 그가 말해줬단 말이야."

"그걸 물어보려고 일부러 전화한 거야?"

네네는 팔짱을 끼고 큐를 노려보았다.

"참 어이가 없군."

"어이가 없는 건 자기야!"

아미가 울기 시작했다.

"또 울렸어."

"자기가 울렸지! 처자가 있는 몸으로 옛날 애인과 밀회를 하다니. 태어난 아미가 불쌍해. 그리고 얼굴에 개똥을 바르고 돌아오다니 도대체 뭘 한 거야? 아미, 네 아빠는 다른 여자에게 정신이 팔려 가정을 돌보려 하지 않아요, 그리고 개똥이나 바르고 다니는 아빠가 되어버렸어요. 끝!"

매일처럼 네네는 일을 마치고 돌아온 큐에게 잔소리를 늘어놓았다.

"한 번 오긴 했지만 그 후로는 오지 않아."

그 말에 네네는 흥, 하고 코웃음을 치며 반격을 가했다.

"큐는 쉬는 날마다 우리를 내버려두고 그 사람을 찾으러 다니는 거지?"

반론할 기력도 없었다. 실제로 그랬으니까 반론할 여지도 없는 셈이다. 매일같이 두 사람이 다투고 아미는 울었다.

빨리 일이 끝나면 큐는 뤽상부르 공원 주변을 한 바퀴 돌고 귀가하는 것이 일과가 되었다. 늦게 돌아오면 네네가 다시 잔소리를 한다.

큐는 네네에게 미안한 마음을 가지고 있었다. 마음속에는 분명히 마리에 대한 그리움과 아쉬움이 남아 있었다. 물론 이제 와서 마리와 어떻게 해보자는 생각은 없었다. 그렇지만 마리가 가까이 있다는 것만으로 마음이 안정되지 않았다. 네네가 그 부분을 지적해서인지 더 심하게 반발하고 만다.

"큐짱은 변했어. 아미가 태어나기 전에는 상냥했는데."

큐는 탄식하며 말도 안 되는 소리 하지도 말라고 고함을 쳤다.

"난 조금도 행복하지 않아."

"그런 말은 하지 마. 슬퍼져."

"난 큐를 이렇게 사랑하는데, 이건 불공평해. 큐의 마음 한구석에는 다른 사람이 들어와 있어. 난 참을 수 없어. 입장을 바꿔놓고 생각해봐."

큐는 눈길을 돌릴 수밖에 없었다.

"고양이 손이라도 빌리고 싶을 정도로 바쁘다는 게 바로 이런 걸 두고 하는 말일 거야."

　번잡한 가게 안을 돌아보고 와다 다모츠가 중얼거렸다. 큐는 초밥을 쥐면서 멍하니 마리를 생각하고 있었다. 그러자 갑자기 네네의 화난 얼굴이 떠올랐다. 저도 모르게 초밥을 쥔 손에 힘이 들어갔다.

　"어이, 큐, 뭐야 그거!"

　다모츠가 턱으로 큐의 손을 가리켰다.

　"이제 좀 제대로 하나 싶었더니⋯⋯. 대체 그게 뭐야. 언제부터 우리 집이 만두가게로 바뀌었어? 아무리 진짜 초밥을 모르는 프랑스 사람을 상대로 한다지만 실례잖아, 그건. 다시 해."

　와다 다모츠가 화를 냈다. 단골들이 큿큿 웃는다. 큐는 죄송합니다, 하고 고개를 숙였다.

　한여름의 파리는 사람도 별로 없이 조용하다. 파리 시민의 대부분은 외국이나 피서지로 휴가를 떠난다. 초밥집 '도쿠가와'에는 여름휴가 따위 없었다. 여름 시즌은 파리 시내의 유명 레스토랑이 쉬기 때문에 관광객을 끌어들일 절호의 기회이기도 하다. '도쿠가와'의 종업원은 교대로 며칠씩 휴가를 받았다. 8월 말, 큐에게도 짧은 휴가가 주어졌다.

　큐와 네네는 오랜만의 휴일에 아기를 유모차에 태우고 산책을 나섰다. 바스티유에 있는 카페에서 식사를 하고 보주 광장에 갔다. 마로니에 그늘의 벤치에 앉아 젊은 부부는 유모차 안에서 잠들어 있는 아기를 바라보았다.

　"이제 어디로 갈까? 누군가를 찾아 뤽상부르 공원에라도 가?"

　네네의 말에 큐는 입을 비죽 내밀었다.

　"적당히 좀 해둬. 매일 그런 식으로 사람을 갈구면 몸이 버티지를 못해.

계속 그런다면 차라리 헤어져. 나는 일본으로 돌아가고 넌 영국으로 아미를 데리고 가면 돼."

네네는 눈을 동그랗게 뜨고 입술을 바르르 떨었다. 눈에서 눈물이 흘러내린다. 큐는 아차, 하고 후회했지만 때는 늦었다.

"너무해. 싫어, 난 절대로 그리는 못해."

네네의 목소리가 떨리고 있다. 아미가 우는 네네를 가만히 바라보고 있었다.

"싫어, 절대로 그리는 안 해. 난 큐랑 살 거야. 죽어도 곁에 있을 테야."

죽어도 같이 있을 거라는 말이 큐의 마음을 슬프게 흔들었다.

"죽어도?"

"그럼, 설령 목숨이 사라진다 해도 늘 곁에 있을 거야. 모르겠어? 나는 언제까지고 자기 곁에 붙어 있으리라는 거."

큐는 알아, 하고 말했다. 왠지 그럴 거라는 생각이 들었다.

"너는 언제까지고 내 곁에 있을 거야……."

큐는 나뭇가지 사이로 비쳐드는 햇살 속에서 네네를 꼭 끌어안았다.

"내가 죽어도 다른 사람을 좋아하면 안 돼. 나는 자기가 살아 있는 한 질투할 테니까. 육체가 사라져도 자기 곁에 있을 거야. 자기한테 이상한 사람이 붙지 않게 내가 막을 거야. 그래도 돼?"

"네네."

"왜?"

"대체 나의 어디가 그리 좋아?"

"또 그런 말."

네네는 웃음을 되찾았다.

"네네 말고 다른 사람을 사랑할 리 없잖아. 그건 나도 마찬가지야."

네네는 큐의 얼굴을 빤히 들여다보며 웃었다.

"정말?"

큐는 살짝 고개를 끄덕였다.

그날은 아침부터 몸이 좋지 않았다. 기묘한 꿈을 꾸었는데 그게 무슨 꿈인지 아무리 애를 써도 떠오르지 않았다. 어른 남녀가 아미를 끌어안고 있는 장면만 뿌옇게 떠오를 뿐 그들이 누구인지, 적인지 아군인지도 알 수 없었다.

"큐, 오늘은 아침부터 왠지 너무 슬프고 외로워. 마치 가슴속에 구멍이 뻥 뚫린 것 같아……. 자기가 어딘가로 가버릴 것 같아. 우리가 헤어지는 꿈을 꾼 때문인가."

큐는 현관 앞에서 네네를 끌어안았다. 네네의 팔에는 아미가 안겨 있었다. 아미가 큐의 머리카락을 잡아당겼다.

"이상한 생각은 하지 마. 나는 늘 네 곁에 있을 거라고 약속했잖아."

큐는 네네에게 입을 맞추었다. 그때 납덩어리를 삼킨 듯한 불쾌한 느낌에 사로잡혔다. 이유는 모르겠지만 강렬한 이질감이었다. 저도 모르게 네네에게서 떨어져 뒷걸음칠 정도로……. 네네의 눈에 눈물이 고였다. 울지 마, 하고 속삭이자 네네는 고개를 끄덕였다. 아미의 웃음 띤 얼굴이 유일한 구원이었다.

"오늘은 뭘 해?"

큐는 기분 전환을 하려고 그렇게 물었다.

"병원에, 아미의 정기검진……."

"조심해. 그럼 이제 나가봐야지."

"응, 큐짱도 조심해. 큐짱……."

네네가 무슨 말을 하려는 표정을 지었다. 그걸 알면서도 큐는 뿌리치듯 집을 나섰다.

'도쿠가와'에 얼굴을 내밀자 나카니시 긴야가 큐를 불러 세웠다. 앞치마를 하면서 긴야가 말했다.

"어제, 그 사람이 왔었어."

그 사람, 큐는 되물었다.

"있잖아, 옛날 어릴 적 친구라는……. 석 달쯤 전에 혼자서 여기 왔던 사람."

"마리?"

긴야는 이름은 모르겠지만, 하고 대답했다.

"내일 일본으로 돌아간다고 하더라."

"내일?"

큐가 긴야의 팔을 강하게 잡는 바람에 놀라서, 왜 이래, 하고 팔을 뿌리쳤다.

"네네짱을 슬프게 할 일은 하지 마. 그 애, 정말로 자네를 사랑하고 걱정하고 있으니까."

"알고 있어요. 그런데 마리가 다른 말은 하지 않던가요?"

긴야는 고개를 저었다.

"아무 말도. 초밥을 먹고 계산을 한 다음 그냥 돌아갔어."

"혼자서?"

"아마 혼자였을 거야. 바쁜 시간대여서 잘은 모르겠지만."

자리를 뜨려는 긴야를 따라가서 큐는 다시 물었다.

"내일이라면 오늘이겠네요. 몇 시 비행기인지 말하지 않았습니까?"

"뭐라더라, 오후 편으로 돌아간다는 말을 들은 것 같은데."

일이 손에 잡히지 않았다. 어느새 큐는 여행사에 근무하는 단골에게 전화를 걸고 있었다. 일본행 비행기는 저녁 시간에 집중되어 있었다. 와다 다모츠가 출근하자 큐는 컨디션이 좋지 않다고 일찍 가게를 나섰다. 나카니시 긴야가 큐를 노려보았다.

"그렇게 몸이 안 좋다면 어쩔 수 없지만……."

다모츠가 말했다. 실제로 큐는 식은땀을 흘리고 있었다. 약간의 현기증도 있고 두통도 있었다. 왜 그런지 불안해서 견딜 수 없었다. 너무 불안해서 숨도 제대로 쉴 수 없는 상황이었다.

큐는 가게를 나와 샤를 드골 공항으로 향했다. 여기서 만나지 못하면 영원히 만날 수 없을 것 같은 기분이 들었다. 공항으로 향하는 버스 안에서 큐는 심한 구역질을 느꼈다. 공항에 가까워지면서 머리는 더 아프기 시작했다. 머릿속에 아미를 끌어안은 네네의 모습이 떠올랐다. 길가에 방치된 유모차……. 큐짱, 네네의 목소리가 들렸다.

"큐짱, 살려줘……."

큐는 머리를 흔들며 네네의 환영을 지우려 했다. 바로 돌아갈게, 마음속으로는 그렇게 대답하면서도…….

"큐짱, …… 큐……."

"왜 그러세요?"

큐가 손잡이에 매달린 채 고통스러워하자 눈앞의 남자가 일어서서 자리를 양보해주었다. 버스가 공항에 도착할 때까지 큐는 몸을 숙이고 있었다. 그러는 사이에도 계속 네네의 목소리가 들렸다.

"큐짱."

출발 로비의 체크인 카운터 출국심사장으로 향하는 사람들을 둘러보았지만 마리는 없었다. 큐는 다른 터미널로 향했다.

"……큐짱."

네네의 목소리가 들리는 것 같아서 큐는 멈춰 섰다. 주변을 둘러보았다. 있을 리 없다고 쓴웃음을 지으며 다시 달렸다. 일본 항공회사의 체크인 카운터의 열에서 낯익은 모습을 발견했다. 큐는 눈을 크게 뜨고 다가갔다.

"큐짱."

다시 네네의 목소리가 들렸다. 큐는 멈춰 섰다. 보주 광장의 눈부신 햇살 속에서 이 순간을 잊지 마, 지금 이 순간을, 하고 말하던 네네의 얼굴이 떠올랐다. 아름다운 빛을 발하는 수정 같은 눈동자였다.

"큐짱, 살려줘……."

마리는 어린 여자애의 손을 잡고 있었다. 마리의 곁에는 상냥하게 웃는 일본인 남자가 있었다. 세 사람은 마치 가족 같았다. 남자가 여자애를 안아 올렸다. 마리는 행복하게 웃고 있었다. 도저히 그 안으로 파고들 용기가 나지 않았다. 게다가 마리의 모습에 네네의 환영이 겹쳐 견딜 수가 없었다. 일본인 남자의 품에 안긴 아기가 아미의 모습과 겹쳤다. 자신의 가족을 보고 있는 듯한……

마리가 큐를 발견했다. 입가에서 미소가 사라지고 똑바로 큐를 바라보았다. 큐는 몇 걸음 다가서다가 우물쭈물 멈춰 서고 말았다. 일본인 남자가 마리의 시선을 따라 고개를 돌리는 순간 큐는 발걸음을 돌려 뛰어갔다. 마리의 행복을 방해할 수는 없다고 생각했다.

미소 짓는 마리의 얼굴이 큐의 뇌리에 박혔다. 웃는 얼굴을 볼 수 있었으니 됐잖아……

"자, 돌아가자. 나의 집으로. 사랑하는 아내와 아들이 기다리는 나의 집으로……."

큐는 파리 시내로 가는 버스 정류장에 들어서면서 자신을 향해 그렇게 중얼거리고 있었다.

아파트로 돌아와보니 건물 안마당의 분위기가 평소와는 다른 것 같았다. 새파랗게 질린 관리인이 큐 앞에 섰다. 그녀가 뭐라고 말을 하는데 큐는 도무지 알아들을 수가 없었다. 말을 하려고 입을 뻐끔거리는 것이 마치 힘들게 호흡하는 금붕어 같았다.

'무슨 일이 일어난 건가?'

큐는 자문했다. 도대체 무슨 일이야?

나카니시 긴야가 병원에서 기다리고 있었다. 큐를 보자마자 그는 울어버렸다.

"차가 네네를 치었어. 즉사래."

큐는 누워 있는 네네의 몸을 끌어안았다. 꼼짝도 하지 않는 네네의 몸을 만지는 순간 큐는 비로소 상황을 이해할 수 있었다. 관리인과 긴야가 하는 말의 의미를 알 수 있었다. 슬픔이 둑 터진 물처럼 밀려오고 몸 저 안에서 비명이 터져 나왔다. 몇 번에 걸쳐 꿈이 경고를 해주었다. 암시석이 붉어지면서 행동에 조심하라는 경고를 보냈었다. 그렇게 강렬한 예조가 있었는데 왜 느끼지 못했던가. 큐는 후회스러웠다. 소이치로가 죽었을 때의 일이 뇌리를 스쳤다. 목을 매단 소이치로와 마주했을 때의 그 공포가 되살아났다. 사랑하는 사람의 죽음을 예기하면서도 그것을 막지 못한 자신이 저주스러웠다. 큐는 시체안치실에서 울부짖었다. 큐는 네네의 이름을 불렀다. 네네가 죽음의 세계로 가는 강변에 홀로 서서 수도 없이 큐를 불렀는데도…… 큐를 찾고 있었는데도…….

'설령 목숨이 사라진다 해도 늘 곁에 있을 거야. 모르겠어? 나는 언제까지고 자기 곁에 붙어 있으리라는 거.'

꿈이 아니었다. 큐는 자신의 뺨을 쳤다. 자신을 용서할 수 없었다. 꿈이라고 하면서 자신의 뺨을 마구 쳤다. 의사가 간호사에게 진정제를 가지고 오라고 지시했다. 나카니시 긴야와 의사가 큐를 제압했다. 큐는 의사를 밀쳐내고 나카니시 긴야를 쳤다. 그때 네네의 육체가 떠올랐다. 의사가 놀라서 뒷걸음쳤다. 큐는 공중에 떠오른 네네를 노려보며 속으로 외쳤다.

'돌아와! 네네, 내 목숨을 대신 내줄 테니 돌아와!'

큐의 머리카락이 거꾸로 섰다. 혈관이 툭 불거지고 피부가 부풀어 올랐다. 시체를 안치해둔 케이스의 철문이 천천히 열렸다. 이윽고 모든 문이 열렸다. 열렸다가는 세차게 닫혔다. 텅텅텅텅, 세찬 소리가 안치실에 울려 퍼졌다.

"큐, 그만둬. 큐!"

나카니시 긴야가 외쳤다. 네네의 몸이 큐의 발아래 떨어졌다. 큐는 되살아날 리 없는 네네를 끌어안았다. 달려온 경비원이 큐를 제압하려 했다. 네네의 몸에서 떨어져 나온 큐는 광란하며 소리쳤다. 경비원들이 보이지 않는 큐의 힘에 밀려 벽까지 날아갔다. 큐는 비틀거리는 발걸음으로 병원을 나섰다. 혼란에 빠진 채 거리로 나갔다.

'네네는 나 때문에 죽은 거야. 나 때문에……'

바깥은 벌써 어둠에 잠겼고 비가 내리고 있었다. 큐의 귀에는 아무 소리도 들리지 않았다. 아무것도 보이지 않았다. 젖은 길바닥 위를 터벅터벅 걸었다. 아무 느낌도 없었다. 다가오는 눈부신 빛을 향해 큐는 손을 벌렸다. 돌진하는 빛 속으로 자신을 던졌다. 퉁, 둔탁한 소리가 나고 큐의 몸이 허공으로 떠올랐다. 빛이 사라졌다. 네네, 사랑해, 큐는 중얼거렸다. 지면에 부딪치는 순간에…….

제2장 3-2 부기

네네
……
네네
나는 여기 있어.
너는 지금 어디 있어?
……
그렇지만 너를 떠올릴 수 있어.
네가 없어도. ('소후에 큐의 묵시록'에서)

『우안—큐 이야기』 2권에 계속